講談社文庫

新装版

和宮様御留

有吉佐和子

講談社

目次

和宮様御留

その一

客来が終って、内裏へ帰る人々の跫音が門から遠のいて行くのを、フキは厨《くりや》の片隅で息を詰め、耳を澄まして聴いていた。屋敷に客のあるときは、下使いの者どもは口をきいても音ひとつ立ててもいけないのだった。フキは年上の婢《はしため》を見て、もういいのだと悟ると、手桶を右手で摑み、暗い家から外へ飛び出した。夏が来ていた。陽光を切るように走って、フキは井戸へ着いた。十数軒の公家《くげ》屋敷が共有している井戸だが、今日は珍しく無人で、四本の柱が古びた茅葺《かやぶ》きの屋根を支えている。その上に鮮やかに青い夏草が生えていた。梅雨があけたばかり、十分の水を得た後で、緑が勢よく繁っている。あんなところにも草が茂るのかと、見上げてフキは心楽しくなった。フキは道端に生えているのと同じ草が、頭の上よりもっと高いところで繁っている。フキは夏が好きだった。勤めが変って日も浅いせいで、何を見ても珍しく、面白かった。これまで働いていた町方の家と、今の暮しでは見るものも聞くことも何もかも違っている。面喰うことばかりだけれど、フキは毎日が楽しかった。

釣瓶《つるべ》を井戸に投げ落し、力を入れて引上げる。フキは、顔を赤くして、水の一杯入った釣瓶を井戸べりに乗せ、それを両手で抱え直して、手桶に勢よく空けた。冷たい水が音をたてて手桶の中で逆立ち、フキの足を濡らした。気持がよかった。また釣瓶を落し、力一杯で水を汲み上げ、また勢よく手桶に水を空けると、前より盛大に水が逆立って、フキの膝から下が水浸しになった。フキは快い冷たさに踊るように足拍子を取り、一人で声を上げて笑い出した。前の町方の家では働く者の数が多く、喋ったり笑ったりして暮していたのが、勤めが変ってからは、万事勝手が違って、フキのように若い娘は他にいない。家の中の暗さは、人間まで憂鬱にさせるのか、声をたてて笑うことなど絶えて無い様子だった。話相手もないままに、フキは水汲みをするときが一番楽しく晴れやかになる。第一に明るい。日中は何度でも井戸に通って厨の水甕を盈《み》たしておくのがフキの仕事だった。十四歳の年齢が、家の中の暗さや寂しさに耐えられなくなったとき、フキはいつも手桶を提げて井戸へ走る。

釣瓶の水は何杯あけても手桶が盈たされることがなかった。フキがあまり勢よく水をあけるので、手桶から湧き出るように水が溢れ、フキの足を濡らし、手桶の中は七分目以上にはならない。しかしフキは承知で、水と戯れているのだった。夏の光。冷たい水。フキは出来ることなら大声で唄いたいところだった。あと二、三日で祇園《ぎおん》さんがある。そう思うだけでコンコンチキチン、コンチキチンというお囃子《はやし》の鉦《かね》の音が聞こえてくるようだった。公家奉公では八坂神社の祭礼に暇をくれるかどうかなどと思案するような齢ではなかった。

ようやく手桶に水を盈たすと、フキは両手で持ち上げ、うんうんと唸りながら駈けて戻った。水は手桶の中で今度は左右に揺れて跳ね、フキの胸から濡らしたが、フキは平気だった。厨の甕に手桶の水を空けるときは、中身は半分に減っていたが、フキは水汲みが楽しいのだから、遠い井戸から厨までの往復が何度になっても苦にならない。空になった手桶を片手で持って外へ走り出すと、明るい夏がフキを待っている。フキは井戸の屋根に茂る青草を見上げて、声をかけてやりたかった。名もなく花も咲かせずに終るであろう雑草が、フキには夏の陽光を夥《おびただ》しく浴びている贅沢な生きものに思えた。祇園さんのお囃子は、この草にも聞こえるだろうか。聞かしてやりたいものだと思う。フキは釣瓶を井戸に落し、えい、えいと声をあげて引張り上げた。釣瓶も、手桶も、フキの躰に較べるとひどく大きい。釣瓶についた綱は水で黝《くろず》んでいて、フキの手首と同じ太さだった。使い古した手桶の方も、胴まわりはフキの躰と似た大きさだった。水を盈たした手桶を抱え上げると、フキはまた走る。水はフキの心のままに跳ねて、フキの着ている布子《ぬのこ》を盛大に濡らした。

厨の大きな甕が一杯になるまでに、フキは川にでも落ちたように着ていた布子をぐしょ濡れにしてしまっていた。水汲みが終ると、フキは厨からまた外へ出て、素裸になり、脱いだ布子を絞った。粗い麻の布子から、かなりな水が滴り落ちた。陽光の下で、フキの裸身は輝くようだった。布子を陽に干している間、フキは躰を小さくして乾くのを待っていた。フキは夏の布子は、これ一枚しか持っていない。照りつける夏の日で、布子から幽《かす》かな湯気のようなものが立ち昇った。老女が名を呼んでいるのが聞こえたので、フキは生乾きの布子を羽織り、紐を締め直しながら厨の中に駈けこんだ。

陽光の下に長くいたので、厨の中はしばらくまっ暗だった。下婢が立って、こちらを振り返ったのが、ようやく見えた。

「私《うち》、名ア呼ばれたんと違《ちゃ》うん」

中年の下婢は、フキの大声に眉を顰《しか》めながら、たしなめるように低く答えた。

「観行院《かんぎょういん》さんのお帰りやし」

「観行院さんて、誰や」

「御前《ごぜん》の妹はんで、和宮さんをお産みなしたお方やないか」

「ああ、桂の御所から駕籠で来た人やな」

相手はますますフキの言葉遣いの粗さに辟易して、

「お召しやで。早う行き」

と言った。

「え、なんで」

フキは驚いて問い返した。この家で、お召しという言葉が使われるのは、橋本中納言実麗《さねあきら》と妻のお静、養子の実梁《さねやな》と妻の幹子の四人で、フキはこの屋敷に来てから今日まで、どの一人からも呼ばれたりしたことがなかったからである。

「なあ、なんで、私《うち》、呼ばれたんやろか」

「知らんえ。お次はんに訊いたらよかろ」

主人側からの御用は直接老女が承《うけたまわ》り、フキたち二人はその命令で下働きをしている。その中立ちの老女をフキたちはお次と呼んでいた。そういえばフキの名を呼んでいたのは、お次だった。

「お次はん、何処に行ったん」

「お玄関やろ」

「玄関か」

フキは外へ駈けて、ぐるりと家を半廻りして玄関へ出た。門内で駕籠の戸が開かれ、観行院がそこに手をかけて乗りこむところであった。お次の老女はフキの姿を認めると観行院に囁きかけた。すると観行院は振向いてフキを見た。青白い肌、濃い睫毛、頬が殺《そ》げたように痩せている。美しいけれど、嶮しい顔だとフキは思った。これがお局《つぼね》さんというものか。観行院の視線はフキに一瞬止まり、すぐ老女に視線を返して幽かに肯いたようだ。朱塗網代の駕籠の戸は下人の手で静かに外から閉《とざ》され、六人の肩に担われて地上からするすると浮き上り、悠々と門口を外に出て北に折れ、行ってしまった。万事質素な公家の家とはおよそ不似合な、けばけばしい色をした乗物であった。町方の駕籠とは色も形も違っていて、牛車の上を担ぎものにしたような妙な形であった。

深々と頭を下げて見送った老女は、フキを振返ると、

「なんで土下座せなんだ。和宮さんをお産みなされた尊いお方やのに」

と詰《なじ》った。

「お玄関で呼んでなさると聞いて飛出してきましたによって。ほなら、観行院さんが

こちら見なさったんで、魂消《たまげ》てしもうて」

「大きな声やの。ここは町方と違いますで。何度言うたら分るのえ」

「へえ」

「行儀を覚えなんだらお公家奉公は勤りまへんえ」

「はい。せいぜい覚えさして頂きますよって、御免なして」

「暮れてから桂の御所へ参るようにと観行院さまの仰せや。そのつもりでいいや」

「桂の御所いうたら石薬師御門の傍《ねき》にある御殿でっしゃろ。何持って参じますん」

「お公家方では、訊き返すことはならぬ。行けと仰せあったなら、行けばよろしのや」

「へえ」

「暮れてからやで、よろしな」

「へえ」

「はいと言い」

「はい」

「退《さが》り」

フキは茫然として厨に戻った。いつどこで観行院がフキを見たのだろう。水を汲みに走っているところか。濡れた布子を脱いで、全身に陽を浴びていたときだろうか。桂の御所が何処にあるか、フキは知っていた。フキが橋本家に奉公に出るより三月《みつき》ばかり前に、和宮がこの家から観行院と共に移り住んだ御殿であった。

「なんやろ、観行院さんから桂の御所へ参るようにという話やった」

年上の朋輩に言うと、水仕事の手を休めてフキの顔を黙って見ていた。少し驚いているようだった。

「なあ、なんやろな」

「さあよ、手エが足らんのと違《ちゃ》うかいな。彼所《あこ》へ奉公に上るのは剣呑《けんのん》やよって、誰も行きたがれへんのやろ」

「なんで」

「御前《ごぜん》が毎日のようにお忙しゅう出かけなさる。お人が絶え間も無う出入りなさる。観行院さんは青い顔して来なさっては、御前とひそひそ話してはやばや帰らはる。これ見てて、お前は何も分らなんだん」

下婢は意地の悪い口調だった。

「なんのことやろ。私《うち》、お公家はんに御奉公したん初めてやし」

「御公家奉公何年してたかて、こんなことは私かて初めてや。妙なこと起ってるらしいえ」

「妙なことて、なんえ」

「宮さんを関東のお代官が、欲しと言い出したそうやし」

「ふうん」

フキには何のことか分らない。それと自分が今日、暮れてから桂の御所へ出向くのとどういう関わりがあるのか。関東の代官というのは誰のことか。宮さんを欲しいとは、どういう意味なのか、さっぱり分らなかった。そんなことより、最前見たばかりの観行院のことが気がかりだった。あれほど美しい女は町方の家ではおよそ見たこともなかった。それにしても、どうしてあんなに青い肌をしているのだろう。眼許が黝んでいたためか、睫毛が濃すぎるせいか、切長の眼であるのに黒い眸がことのほか大きく大きく見えた。それに、あの乗物はどうだろう。数人の男に担がれて行ってしまったが、観行院という人はどこへ出かけるのもあのように仰々しい駕籠に乗るのであろうか。桂の御所など、歩いてつい先にあるところなのに。

夕食の後始末をつける頃には暮れていた。お次が下方《しもかた》へ顔を出したときフキが小腰をかがめて、

「桂の御所へ行《い》て参じます」

と挨拶をすると、老女はまた眉を寄せて、

「大きな声やの。桂の御所でそないな行儀ではあかへんえ」

と言った。

「へえ、いえ、はい」

何を届けるのか訊きたかったが、訊くとまた叱られるから、頭を下げて素手で外へ出た。橋本邸は、禁裡のすぐ東に居並ぶ公家屋敷の中ほどにあり、北隣は日野西殿、南隣は七条殿の御屋敷である。もちろんフキは裏口から外へ出たから、向いは柳原殿の表口で、その北隣は園家であった。どの公家屋敷も小さく静まり返っていて、祇園《ぎおん》会《え》の準備をしている町方の家々とはまるで違っていた。どの屋敷でも、奉公人はやはり大声を出すのを禁じられているのだろうか。もっともフキが前に働いていた室町の染物問屋と違って、公家といってもこのあたりは家は小さく、庭も狭く、奉公人の数にしても町方の問屋とは較べものにならないほど少ない。持明院殿を左に、右に富小路家を見て、さらに北に上ると西が飛鳥井殿で向いが准后《じゅごう》お里御殿、どちらもこれまでの公家屋敷と違って地所も広い上に立派な御殿が塀を越して見える。准后お里御殿の北隣が桂の御所なのだから、橋本邸から歩いてなにほどの距りもない。しかし桂の御所は敷地の広さが、普通の公家屋敷の数倍ほどもあろうか。御殿も大きくて棟数が

大層多いようだった。表の御門から訪うなどフキには思いもよらないことだから、奉公人の出入口らしい木戸をそっと叩くと、

「誰や」

と男の声で、中から開けたのは下人であった。

「橋本の中将様の小者でござります。観行院さんのお召しにようて参じました」

吃《ども》りがちに言うと、相手は待っていたらしく、すぐフキを中に入れた。

樹木が多くて繁っている。邸内は暗く、俄《にわ》かに夜になったような気がした。通りを小走りできたせいか下人の後についてゆっくり歩き出すと、自分の胸の動悸が聞こえてくるようだった。公家屋敷の静かなのにようやく馴れてきたフキであったが、御殿や御所というところになると、さらに一層深く静かなのかと驚いていた。聞こえるのは前に行く下人とフキ自身の跫音ばかりだ。

植込みの繁みの彼方に、小さく灯火が輝いていた。フキは、ほっと一息ついた。どこまで行くのか、気が遠くなるほど心細い思いで歩いていたからだった。下人は、その明りの近くに来て、地に膝をつき、ぼそぼそと何か呟いた。

フキにさえ言葉の聞きとり難かった低い声であるのに、中から扉が開いて、女房姿の者が立っていた。

「此方《こち》へ」

驚いたことに、フキは御殿にいきなり上らされたのである。冬ならともかく朋輩の藁草履でも借りてきたかもしれなかったが、夏のことで、フキは橋本邸から跣足で駈けて来たのだ。足を拭きたかったが、上れと言われたときは慌《あわ》てて咄嗟に床へ飛上ってしまい、もう足のことは言えなかった。御殿の床板は、案内の青女房の跫音は立たないのに、フキの足の下ではドタドタと鳴った。咎めるように女房が振向いたとき、フキは躰が竦《すく》んだ。女房は口に出して何も言わず、また歩き出した。フキは一足々々盗むように床を踏んだ。歩くのが、こんな難事であるとは今日まで思ったこともなかった。

「ここで待ち」

一室に来て、青女房はフキを残して奥へ行ってしまった。闇の中で一人になったフキは、床に尻を落して 踞《うずくま》った。公家方の街中を駈けてきた距離とは較べものにもならないのに、御殿の中を少し歩いただけでフキは疲れ果てていた。

それにしても、なんという物静かな建物であろう。人が棲んでいるとは、とても思えない。フキは自分に狐でも取憑いたのではないかと不安になった。観行院が、朱《あか》い駕籠に乗ろうとしていたのを思い出す。あの青い顔と、あの華麗な乗物の取合せは、なんとも妙で不思議だった。まさか観行院が狐であろう筈はないが、この御殿の中で、夏の夜であるのに冷え冷えとした一室にいると、化かされているような気がしてくる。祇園会が近ければ蒸暑い夜が続くのは毎年のことであるのに、とっくに乾いた筈の布子とフキの肌の間が隙いて、冷たい風が通りそうだ。フキは短い両袖を中からひき寄せて、胸で合せた。闇の中で眼が馴れてみると、随分広い部屋だった。橋本中将の邸には一部屋もないような広さだ。驚いたのは、畳が敷いてあることだった。橋本邸でももちろん、その前の町方に奉公していたときでも、フキは畳敷きの部屋には上ったことがなかった。御前や主人側の部屋には畳があったが、用を言いつけられるときはフキたちは部屋の外で承るのである。フキの寝起きする場所は町方では板敷であったし、橋本中将様のところでは土間の一隅だった。それでもフキが生れて育った家より、ずっとましな暮しが出来ていたのだ。自分が尻をついているのが畳の上だと気がついたときから、フキは一層落着かなくなった。いったいどんな用事で呼ばれたのだろう。

すぐ傍に、急に明りが見えて振向くと、女房の出て行った方角とは違う襖が静かに開いて、手燭を持った別の女房が立っていた。小さな焔が揺れている下で、先刻の女房らしい女が膝をついて襖を開けていた。

「こちへ参るがよい」

と、女房が言った。年配はよく分らないが、地味な小袿《こうちぎ》を着て、坐っている女房と違い袴《はかま》をつけている。口調がいかにも公家風であった。

「はい」

フキの返事は大声に過ぎたらしい。手燭の上で、顔が眉を顰めた。

「答えいでよろし」

囁くように叱られて、フキは心まで竦んだ。中納言の邸では小声でものを言わねばならなかったが、桂の御所では声を出してもいけないのか。

それから畳の上ばかり歩いた。二部屋も三部屋も通り過ぎた。その都度、袴をつけていない方の女房が膝をついて襖の開けたてをした。フキの不安は襖が動く度ごとに大きく重くなるようだった。

幾部屋通り抜けたのか、ともかく桂の御所の中は随分と無人だということがよく分った頃、手燭を持った女が振向いて言った。

「お坐り」

自分も坐って、喉の奥で呟くと、今度は前の襖がひとりでに開いた。驚いて見まわすと、先刻までいた若い女房が、もういない。

襖の向うの部屋では燭台の横に、観行院が坐ってこちらを見ていた。昼見たときより、仄《ほの》暗い蠟燭の光は観行院の表情にさらに深い翳《かげ》を彫りこんでいた。フキは両手も額も畳にこすりつけた。

「お入り」

ひそやかに観行院が言い、手燭を持って坐っていた女房が袴をきしませ膝でにじって部屋に入った。気配でそれは分ったが、フキはまさか自分も観行院のいる同じ部屋に入れと言われたとは夢にも思わなかった。

「仰せあったよって、お入りやす」

と、女房に催促されてびっくりした。どこへ入れと言われたのか咄嗟には分らなかった。顔を上げると、手燭の火を袖で囲って女房が吹き消したところだった。それから目顔で、早く入れと知らされて、フキは四つん這いになって慌てて敷居を越した。無我夢中だった。後で襖の閉まる音がしたが、名を呼ばれて顔を上げたときには、室内は観行院と女房とフキの三人だけになっていた。

「藤、どないえ」

藤と呼ばれた女房は、黙って頭を下げた。

どういうわけか両手を前にしていない。妙なお辞儀があったものだ、とフキは思った。フキは観行院を見上げた。観行院の方では、フキを見ている顔に穏やかな笑みが浮かんでいた。思いがけないことであったが、フキは少しだけ安心することができた。このお局さんは、きっといい人に違いないとフキは思った。やがて観行院は藤を省みて言った。

「ほなら、ゆもじを」

藤が黙って頭を下げる。観行院が音もせず立上ると、藤は背後の襖を開け、観行院が行ってしまうまで、深く頭を下げていた。だがこのときも藤という女房の両手は前に出ていない。どうも膝の両脇に置いているようだった。フキも当然、彼女にならって頭を下げているべきだったのだろうが、先刻からの出来事で茫然としていたから、何をどうすることも思いつかなかった。

やがて藤は頭を上げ、襖を閉じると、振返ってフキの様子を見た。叱られるかと一瞬フキは躰を硬くしたが、藤は何も言わずに手燭を持ち、燭台の火を移し、燭台の方の火を吹き消して、立ったままフキに、こちらへ来るようにと目顔で合図をした。燈芯が消えたあとの油臭い匂が、フキの鼻に聞こえた。フキは両手を突いて立上り、両足がしばらくもつれそうになるのを懸命に堪《こら》えた。この次はまた何処へ行くのか。

それからも随分歩いた。畳敷きから板の間に出て、フキが床を踏み鳴らす度に藤が振返り、その都度フキは躰が縮んだ。どうして女房たちはどこを歩いても物音がしないのか、その方が不思議だった。

最前の女房より藤の方がずっと身分は上であるらしかったのに、今度は誰も藤に使われる者がないので、襖や戸の開け閉めは、一々藤が手燭を床に置いては、膝をついて自分でやった。フキも流石に、せめて閉めるくらいは自分がやろうと思ったが、藤なら音もなく開く戸が、フキが閉めようとすると大きな音をたてる。そこで藤の方が、少し慌てて手を出して閉める。フキが腋に冷たい汗をかいていると、

「何もせいでよろし。ついておいでやす」

藤が囁いた。優しい言葉遣いなので、フキは驚き感動していた。町方でも橋本殿でも、フキのような小者に、こんな丁寧な物言いをしてくれる人はいなかったからである。ことに橋本中将の家ではお次の叱り方は意地が悪くて、何を言うにも一々嫌みだった。やはり桂の御所ともなれば、普通の公家衆より当今《とうぎん》さんの方へ近くなるから、よろず物事が上品になるのであろうか。

藤に案内された場所は、湯殿であった。それも檜の香りが充ち満ちている見事なものであった。どうやら、宮方でお使いになるものと思われた。フキは、きっとこの場所の掃除を命じられるのであろうと思った。藤の持つ手燭で、仄暗いながらも、湯殿

には簀子《すのこ》が敷き詰めてあるのが見える。町方と違って上々では蒸し風呂というものを使うのは、橋本邸で知っていたが、中将様の湯殿はもっと狭く、古く、木の香が香りたつようなことはなかった。しかし湯殿の掃除なら、馴れたものだ。フキは水を扱う仕事はどれも大好きだった。広いお湯殿だけれども一人で綺麗に洗いあげてみせようと思った。

藤は、壁に備えつけてある小さな棚に手燭を置いてから、フキを振返ると、フキの後の戸を閉め、そして言った。

「お脱ぎやす」

フキはぼんやりしていた。なんと言われたのか咄嗟に分らなかったからである。

藤は、しばらくフキの様子を眺めていたが、もう一度、今度はフキが着ている布子を指さし、両手で着物を脱ぐふりをして見せ、自分も一番上の小袿を脱ぎながら言った。

「お脱ぎやっしゃ」

ようやくフキは自分が裸になることを命じられたのだと気がついた。驚いたが、反射的に両手が動いて、紐を取り、布子を脱いだ。さすがに恥しくて裸になると同時に床に蹲ってしまった。

藤の方は袴も取った。フキはいったいどうなることかと魂消えながら見ていたが、しかし藤は白い小袖は着たままで裸にはならなかった。裾をからげて湯殿の簀子に降りると、屈《かが》んで一枚の簀子に両手をかけ、引こうとした。そういうことはやったことがないのか、それとも簀子が湯煙を吸ってきっちり詰りすぎていたのか、簀子を外すのに随分時間がかかったけれども、フキは裸で小さくなっていたから手伝うことなど思いもよらなかった。簀子の下には、湯が入っている。藤は振返って、フキに言った。

「これ使うて、躰を洗《すま》しゃれ」

すますという言葉の意味は分らなかったが、フキは急に召されてむさくるしい姿でやって来たのであるから、躰を洗わなくては何の仕事も始められないのであろうと合点した。すると、フキの躰は本来の敏捷さを取り戻した。藤の傍をすり抜けるようにして湯の中に飛込んだ。ともかく素裸の躰を見られぬようにしたかった。浅い湯だったが、フキが勢よく入ったので水音が上り、飛沫《しぶき》が飛んだ。

「音立ていで、おやりやっしゃ」

藤が注意し、フキに洗い布と使い古しの糠袋を手渡してから、湯殿の片隅にきちんと坐った。フキは、湯を使うところを一部始終じっと見張られるのかと気がつくと、また一層恥しくなって、急いで顔から洗い出したが、ああ、急げばまた水音がする。音を立てずに湯を使うのは、音を立てずに歩くのと同じように難しかった。糠袋で首筋をこすると、ぼろぼろと垢のかたまりが落ちる。手燭の小さな明りでも、それがはっきり見えた。フキは恥じ入りながら、町方でもお公家衆でも下の奉公人に湯を使わせるところはなかったのに、やはり宮方ともなると万事が違うのだと思った。何かの用事で呼ばれたかと走ってきたのだが、これは今日からここで御奉公することになるのかもしれない。そういえば橋本邸の厨で同輩の下女が、観行院のところでは奉公人が手薄だから呼ばれたのだろうと言っていた。

下半身を洗うときは、藤の方に背を向けた。それでも恥しかったが、音を盗みながら洗うと動作がどうしても緩やかになるので、大層時間がかかる。恥しくても垢は全部落さねばならぬと思い、フキは一心不乱で自分の躰を生れて始めて隈なく洗いきよめた。蹠《あしのうら》を洗う頃は、すっかり湯漬けで肌がふやけ、爪で掻くだけで怕くなるほど垢がとれた。指の股の間など、手の指を通すだけで、土と垢のまじったものがごろりと出てくる。あまり辺りが静かなので、ときどきフキは藤がいなくなったのかと思い振向いたが、いつでも藤はぴたりと坐っていて、フキの方に眼をすえていた。

全身洗い終る頃には、真夜中になっているかと思うほどであったのに、藤は一度も

早くしろと言わなかった。水音がしたりすると、その都度、

「静かにおしやす」

と静かに言うだけであった。

ようやく全身を洗い上げて、湯の中に沈み、肩からそっと湯をかけてしまうと、フキは湯の中に浸ったまま藤を見て頭を下げ、そして言った。

「終りましてんけど、えらい長いことかかりました。御免なしておくれやす」

「物言わしゃるな」

藤がぴっしゃりと言った。フキは再び躰を小さくして、頭を下げた。ここでは音もたてTてはならず、口をきいてもいけないのだ。橋本中将様に内裏から客来があったとき、同じ注意を受けていたのを思い出した。

着更えの用意は、すでに整えられていた。濡れた躰を拭うのを待って、藤が手伝って着せてくれた。肌に直接つけるものは、どうやら麻であるらしかったが、それから上へ上へと何枚も袖を通すのにフキは当惑した。夏だというのに、祇園さんはもうじきだという季節に、こんなに何枚も、どうして着重ねるのだろう。これではどれも汗みずくになってしまう。しかし口を封じられているのと、抗《あらが》うすべもなかったから、フキは黙って藤のするままにされていた。どの衣からもいい匂がした。濃厚に香を焚《た》

きしめてあるようだった。決して新しいものではなかったけれども、フキとは縁のある筈もない軽やかで高価な絹で出来ているようだった。下《しも》の御用ではなくて、先刻の女房のようなお役が頂けるのであろうかとフキはまたしても茫然となった。

小袿を羽織った藤は、手燭を湯殿の壁から取ると、自分の袴を片手で抱え、フキを促して廊下へ歩き出した。身につけたもののせいか、フキは今度はあまり大きな跫音を立てずに藤の後に続いた。藤も黙っているし、フキも黙っている。やがてフキは畳の上を歩いているのだと気がついた。廊下に畳が敷いてあるのだ。だから跫音が立たないのだ。

それでもかなりの道のりを歩くとすっかり気疲れしてしまった。着いた部屋には臥《ふし》床《ど》が二人分用意されていた。藤がフキに先刻着せたものを今度は脱がせにかかり、再び素裸にしてから、柔かい白い衣を着せつけた。されるままにして、突っ立っていると、今度は藤が着ていたものを脱ぎ、別の衣に着更え、フキの分を丁寧に畳み、自分の分も別に畳んでから、フキを見上げた。フキは、はっと気付いて坐り、次の命令を待った。

「お寝《しずま》りやす」

フキがぼんやりしていると、藤は自分の臥床に坐って、後に束ねた髪の根に両手をかけ、紐をほどいた。すると驚いたことに長い長い髪が、ばっさり取れた。藤はそれを枕許にある台の上に丁寧に置くと、フキの様子をちょっと見てから、フキに背を向けて横になった。

休めと言われたのであるから、フキも同じようにすればいいのだろう。フキはおそるおそる臥床に横になった。急に貴人になったような気がした。こういう立派なものには、橋本家ではお次の老女でも寝てはいなかったからである。最初は藤の方を向いて横になったが、藤の枕許に手燭が置かれたままであるので、藤の後姿が嫌でも全部見える。かなり大きな女だということが分った。骨の立派な頑丈そうな躰に見えた。年齢は観行院より多少は上であろうか。しかし肉付きがよくて、観行院よりはるかに逞しい中年女の躰であった。

フキは、物音を立てないように、そっと寝返りを打ち、藤に背を向けた。すると心が俄かにゆるみ、今日一日の思いがけない出来事から積み重なっていた疲れがどっと若い躰に溢れ出た。すぐ眠くなった。何を考えるのも面倒であった。明日になって陽がさせば、口をきいても叱られはしまい。朝になれば、藤という女房も少しは説明をしてくれるだろう。

間もなくフキはのびやかに呼吸をし始めた。横に寝ていた躰が、ごろりと仰向けになった。両手が大の字にひろがり、掛けてあったものが足で蹴りのけられた。藤が、そっと起きて手燭を持ち上げ、フキの寝顔を見た。フキの唇許が少し開き、白い歯が見える。明りが動いても、寝息は少しも乱れなかった。藤は長い間、じっとフキの寝姿を見守っていたが、やがて燭台の火を吹き消した。闇の中で、藤も寝入り、二人の呼吸はひそやかに聞こえるようになった。むし暑く、この夜は虫の声も聞こえなかった。

その二

　内裏のお庭から緑が涌きたち、東に棟を並べている公家衆の屋敷まで、通りを一つ越して蟬の声が降るように聞こえてくる。鳥の飛ばない昼下りであった。今年はどうしてか蟬が早くから鳴き始めていた。照りつける太陽とまるで縁のないような暗い部屋の中に、観行院《かんぎょういん》は黙って坐っていた。蟬の声より他のもの音は何ひとつ聞こえて来ない。濃くて艶のある、黒髪が一筋の乱れもなく梳《す》き通され、夏の袿《うちぎ》の背に流れている。先帝崩御の後薙髪《ちはつ》しているのだが、もともと髪の多いたちであった。今日は化粧も濃く、額に眉も描き、梔子色精好《くちなしいろせいごう》の袴《はかま》をつけ、盛装しているのだが、観行院はまるで暑さを感じなかった。目の前に坐っている兄が薄くなりかけている額の生えぎわに汗を滲ませているのが不思議なくらいだった。暑さと観行院の沈黙に、やがて耐えかねて橋本実麗《さねあきら》が女のように甲高い声をあげた。

「その文《ふみ》、なんで読ましゃらぬ」

観行院は膝の前に目を落とし、

「これはたった今この私が参内して主上《おかみ》の御覧に入れた文の写しやありませぬか。これがこちらへ届いたのは六月の六日やったのと違いませぬか。そのときあなたからお手渡し頂いて今日まで、何度も拝見いたしましたもの」

「それはそうやが、これは受取るとすぐ私《わし》が一字一句違わぬように写しておいたのや。そなたも今一度読ましゃったがよろしかろ。そなたが参内の後こちらへ廻ると申されたによって、この屋敷でこうしてお目にかけているのやないか」

中将実麗の額の汗が耳の横に黒く流れた。毛染めを使っているのだと観行院は思った。この兄と妹は十五も年が違う。実麗が五十歳を過ぎていることに観行院は気がついた。言葉は気をつけて丁寧に話しているけれど、心の中は声を荒らげてでも江戸の勝光院《しょうこういん》からこの月の始に届いた手紙を、もう一度読ませたいと思っているのに違いない。観行院はようやく両手をあげて長い袖を振りおろし、手の先を袿から出した。兄の筆で書き直した手紙を取上げて見ると仮名文字が不自然で可笑しかった。勝光院というのは、実麗と観行院兄妹の父親の妹、つまり叔母に当る。二人の祖父の晩年に生れているものだから、年は実麗より一歳だけ下になる。お筆からはお気丈な方とお見受けしましたが」

「本歌《ほんか》のお文はお家流で、随分と墨の色も濃く、
観行院は、目の奥で嗤《わら》いながら兄に言った。

「ふむ、お気丈でなくては関東の大奥は勤まりますまい。なんせ三代の公方《くぼう》に仕えて、えらい出世をなされたお方やよってに」

「関東で、御出世を」

観行院は喉の奥で笑った。言うことも一々皮肉に響いたが、それを聞き流して実麗は大真面目に答えた。

「徳川家《とくせんけ》二百年の大奥で、年寄と御用掛を兼務したのは勝光院どの一人しかおられぬ。上臈《じょうろう》姉小路《あねがこうじ》といえば、文政年間には飛ぶ鳥も落す勢やったそうな。老中どもも姉小路には頭が上らなんだという話や。御所で宮嬪に上っても、お清《きよ》のままであれだけ出世する女はあるまい」

「御所は二千年、関東は二百年。それを較べなさるのは御無理というものでございましょう」

妹の静かな声にやりこめられても、実麗は引退るわけにはいかない。

「ともかくも読ましゃれ」

「あのお文は巻紙でござりましたな。巻紙に書かしゃって、折紙はお使いにならぬ。叔母様もすっかり江戸風にならしゃったそうな」

「ともかくも読ましゃれ」

何度も懇願されて、ようやく観行院は叔母の手紙の写しを両手にひろげた。それにはこの六月一日、江戸城御用御取次の坪内伊豆守と面談した仔細が具《つぶ》さに書き綴られてある。


……和宮様この御地へ御縁の義、おかけあいになり候ところ、御所にても御承知にもあらせられ、有栖川《ありすがわ》宮様、関白様、そのほか御役中にもご同様のよしにて、橋本家へ御内達しにもなり候ところ、なぜか御手前様、観行院殿には、きびしく御不承知の由、だんだんのおもむき所司代より申しこし、一つ一つのところ、なんともご尤もにには存ぜられ候……。


観行院は顔を上げて、兄に言った。

「思えばあれは立派な御手蹟でござりました。御所様にお上りやしたら、名筆よとお褒めのお言葉もあらしゃられたものを、惜しいこと」

「字も上手やが、達文やと思いましたな、私《わし》も。このくらい悧発でなければ、関東というても女ばかりの大奥で、あの出世はなりますまい」

「そんなに悧発なお方が、なんで転《こ》けなさったのですやろか」

「転《こ》けたとは誰が」

「上﨟姉小路が失脚したというて、御所まで噂が立ちましたが。ほれ、先々代の公方が亡くなられた後で、間なしに。嘉永六年でござりました。和宮さんがお八つで、お紐直しの儀があらしゃった年でござります」

「あれは増上寺から賄賂取ったと言われて、まあ災難のようなものやったのやろ。徳《とく》川《せん》の葬儀は、いつも増上寺と寛永寺が取り合いになるのやそうや。公方が増上寺に納った後には、誰か増上寺側から怪我人を出さんならん。その羽目に立たされたんですやろ。私《わし》は、あのときからお気の毒やと思うてました」

「鈍《おぞ》ましこと。主上《おかみ》がお崩《かく》れ遊ばしても鳳穴《ほうけつ》を何処にするという騒動《そうど》は起ったこともあらしゃりませぬに。やはり関東は鈍ましところでござりますな」

　橋本実麗は、こんな妹のもの言いを黙殺し、妹が膝の下に落した勝光院の文の写しを取って、自分でゆっくり読み返した。もともと実麗宛てに届いたものであった。そして今日まで半月の間にどのくらい繰返して読んだか分らない。

……この度の御儀は一昨年来よりの御次第、……江戸と京都の両御地、まず御折りあいも御よろしからず、なんとも関東にても恐入らせられ候御儀につきては、このたび御縁組とうも遊ばされ、御親しくならせられ候わば、天下太平の御もといと思召させられ……

実麗は、文字を追いながらも妹の様子をちらちらと見ていた。観行院は、身じろぎもせずに坐っていて、別に他所見《よそみ》もしていない。

……添えてくどうも申しいれ候が、御所むきにて御承知のところ、御手前様のみにて御差しつかえとなり候ては、仰上のところは御尤もさまながら、御為めにも宜《よろ》しからぬ御事と存じ候まま、ぜひぜひ御承知のようにと存じ候。

実麗はこの添書を読む度に溜息が出る。主上《おかみ》も関白九条殿も承知している縁組であるのに橋本実麗ひとりで反対していたのでは「御為めにも宜しからぬ御事」というのは、どんなに鄭重な文面でも恫喝《どうかつ》であることに間違いなかった。実麗はこの叔母が江戸で権勢を誇っていたから、父の実久が御所で格別の働きもなかったのに突然橋本家で初めて議奏《ぎそう》に抜擢され、それまでは中納言の家格であったのが大納言に昇進し、石高も御加増になったことを知っていた。和宮の関東下降に反対しているのは、実麗よりむしろ観行院であるのに、それを承知している筈の叔母が甥の実麗一人を攻めたててくるのだ。それは兄の力で妹をなぜ説得できないかという焦立ちにきまっていた。

関東が京都所司代を通して御所を監視し、宮廷人事まで指図するようになって、すでに久しい。ごく近くのことでは大納言徳大寺公純が議奏として主上《おかみ》の御身近かにいては「公武御一和の妨げ」となるからというので、関東が所司代から武家伝奏を通して幾度も申入れ、遂に罷免《ひめん》されている。実麗もこのままでいけば同じ罪状で禁廷から退けられることは分っていた。叔母の書いている「御為めにも宜しからぬ御事」である。

「この添書だけでも今一度御覧あれ。観行院様にも只今のところはどのように御残多にも思しめし上のことながら、またまた御よろしき御次第にもなり候御事もござ候と存じ候。このように書いてありますぞ」

「叔母様は、どうしてそのように御熱心なのでございましょう。お考えが分りませぬな。まあ、こういうことがお好きさんでいなさることは前々から存じ上げておりましたけれども。今度は和宮さんを錦絵や流行唄《はやりうた》の材料《たね》にするおつもりですやろか」

観行院は、叔母の勝光院が姉小路時代にわざわざ上洛し、現在は左大臣になっている一条忠香の息女明君《はるぎみ》と当時の徳川家世子との縁組を整えて江戸に戻ったことを言っているのだった。前の公方徳川十三世家定《いえさだ》は配偶者運が悪く、初婚は鷹司政熙《たかつかさまさひろ》の女《むすめ》であったのが婚儀から八年目の嘉永元年に病没し、次が姉小路の肝入で一条家から輿入れしたのだが、これは半年そこそこで亡くなられた。しかし明君というのは身長が四尺に足りず、立っても襖の引手のところまでしか背がなかった。一寸法師だったのである。

実麗は、ちょっと眉をひそめて妹の言葉を正そうとした。

「あれは流行唄にはならなんだやろ」

「落首が瓦版にのりましたそうな。箱入りの京人形を連れて来て一丈あるとは無理な姉さま」

「よう覚えてなさるの」

「あのときは京都《みやこ》まで評判になりましたもの。実の叔母様が悪う言われて錦絵まで出ましたやろ、ほれ、国芳の。二枚続きの立派な錦絵でしたが。関東の代官は手毬を搗《つ》くよにして一条さんの姫君を弄ばれたそうな。それであのように早う亡くなられたのですんやろ。いかにも関東者のやりそうなこと。代官どのは公家方の女なら、矮人《こびと》でも跛《びっこ》でもよろしのやろ」

実麗は聞いてはならぬことを聞き、はっと観行院を見て、まだ耳を疑っていた。

「そなた、今なんと言わしゃった」

「矮人でも跛でもよろしのやろと申しました」

観行院は、びくともせずに同じ言葉を繰返した。実麗の額から、黒い汗が滴り落ちた。

歌川国芳の錦絵は公家仲間の間でもひっぱり凧であったから、実麗も見たし、忘れていない。中央に女医者がいて難病療治に当っている。そのまわりに奇病の患者たちが描かれていて、その中で一際めだつのは振袖姿の上臈が下駄と草履を片々に履いて立っているのだ。これが一条家の姫を摸したものだと当時の人々は了解していた。一般に明君は跛だと風説されていたからである。中央の女医者はもちろん上臈姉小路つまり今の勝光院を諷したものであることも、事情を知る者は誰にでも分っていた。

実麗は、額の汗を拭き取ってから、なんとか話題を変えねばならぬと思った。

「あれは、しかし一条さんの姫ではなかったと言う話やった」

「私もそれは聞きました。叔母様が身代りを立てて一条さんの宗家の息女と言いくるめたんですのやろ。関東者は、なんと阿呆なと思いましたえ」

実麗は、徹底的に話題を変えるためには、まるで違うことを言わねばならないと思い知った。

「フキと申したかな、この前こなたへ参られた折お目に止まったお末《すえ》は、その後どうしております。この邸に参ってからでも日の浅いことやったよって、よう躾もできておらず、お役に立つかと家の者が案じおりますがの」

「宮さんは桂の御所にお移りになってから、お寂しゅうしてあらしゃりましたよって、お相手を致させようと思うて、今は行儀を教えているところでござります」

「かの者を、御殿に上げて」

驚いている兄を冷やかに見て、観行院は言った。

「誰も信用できぬときは、いっそ下々の者の方が誰の息もかかっておらぬだけ気楽でございます。桂の御所の使用人は、表向き御所からお差しまわしと承っておりましたけれど、ほんまはみんな所司代若狭《わかさ》の手の者なのですよってに」

「なるほど、そなたもそれはお気が疲れなさることであろ」

観行院は頷きもせず、黙っていた。実の兄とはいえ、目の前にいる橋本実麗を、彼女は少しも信用していない。

それは痛いほど分っていたが、実麗も事がここまで切迫している以上、怒るわけにもいかないから、またまた話題を変えた。

「御所の御首尾はいかがあらせられました」

「最前も申上げました通り、主上《おかみ》にはお障《さわ》りさんもなく御息災にわたらせられめでたく存じ上げ奉《たてまつ》りました。私も御懇命をこうむって、お目もじ相成りますことが出来まして、ただただ畏《おそ》れ入り忝《かたじけな》く存じ上げ奉りましたが、和宮さんの関東御下降の御沙汰ばかりはきっぱり御辞退申上げて退りました」

主上《おかみ》にかかわる話であるから観行院は威儀を正し、閉じた檜扇《ひおうぎ》をしっかり両手に持って、実麗に答えた。つい先刻参内したときのことは思い出しても緊張するのであろう。

「それはそうと和宮さんのことやけれども、私《わし》が先日桂の御所に参上したとき、宮さんは御几帳《きちょう》の彼方にあらしゃってお顔もお見せにならず、私が何を申上げても御返事はそなたが代ってなさるばかりで、御声も聞くことが出来なんだ。御所から勾当内侍《こうとうのないし》が参上した折も、宮さんは御几帳越しで、お声もあらしゃらなかったと長橋の局は私にまで案じて文を寄越されたが」

「宮さんは御動転あらしゃって、畏れ多いことでございまするが、お泣《むつか》り続けであらしゃります。とてもおみお顔をお見せ遊ばせるような御有様ではあらしゃりませぬ」

「なるほど。さても恐れ多いことや」

和宮が生れたのも、十四年間育ったのも、観行院の生家橋本の邸内であった。その間、実麗は同じ屋根の下で暮しているだけに、宮を不憫に思う心に偽りはない。

有栖川家へ嫁ぐ用意にと桂の御所へ移られる頃から、関東御下降の話になってしまったのだ。幼い和宮が、どんなに驚愕したか、取乱しているか、想像するだけで実麗も胸が痛む。事は火急を要したが、実麗としては黙りこまざるを得なかった。

蟬の声が天からのしかかるように聞こえていた。兄と妹は、運命の中に坐っていると実麗は思った。参内した帰り道であるから、観行院は盛装していたが、これほどこのときにふさわしい身装りはないように思われた。もう何を言っても無駄なことだと、実麗は溜息をついた。自分には、何の力もない。関東を説得する力も、実の妹を説き伏せる力も。

日が西に傾いて暑さはいよいよ激しかったが、観行院も実麗も、いつまでも黙って向いあっていた。話すことは何もないが、これから先どうなるのか考えることも出来ないという意味では、二人とも心に押詰っているものは同じだった。

「宰相中将殿」

　観行院が檜扇を手に持って、兄を官名で呼んだ。実麗が、ぎょっとして顔を向けると、先帝の寵嬪新典侍《しんすけ》は威厳を備えて見すえている。

「はあ」

「お尋ね申したい儀がございます。若狭守《わかさのかみ》からの使いがこの屋敷に参ったのは、和宮さんが桂の御所へお移りになる前だったのではありませぬか」

「所司代酒井若狭の家来のことでござりまするか」

「さよでござります。宮さんは今年の二月二十三日に桂の御所へ此処からお移り遊ばされましたが、若狭の家来はその前からこの屋敷に出入りしていたように思いますけれど」

「はて、岩倉侍従《じじゆう》が突然この家を訪ねて参ったことがあって、私《わし》も驚いたのを覚えおりますが、その折には和宮さんは既に桂の御所へお移りあらしゃられた後であったのでは、はて」

「岩倉侍従も若狭の家来も宮さんの関東御下降の話を持って参ったのではありませぬか」

「話は確かに和宮さんのことで驚入りましたが、あれはもう宮さんが桂の方へお移り遊ばされてからであったように存じております」

「いいえ、それは中将殿の御記憶違いであらしゃりましょう。若狭の家来がこの屋敷に参ったとき、私はまだ此処に居りましたもの。関東の役人が、何用あって来たかと不審に思ったのを私は覚えておりますし、岩倉の侍従が見えた日からあなたのお顔色が勝れず、この狭い屋敷の中で私と顔を合さぬように努めておいでになりました」

「そんなことはござりませぬ。もし所司代から宮さんの関東御下降の下話があったなら、何をおいても観行院様にお話せずにはおりますまい。去年の秋、勝光院のお方から関東の噂を知らせて参りましたときも、すぐ文をお目にかけたではござりませぬか」

「ほんまにあのときは、まさかと思いました。内裏から有栖川の宮さんに御入輿《にゅうよ》内定の御沙汰があったのが去年の四月二十七日でござりましたもの。いくら異国に迫られているとはいえ、関東は何を狼狽《うろた》えているやら笑止なことと思うておりましたのに」

観行院は深い溜息をつき、実麗も沈黙した。この半年の間に起った事柄は、実麗が生れて以来去年までに出会った全ての事より数が多く変化にも富んでいた。しかもその事はまだ終っていない。

「宰相中将殿」

また官名を呼ばれて、到頭実麗は腹を立てた。

「ええ加減にせぬか。誰も聞く者のおらんところで」

「お日記を拝見させて頂かされませ」

「なに」

「お互いさんにうろ覚えで話しあうのは無駄いうものやございませぬか」

実麗は黙って立上り、隣室から三冊に綴じたものを抱えて戻った。二月の日記は最初の一冊の終りがけにあった。桂の御所へ和宮が移居した二十三日の日付を急いで探す指先を、観行院は身をのり出し、針で刺すようにして文字を追い、

「あ」

と声を上げた。実麗も、同時に似た声を出し、すぐ唇を噛んだ。

二月十六日　辛亥、若狭侍従の家来、来りて之に謁す。申し伸ばす子細あり。

(和宮関東御縁組の件なり)

二月十八日　癸丑、若狭侍従の家来、来りてこれを謁す。今朝、あい招き了りぬ。岩倉侍従、来られてこれに謁す。所司代家来の申す旨について来られたるは、

はなはだ不審の事なり。

二月十九日　甲寅、若狭侍従の家来、面会を請うたればこれを謁す……岩倉侍従、来られてこれに謁す。

「やはり桂の御所へ移る前に、もう下話は進んでましたのやな。不審でならぬことばかりで、あなたが御存知ないとは思えなんだのでございますよ。よう日記にお書きつけ下されました。有りがとう」

「あまりに慌しゅう日が立ち、あれこれ話がもつれるばかりで記憶の方も怪しゅうなりました。私《わし》も、齢ですわな。お許し召され」

「叔母様のお文にも、ほれ、ここに、この度の御儀は一昨年来よりの御次第とありますよって、関東が和宮さんを狙うていたのは、もうずっと前からやったのでございますな。知らなんだのは宮さんと私だけやったんですやろ」

「いや、一昨年というのは大老井伊《いい》掃部《かもん》どもが言い出したときのことやろから、まだ和宮さんの名アは上ってなかったと思う。公武一和して国難に当るべしというのが関東ばかりでなく禁中でも公家方の一部にも上っていた声やった。御所と徳川《とくせん》の対立を抑えて天下を治めるには皇女御降嫁あるのみと彦根の掃部らが考えたのであろう」

「彦根というのは、この春、桜田門で殺されなしたお方ですな。畏れ多いことを考えついた罰でしたんやろ」

「しかし人死んで策が残った。勤王方の浪人が井伊を切ったというので、関東と京都の対立がいよいよ顕らかになったものやから、そのためにも皇女御降嫁が一層必要とされて来たのや」

「和宮さんは皇女ではあらしゃりませぬ。お生れにならしゃった日から皇妹であらしゃりました」

観行院は静かに言った。この半年というもの何度も繰返していた言葉なので、いまさら大きな声を出す気にもならない。弘化三年正月、仁孝《にんこう》天皇が崩御し、孕っていた新典侍経子は生家に帰らされて五月目に和宮が御誕生になった。思えばお上の寵を得た折から今日まで、一度も観行院には楽しい思い出がない。天保十五年の秋にお産み申上げた皇子胤宮《たねのみや》は、一年に盈《み》たずでお薨《かく》れになった。あの時の悲しさは、今思い出してても躰が冷たくなる。肉を裂き、骨を割るような苦しみで産み上げた皇子が、この腕の中で抱いていても揺すっても息を吹返さなくなったときのことに較べれば、十五歳にもお育ちになった和宮に今ふりかかっている災難など怖るるに足りなかった。勝光院が手紙に添書してお為めにも宜しからずというのは、位官やお賄料を剝奪されるだけのことであって、まさかに関東の言うことをきかねば宮を殺すという意味ではあるまい。最悪の場合、宮が御落飾なさればいいのだと、観行院は最初から腹はすわってい た。観行院自身が先帝崩御のあと薙髪して名は既に仏門に入っている。御所からの御指示で有栖川宮家と婚約を結んだのが和宮六歳のとき。それから十年たって、橋本邸では手狭まであろうから輿入れの準備を桂の御所でするようにとわざわざ御沙汰があり、桂の御所は此処から鬼門に当るから吉日を選ぶのが難儀で日がかかり、ようやく移居したのが二月二十三日。ところが兄の日記をひもとけば、その数日前からあわただしく所司代の役人と侍従の岩倉具視《いわくらともみ》が、橋本中納言を訪ねて懇談しているのだ。

「私《わし》は終始同しことばかり言うてきた。和宮さんは有栖川宮家と御婚約あり、御婚儀を目前に控えておいでになる。それを御破談にして関東御下降とはあまりに畏れ多い。話が無茶苦茶や。いくら私の妹でも観行院さんにはよう取次がんと、こない言いはっていたのや。ところが三浦七兵衛という関東所司代の家来やがの、これが毎日のようにしつこう来よるのや。桂の方へお移りになったので、あのときは、今思い出したが、ほっとしたものやった」

「私は桂の御所へ移ってから、これは変やと思い出したんです」

「それは、なんでですのや」

「御所が丸焼けになったとき、主上《おかみ》を初め奉り皆さん桂宮《かつらのみや》さんの御殿を借って仮の御所となされました。あれは安政元年やったのと違いますか」

「そうやとも、安政元年四月六日。下田に黒船が再来し、ペルリがまた来たというて、関東も御所も大騒動の最中に禁裡炎上やったよって、悪いことが重ねて起るとは恐れ多いと思うたものやった」

「桂宮さんには御当主《ごぜん》があらしゃらなくて御殿が空いてなさったよって、皆さんお移りなされたのですやろ」

「ふむ。それ以来やな。桂宮さんの御殿を桂の御所とお呼びするようになった。関東から来た田舎役人が、よう桂離宮と桂の御所を同じものやと思うそうな。笑止やな」

「それから禁裡の御新築あって、当今さんがお戻り遊ばされて五年にもなりますやろ。無人で長いこと捨てて置かれたのやよって、どんなに荒れていることかと思いながら移りましたのに、畳は全部取り替えたばかりの青畳で、宮さんのお居間ばかりかお廊下まで新しい畳が匂い立ち、床も柱も磨き上げられてました。仮の御所のとき御機嫌伺いに参内したときかて、あのように充分なお手入れは遊ばされてではあらしゃりませんでしたよって、これは変やと思うたんでございます。それに」

「それに」

「敏宮《ときのみや》さんが閑院さんと御婚約遊ばされたのは天保十一年、宮さんは十二であらしゃりましたが、天保十三年、お輿入れも間近かというとき閑院の宮さんがお薨れ遊ばされましたやろ」

「あんはほんまにお気の毒やった」

「敏宮さんをお産み申されたのは甘露寺さんで私より十も二十もお年上の典侍さんです。和宮さんは敏宮さんより十七もお年下であらしゃります」

「私は皇女御降嫁がそのように天下安泰に御必要なら敏宮さんがよろしかろうと何遍も言うたのやで」

「敏宮さんかて今は皇妹に在《おわ》します。皇女ではあらしゃりません」

「当今さんの養女として皇女にお直り頂くのはいと容易《やす》いことですがな。ところが関東方は、敏宮さんは公方より十七もお年上であらしゃることと、閑院さんの亡くなられたお後のこと故、それでは畏れ多いと断りを言うた」

「推参な。和宮さんこそ有栖川家に御入輿間近かで、まっと畏れ多いことやありませぬか」

実麗は妹が気を悪くすることには閉口なので、話題を元に戻した。

「桂の御所にお移りになって、これはおかしと思われたのは、敏宮さんとどのような関わりがありますのや」

「されば、敏宮さんのときには閑院さんへ御入輿が迫っても、万事お手軽で、お支度のためにどこかへお移りになることもなし、お産み申した甘露寺さんがお乗物を頂戴したこともありませなんだ」

「あのときは先帝《さきのおかみ》が御在世であらしゃったよって、万事がこの度とは違うたのやろけどな」

「私は、桂の御所の下人たちが御所から出向いた者は一人もおらず、みんな所司代若狭の手の者やと分ったとき、これはえらいことになるのやないかと思いました。梅雨があけて蚊が湧いたよって蚊帳の用意を申付けましたら、和宮さんの御寝所ばかりか私の部屋のまわりで、庭から一晩中下人が蚊燻しを致しまして、今に続いております」

「豪勢《ごうせ》なことやの」

「一晩中見張られているのでございますよ。うっとうしさはこの上なしですえ。桂の御所にお移り頂かされたのは、有栖川さんへお輿入れの用意のためとは口実やったのですやろ。関東も兄さんも同腹で、別の縁組を進めなさるのに御便利やったからと違いますか」

「観行院さん、それは恐れながら御邪推というものや。こともあろうに私《わし》が関東と同腹やなどと、滅相もない。私《わし》は今日まで一度とて関東の言い分に首を縦に振ったことはない。この勝光院の文が何よりの証拠やないかいな」

「さよであらしゃりますか」

観行院の言葉は冷たく、激しいことを言うときでも口調は静かで声も大きくならなかった。橋本実麗も、堂上公家の社会で、含み針で突き刺すような日常の会話には馴れていたから、妹の皮肉に我を忘れて逆上するようなことはなかった。むしろ関東と同腹だと思われないために、心の中を少しでも観行院にあかしておこうと考えた。

「私《わし》にも同しころから変やと思うてることが一つあった」

「なんのことでございますか」

「岩倉や。あんな家格の低い公家が、なんで禁中と関東の橋渡しに口がきけるのか、不思議でならん」

「今の主上《おかみ》が御鍾愛の掌侍《しょうじ》、堀河さんは、岩倉侍従の姉さんですもの。去年は寿万宮《すまのみや》さんをお産み申したよって、御権勢は祐宮《さちのみや》（後の明治天皇）さんをお産み申した中山さんを凌ぐ勢やと漏れ承ってますえ。准后《じゅごう》さんがお産み遊ばされた富貴宮さんは去年の秋にお薨れやすし、堀河のお局さんを押えるものは誰方もおいで遊ばさないのでしょう。それで主上に吹き上げて岩倉侍従をよくお召しになるようになさっているのに違いありませぬ。関東方が皇女が欲しいとなら、堀河掌侍がお産み申した寿万宮さんを関東にお遣わし遊ばせばよろしいのに、皇妹和宮をその代わりにして、有栖川さんとの御縁まで破ろうとは、あの掌侍さんから出た智恵やと私はお睨みしてますえ。お腹《なか》はおくろぐろのお方やと評判でございますし」

観行院は自分も禁中で先帝の御寵愛を蒙った身として、准后から新典侍に到るまで、男宮七方、女宮七方をお産み申した女たちの間の争いごとで明け暮れていた日々を今も鮮やかに思い出すことができる。不幸にも大方の皇子皇女は三、四歳までに夭《よう》折《せつ》され、お育ちになったのは皇子では現在当今となられている主上《おかみ》と、皇女では敏宮と和宮の全部でお三方だけである。そして和宮は先帝の末子であり、先帝崩御の後に生れたのだから、観行院自身が御所でときめいていた時期は大層短かく、その間に胤宮がお薨れになったし、悲しみのうちに和宮を孕り、間もなく先帝崩御と、あまりにも大きな不幸が続きすぎた。

当今の御践祚《せんそ》以来、観行院は御所の外で、禁裡の新しい時代を覗き見ることもなく、華やかな噂をもれ聞いては口惜しく思うばかりだった。

「私もそれは口に出して岩倉に言うてやったことがある。寿万宮さんは畏れ多いことやが岩倉の叔姪《しゅくてつ》に当られるのやよってにな」

「なんと言わしゃりました」

「皇女というなら畏れ多いことやが寿万宮さんより他にあらしゃりませんやろ、とな」

「岩倉は、なんと申しました」

「まったくその通りやと答えよった。自分もそない思うて、主上《おかみ》にもお勧めしているのやが、関東が寿万宮ではあまりに稚くあらしゃると不安がって、和宮さんお一方に絞って嘆願して参ると申してな」

「勝手なことを」

「ほんまに勝手気まま横車の押し続けや。前関白《さきの》は無理やり落飾させられてしもうたし」

「鷹司さんに、なんの罪咎があらしゃったのですか」

「関東の言うことを主上《おかみ》にようお取次ぎせなんだということやろ。主上は再三にわたらせられて、おかばいならしゃったが、所司代の酒井若狭守が攻めて攻めて攻めぬいたんで、到頭、去年、鷹司さん父子を始め近衛さんに、それから内大臣の三条さん、四人とも次々御落飾や。こんなことがあってよいものかと、私《わし》らは痛憤している。この上、和宮さんを無理無体に有栖川宮を踏み倒して関東へお連れするなどさせてなるものか。そう思うて私は日夜、腐心している。最前あなたが仰せになった関東と同腹などとは決してお考え頂きとうない。それだけは、きっと申上げおきますぞ」

実麗はいきごんで妹に言ったが、観行院は肯きもせず、膝の上の檜扇に目を落しながら、

「ともかく私は今日参内して、主上に直々お目もじさせて頂き、畏れ多いこと重々ながらお断りを申上げて退ったのですよってに」

と言う。

御所と所司代と九条関白からの勧めを、半年も同じ言葉で断り続けてきたのだ。もはやこの件でやるべきことは何もない状態であるのに、実麗は事態がこれで終るとは毛先ほども考えていなかった。だが、観行院と話しあって観行院の気持を今以上にこじらせるのは心配だった。さらには所司代から兄と妹で何を策謀しているかと悪く勘ぐられるのも迷惑な話だった。

「この前にお訊ねのあったフキの親許のことやけどもな」

実麗は話題を変えた。観行院は不審げな顔をして兄を見ている。

「ほれ、桂の御所に召された小者のことやけれども、あれは室町の絹物を扱う商人から奉公に上っていたのやが、問い合せたところが、捨て子やそうな。親は絞り職人であったらしい。関東方が俄かに奢侈《しゃし》禁制の布令を強うしたことがあったやろ。水野というたか、江戸で老中になりよったときのことやろか」

「そやったら和宮さんがお生れ遊ばす前のことになりますえ」

「ほなら老中が阿部やら堀田やらの頃になるかいな。十年前に外国《えびす》どもから使いが頻りと来よってからに禁中も関東も大騒ぎになった頃のことやよって。ともかく親が喰い詰めたのであろう、あの者に絞り上げた白地の絹を背負わせ、室町の呉服商人の軒下に立たせてあったのやと。あの者は三つか四つであったそうや。嘉永の初やな。下々に飢えて死ぬものが多うて、先帝《さきのおかみ》もそれには随分と宸襟《しんきん》を悩ませ給うてあらしやった。恐れ多いことやが、禁中もお手許不如意が続いていたよって難民御救いの余裕などとてもあらしゃるどころではなかった」

観行院は兄の話を詰らなそうに聞いていたが、やがて会釈して、

「ありがとう。御機嫌よう」

と言った。帰るという意味であった。実麗は深々と一礼して、同じように、

「御機嫌よう」

と言わなければならなかった。これが御所ことばの礼儀なのである。

玄関から朱塗りの乗物に入ると、雑掌の一人が神妙な顔をして戸を閉めた。形は駕籠とも輿ともつかない、内部まで妙にけばけばしい飾りをほどこしてある細工ものを観行院は改めて見廻した。この乗物は明らかに関東所司代が大急ぎで作らせたものに違いなかった。初めてこれに乗ったとき塗りたての漆《うるし》にかぶれて観行院は顔が腫《は》れ上り、ひどい目にあった。生家の橋本邸から御所へ参内するのも、桂の御所へ伺うにも、それまでの観行院はいつも徒歩《おひろい》で出かけていたのが、桂の御所に和宮が移居されてからは観行院にこの珍妙な乗物が与えられ、どこへ行くにも所司代の手の者に予《あらかじ》め言わなければならなくなっていた。初のうちは、どうしてこんなに鄭重に扱われるようになったのかと、半ば不審に思ったり、有りがたくさえ思ったりしていたのだけれども、日がたつにつれて態のいい囚人《めしうど》になっているのだと気がついていた。今日参内したとき主上《おかみ》のお傍近くに堀河掌侍が付き添っていたのが、観行院にとって許し難かった。新典侍であった自分でさえ、先帝の寵を受けても何かと禁廷では遠慮して暮さねばならなかったのに、公家の中で最も身分の低い家から御所に上り、しかも掌侍という位でありながら、准后さんもあらしゃるというのに、よくあれだけ大きな顔をしていられるものだと、観行院の心は揺れる乗物の中でどうしても鎮まらなかった。

自分の生家は由緒深い羽林家であって、堀河などとは家格が違う。まして堀河から岩倉へ養子に行った侍従などまで、推参にもこの話に割りこみ、姉の掌侍と腹を合せて動いているかと思うと、観行院の胸の中は煮え返るようであった。

その三

井戸の底は深く深く、身をのり出しても水が見えない。フキは勢よく釣瓶《つるべ》を投げ落したが、水音が聞こえない。これはおかしいと井桁にしっかりつかまって、もう一度覗いてみたが、水も釣瓶も影さえ見えない。深い穴は、ただまっ暗だった。フキは怖ろしくなって、釣瓶につけてあった棕櫚《しゅろ》縄を探した。それはフキの足許で黒くとぐろを巻いていた。縄を取上げ、えいえいと声を出して手繰りにかかったが、縄の先に手応えがない。フキは不安と戦いながら一生懸命縄を手繰った。手繰っても手繰っても井戸から釣瓶が上って来ない。フキの全身から汗が噴き出していた。祇園さんやもの暑いのは当りまえや、とフキは自分に言い聞かせた。井戸の中と違って、フキが立っている世界は明るい。夏の日射しが、天から灼きつけてくる。大好きな夏や、私は水汲みが大好きやのやとフキは大声で叫びたかった。コンコンコンチキチン、コンコンチキチンと祇園囃子を口ずさみながら足拍子をとっているのに、手繰れども釣瓶は上って来ない。フキは癇を立て、棕櫚縄を肩にして井戸を背に走り出した。コンコンコンチキチン、コンチキチン。いくら走っても縄先に重いものがあると思えない。縄が切れたのではないかと急に不安になり、ぎょっとして足を止めた。振返ると、井戸の屋根の上には青々と草が繁っている。ああ、草が、と見惚れているとき、フキの足をほとほとと叩くものがあった。

「おひなって、おひなって」

囁く声に、目が醒めると、朝が来ていた。

藤はもう身づくろいをすませて、フキを見おろしている。フキは慌てて飛び起きた。そうか、あれは夢だったのかと思いながら、藤に手伝われて着替え、小袖の上に袴《はかま》をつけ終ると、藤がフキの後に立って髪を梳《す》きにかかる。櫛の先がからまってもかまわず梳くから、痛くてたまらないのだが、フキは声をあげてはならないのだった。自分でやる方がどのくらい身も気も楽かと思うのだが、藤はフキが手を貸そうとすると機嫌が悪くなる。口をきこうとすれば、その前に唇が指先で封じられる。フキは痛くても辛くても黙っていなければならない。髪を梳き終ると小袿《こうちぎ》に袖を通し、それから束ねた毛先に長かもじをかける。このかもじは重くて、初めの頃は顔が思わず仰向いてしまい、幾度も注意された。公家方の女で身分のある者は普段にもこんな重いものをぶら下げて暮すのかとフキは驚いていた。坐っていてさえ重いのだから、立って歩くときは頤をぐいとひいて歩かなければ重くて動きがとれない。

用意が整うと、藤に従って隣の部屋に入って行く。臥床《ふしど》に行儀よく寝《しずま》っている貴人に対して藤は恭《うやうや》しく一礼してから、夜着の裾を軽く叩いて言う。

「宮さん、おひなって頂かされ」

和宮の躰がものうげに柔かく動き始める。ぽってりした瞼が開くと糸のように細い目が、藤を認めた。片手を上げると藤はそれをお取りして宮を抱き起す。宮はまだとろとろとまどろんでいるのか、一隅に坐っているフキを見ても目に入らないらしい。藤はフキを起して着替えさせたのと全く同じ手順で、しかし較べものにならないほど鄭重に宮の御召替えをしている。宮は、藤のするままに任せて、小袖を召し、御袴は付けない。藤がお髪上《ぐしあ》げにかかった。初めて和宮の顔を見たとき、フキはこれが観行《かんぎよう》院《いん》のお産みなされたお方かと俄かには信じられなかった。目も鼻も口許も、美貌の観行院とは似たところが少しもなかったからである。しかし髪の毛ばかりは、まぎれもなく観行院と同じように濡れたように黒く、艶やかで見事だった。藤が御櫛に実葛《びなんかずら》の水をつけて梳きぬくと磨いたように輝きをます。藤はこの上もなく愛《いと》しげに宮の髪一筋も大切に取扱っていたが、それでも梳くときには力を入れないわけにはいかないので、時として一、二本の毛がひき抜かれることがある。喜怒哀楽を顔に出さない嗜《たしな》みを生れたときから身につけているといっても、そういうときの痛みまで鈍くなるわけではないのだろう。和宮の顔に、その御痛みに耐えるにつれ生気が甦えり、次第々々に眼が醒めてくるようだった。やがてフキが見えたらしい。にっこり笑った。お歯黒の先が白く剝げた八重歯が唇許からこぼれた。

フキも藤の顔が横を向いた隙に、笑い返した。これが二人の朝の挨拶であった。最初の日は、フキも緊張でこり固まっていたし、和宮は終始怪訝そうにフキを見守り、到頭、髪梳きが終ったとき不審に耐えかねて、

「そもじは誰」

と、甘いお声でお訊きになった。

フキがどう答えていいか分らずに竦《すく》んでいると、藤が聞き咎めて、宮の顔を見詰め、微かに首を振って見せた。フキは息が止まるほど驚いた。和宮さんも声を出してはいけないのか、と気付いたからである。

それからというもの一日中驚くことばかりが続いた。和宮は厠《かわや》にはお立ちになら

ず、御下《おとう》は総てお居間でお足しになる。塗り物のおまるをその都度お使いになるのだったが、和宮は今フキがきて二度目の月水《おまけ》の最中で、御用が済むと藤が布を使って丁寧にお拭いする。和宮は馴れているのか、フキがいても一向に恥しがる様子もなく、大小の御用ともおすましになると立上り、藤に後始末をおさせになる。それが終ると藤はフキを振返って、同じところで用を足すように指図をするのだが、これにはフキは最初は仰天したし、二月たった今でも気がさす。それでも躰の方は頭ほども驚いていないのか、和宮が用をお足しになるのを心急《せ》いて待つこともある。一度、フキの出したものが多過ぎたらしく、藤がひどく眉を顰《しか》めたことがあったが、それはしかし一度限りになった。それというのも、フキの食事の量が桂の御所に入って以来おそろしく少なくなってしまったからである。

髪の後は御化粧《おしまい》になり、白粉を薄く刷いてから、下唇にぽってりと青光りのする笹紅を差す。そして隣のお部屋にお立ちになる。

平素、和宮は部屋と居間の二つをお使いになっていて、お部屋の方には南と東に向ってそれぞれ几帳が置かれていた。その囲いの中にある金襴で縁どりした真新しい茵《しとね》に和宮がお直りになると、藤は東の几帳の外へ出て、

「おひーる」

と言う。

すると、部屋の外に急に人々の気配が湧くように盛上り、「おひーる」という言葉が谺《こだま》し、やがて何か囁く声が聞こえ、それに藤が答えているのが聞こえるが、言葉も文句も一つとしてこちらには分らない。

一度だけ、

「御乳《おち》の人様」

と甲高い声が上って、藤が、

「しッ」

と叱りつけた気配がした。

和宮が振返って、フキに笑いかけてきた。フキもすぐ笑い返した。藤が和宮の乳人《めのと》であることは、もうはっきりしていたし、宮も藤には叱られ馴れていることも分って、フキは気持がほぐれていた。フキは和宮が大好きになっていた。こうして身近くお仕えするようになるとは夢にも思わなかったし、お仕えするといっても何をしていいのか、藤の働きを手伝いかけると首を振って遮ぎられるから、ただ和宮のすぐ傍に坐っているだけなのだが、藤がお居間やお部屋から出て行くと、宮とフキは二人だけになるので、どちらもほっとして顔を見合せ、面白そうな笑顔になるのだった。

お食膳は和宮の分だけ藤が部屋の口で受取って捧げ持って来る。

「宮さん、本日の御膳はお好きさんであらしゃるお冷やのおずるでござります。ぎょうさん召上って頂かされませ」

藤だけがかなりの大声を出し、和宮は箸を取って冷やし素麺を静かに啜る。お残りがあるときは、藤が御膳から下げたものを黙ってフキの前に置く。フキは日中は袴の間にさしこんである柳の箸でそれを頂だいする。畏れ多いことであったが、宮と同じお器で食べるのである。これが当面のフキの仕事なのであった。和宮が食の進むときは、フキは水さえ呑めず何も食べられないが、宮が食欲を失くす午下りにはフキはかなりの量の食物を頂だいすることが出来た。ごくたまに夜の膳には白身の柔かい魚が蒸してあったり、葱といかの和えもののような宮がお嫌いになる料理は、そっくりフキに与えられることがあり、フキは思わず喉を鳴らして食べては、藤にたしなめられた。しかし朝も昼も、それに多くの菜《おまわり》がつく夕のお膳のものでも町方よりずっと粗末な召上りものばかりだった。

食事が終ると、隣のお居間にお戻りになる。お居間は夜の物も例の塗りの蓋ものもすっかり片附いて、小机と脇息と座布団と敷物が、どれも真新しい。和宮は肩を揺らして居間に移って、定められた場所に坐る。文机の上には硯箱と筆と紙が置かれていて、藤が墨をすると和宮は筆を取って手習を始める。フキは無筆だし、むろん文字は読めない。和宮がなんという字を書いているのかまるで分らないのだが、どうやら和宮は左に置いてある手本を見ては、それと同じように筆を動かしているらしかった。しかし宮の前に開かれている手習草子は文字の上に文字を書き重ねて、まっ黒になっていて、宮がどの文字をどのように書いているのかフキには分らなかった。

藤が部屋を出たとき、和宮がフキを省みて手本を指さし、

「有栖川《ありすがわ》さんの」

と小さな声で言った。

フキは肯いたが、よく分らなかった。有栖川流書道は当時高位の公家衆にとって必須の教養であった。皇太子祐宮《さちのみや》の師範は有栖川宮幟仁《たかひと》親王であり、和宮も六歳のときから幟仁親王から御手本を頂いて習字をしていた。幟仁親王の王子熾仁《たるひと》親王との御婚約は、書道のお稽古に入って約一ヵ月後のことであった。しかし和宮は、なんといっても先帝の直宮であるから、有栖川宮家まで歩いて稽古に通ったこともなければ、幟仁親王の方も橋本邸に出向く御身分でもなかった。宮中の御儀式に参内したときでも、男と女は入口も違い、中では几帳に距てられ、顔を合せることがない。和宮はずっと幼いときから今日まで一度も師の顔さえ見ていないのだ。ただ、習字の度ごと

に、これが有栖川流の文字であり、有栖川宮の書かれた御手蹟であると聞かされていたから、それをフキにも知らせたかったのであろう。

フキは、有栖川さんと聞いても、禁裡の東北にある大きな御殿のこととしか理解できなかった。それは公家衆の街中で一際目を惹く立派な構えで、公家とは家格が違うことを塀の高さでも示していた。菊の御紋が表門に輝いていると老女のお次が教えてくれたので、フキはわざわざ駈けて行って見てきたこともあるくらいだった。和宮が指さした本に、何か有栖川宮と関わりのあることが書いてあるのだろうか、とフキは考えた。あるいはまた有栖川宮さんの詠まれた歌でも写していなさるのかとフキは思った。いずれにしても、それが「有栖川さんの」何であるのか、フキにはさっぱり分らなかったのだが、しかしフキはそのようにして折につけ宮が話しかけて下さることを嬉しく忝《かたじけな》いことに思った。貴人にお仕えするのは辛いことが多いけれども、喜びの方もそれを知る前には味わったこともないほど大きい。フキは辛棒できると思った。いずれにせよ、この御奉公は祇園会《ぎおんえ》の前からもう始っているのだった。朝の夢ではコンコンチキチン、コンチキチンとお囃子を口ずさんでいたが、祇園さんが終ってもう二月以上になる。

襖が開き、藤が敷居際で、

「観行院様、御機嫌伺いにお入り」

と言った。

いつも朝の挨拶は部屋で受けておいでになっていたから、今日はちょっと様子が違うとフキは気がついたが、観行院は急ぎ足で居間に入ってくると和宮の前で深々と頭を下げ、

「御機嫌よう。今日は朝の御膳もめでたくお召上り遊ばされまして、お悦び申入れます」

そのままの姿勢で、宮が、

「御機嫌よう。ありがとう」

と仰せになるのを待ってから顔をあげた。

「宮さん、早速でまことに畏れ入りますが、主上《おかみ》のお使いで、大典侍《だいすけ》と新典侍《しんすけ》、それに勾当内侍《こうとうのないし》の三頭様が参られました」

和宮は、御所からの使いと聞いただけで、もう顔を歪めていた。観行院は右手を上げて和宮の心を押さえるようにしながら、小さな声で続けた。

「いつものように何を申されても御直答遊ばされますな。決してお口をおききなされませぬように」

和宮をじっと見上げ、黙って幾度も頷いて見せてから、藤御乳の人にも合図して、立って出た。

藤は和宮の手を取って立たせ、先導して隣の部屋に入ると、南側の几帳がぐっと引寄せられてあり、几帳の外に観行院が坐っていた。和宮は几帳の中央北側に坐り、フキはその真後に、和宮の影と同じようにくっつくほど近く坐る。藤は居間との境の引戸を閉めてからその場に犬のように這い踞《うずくま》った。

やがて几帳の遥か遠くにある襖が静かに静かに開かれると、

「御機嫌よう」

と来客の中の一人が老人の声で言い、

「御機嫌よう」

と観行院が落着きはらって答える。

「まことに畏れ入り奉りますが、主上《おかみ》のお使いとして新典侍と勾当内侍両名と共に参上仕りました。和宮様には御機嫌ようならしゃりまするることを、おめでとう、かたじけのう、お悦び申入れます」

「ありがとう」

「昨日は観行院様御参内遊ばし、宮様おみおおきく御気丈におなり遊ばされの由、親しくお聞き遊ばされ、主上《おかみ》にもお喜びにておめでとう、かたじけのう、お悦び申入れます」

「ありがとう。その節にはお心入れ山々忝うし、畏れ入り、ありがとう存じ入り奉りました。今日はまたお三頭様お揃いで、宮さんも大層なお喜びにてあらしゃります」

「畏れながら御用の趣き早速に申入れます。昨日観行院様御参内の折のお願いにつき、畏れ多くも主上《おかみ》におかれては本日、九条関白殿に宸翰《しんかん》を賜わりました。そのお写しを宮様にお目にかけるようとの仰せで参上いたしました。お許し遊ばされませ」

「ありがとう。忝く拝見つかまつります」

「畏れながら、お上には読み奉って直かに宮様のお耳に達するようと特に仰せ出されましたよって、畏れ入り奉りますが長橋に代読いたさせます。お許し遊ばされませ」

勾当内侍が宸翰の写しを開く間、観行院も和宮も頭を下げた。フキも慌てて宮の後でもうひとつ小さくなった。

長橋と通称されている勾当内侍の朗読は、淀みなく抑揚もなく、始のうちは唐の国の言葉でもあろうかと思うほど、フキには意味がまるで聞きとれなかった。御所の文書は形式ばった約束ごとが多く、なかなか本論に入らないのと、候文がフキには難かしすぎたからだった。しかし勾当内侍の声は、落着いて針のように正しく一文字も漏らさず読み上げていき、耳馴れるにつれてフキにも分るような文句がちらほら聞こえてきた。

……和宮一件のことにつき、昨日観行院入来《じゆらい》あり、面会を乞いてうけたまわり候ところは、ひたすらお断り仰入れられ候。橋本観行院においても、よろしく願い入るとばかりに候。……昨日はべつに答なく帰り候ところ、全体過日来より毎々尊公へ申しおるとおり、あまりに聞きわけなき次第、かつ橋本兄妹のところ違勅あい済まず候えども、とんとこれはいたし方なく候あいだ、即ち別紙に愚存を誌し、今日十三日、新大典侍、長橋等を使にて和宮に申し進め候。よって尊公にはすみやかに若狭守へ御応接これあり、関東へ通達あるべく、何分にも、いかほど申し候ても和宮も承知無く、橋本兄妹も断りばかり、違命の段、委細に御申しつかわし、よって予は実に心配つかまつり候。すなわち別紙の通りに候あいだ、ただ譲位聞きずみになるようお骨折にて、お申遣頼みいり候こと……

かくのごときまでに中越し候上は、なにとぞ当人の納得候ようにと精々とりかかり候ところ、なおまた理《ことわり》を申され候ところも甚だ気の毒、哀憐は申すに及ばず、かつは先朝の皇女の儀、殊に異腹にもこれあり、かたがた義理あいもこれあり、火急理不尽にも押さえつけ難く、この上は無理にと申候わば不慮の儀も出来すべく、……なるべくゆるゆる説得の心得候えども急に内定までには至らずとは存じ候。

右の次第ゆえ、いろいろ所望の儀は関東においても勘考くれ候儀、ただ断わるとのみ申し出がたく候儀、実に一和の上の一和と悦びおり候かいもこれなく、関東へは信義うしない候間、一向急ぎ申し候儀なれば、寿万宮《すまのみや》にては如何なりや。幼年にては好《このまし》からずや。一人の女子ゆえ少々は哀憐も加り候えども、公武一和の儀、それにには替え難く、天下のために候えば尤も熟談に及ぶべし、早々内定と存候。それも整わず、かつ和宮もかたくことわりとあいなり候わば、実に実にいたし方なく、関東に対し、信義うしない候わけがらゆえ一決候儀もこれあり候。

勾当内侍の声は澄みわたり息も切れていなかったが突然中断された。几帳の中で和宮が絹を裂くような悲鳴をあげて泣き出したからであった。

フキは当惑したが、藤が宮の傍に這いこんで抱きかかえ、広い袖口で宮の口を押えた。観行院は躰も顔も硬直したように動かず、やがて長橋を促して宸翰の朗読を続けさせた。

几帳のかげで和宮の嗚咽がたえだえに聞こえる中で、お上が関白九条尚忠に宛てた書翰は読み上げ終っていた。

「ただただ恐れ多く存じ上げ奉りまするが、主上《おかみ》にも様々にお考えお悩みあらしゃっての上、格別の御沙汰が関白殿に下りました。もしも和宮様御落飾の砌《みぎり》には林丘寺をとまでお心入れあらしゃりますのを、どうぞおみお心にお止め遊ばされて下さりませ。去年お生れの寿万宮さんをお身替りにと仰せあらしゃったのも、どうぞどうぞおみお心にお止め遊ばされますよう願いあげ参らせます。主上《おかみ》には万一の場合には御譲位とまでお文にお書き遊ばされました。まことにまことに恐れ多いことばかりであらしゃります」

長橋の局が、躰を伏せた姿勢で苦しそうな声を出して念を入れた。大典侍も、新典侍も同じ姿勢で頭を下げているのがこちら側は几帳の隙間から見える。

観行院はじっとしたまま聞き終ると、

「ありがとう。大御心《おおみこころ》にただただ畏れ入り奉るばかりでござります。宮様には何分にも御存知の御若年ゆえ、ゆるゆる御相談申入れ、御返事は十六日に私が参内して申上げとう存じます。どうぞ宜しゅうお伝え下さりますように」

と、落着きはらって答えた。長橋の局がもう少し早く返事ができぬものかと一押しすると、橋本宰相中将とも相談して必ず早く御答弁申入れますと言い、御所から来た三人の使は、和宮の泣き声には恐縮しながらも観行院が主上《おかみ》お悩みのお文を拝聴しても微動だにしない様子に呆れ果てていた。しかし三人とも両手を脇にぴたりとつけて深々と御所風のお辞儀をしてから、ひきさがった。

客が退出し、几帳の前の襖が閉ざされると、隣のお居間との境の杉戸を藤が開ける。和宮は立つと右肩を落して、よろよろとよろけながら居間に入り、崩れて、再び泣いた。フキは、どうして和宮がこんなに嘆き悲しむのか、事の次第がまるで呑みこめていないから訳が分らないのだけれども、出来ることがあればなんでもして宮をお慰めしたいと思い、しかしどうすればいいのか方途も無いから息を潜めて坐っていた。

杉戸を叩いて観行院が入って来ると、和宮は泣き腫らした瞼から、また涙をふきこぼした。観行院は、いたましげに宮の両手を取り、

「お嘆き遊ばされますな。宮さんが嫌と仰言ることは、観行院あるかぎり決しておさせ致すものではございませぬ。お心お休め遊ばされて」

と、しっかり言い、もらい泣きしている藤に、

「かの者は、いつ参るのであろう」

このときだけは心細そうな声になった。

「はい、今日明日のうちに必ず参る手筈でござります。万に一つの間違いもございませぬよってお心休んじ遊ばして下さりませ。いもじは私よりしっかり者でございます」

藤の答は、躰つきと同じように逞しかったが、目だけ涙のあとで赤く、瞼も腫れている。

「有栖川さんの方は」

「それを持って、いもじが此方《こなた》へ参じる段どりでござります。それで日がかかっているのでございましょう」

「主上《おかみ》の方が今少しおゆるゆる遊ばされれば、こちらもこれほど肝の煎れる思いはせずとすむものを」

何か外で合図があったらしく、藤が急いで居間から出て行き、部屋の中は和宮と観行院親子とフキの三人になった。

「宮さん」

観行院が、小さな悲鳴のように宮を呼び、和宮の手を取ると、はらはらと涙を流した。フキは、初めて観行院の泣くところを見たと思った。フキが来てから初めてであったばかりでなく、こんなことは滅多にないことに違いないという気がした。

母と子は、天と地にたった二人だけという有様で、いつまでも無言で涙を流し続けた。もう泣くなとは観行院も言わなかったし、宮も勅使の前で取乱したときとは別人のように静かに泣いていた。

親子というものは、やはり上つ方《うえかた》でもこんなに情の通いあうものかとフキは羨しく眺めていた。フキの記憶にある母親は、多分フキの弟か妹を背中にくくりつけ、それを全身で揺って寝つかせながら、家や路地を歩いて日のさすところを追い求め、小さな絹を絞り続けていた。あとは拾われた町方の家で、フキがどんなに幼く、フキの躰に絞り上げた絹《くく》がどれだけ巻きつけてあったかという話を聞かされているばかりで、フキ自身の記憶には親と子の間でどんなことを話しあったかさえ残っていない。父親の記憶は全く無かった。母親の顔もおぼろであった。貧しい者には苦しい暮しがずっと続いていたのだから、親に捨てられたのは仕方がないのだろう。町方の奉公人で親のある者は稀であった。フキは特別自分だけが不幸な生い立ちだと思うことなく生きてこられた。けれどもこうして目の前で、観行院に両手をしっかり握られている和宮を見れば、どんな悲しみの最中か分らないけれど、親があることは随分と心丈夫なものであろうと思われた。それにしても当今さんは、何をどうせよと宮さんに仰せになったのか、最前のお局さんが読み上げたお文の意味がよく分らないだけに、フキは心

いがうろうろするばかりで、どうしてよいか分らない。御居間の片隅で小さく坐ってい
るだけだった。観行院も和宮も、フキの存在は忘れていた。この御殿の中にはフキが
宮のお傍にいつも居ることなど誰も知らない筈であった。和宮でさえ、観行院と藤お
乳の人以外は誰もお姿を見ることが出来ないような日常である。宮が居間にいるとき
にはお部屋を、お部屋に移られればお居間を、音もたてずに清めて調度の置き換えが
なされている。御殿の使用人でフキを見た者は、裏口の下人と、案内の女房の二人だ
が、まさか二人ともお末《すえ》にいるべき女が宮と同室して影が形に添うような暮しをして
いるとは思いもよらないだろう。食事も和宮の一人前にフキがお余りを頂くようにし
て過しているから、フキは空腹でふらふらしているけれども、その分、御用の者たち
は誰も怪しんでいないだろう。声も出していないのだ。

藤が戻って来て、

「塚田左衛門が私を呼びまして、ゆっくり話をしたいと、かように申します」

「塚田とは何者え」

「桂の御所付きの侍でござります」

「所司代若狭の手の者やな」

「大方さようでござりましょう。用事は何やと尋ねましたら、九条殿の御家来から漏

れた話を伝えたいのやと申します」

「関白殿の御家来衆から、はて」

そこで、今日拝聴した当今さんのお文のことかと重ねて問いましたら、そうやと申します。そこで、今日の夕刻には所用で御殿を退らして頂くことになっているよって、その折に会うと申しやりました」

「藤が居らねば宮さんも私も心細いこと」

「いもじを伴に仕立てて戻れますよって、万事好都合やと私は存じましたが」

「ああ」

観行院は、それきり何も言わず、お居間から下った。

その後、宮は御下《おとう》の御用があり、藤が塗物の蓋を取って小袖の裾に入れた。月水《おまけ》が少なくなっているのがフキにも分った。

「もうじきお気もお晴れ遊ばされますやろ。明後日には、朝の御参拝もならしゃられますやろ」

藤が和宮の気をひきたてるように明るい声で言い、丁寧にお股を拭《すま》し上げてから、フキを省みて、用を足すように科《しぐさ》した。フキはおまるを部屋の片隅へ持って行って、二人に背を向けて用を足した。和宮は涙を流した後で下からお出しになる分は少なかったが、フキのは勢よく奔《ほとばし》り出た。藤が、宮をお拭きした布を持って、フキの股を拭いた。少々乱暴で、痛く、それ以上にフキは毎度ながら恥しく思う。藤は明らかにフキの躰に手をかけるのを迷惑がっていたのだが、かといってフキが手を出して自分でやろうとすると一層不機嫌になる。フキは身を硬くして、こんなことがこれからずっと続くのかと思うと、溜息が出た。藤はフキに袴をつけるのも、宮のお召替えとは較べものにならない手早さで紐を締める。フキは碌に食べていないから、藤の手が躰にかかる度に躰がふらついた。

その日の御膳は、宮はほとんど手をおつけにならなかったから、フキはいつもより多く頂くことが出来たのだけれども、途中で藤が手で制して、皿のものを僅かずつ残させた。フキは恨めしく思いながら、鯵《あじ》の干物を少し残し、芋の煮たものも二つ残した。

日暮れ前に藤は何かと慌しくお居間を出入りし、宮とフキを部屋に移して、急いでお髪《ぐし》を下げ、かもじを外した。それから居間に戻ると、もう夜の用意が出来ている。藤は宮を寝間着に着替えさせてから深々と一礼し、

「他ならぬ大事の御用で行《い》て参じます。くれぐれも御慎《しずま》みあらしゃりますように。今日はお疲れもあらしゃりましょう。お早うお寝り遊ばされませ」

と挨拶して隣室の自分とフキの部屋に下った。フキには珍しく自分で着替えるように言い、かたびらの被衣《かつぎ》を手に持つと、急ぎ足で、しかし音もなく出て行ってしまった。

フキは、たった一人になり、心細く、途方に暮れた。何分にも歩くのはフキたちの部屋から宮のお居間へ、それから宮のお部屋へ移ったり戻ったり、距離にすればなにほどでもないところを、音もせぬようにそろりそろりと動くだけである。その間に一度でも陽光を身に受けたことがないまま、とっくに夏は終っていた。そしてフキは夢の中で祇園囃子を口ずさむ以外に大きな声を出したことがない。フキは寝床の中で両手を頭の上に伸ばし、全身に力を入れて思いきり伸びをした。それだけでも手や足が大喜びをするようだった。ああ、水汲みがしたいと思う。祇園さんはもう終ってしまったと、また思った。

フキがこの御殿に来て間もなく、道喜から粽《ちまき》の献上があった。今日が祇園会だからと藤が宮に御説明していた。粽は宮のお膳に盛上げられていたからフキも頂だいすることができた。笹の香りが高く、餅の甘さが喉もとをするりと流れて、涙が出るほどおいしかったが、御殿ではそれきり祇園さんが話題にのぼったことがない。町ごとに山車《やま》や鉾車《ほこ》が飾りつけられる宵宮《よみや》の賑わいも桂の御所では話す者がなかった。フキは祇園さんのお囃子ほど好きなものはなかった。あの声、あの拍子。笛や太鼓にあわせて、コンコンチキチン、コンチキチンと鳴る鉦《かね》の音を思い出すと、それだけでフキの躰は踊り出したくなる。そうだ、過ぎたことだけれど折を見て宮さんに話してみよう。宮の方から頰笑みかけて下さるくらいなのだから、下々《したじた》から話しかけても宮さんは決してお怒りにならないだろう。観行院と藤のいない隙を見て、

「あ」

それなら今ではないかと気がつき、フキは慌てて口に手を当て声を抑えた。藤の出かけた間に、宮に去年の祇園会の話をしよう。朝の客来で、あんなにお泣きになった後なのであるから、きっといいお慰めになるに違いない。フキは起き上り、着替えた方がいいかどうか迷ったが、寝巻の上に小袿を羽織るだけで勘弁して頂こうと考え、かもじもつけずに杉戸の前にひとまず坐り、少し心が昂ぶっているのを鎮めようとした。しかし思いがけず和宮の居間から話し声が聞こえる。まさかと思いながらも杉戸の隙に耳を当ててみると、どうも観行院が小さな声で何か申上げているらしい。そして和宮のすすり泣きも聞こえてくる。フキは杉戸から離れて、また自分の臥床《ふしど》に横になった。

町方でも公家衆でも日中は働きづめに働いていたから、夜になれば夢も見ずに深く

眠ったものであったのに、この御所に来てからというものフキは寝つきが悪くなり、眠れぬ苦しみというものを覚えた。なにしろ一日中じっとしていて、食べるものはフキにすれば上等なのだがなにしろ量が少ない。用を足すのも藤に厄介になり、息をするのさえ遠慮して日を送っているのだから、夜が来たといっても気疲ればかり残っていて、なかなか眠れないのだ。そしてこのところ必ずといっていいほど毎夜夢を見る。

手桶を持って走り出すと、青草茂る屋根の下で井戸の傍に小女が立ってこちらを見ている。どこの公家方のお末かと、見詰めていると相手の顔が突然和宮に変っていてフキはびっくりした。が、すぐ嬉しくなって叫んだ。

「宮さん、水汲みかい。ええ気分やろ」

だが、このとき、誰の掌か、フキの口をふさいだ。急に闇で、目の前には手燭を持った藤がいた。ああ、夢か。きっと寝言を言ったので藤が口をふさいだのだと気がついたが、すると手燭を持って向うに立っている藤の他の、誰がいったいフキの口を押えているのか。首を捻って見ると、それも藤であった。妙なことがあるものだ、お乳の人の藤が二人もいるとは。するとこれはまだ夢の中なのか、とフキの頭は混乱した。

藤はフキが眼をさましたのを見て、人差指で唇を閉じてみせてから、フキを二つの夜具の間に寝直すように指図した。言われる通りにして横になり、それでも畳の上なのだから有りがたいことだと思う。それにしても、藤と一緒に同じ部屋にいるのは、いったい誰なのだろう。

藤が黙って寝巻に着替えると、もう一人の女は藤より手早く着替えて、藤の様子を見守り、藤が自分の褥《しとね》によこたわると、自分もさっきまでフキが寝ていた床の上に坐り、藤に会釈してから手燭の火を消した。闇の中で、目が馴れるのを待って藤が起き上り、和宮の居間の方へ行き、大分たってからまた二人にふえて戻ってきた。

「塚田とやらの話は、何やった」

「関白殿には橋本宰相中将様の御落飾を内定なされました由、石高二百石もお召上げになるとか」

「まあ九条さんが、そんな強《きつ》いことを」

「観行院様は押しこめ」

「そうやろな、そうなれば」

「宮さんから橋本兄妹を切り離し、宮さんお一人にして関東御下降を策しておられると漏らしました」

「まあ」

「一刻も早くこの旨お伝えし、すぐ御所に御返答遊ばすようにと、怕い目をして私に申しましてございます」

「それで有栖川さんの方は」

「これに控えますいもじが詳しく伺うて参りました。場所は上州新田郡得川村、寺の名は徳川山満徳寺、本寺も末寺もない一本寺の由」

「それは関東のことやろな」

「はい、まあ、関八州と申しますよって」

「住持は有栖川さんにおった者やったやろ」

「間違いおへん。先般有栖川宮から関東へ御降嫁になった楽宮《さざのみや》さんのお伴して下り、宮がお亡くなりになって入山、齢は八十余りになるそうにございますけど、有栖川さん御家来衆の中川河内守という侍は、かねて私もよう知ったる者にて、なんとその妹もそのとき入山して今は満徳寺の一老として仕えおります由」

「まあ、ほんまに」

「私もいもじから聞いたときはびっくり致しました。御運のお強いことでございます。塚田に会うた後で河内守にも会うて諸事の取りはからい一切頼みました。もちろん誰方のことやら、御身分も名アも一切伏せてござります。御安心下さりませ」

「御苦労やった」

「明朝あけましてから、ここないもじ、しっかりお目もじ致させます。お寝り遊《しずま》ばしませ」

「ありがとう」

藤と観行院が、ひそやかに交しあう会話を、フキは夢と現《うつつ》の境で聞いていたが、なんの話なのか、どうして今ここで寺の話がなんのために出ているのか、何も分らなかった。観行院がいつどうして部屋から出たかも気づかず、フキは再び深く眠っていた。

「おひなって、おひなって」

と、足を叩かれるまで、フキはもう夢も見なかったのだが、起こされてから早くさめるように眼をこすって両眼を同時に開けると、二度目の夢で見た通り、目の前に藤が二人坐っている。また夢の中か、とフキはしばらくぼんやりしていた。

しかし夢ではない証拠に、乱暴に髪が梳かれ、着替えさせられ、それを一人の藤がじっと見ている。着せている方が藤なら、もう一人の方は、誰なのだろう。別人が髪を梳いているなら、どうして今日は藤が見物しているのだろう。

ようやく桂の御所の中での暮しに馴れてきたと思っていたのに、急に人が一人ふえて、それが誰なのか分らない。訊けば叱られるにきまっているからフキは黙っているのだが、不思議でならないのは、藤ともう一人が瓜二つのようによく似ていることだった。二人ともばかに化粧が濃い。しかも着ているものまでそっくり同じ上臈《じょうろう》の小袿姿である。袴も同じ緋の袴で、ただし、何もしない方の藤の方が着古したものを身につけているようにフキには思われた。

フキの姿形が一応整うと、和宮の寝ている居間の境の戸を藤が開けた。その後にフキが、そしてもひとりの藤が這うようにして続く。

「宮さん、おひなって頂かされ、おひなって頂かされ」

藤が宮に、かなり大きな声で言うと、宮の躰がものうげに動き、伏せていた顔を上げた。眉の下に透き通った袋のようなものがついて見えた。昨夜は観行院と話したあと泣寝入りしたからであろう。瞼が腫れ上っている。フキは痛々しく思った。宮の細い目は、瞼の重さでいよいよ細く、藤にせかされても起きたくないほど辛そうだったが、やがてフキの醒めたときと同じように、藤が二人いるのに気がつくと、しばらく不審そうに見ていたが、

「藤、かの者は誰や」

と宮の手を持って抱き起した方に訊いた。

「何を仰せられます。このお居間には宮さんと藤の他は誰も居やしませんのに」

藤が答えた。

そうか、この女房も私と同じように、居ないことになっているのか、と、フキの方が早く合点した。

宮は髪上げのとき黙っていたが、お下《とう》の御用をすますと、もう言わずにはいられなくなったように、

「よう似てる」

と、二人を見較べて感嘆した。

藤は聞きながして、フキに振返り、塗りの蓋物に同じように用を足すように促してから、

「月水《おまけ》が終らしゃりましたによって、今日はお洗《すま》しをしっかり遊ばされて」

と言った。

フキが、ようやく馴れたことをしていると、藤に似た女が、藤の手から拭布を受取ってフキの股を拭く。ここでようやくフキには、どっちが藤か、はっきりした。宮のことをしているのが藤であり、それを見ていて同じようにフキにしているのが似てい

るけれども藤とは違う女である。藤よりずっとフキを扱う様子が丁寧で、藤が宮のものを拭うときと同じように手付きが優しい。

藤が一人で居間から出て行くと、宮はもう一人の女を眺めてはフキの方をもの問いたげに見る。知っていればフキもこの場合きっと黙ってはいられなかっただろうが、何分にもフキ自身がこの藤に似た女が誰なのか知らされていないのだ。けれどもあんまり宮がフキを見るので、フキは仕方なく曖昧に笑った。すると宮が、安心したように、にっこり笑った。また歯の先が白い八重歯が見えた。宮さんは笑顔よしだとフキは思った。

藤が、化粧用の盥《たらい》を運び入れた。藤に似た女は手伝おうともしなかったが、しかし襖を閉めると、すぐ立って一緒に宮の前まで運んだ。宮の顔を、藤が丁寧に洗い、上半身を腰まで裸にして、幾度も水で絞っては拭う。もちろん最前下半身《おつぎ》を拭いた布とは別のものである。宮の肌は、藤が幾度も拭うためにほんのりと淡く色づいてきた。胸の小さなふくらみも、藤が揉《も》むようにして拭うと、宮はくすぐったいのか僅かに身をよじり、フキを見て、少し頬笑んだらしい。瞼がむくんでいるのが、いよいよ痛々しかった。フキは笑い返すところを藤に見つかっては大変だと、はっと顔を伏せた。そうして本当によかったと思った。今は藤だけでなくもう一人の監視の目がある。

「今日は念入りにお洗《すま》しさせて頂かされ」

宮の上半身をほぼ拭い終ったところで、藤がはっきりした声で言い、フキともう一人の女房に目くばせをした。フキの上半身が、藤に似た女の手で丁寧に裸にされ、藤から手渡された濡れ手拭いで同じように顔から拭われ始めた。幾分、宮のときより手早かったが、フキは自分の肌が、宮と較べてあまりにも醜いので恥じ入っていた。全身がびっしり汗疹《あせも》の痕で茶色く埋まっている。袿袴の紐で締められる胴まわりはことにひどく、汗疹のよりが潰れ、今でもまっ赤に爛れている。そこが拭われると、篦《ささら》で搔かれたように痛い。血が出るかと思うほどだ。フキは顔を顰め、唇を嚙んで耐えた。ふと宮を見ると、もう小袖まで着終って、髪を梳かれているところだった。

「明日でもお髪《ぐし》洗いをせにゃなりませぬな」

藤ひとりが、平気で声を出している。和宮もものを言ってはならないというのに。ようやくフキの上半身を拭き終り、髪を梳きにかかったとき、藤が、そちらへ向って、

「宮さん、ちょっとお早う致されましょうな」

と言った。急げ、という意味であろう。藤が宮にやった通りにしていた女が、急に手早くなった。長かもじも、あっという間に取りつけてしまった。堂上公家衆での奉

公に、すっかり馴れている女であるようだった。

御部屋の方に四人で移ると、部屋の外へ藤が、

「おひーる」

と叫んだ。

部屋の外ですぐ、

「おひーる」

と応じる声があり、あまり身近かなので毎度ながらフキは驚かされる。やがて、その声に、またすぐ別の女の声が応じ、同じ言葉が別の声で受け継がれ御殿の隅まで届くかと思われる頃、朝の御膳が届いた。藤が几帳の中に運ぶ。しかし折角の御馳走を、この日の和宮は箸を取ろうともしない。

「宮さん、召上って頂かされ、召上って頂かされ」

藤は何度か勧めたが、宮は清汁にちょっと口をつけただけで、もう涙ぐんでいる。その代りにフキにはそっくりお下りが来た。フキが口も喉も鳴らさぬように用心しながら夢中で食べていると、途中で藤の手がフキを押えた。皿のものを少しずつ残すようにという指図である。恨めしく思いながら、フキは言われるままにし、夢の中ででも腹一杯ものを食べてみたいと思った。祇園会の宵宮《よみや》には、町方では食べ放題、飲み

放題の振舞がある。それがしきりと思い出された。

食事を終って、お居間に戻ると、先刻の盥より一まわりも二まわりも大きな器に、なみなみと湯が湛えられてある。明日でも髪を洗わなければと藤が言ったのが漏れて、たちまちこんな用意が整えられるのか。本当に滅多なことは言えない、とフキが思っていると、藤が宮の着ているものをまた脱がせ、今度は全裸にして、盥に入れようとした。和宮の眩ゆいほど白い肌を、フキはつくづく美しいと眺めおろし、足を見て、やっぱり、と思った。部屋と隣の居間の二つを行き来するだけで、歩くというほど歩くことはないのだが、フキはこの頃、ようやく宮がお動きになるときの姿に不審を募らせていたのだった。白くて細い足が、片方だけ特に細い。見ていると膝頭にまるで力が入らないらしく、盥に入るとき右足がくにゃりと不自然な曲り方をした。藤が急いで下から抱えた。ああ、やっぱり宮さんは跛《びっこ》やったんや、とフキは思った。ふと傍の女を見ると、宮の様子を伺いながら、そっと口を動かしている。干飯《ほしいい》のようなものを食べているらしかった。藤は食事に部屋から出て行くことが出来るが、この女の場合は宮のお下りも来ないのだから、きっと食物は用意して来たのだろう。宮の視線がこちらへ向かないときを選んで食べているのを見て、フキは察した。御所勤めというのは、なんとまあ妙なことが多いのだろう。フキはその女が気の毒になった。フキが何も聞かされていないように、この女もフキを誰とも聞かされていないのではないだろうか。

月水《おまけ》が終ったので、宮は今日、本当に念入りに躰を洗われた。そのあとの湯に、フキが浸った。汗疹の潰れた肌に、湯がしみる。熱い湯であったら、どんなに辛い思いをしただろう。宮のお下りだから少しでもぬるくなっているのだと、フキは有りがたく思った。前の月に、こうしてお湯を頂いたときは、全身が汗疹で燃えているときで、湯が何万本の針となって肌にさしこむように痛かったのを思い出した。宮の月水はもう二度終った。フキはここに来て、もう二月の余になるのかと茫然としていた。

その四

九条関白の使が来たという報らせをうけたとき、ちょうど実麗《さねあきら》は妻に髪を梳かせている最中であった。朝食と髪結いを同時に行うことは武家でも公家でも同じ慣習になっていた。しかし実麗は数年前から、髪を公家髷に結いあげて後、ゆっくり朝食を摂ることにしている。額の上が薄くなってきたのが気がかりだからであった。毛染めも丁寧にする必要があった。そんなところへ客来があるのは迷惑というものだ。

「えろう早いな。約束は辰刻《たつのこく》（午前八時）やのに」

「はい、辰刻に御門へ着くようお出になったと言うておいやす」

老女は御前の不機嫌を、わが不仕末のように恐縮している。

「島田左近と言う者やろ」

「はい、昨日お出でになったのと同じお方にございます」

「待たしとおき」

妻のお静は古びて黝《くろず》んだ黄楊《つげ》の櫛で、そろそろと夫の前髪を撫でつけている。実麗は溜息をついた。公家は侍のように月代《さかやき》を剃らないかわり、年をとると禿げが目立つのは防ぎようがない。御所へ正式に参内するときは冠りものがあるから助かるが、家に来た目下の客にあうのに烏帽子《えぼし》をのせるわけにもいかないから、まったく迷惑なのだった。昨日は所司代から三浦七兵衛が来たあと、追いかけるように関白殿から手紙が届き、読み終ったところへまた関白の家来島田左近が返事を聞きにやって来た。そのとき今朝会うことは確かに約束したけれども、あまりに来る時間が正確すぎる。関白殿の御家来ともあろうものが、まるで関東風の律儀さを見習っているようで、優雅に日を送ってきた公家にとっては心が重くなるほど不快であった。

結い上げた髪の形を仔細に合せ鏡であらため見てから、実麗は朝食の箸を取った。麦三分の飯をわざとゆっくり嚙み、味噌汁も悠々と啜ってから、食事の後は妻に手伝わせて房楊子で歯を磨き、丁寧に鉄漿《かね》をつけた。いずれ今日は桂御所へ出向き、次第によっては内裏にも参内しなければならないかもしれないのだ。充分な身だしなみはしておかなければいけない。

用意を終って玄関へ出て行くと、関白殿の家来は案の定、額に青筋を立てて待ちあぐねていた。

「ご機嫌よう。御苦労さん」

「はあ、関白殿下の御直書を持参いたしてござります。また、恐れながら宸翰《しんかん》を内々でお目にかけるようと仰せあって奉持仕《つかまつ》りました」

「それは畏れ多いことや。早速ながら拝見」

主上《おかみ》から関白に下った勅旨を、実麗は平伏して読み了えると、

「これは和宮さんにもお目にかけなならん。写すあいだ待たれよ」

と恭しく宸翰を捧げて奥へ入った。島田左近が苛々して再び待っている間に一度、老女が白湯を運んで来た。

「御前に申上げて下さらぬか。関白殿下には早急に和宮様へお届けあるようとの仰せでござりましたと」

「承りました」

老女は丁寧に頭を下げたが、奥へ引込んでも実麗には伝えなかった。急げなどという言葉は、公家方で主人に言えるものではない。

実麗は居間で、和宮へ持参するべく、せっせと主上《おかみ》のお手紙《ふみ》を書写していた。写し

の方は小さな文字にして、びっしりと行を詰めて書いた。このところこういうことが多いので、紙が要って仕方がない。橋本家の経済では日記以外に余分な紙や墨を費やすことは随分大きな負担になるのだった。

若狭守よりさし出し候書取り一覧いたし候。もっともの次第には候えども、元来この縁談は蛮夷掃攘の後ならではとり結びかね候とこころえ候えども、だんだん関東より懇願のむねのおもむき黙止しがたく、かつ七八ヵ年ないし十年のうちには蛮夷拒絶にもあいなるべき段、しかと返答の次第もこれあり、かつ公武一和は専要の儀につき、せいぜい和宮へ説得いたし、ようやく内々ほぼ承引にもあいなり候ことに候。

さりながら宮より願いたての一ヵ条にても御請けこれなく候わば承知もあいなりかね候よしは、かねて承りおり候ところ……第一ヵ条、明後年東下のこと不承知につき、なんとも説得いたしかね候えども、よんどころなき次第を汲察におよび、せいぜい申しすすめ候ところ、なおまた宮より遮りてあい願わるるも余儀なくあいきこえ候につき、やむをえずその段申しつかわし候ことに候。

実麗は溜息をつきながら、墨をゆっくり磨り直した。主上《おかみ》はこの一ヵ月の間だけでも、こんな手紙を何度書いておられるか。宸翰というものは読んだ後は御所へお返しすべきものなので、その都度写しを取らなければならない。それが、こう度重なっては本当に面倒であった。筆だって随分いたみやすくなったと実麗は吝《しぶ》い愚痴を内心でこぼした。武家伝奏など関東との昵懇《じっこん》衆と呼ばれている公家たちは裕福だったが、あいにく橋本家はそういう家柄ではない。勝光院《しょうこういん》が失脚して以来、江戸からの贈りものも来なくなり実麗の手許はまったく苦しかった。

この上むりに勧め申し候て意外のことにあいなり候ときは、先帝へ申しわけこれなく、右等の儀これあり候間、先日申聞き候とおり、寿万宮《すまのみや》にては如何とまでも申し出で候ことにて、ただただ心配候。くれぐれもいかが致すべきやと返事の申し出これなく、当惑候。そのへん汲みとり、関白よろしく処置これあるべく候。

いったいの趣意、公武一和にもとづき候ところ、度々の往復より却って不和のみなもとを醸《かも》し候ては、はなはだ心痛。実に実に、予が身の置きどころなく候あたり、悪しからず推考これありたく候。

実麗は「当惑候」とか「予が身の置きどころなく」という文字を書きながら、これは主上《おかみ》の御悩みではなくて自分自身のことだという気がしてくる。いったいどうしてこういうことになってしまったのだろう。

宸翰を写し終ると、実麗は外出の支度をして再び玄関に出た。島田左近が、もちろんまだ頑張っている。

「殿下より御前に口上申上ぐべき仔細がござります」

「はよ申せ。私は今から桂の御所へ参るよって」

「関白殿下の仰せでは、主上《おかみ》にはお義理あいお煩い多く、それにはことのほかお気弱にてあらしゃりまするが、何とぞその段は臣下の身をもっておかばい申上げ参らせたい。くれぐれも中将殿にお心得頂かされたしとのこと」

「よう分っておりますとお伝えあれ」

「和宮様の御返事は、ただちにお聞かせ頂きたく、関白殿下には御殿でお待ちになるとのことにござります」

「桂の帰りは、すぐと御殿へ参る」

「畏ってござります」

島田左近の着ているものが、紋付きも袴《はかま》も真新しい絹物であるのが実麗は気にさわっていた。九条殿は急に金まわりがよくなられたのか。御家来衆まで随分と贅沢な身装りをしている。

　島田左近を帰してすぐ、実麗は下人に状箱を持たせ、玄関を出るときまず一呼吸して右足から先に踏み出した。左右、左右、と歩くごとに貧福《ひんぷく》、貧福《ひんぷく》と呟くのが公家たちの呪《まじな》いであった。左のひの音が貧に通ずるところから生れた迷信であったろう。だから実麗も右足を一歩踏んでから、ヒンプク、ヒンプクと口の中で唱えながら御所の東の塀に添って北へ歩いて行った。有栖川《ありすがわ》宮家に突当り、うなだれて東へ折れ、飛鳥井殿でまた北に上り、桂の御所の正門に着いた。運よく右足から中へ入れたので、ようやく実麗は気が晴れた。

　相変らず和宮は几帳のかげにいて姿を見せず、代って観行院《かんぎょういん》が兄の届けた宸翰の写しと関白からの書取を受け取って読んだ。桂の御所も庇《ひさし》が深く、室内はまだ明けきっていないように仄《ほの》暗い。

「同じことばかり、どうしてこのようにくどくど仰せあらしゃるのでございましょう。八月十五日に、おいやさまの御事ながらとはっきり申上げ、主上《おかみ》の御為に東下の儀は御承知と御返事申入れましたのに。その折に五ヵ条の願いは必ずおきき届け下さることをお約束頂きましたのに。異人追払いは七年も八年も先というなら、関東かて急ぐことは何もない筈ですやろう。しかもこちらは、そんな先とは申さず明後年、先帝様《さきのおかみ》の御十七回忌をすませてから関東へ参るとはっきり申したのでございますよ。最初は御婚約だけでもよいというお話やったのと違いますか」

「そうや、一つ譲ればまた次をと、関東のやり口はいつでもこないや」

「主上《おかみ》のお文では宮さんのお気持がようお分りになってあらしゃります。それやのに九条さんはなんでこない急《せ》かはりますのやろ。関白殿が関東の手先では御所もかないませぬな。関白なれば主上《おかみ》の御旨に従うのが御道理。所司代の申すことなど捨ておかれたらよろしいのに。関東から申入れのある度ごとに関白殿がこのように書取をお届けになっては御面目も立ちますまい。八月十五日に宮さんが御いやさんながら御承知と御返事するや、十日たたずですぐ御東下とは、急すぎてお話にもなりませぬ。もう私は阿呆らしゅうて自分から出向く気にもなれず、代りに藤を参内させ、御承知のときの五ヵ条の御願い、改めて申入れたのが八月二十八日」

「その間には九条殿が有栖川さんに参上して和宮さんとの御婚約延期を主上《おかみ》に申入れさせるのに骨折らはった」

「することなさること順序が逆でございますがな」

「私《わし》が参内して宮さん御願いの五ヵ条を念押しに申入れたのが今月の始やった」

「ほんなら今月の十四日には御所から長橋どのたちがまたお見えで、十一月には早や御発輿《ごはつよ》とお勧めになりましたやろ。それで十八日に、また藤を参内させて、御下向は御承知遊ばされているけれども、御願い五ヵ条のうち一つでも御差支《さしつか》えの節には宮さんも深う思召しあらせられ候と申入れました。まあ、同しことばっかり」

「藤といえば、あの御乳人《おちち》はしっかり者やな。私《わし》は感心していますのや。私の邸に居た頃とは人が違うて見えるがな」

「宮さんお生れのときから手塩にかけてお育てした者でございますもの、あの者も命がけでございますえ。こちらへ移ってからは化粧も身仕舞《みじま》いも御所風に致しておりますよって、違うて見えるかしれませぬが、同じ御乳でございますえ」

「それは分っているがな。しかし、御所まで出て、そなたの名代がよう勤まると私は感心しているのや」

「主上《おかみ》にお目にかかれるわけやなし、長橋のお局に口上申入れるだけやもの、私が参内するまでもありませんやろ。同じ言葉の繰返しですよって」

こういうやりとりばかりで一向に埒《らち》があかない。橋本実麗は話題を変えることにした。

「宮さんはこのところ御几帳越しの御対面ばかり、はっきり御様子も伺えぬが、おさわりさんもあらせられずお過ごしあらしゃりますか」

「はい。おかげさんをもちまして御持病の御足《おすそ》お患《わずら》いもこのところはあらしゃりませぬ。関東さえ何も申して参らねば、おむさむさの種もないに、勝光院どのからは毎日のように御対面の申入れがあって、うるそうてかないませぬ」

「さても勝光院の御方は、長い御逗留やな」

「ほんまに。六月にはあのようなお文を寄越され、まだ足らぬと思われたか七月には上洛するとのお知らせ、それで八月には宮さん御承知の三日後に上洛なされました。宮さんが東下御承知遊ばされたのやよって、もう御用は何もない筈やのに、宮さんに逢わせてほしいと所司代を通して盛大せついて参ります」

「勝光院の御方の御気持は分りませぬな。上洛なされたとき私の家来を蹴揚《けあげ》の駅まで迎えにつかわしたが、所司代が宿の手配一切をしているとの話で、私の方にはそれきりや」

「勝光院は関東の手先でございましょう。宮さんに会いたいのは、また錦絵の種がほしいのと違いますか」

「いや、その逆やろ」

「両方ですやろ。お心配さんでおうろうろしておいでやと思います」

観行院は、ここで面白そうに声をあげて笑った。実麗には、笑う妹の気持がしれなかった。勝光院は和宮の御足《おすそ》の噂は聞いている筈だった。一条家の不具の姫を連れて行って大失敗した前例があるから、和宮の様子を自分の目で見届けなくては、関東へ帰るわけにはいかないのかもしれない。しかしいったい噂通りの和宮を見たら、勝光院はどうするつもりか。かつて侏人《こびと》を跛《びっこ》の錦絵にされたことは、誰より勝光院が一番骨身にこたえているだろう。将軍の代替りに彼女が失脚した理由の一つでもあったのだ。それにしても、観行院が笑う理由が、実麗には分らない。

「九条関白殿の書取り読ましゃったか」

「はい。よう拝見仕りました」

「どない返事をしたらよかろ。すぐ宮さんの御返事を聞かして欲しと待っておいる」

「宮さん東下御承知のとき奉った御願い五ヵ条が御返事でござります。子供のように同じことばかり言わしゃりまするなと、宰相中将殿からしっかり申しつかわすよう、宮さんの仰せにござります」

実麗は桂の御所を下って、またヒンプク、ヒンプクと呟きながら南へ歩き、飛鳥井殿で西へ折れ、御所の東の日御門《ひのごもんどおり》通を歩いて自分の邸の前は通り過した。頭の中にあるのは和宮が御いやさまの御事ながらと東下拝承された折に別紙として記した御願いの五ヵ条であった。あれから一月半というもの、この別紙をめぐって関東と御所は揉みに揉み、その都度実麗は和宮と九条関白の間を走っている。

別紙というのは、第一が、東下の期日についてであって、もう実麗は一字一句違えずそらで言える。

一、明後年先帝様（仁孝天皇《にんこう》）御十七回忌の御廟参すませられ候のち、御下向にあいなり候こと。ならびに先帝様御年回忌ごとに御上のご機嫌おうかがい御廟参かたがた御上洛あいなり候ようのこと。

一、御本人様おはじめ、おめどおりにいで候もの、万事御所風のこと。

一、お居なじみあらせられ候まで、女中しゅうの内一人、お拝借遊したきこと。ならびに三仲間《みなかま》の内、三人つけられたきこと。ただしお付ききりおむつかしくあらせられ候えば、交代のこと。

一、御用の節々は、橋本宰相中将下向のこと。

一、また御用の節には、上臈《じょうろう》お年寄のうちより御使として上京のこと。

右、いずれもでき候よう御願いあそばしたき思召しに候。

実麗は大宮御所、仙洞御所を左に見て、黙々と南に向って歩いていた。九条関白の御殿は内裏の真南にあって、敷地の広さは有栖川宮家どころか、五摂家筆頭の近衛殿より大きくて立派である。それは徳川家と二百年来昵懇《とくせん》であることを建物で示しているようだった。うっかり左足から入ってしまったが、実麗は御所でもないのに構うことはないとそのまま御殿に上った。関白殿下は待ちかまえていた。どうやら実麗の返答次第ですぐ内裏に参内するつもりでいるらしく正装していた。

「和宮さんの御機嫌はいかがあらしゃったな」

「はい、宮様には御機嫌ようわたらせられ、このところ何のおさわり様もあらせられぬ由、承りました」

「それで御返事はなんとやった」

「別紙五ヵ条お願いの通り、何とぞ何とぞお取り配《はから》い遊ばし下さるようとのことでござります」

九条尚忠の白いぽってりした顔が、眉を寄せた。

「同じことばかり言わはるのやな」

実麗は、下を向いた。九条関白もまた妹の観行院と同じことを言っている。

「橋本中将殿」

「はあ」

「宮さんも観行院殿も畏れながら所詮は女《おなご》の御ことゆえ、天下の大事がお分りにならぬのであろう。勿体ないが先帝《さきのおかみ》が崩御遊ばされて以来、亜米利加《あめりか》を初として続々異国の船艦が我国の港々へ来っては通商せんと欲し、主上《おかみ》御践祚《せんそ》の年だけでもそれが数ヵ国にあいなった。和宮さん御誕生の年でもあり、あの弘化三年の騒ぎは御記憶やろう」

「はい。中将殿も、私も侍従として御所に詰めておりました頃にて、よう覚えおります」

「嘉永六年にはペルリが来た。露西亜《おろしや》からも船が来た。多事の折に関東では公方が死なれた。安政元年に日米和親条約の調印、それから翌年の十二月までに、英吉利《えげれす》、露西亜、仏蘭西《ふらんす》、和蘭陀《おらんだ》と、たて続けに関東が条約を調印し、その都度御所側と折合い方難しく、開港や、いや攘夷やと国論まっ二つに裂けて鬩《せめ》ぎあい、尊王の動き穏やかならず、大老井伊掃部《かもん》は強気に出て水戸を処罰したために桜田門であのような最期を遂げた。いよいよもって容易ならざる事態や、橋本中将殿にも、よくこのところは御理解あって然るべきと存ずる」

「はあ」

実麗は相手が関白だと思うから黙って聞いてはいるものの、何を今頃こんなことをくどくどいうのかと腹立たしくなっていた。内憂外患こもごも到っていることを、実麗が知らないとでもいいたいのか。

「ただ今さし当って御所も関東も別なく致さねばならぬは国体の和である。主上《おかみ》もこのことよくよく御承知。そのため従来の行きがかりは総て水に流し、御所と徳川《とくせん》との対立をなくし、公武御一和のために皇女御降嫁を関東が奏請し、和宮様にもこのところ御理解あらせられて御拝承になったのやなかったか」

「はあ、さよであらしゃります」

「なれば、なんで東下の期日につき、かようにお聞きわけが遅いのであろう。徳川《とくせん》のための御婚儀でなく、主上《おかみ》の御為と思召してお受けになったお話であったのやろ」

「その通りであらしゃります」

「橋本中将殿には、そこをいま一度、宮さんに、わけて御話申上げてたもらぬか。畏れ多いことではあるが上御一人の宸襟《しんきん》を悩まし奉っている国難を解決するための最初の手段《てだて》が、皇妹御降嫁による国家統一であること。異国より渡来する船いまも相次ぎ、事態は急を要するによって、御降嫁もまた早ければ早いほど公武一和も早まり、関東は当今さんを戴し奉り攘夷に専意つかまつると申しておること、中将殿からよく事をわけて説き明かし、宮さんにも、よう入訳《いりわけ》を御理解遊ばされるように。お年若の宮さんより観行院様は御所と関東のことお分りの筈なのやから、よう理解して頂けるように頼みいる」

「はあ。畏れながら関白殿下の唯今仰せあったことは、毎々私も宮様に申上げているところでござりまして、私はよう理解しておりますが、宮さんは唯々御いやさんとのみ申され、観行院様も先帝の十七回忌を、何にましてお大切のことにお思いでいられますゆえ、御願い五ヵ条の第一にそれを」

「橋本中将」

九条関白が甲高い声を上げた。余計なことは言うなという響きがあった。

「いま一度、和宮様に東下の期日御一考下さるよう申上げて参れ。私《わし》は、その御返事が、どないしても今日ほしい」

実麗はやむを得ず御殿を退出し、ヒンプクヒンプクと呟きながら、もう一度和宮のいる桂の御所へ向った。御所に繁る木立ちから、いっとき紅く燃えた葉が舞い始めていた。東側の日御門通は前日の雨で土が黒茶色におさまり、落葉が鮮やかに散り敷いて、まるで反物をひろげたようだった。自分の屋敷の前を通るとき、実麗は右手で空《すき》腹《ばら》を押さえながら、九条殿があのように急いておられるのだから昼食は桂の御所から帰って落着いて摂ろうと思い、伴の下人にその旨を告げに行かせた。下人が橋本家へ走りこんでいる間、九条尚忠の書いたものを納めた状箱は、実麗が持った。九条家の下り藤の紋所と御合印の梅の花が金高蒔絵で豪華に彩色され、紫の太い結び紐がついている状箱は、もう幾度、橋本実麗によって九条尚忠と和宮の間を行き来しているか分らない。関白尚忠の息女が、当今の准后《じゅごう》であることを思い出した。岩倉侍従の姉が堀河の掌侍で当今の姫宮をお産み申したように、実麗の妹観行院が先帝の姫宮和宮をお産みしている。先帝にはすでに皇太子《しんのう》があり、その御生母新待賢門院は正親町《おおぎまち》家の出である。正親町家は橋本家と位の変らぬ公家で、家まで同じ並びにあった。実麗の娘二人は東坊城家と、池尻家へそれぞれ嫁ぎ、つまりどちらも公家同士の縁組であった。ヒンプクヒンプクと公家衆の街中を歩いていると、どの家も御所や宮御殿と必ずなんらかの繋りがあり、その繋りはことごとく女が嫁ぐことによって結ばれているのに気がつく。准后御里御殿の北隣が桂の御所だ。実麗は、やっと桂の御所に入ってほっと溜息をついたが、今度も左足から入っているので嫌な気がした。

案の定、観行院が、どうしてまた来たのだという顔をして坐っている。実麗はおずおずと口を切った。

「宮さんの御機嫌はいかが」

「当今さんとは違うてあらしゃりますよって、一日のうちに何度も御機嫌は変らしゃりませぬ。関東のことさえなければ、いつでも御機嫌さんに遊ばされておいでになります」

実麗は黙って状箱を妹の前に押しやった。

「九条殿の御直書や。宮さんに代って読ましゃりませ」

「関白さんが、またお文を。えろうお筆まめなこと」

「関白殿御家来に会うてやってほしいと書いておいると思うがな」

「御家来とは誰のこと」

「島田左近と言うて、私のところへよう来る侍や」

「そのような者、顔も見とうありませぬ」

「そう仰言ると思うて、ひとまず御直書のみ持参した。まず読ましゃれ」

観行院は状箱を作法通り丁寧に開いたが、九条尚忠の書取りを半分まで読むと不満そうに顔を上げ、

「また同しことやありませぬか。お飽きにならいでよう書かしゃりますこと」

と言った。

「半分から後が、ちとばかり違う筈や」

「さよであらしゃりますか」

観行院は気のなさそうな顔で次の行から読み直した。

……すなわち若狭守へつぶさに申し達し候ところ、所司代においても深く恐縮の様子、さりながら関東においても差支《さしつかえ》候儀ゆえ、やむをえず出願のことゆえ、はなはだ恐れ入り候儀には候えども、いま一応和宮へ主上より御説得あらしゃられ候ようおとりはからい、ひとえに歎願にもあいなり候えども、なんとも御当惑あそばされ候あいだ、関白よりよろしく勘考つかまつるべく候むねの御時宜にも候あいだ、なにとぞ深く深くお働きにて、宮へ関東より依請御受けこれあるよう御説得御丹誠のこと頼み入りたく、委曲は内々家来よりお聞きとりこれまた頼み入り候。

観行院は読み終ると一層不服な顔になっていた。

「朝のお書取りとほとんど違うていませんのに。この、関東においても差支候儀というのは、なんのことですやろ」

「御婚儀を明後年とすれば大奥が三年も空いてしまう。それでは困るということらしい」

「薩摩の女《おなご》がおりますのやろ」

「天璋院《てんしょういん》の御方は、確かに島津家の女やが、近衛殿の御養女に入ってから先将軍《さきのくぼう》の御《み》台所《だいどころ》にならはったんや」

「同じことでございますがな」

「それはそうや。が、天璋院では、先公方《さきのくぼう》が亡い今の大奥を押さえるわけにはいかんのやろ」

「大奥の都合と、宮さんの御都合と、どちらを大事にするか、関東が御所に対し奉ってどう出るかを見るには一番の卦立てやろと私は思いますえ」

そんな八卦なら見るまでもないと言いかけて実麗は止めた。言えば観行院は平然として、それは御所に対し奉り畏れ多いことであるから有栖川宮家にしたと同様に、ただちに御婚儀破棄を仰出されたいと言い出すにきまっているからだった。所司代若狭守も、九条関白も、観行院と直談判せず遠まきにして橋本実麗ばかり走らせているのは、この言葉を聞きたくないからであった。観行院の方もそれを知りぬいているに違いない。兄が何度参上しても、こうして落着き払っているのは「破談」という最後の切札を持っているという自覚があるからだろう。

ここで九条尚忠の言う天下国家を論じたところで鼻であしらわれるにきまっていた。もともと公武一和がそれほど大切なら、女ぬきでやればよかろうというのが観行院の意見であり、それはまさしく正論だった。

　橋本実麗自身が、かつて御所を取巻く若い公家たちの間に起っていた御降嫁反対の代表者であったのだ。それがいつの頃からか次第々々に所司代に攻めこまれ、毎日のように内裏と桂の御所と関白殿の間をうろうろ歩きまわっている。ほんの半年あまりの間に、どうしてこんなことになってしまったのか、実麗自身わけが分らずに茫然としている。

「朝晩はきつい冷えようでござりますが、日中は日ざしが強うて、今年は御所の紅葉が常より色よう思われます。日御門通は散り紅葉で、とんと憲法小紋《けんぽうこもん》のようでありました」

　実麗は先刻から肚の虫が鳴いているのに当惑しながら、話題を変えた。

「まあ、中将様の風雅なこと。憲法とはよう仰言った。宮さんに早速お伝えしておきましょう」

　観行院が思わず笑い出した。それは慶長年間に吉岡憲法という染物屋が初めた黒茶色の地に小紋型染をしたもので、小袿《こうちぎ》の下に着る小袖で絵衣《えぎぬ》と呼ばれるものを女房たちは略して憲法と称うくらい御所で専ら使われている染め模様だった。橋本家の前を通る日御門通は土が黒っぽいところだから、観行院にはその通りに散り敷く紅葉が目に見えるようだったのだろう。

兄と妹は久しぶりに気がほぐれて、それからしばらく四方山話に興じることができた。実麗は何度も喉許まで今日はまだ昼食を取っていないと言いかけたが遠慮をした。食事を催促するほど卑しい行儀はないとされているからだった。徳川家との昵懇衆でない限り、御所を筆頭として公家は皆、とても他人に料理を振舞うような余裕がない。まして、桂の御所の賄料についても御所と所司代の間で揉めている最中であることを実麗は知っていた。和宮の食膳に贅沢なものがのっているとは思われない。

「ときに、あのお末はどうしてます」

「誰のことですやろ」

「四月《よつき》も前になるのやなかろか、私の屋敷でそなたのお目にとまったお婢《はした》ですがな。いきなり御殿に上げられたと聞いて驚きましたが」

「ああ、あの者なら中将様がお案じなされたように宮さんのお気に召さなんだので、藤の生家《さとかた》に退らせました。もう大分前のことになりますけど」

「さよか。言うてくれたら私の方で引取ったものを」

「それ考えいではなかったのですけれど、口性《くちさが》ない者が公家方の街中で何を言うても心配なと思うて」

「それはそうやろけどもな、ま、よろしやろ」

二人の会話が途切れ、互いに気まずくなった。実麗は空腹に耐えきれなくなり、もっと気まずくなることを言い出した。

「関白さんからのお文の返事やが、どない言うておこうか」

観行院は露骨に兄を蔑《さげす》んだ目で見た。口調も意地悪くなった。

「別紙五ヵ条のうち一ヵ条にても関東にて聞き入れなきときは、宮さんにも何か御決意あらしゃる筈とお答え申しておきます」

「ふむ、分った」

「よう分らしゃって下さりませ。関白さんにも、同しことばかり言わしゃっては宮さんもおあきあき遊ばされてやとお伝え下さりませ」

実麗は桂の御所を退出し、急ぎ足で家に帰りながら、自分のやっていることはまるで子供の使いだと、すっかり情けなくなっていた。

お静は待ちくたびれた顔をしていた。膳のものはすっかり冷え、老女が温め直して運んできた清汁の中には煮干しが三匹泳いでいた。実麗は黙って冷飯を噛み、芋の味噌煮を口に入れた。夏からは来る日も来る日も芋であった。汁になければ煮物に、煮物になければ飯の中に芋が切り刻まれ炊きこまれている。青い漬物が、せいぜい珍しかった。お静が茎はまだ少し早いので、と言った。大根の葉と茎を、別扱いにでもしなければ品数が変らないほど橋本家の台所も貧しかった。二百石で、亡父は大納言という家の体面を維持しようと思えば、食事と衣類を切り詰めるより仕方がない。

「なんと言うたかな、あの小者は。ほれ、桂の御所へ行かせたお末のことやが」

「フキでしたやろ」

「そう、フキと言うたな。あの者は宮さんのお気に召さなんだとやらで、御殿から下ったそうや」

「まあ、いつです」

お静が驚いて訊く。

実麗が白湯を啜りながら、

「大分前のことらしい」

と答えると、お静はいよいよ呆れ顔になった。

「この家は手薄でございますのに、どうしてこちらへ戻して下さらなんだのでしょう」

「私もな、なんで橋本へ退らせなんだと訊いた。ほなら、下賤は何を言うや知れぬよって藤の里方へひきとらしたのやと」

「公家方は奉公人が足らいで何処さんでもお困りやのに。宮さんのところかて、御所に御申入れの御女中しゅがまだ決らぬと伺うてますくらいやのに。この家へ戻ったなら、私らがしっかり構えて、宮さんのこと何なりと憚りあるよなこと言わせませんのに。それに、あの子は性格《きだて》がようてまめまめしゅうて、ええお末でしたえ。宮さんが、フキのどこをお嫌いなされたのやろ。宮さんは奉公人をえり好みなさるような、そんなお方やなかったのに、なにがあったのですやろか。藤の里方なら田舎やし、人手が足らんこともありませんやろに」

妻の愚痴を背に聞いて、実麗は注意深く右足から玄関の外へ出た。午前に九条殿へ参ったとき、左足から入ったのがどうもよくなかったと悔んでいたからである。

ヒダリミギ、ヒダリミギ、ヒンプクヒンプクと歩いて、いつまでこんなことが続くのかと嘆きながら九条殿の御殿についた。そこで実麗はあやうく転ぶところであった。門の中へうっかり左足で入りかかったことに、左足を上げてしまってから気付いたのである。飛上って空中で足を踏み変えでもしない限り右足で入ることはもう無理であった。しまった、と心の中で呟くと、実麗はものも言わずにくるりと向きを変え、来た道を戻った。伴の下人が妙な顔をして従いて来る。実麗が、いま来た道をひっ返し、自分の家へ戻ると、玄関先で背中に声がかかった。

「お待ち下され、宰相中将殿」

振返ると、九条家の島田左近であった。門番の注進を聞いて走って来たらしい。赤い顔をしている。

「関白殿下お待ち兼ねにつき、早々にお越し下さりませ」

「いや、ちと催したによって、戻り申した。このところ朝夕が冷えこみましたでな。殿下にはすぐ参上するとお伝えあれ」

まさか左足から入ったので縁起直しに戻ったとも言えず、実麗は苦りきって答えた。そう言った以上は厠にも入らねばならぬ気になり、手をよく洗い、妻に再び白湯を汲ませて呼吸も整え、実麗はまた右足から家を出て、九条関白殿の門前では一歩一歩慎重に運んで、今度は芽出たく福の右足から門に入ることが出来た。

「いこうお待たせ致し千万恐縮に存じ奉ります」

「首尾はいかが」

「はあ」

実麗は足のことばかりに気を取られて御殿に上ったので、ここへ来てどっと全身に汗が噴き出た。西に傾く秋の陽ざしを受けて一回半も家と九条殿を往復したことになる。

「東下の儀につき、宮のお考えはどうならしゃった」

「はあ、宮を若年と思い、観行院をただの女と思い、わが妹にすぎぬと思いましても、私の申すこと聞き入れぬばかりか、強って申さば何かと剣呑《けんのん》なことを口走りかねませぬ。恥しながら私にはどうも荷の重いお役目と存じます」

「宮にはお聞き入れがないといわれるのやな」

「五ヵ条のお願い一ヵ条にてもお聞き入れなきときはと、物騒なこと申します」

「橋本の中将、もう頼まぬぞ」

九条尚忠が到頭、声を荒らげて怒り出した。朝は辰の刻（八時）前から、参内の用意をしたまま、じっと橋本実麗が宮の返事を塗り変えてくるのを待ち続けていたのである。それでなくても御所に上れば頭の痛い問題が山積している。公家の中にも開港論者がいて、主上《おかみ》の徹底攘夷論の感情的なことを理を詰めて批判する切れ者たちがいる。それがさらに攘夷論者の感情を逆撫でにし、攘夷論の筆頭である主上《おかみ》の耳に告げ口し、そこで主上《おかみ》が日に何度も激怒御逆上遊ばされる、というようなことが来る日も来る日も起っている。関白などと呼ばれて位人臣を極めても、その仕事の実状はといえば主上《おかみ》の感情《ごきげん》と、関東所司代の強硬な主張の板挟みになって自分の判断で事を運ぶなど出来ることではなかった。早い話が前関白鷹司政通《さきのかんぱくたかつかさまさみち》は、御所と所司代の間に立って主上《おかみ》の御味方をしたばかりに、公武一和の妨げであると強引に関東の圧力で辞職させられてしまった。九条尚忠は、いわば所司代の推挽《すいばん》で関白に就任したようなものであったのだ。しかも関東はそれだけでは胸が癒えぬとばかりに鷹司政通、その息子の右大臣であった輔熙《すけひろ》、左大臣近衛《このえ》忠煕《ただひろ》、前内大臣三条実万《さねつむ》、と一斉に辞職させた四人を、なお追打ちかけるように落飾させてしまったのだ。それが去年のことである。主上《おかみ》も九条関白も、あまりに気の毒と思い所司代を通じて関東をなんとかなだめようと骨折ったのだが、無駄であった。ことほど左様に関白には力がない。

九条尚忠は、自分もまたいつ主上《おかみ》の御逆鱗《ごげきりん》を買うやら、所司代の犠牲になるやら、前車の覆《くつがえ》りを見ているから自分の立場はよく分っていた。息女の夙子《あさこ》姫は御所に准后《じゆごう》として上っているが、主上《おかみ》の寵愛は岩倉侍従の姉である堀河掌侍に傾いているから、娘を使って主上《おかみ》を動かし奉ることは出来ない。所司代からは無理難題ばかり吹きかけてくる。主上《おかみ》はその度に御逆上遊ばされる。尚忠は、いつでもいいから関白という役職から解かれて楽になりたいと願っていたが、なっている以上は一つだけでも所司代に攻められることのないように事を運びたかった。問題は多く、みな公家たちそれぞれの思惑がからみ、容易に解決できるものはない。差当って一つだけ九条関白として出来るのは和宮の御降嫁ばかりと思うことにしている。これが成就した暁には関東に対して晴れて官位から退ることができると思っていた。あまりいろいろなことが有りすぎるから、ともかくこの二年というもの関東が熱意を示している皇妹降嫁だけを片附けてしまい、関東の心証をよくしてから、鷹司卿の二の舞を演じることなく平穏に関白を他に譲ろう。これが九条尚忠の思い決めている唯一つの事柄であった。

そのために橋本実麗などという毒にも薬にもならないような公家を親しく御殿に呼び入れ、念入りに言い含めて動かしていたつもりだったのに、一向に埒《らち》があかない。なんという不甲斐ない公家であろうかと尚忠は肚にすえかねた。なんのために今日一日を二度も和宮のところへ行かせたのか。こんな無能な男には宰相中将と呼ばれる資格もあるものかと関白は激怒したのであった。いや、御所では耐えに耐えている分を、実麗に向って遠慮なく爆発させたのだった。

「もう頼まぬ。私はこれより参内して和宮は十一月東下御承知遊ばされたと奏上する」

「えッ」

実麗は仰天した。そんなことをしたら、観行院が何を喚き出すか分ったものではない。女の怖ろしさを関白殿下はどうして御存知ないのだろう。

「殿下、それは無茶というものやござりませぬか。宮も観行院も、明後年と言いはって本年十一月の儀は決して承らぬと言うておりますれば」

「構わぬ。私を誰やと思う、関白やぞ。それが直書きして再三ならずお勧めしてもお聞き入れなきときは、関白の権限もて強行するか、あるいは関白職を投げ出すか、二つに一つあるのみや」

「畏れながら殿下には、ちと御短慮にはあられませぬか。和宮東下の御儀は八月にようやく御承引あり、そのとき期日は明後年と言上されたのでありますよって、納采の儀も未だ行われぬに十一月御東下とはあまりに事が火急でござります。ゆるゆる時をかけて必ず私が説得いたしますゆえ、どうか主上《おかみ》にそのようなこと御奏上遊ばしますな」

「いや、奏上する。予は打つべき手は総て打った。この上、不承知を申さるるは、いかに先帝の直宮とはいえ我がまま御勝手も過ぎるというものや。橋本宰相中将殿には御役儀まことに御苦労やった。宮様十一月関東御下向、確かに承った。早々に退られてよろしかろう」

「殿下、九条殿。それではこのようにしてはいかが。すなわち公方を上洛いたさせ、この地にて御婚儀一切とり行われましては。しかる後、公方一人のみ関東に戻らせ、宮には明後年の先帝御十七回忌すませられてより御東下と。元来、たって徳川《とくせん》より懇願し奉ってのことでありますし、御所向きにても有栖川宮との御縁組を水に流すという御無理算段の上の御儀にてありますれば、それが先方の礼と申すものでござりましょう。さすれば和宮の願立第一ヵ条もおするするに参ると存じます」

実麗は蒼くなり、智恵を絞って関白を翻意《ほんい》させようと努めたが、九条尚忠はもう取りつくしまもなくなっていた。

「中将殿、公方の上洛は三代家光以来二百年もたえて久しゅうないことや。しかも、あのときは公方の妹君が後水尾帝《さん》の中宮であらせられた。東福門院とお呼び申上げている御方のことやがな。あれと同じにはなりまへん」

関白の口調は殿上人らしいものやわらかなものに戻っていた。

「橋本宰相中将殿にはお気を鎮められよ。もはや暮れて参ったような。参内は明日に延ばそう。明日は吉日なるべし、や。まず引きとられよ。御機嫌よう。ありがとう」

実麗はやむなく、

「御機嫌よう」

と平伏して御殿を退出した。

ヒンプクヒンプクと歩きながら、こう激しく走りまわっていたのでは草履も早くいたむだろう。迷惑至極とはこのことだと思う。実麗が家に戻ったときは戌《いぬ》の刻（午後八時）をまわっていた。朝は辰の刻から始まり夜は戌の刻まで努力しても総ては空しいどころか、明日関白が参内して和宮には十一月東下承引と奏上したら、どんな大騒ぎが持ち上るか、考えただけで実麗は頭が割れそうだった。床下で虫が鳴いているのが聞こえる。虫が羨しかった。憂鬱な冬が目の前に来ているのに虫は喜んでまだ鳴くことが出来る。これから先、実麗の苦労はいよいよ重くなりまさるばかりであろうに。観行院が、石像のようにびくとも動いていないのに、関白が怒り出して、一時しのぎに嘘をつくと言う。それで悪かったら関白をやめればいいのだと、まるで捨て鉢だ。観行院は心中破談を望んでいる。いったい自分の立場はどうなるのだ、と実麗は叫びたかった。当今は九条関白以上にお気が短かく、すぐ怒り、すぐ宸翰を出したり、それを取消したりなさる御方である。それを思うと賑やかに床下から庭へ呼応してすだく虫の声が、この世ならず美しく聞こえて、実麗は泣きたくなった。

その五

その日もフキは隣に寝ている藤の妹から起され、二人で和宮の居間に伺うと、和宮と藤の二人はもう一通りの身じまいを終えていた。御下《おとう》もすまされたのか塗りのおまるは部屋の隅に置かれていた。そこでフキが用を足し、藤の妹が股をぬぐう。このところフキは月水《つきやく》が始まっているので、その仕末の後には洗いさらした布があてがわれる。宮とフキは月のものがちょうど半月ずれているのであった。よごれた布は藤が迷惑そうに受取って油紙に包み、懐に入れる。厠へ捨てて仕末するのであろう。フキはようやく藤の機嫌が変ることに馴れてきていた。藤の妹の方がフキに大層やさしく振舞ってくれるので心が和んでいるからかもしれない。

お居間からお部屋へ移って、几帳の中で朝の御膳を宮さまが召上り、お下りをフキが頂くのもいつもの通りであったが、そのあと急いで四人はお居間に下り、それからいつもと違うことが起り始めた。宮が湯につかって下半身《おつぎ》のお洗《すま》しをしておいでになる間に、フキの上半身が手荒く剝がされ、臭くて固い脂のようなものがフキの顔といわず首筋といわず、肩や胸許まで塗りつけられ、藤の妹が掌で、ぐいぐいとその脂を押しのばした。フキは目も鼻も、掌の力でつぶれてしまうかと思った。ようやく冷たい冬が汗疹の崩れや痛みをやわらげてくれるようになったというのに、今度はいったい何事だろう。宮が塗りの盥《たらい》の中からフキの様子をにこやかに眺めておいでになったが、フキには笑い返す余裕がなかった。

宮の化粧道具が藤の手でひろげられ、藤の妹がどろどろした練白粉を刷毛に浸みこませると、フキの首筋から塗り始めた。冷たくて飛上りそうになり、それをこらえても躰が震えた。化粧《おしまい》をしているのだとフキは思い当った。毛足の長い刷毛で塗られた白粉が、毛足の短い牡丹刷毛で肌に叩きこまれる。いつの間にか宮のお手水《ちょうず》は終っていて、藤がこちらへ手伝いに来ていた。妹と二人がかりでフキの顔と首と胸を白く塗りこめようとしている。実葛《びなんかずら》の枝を浸して糊のようにとろみのついた水も、地肌が濡れるほど髪につけられ、一人が黄楊《つげ》の櫛でフキの後から梳けば、もう一人は前にまわってフキの口を開かせ鉄漿《かね》をつけ始めた。フキはまったく驚いていた。自分のような身分の者が、お歯黒を使うことなど生涯あろうとは思っていなかったし、宮の場合には月水《おまけ》の間は鉄漿はおつけにならないのに、フキは月厄の真最中なのだ。藤と妹の二人が鉄漿親《かねおや》になって、この上なく臭く味も鹹《から》い、気味の悪い黒い汁を房楊子で上下の歯にすりつけている。化粧がこんな大変なことだとはフキは考えていなかった。宮が化粧《おしまい》なさるのを毎日のように見ていてさえ、白粉の冷たさやどろどろした感触など分らなかったし、鉄漿が溝《どぶ》の水同様に臭くて歯にしみることも思いつかなかった。しかし、いったいこれから何が始まるというのだろう。宮は黙ってフキを眺め続けていて、フキの額に墨で描き眉が作られると、またにっこり笑いかけてきた。フキは二人の藤が前にいてフキの顔をためつ眇《すが》めつ見ているときだったから、やはり笑い返せなかった。いや、もし二人がフキを見ていなかったら泣き出していたかもしれない。フキには鏡を見せてくれないから、自分がどう変貌しているのか知ることも出来ないのである。額に黛《すみ》を塗られるときはまるで灼きごてでも当てられるようで、ただただ怖ろしかった。

化粧の後は着替えだった。これまでも上臈の衣類を与えられていることにフキは感激し畏れ多く思っていたのだけれども、今日は何もかも新しい。たとえば三枚重ねて着た小袖は純白で、宮がまだほんの一度か二度しかお召しになっていないものである。袴《はかま》も厚地精好《せいごう》の織りで、濃紅《こきくれない》の色もめざましく鮮やかだった。これまでフキが着せられていた袴は変色して黄ばんでいた。袴を付けてから萌黄色の単衣《ひとえ》を羽織り、その上に華麗な綾の打衣《うわぎ》を二枚重ね、さらにその上から小袿《こうちぎ》を着せられた。蘇芳《すおう》染堅織の小袿は、宮が客来の折に限ってお召しになるものであった。フキがそれに気がついて、そっと振返ると、和宮はフキに黒い八重歯を見せてまた声なくお笑いになる。自分も今は宮と同じ黒く光る歯の持主になっているのかとフキは当惑した。とても笑い返せる余裕はなかった。

二人がかりで支度の出来上ったところへ、観行院《かんぎょういん》が入ってくると、驚いたことに坐って宮に会釈したあとでフキに向って一礼し、

「宮さん御機嫌よう化粧《おしまい》あらしゃったところで関東よりの使にお目通りお許されませ。勝光院《しょうこういん》と申して、私の叔母に当る者でございます。是非にとの申入れにて断りも申し難く、関東へ参れば諸事の御相談相手にもよろしきかと存じますよってに、お嫌さんとは重々お察し致しておりますけれども、何とぞよろしゅう」

と、かなりの大声で言ってから、

「万事は私が応対いたしますゆえ、決して御直答遊ばされませぬように」

と小さく言い足した。

藤が、さらに小声で、

「あまり相手をご覧になってはなりませぬ。笑顔もお見せなさりますな。観行院さまにお任せして、観行院さまのお顔見て、観行院さまの仰言るままになさりませ」

と、耳に吹きこむように言う。

フキは肯こうとしたが、付けたかもじが重くて頤も動かない。緊張しているフキを先にたてて、観行院と共に四人はお部屋に移った。今日は南を向いた几帳の位置が、ずっと退っていて、フキは几帳の前の敷物に坐らされた。観行院が右隣に、そして和宮と藤の二人はどうやら几帳の後に坐ったらしい。藤の妹がお部屋の外へ出て何事か下使いの女たちに命じている。近頃、藤と藤の妹は交互に部屋の外に出ていた。やがて藤の妹がお部屋に戻ってきて、フキの右脇のずっと後に踞《うずくま》るようにして頭を下げると、フキの目の前の襖が静かに静かに開き出し、視界が急に明るくなった。境の襖の向うには、一人の女が平伏していた。両手を前にぴたりと揃えているのと、結い上げた髪型が、公家風ではないのがフキにもすぐ気付くことができた。

「宮様には御機嫌よろしゅうあらせられまして、恐悦に存じ上げ奉ります。本日は格別の思し召しさんを以てお目通りかないまして、ただただ忝《かたじけの》う、ありがとう存じ上げます。この度、関東御下向お請けあらせられ、徳川家《とくせんけ》との御縁組おすすみの由、まことにまことに畏れ多く、おめでたくお祝い申入れ奉ります。また観行院の御方様にも、本日のおはからい忝う御礼申入れます。御機嫌よう」

「御機嫌よう、ありがとう」

「この度は関白殿ならびに所司代若狭守の家来ども御無礼の段々、当今さんにも宸襟お悩ませ奉り、申訳なく恐れ入り存じ参らせます。宮様にもさぞかし御不快にあらせられましたことと申訳なく、所司代役人一同面目なく恐懼《きょうく》してお詫言上いたしたく申しおりますれば、私とりあえず代って失礼の段々お詫つかまつります。何とぞ何とぞ御寛容のほど願い上げまいらせます」

「他ならぬ勝光院どのの御挨拶、宮様にはお楽になさるよう思し召しでござります」

「忝う存じます」

勝光院は深く一礼してから、思いきったように顔を上げ、いきなりフキを見た。橋本の実麗《さねあき》にそっくりだ、とフキは思った。年配も変らないが、しかし華やかなところが違っていた。撫で肩で太り肉《じし》であるところも似ているのに、実麗より強く明るいものが全身に漲っている。

「おみ大きゅうならしゃりまして、まあ先帝《さきのおかみ》によう似ておいで遊ばされますこと。まことに畏れ入り、忝う存じ上げまいらせます」

お辞儀しながら勝光院はにじり寄ってきた。フキは自分が和宮として見られていることにいやでも気がつかないわけにはいかない。当惑して観行院を見ると、観行院は落着いてにこやかにフキを見ているし、勝光院にも笑顔を見せ、

「誰方さんも先帝《さきのおかみ》にお似ましやと仰言います。そない伺います度に私もお産み申上げ、ここまでお育てした甲斐があったと嬉しゅうありがとう存じ上げることでございます」

と、上機嫌で答えている。

「私は若いとき関東へ参りましたゆえ、先帝のお若うあらしゃったときしか覚えておりませぬので、一層そう思うのかしれませぬ。まあおみお顔は生き写しであらしゃりますこと」

「さよであらしゃりますか。私も、いつもそないに思うております。先帝《さきのおかみ》が今少しお長くこの世に在《おわ》しましたなら、どのようにお愛《いと》しく思し召されたかと思うと、この程中のことも併せて胸が痛みます」

「さようでいらっしゃいましょうとも。お胸の中は重々お察し致しておりますけれど、関東と申しても昨今の公家方が思うておられるような怖ろしいところではござりませぬ。代々の公方《くぼう》さんには堂上《とうしょう》公家衆より御台《みだい》様をお迎えし、私のように公家方よ

り参ったものが大奥のお取締りを致しているのでございますから、徳川家が武家と申しても大奥は御所風と変らぬお暮しむきでござります。どうぞ御心配遊ばしますな。宮様にも御心配遊ばされませぬように」

「主上《おかみ》からたっての御旨でありましたので、宮さんも初は御動転遊ばされ、私どもも主上《おかみ》の御本意がなかなか分りかね、この年はまことに事多く迷惑に存じました」

「それについては所司代の手違いやら、九条関白さんのお話もややこしく、御迷惑のほどお察し申上げております。早うにお目もじかのうていますれば、私より詳しくお話できましたものを、所司代は御存知の田舎者ばかりにて御所内のことは到底分らぬ武骨揃い。私も見ていられずに上洛した次第にございます」

「悪いことに当今さんは先帝《さきのおかみ》と違うてあらしゃりまして、お気弱にあらせられながら御癇癖お強く、宮さんを関東には決してやらぬと仰せになったかと思うと、翌日には天下のために行けとの御直書が届くという塩梅《あんばい》で、宮さんも私もその度に心が立ったり坐ったり、まあ忙《せわ》しないことというたらありませなんだ」

「それは存じも寄らぬことでござりました。私は一昨夜突然主上《おかみ》の御逆鱗《ごげきりん》にて御破談と承り、肝を潰しましてござります」

「あのようなことばかり、このところ半年あまり毎日のように続いていたのでございますえ」

「それはあなた様もさぞ御心が揺れてお苦しみなさりましたでしょう。徳川御本家の大樹様は至極穏やかなお人柄でいらせられますから、関東にてそのようなお悩みごとにお遭いなさることは万が一にもござりませぬ。大奥のことは私におまかせあって、宮様にも御心ごゆるりと遊ばされますように申入れ奉ります」

「薩摩のお方はどのようなお人柄か、宮さんもお案じあらしゃりますけれど」

「天璋院《てんしょういん》様のことは、何も御心配ござりませせぬ。私がお世話した御台様ではありませぬゆえ、今は大奥の滝山と申す年寄りの言うなりになっておいでになりますが、もとはと申せば公家方の出ではなし、宮様には何の御心配様もなされませずとおよろしきかと存じ上げます」

「その天璋院とやら申す者が、宮さんの内親王宣下の御儀に強《きつ》う反対していると聞いていますので、今からそれではと、私には先が思いやられます」

「内親王御宣下は是非にお受けなされませ。天璋院様は出が出ですから、宮様との身分違いを今から心配しているのでございます。前公方《さきのくぼう》さんの御台様には違いなくても、御当代の大樹様の御生母ではなし、下々のように和宮様を嫁扱いにしようとしても無理でございますのに、滝山という女が心得違いにて、天璋院さまを姑ぶらせようとしているのでございますから、内親王御宣下は必ずお受けになって関東へお発《た》ちなされませ。当代の大樹様も御所から将軍御宣下を受けたお方でいらっしゃいますゆえ、和宮様が内親王様であらしゃらねば公武御一和にはなりませぬ。これは私より御老中久世殿にはっきり申上げてあります」

フキには勝光院と観行院の会話は、ほとんど意味が分らなかった。しかし二人の話の様子から感じとれたのは、自分がどうやら和宮の代りに、それも宮御自身になりすまして関東とかいうところへ出かけそうだということであった。

勝光院はよく喋り、観行院は熱心に彼女の話を聴いている。だからフキは観行院を見ては、勝光院の方をときどき盗み見た。髪型が、およそ公家方の女とは違っている。前髪も横鬢も後の髱《たぼ》も大きく張り出して結い上げてあるから町方の女と似ているが、髷のあるべき中央の髪は根を取って三寸ほどで切り下げている。京都では見ることもない髪であるし、なんとなく鬢のはり具合が大きすぎる。厚化粧で、観行院の叔母にしては、着ているものも派手すぎた。これも御所風の袿ではなく、町方の女の着るような着物の上に公家方では小袖と呼ぶものを裲襠《うちかけ》にして羽織っている。御納戸色地に錦松の総刺繍《そうぬい》だったが、フキにはそれがどれほど贅沢なものなのか見当もつかない。行儀の違いはなんといっても着物の袖口から手首が出ていて、それをずっと膝の前で揃え、そのままの姿勢で話し続けていることであった。観行院はといえば、小袿を着て袿袴をつけているが、躰はすっと形よく立てて肯きながら勝光院の話を聞いている。手は袿の袖の中にあり、両脇につけているのか、見えない。

関東というのは、どんなところなのだろうか、とフキは思った。お伊勢さんより向うにあるのやろか。御所からお使いがあったとき、いきなり和宮が几帳のかげで泣き出したのを思い出す。宮が行くのを嫌がっているために、代りに自分が行くことになるのだろうとフキはぼんやり考えていた。どうして宮が嫌といってお泣きになったのか訳は一向に分らなかったが、深く考える余裕もなかった。足が痺《しび》れかかっている。フキはそれに閉口して、ごわごわした袴の下で足を組みかえた。観行院にも藤の妹にも気づかれなかったようだ。

「それにしても私が橋本の家におりましたなら、たとえば御所へ御奉公に上っておりましても、宮様御誕生の砌《みぎり》は御身近く伺ったことでございましょうし、お小さい折にはこの手でお抱き申上げることも出来ましたでしょうに、まあ、このようにおみお躰が大きゅうならしゃりましたのでは、お手をおひき申上げることもできませぬ。お許し頂けますなれば、お立ち遊ばされたお姿を拝見しとう存じます」

いつの間にか勝光院は随分前に躙《にじ》り寄って来ていた。フキが当惑して観行院を見る

と、観行院はにこにこしながら、

「宮さん、お立ち遊ばされませ。勝光院どのに、見せてつかわせられますように」

と鄭重に言うのである。

藤の妹がすぐ後に這って来て、

「お立ちになって頂かされ」

と囁き、手を貸そうとした。

もう坐っているのには飽き飽きしていたから、フキは両手を畳につき、跳ねるように一息で立上った。あんまり勢がよかったので、勝光院も観行院もびっくりしたようだった。宮らしく静かに立つべきだったのだろうかとフキは後悔したが間にあわなかった。

「まあ御立派さんのおみお躰であらしゃりますこと。十二単衣をお召し遊ばされたなら、どんなにお見事であらしゃりましょう。大奥の女たちはきっと息を呑んで、ものも言えますまい。公武御一和と申そうより、関東を宮様の御威光でお押さえ遊ばされるのが私の希いでござります」

「そのようなお考えとも存じませず、勝光院様は関東のお手先かとこわごわ思うていたのでございます」

「観行院様、畏れながら私はあなた様の叔母でございますよ。もとが公家方でございますから、江戸に長く暮したとて心はいつも御所を御大事に思い、その心を変えたことは一度とてございません。徳川家に水戸から御世子を迎えたいと思っていたくらいでございますもの」

「水戸というのは一ツ橋さんのことですな」

「はい。水戸の徳川御分家は代々尊王にて、そこから一ッ橋に御養子に行かれた慶喜殿は、御生母が有栖川宮織仁親王《ありすがわのみやおりひと》の姫宮さんに在します」

「それで兄なども関東では一ツ橋だけが信用できると言うのですやろか。まあ、天保元年に関東御下向になった、あの登美宮さんの御子やったのですか、一ツ橋さんは」

「天璋院様が御台様になられるときも、尊王の薩摩が、ひそかに一ツ橋卿を御世子にと言いふくめていたのでございますが、滝山が天璋院様をまるめてしまい、紀伊殿から御当代をお迎えになるよう押しきってしまわれたのでございます。私が前々通り大奥におりましたなら、決してそのようなことはなかったと口惜しゅうてなりませぬ」

「やはり徳川《とくせん》は大奥が強うてかなわぬというのはほんまの話やったのでございますな」

「はい。なればこそこの度の宮様御降嫁は心ある者の待ち望んだ御縁組でございります。宮様が内裏お大切にお考え遊ばすかぎり、大樹様を初として徳川家すなわち関東が御所のお差図に従うようになりますのは火を見るよりも明らかなこと。滝山という年寄りの頭を押えておしまいになるには、宮様でなければならぬことと御老中もお考えになっての上でござります」

「京で関東所司代の力が、どれほど強いものか叔母様は御存知なのですやろか。関白殿かて所司代若狭と武家伝奏には手を焼いておられますのに。主上《おかみ》の仰せもお通りにならぬことがあるのですよって」

「まことに畏れ多く存じ上げております。そのようなことは宮様が大奥に在《ま》しませば、決して起りは致しませぬ。女ばかりと申しても江戸城大奥を治めた男は松平定信とて水野忠邦とて、これまで一人もありませなんだ。徳川御本家を支えてきましたのは、三代仕えた私がよく存じておりますが、大奥なのでござります。宮様御降嫁遊ばさるるなら、その大奥がそっくり尊王に切り替わりましょう。主上《おかみ》のお考えも、そこにあらしゃるものと拝察いたしております」

勝光院の話は、一歩一歩と観行院の心の中に踏みこんでいくようだった。考えこんでいる観行院の横で、フキはぼんやり突っ立っていた。

勝光院は、賑やかな笑顔でフキを見上げ、

「宮様、あちらを向いて下さりませぬか。お後姿が拝見しとう存じます。お髪《ぐし》が黒くてお見事なこと。まるで濡れたようでござりますな。お髪型はお童《わらわ》であらしゃりますな。まあ、お懐しいこと」

と言う。

フキが当惑して観行院を見ると、観行院は曖昧な笑顔で、仕方なく言った。

「宮さん、後を向いてごらんなされませ。勝光院どのが、かように申されますよって」

フキは言われるままにくるりと後を向いたが、小袿を着て人前で身動きすることに馴れていないから、小袿ばかりかその下に重ねていた打衣、上着の裾が全部足許にからまりついてしまった。藤の妹が、傍に来て、急いで形を整えた。

「まあ、お可愛《いと》しいこと」

勝光院は声をあげて笑った。観行院はそろそろ剣呑と思ったのか、

「藤、宮さんにお居間へお移り頂きや」

と藤の妹に言いつけた。

藤の妹は平伏してからフキの片手を取り、杉戸を開けてフキを隣室に誘い入れた。

勝光院は、膝の前に両手をつき平伏したが、顔は上げたまま、様子をじっと見守っ

ていた。フキは月のものを含んだ布が股から落ちそうになったので、急いで袴を蹴り、畳を踏みならして居間へ走りこんだ。

「なんとお元気《きじょう》な宮様であらしゃりますこと。世間の噂ほどあてにならぬものはありませぬな。お目もじ適えて頂きまして、こんなありがたいことはござりませぬ。実は案じておりました。宮様かねての御持病のこと、公家衆でもさまざまに取り沙汰しておりましたれば」

「叔母様」

観行院がいきなりこう呼んで勝光院を驚かせた。

「こちらでは気がはってなりますまい。私の部屋においで遊ばせ」

観行院は自分から勝光院のいる部屋の方へ滑り降りた。控えていた女蔵人《にょくろうど》がすぐ観行院の後の襖を閉めた。几帳のかげにいる和宮に聞かせたくない話になったからであった。

「お嬉しいことを仰せになりました。ありがとう存じます」

「私の方も伺いたいこと山々ありますよって、どうぞ」

「それにしても宮様の御《お》足《みや》はどちらもしっかりしてあらしゃりますのに、妙なことを言うものが多うて、今日まで私はどれほど気を揉んだか知れませせぬ」

「寒さの強い折など、ときどき御足《おすそ》がお痛み遊ばされることがあったのでございます。お小さい頃は私も心配いたしまして、諸寺に祈願を致させましたので、それが大形《おおぎよう》な噂を呼んだかしれませぬな。なんせ私は胤宮《たねのみや》さんが亡くならしゃった後のことと て、ちょっとお泣りになっても息が止まるほど案じ、心細さから死にものぐるいでお育てして参りましたよって」

観行院と勝光院の二人の声が遠くなると、杉戸が開いて、お居間に宮と藤が戻ってきた。宮は、心配そうに、じっとフキを見て黙っている。いつもは宮の方からフキに頬笑みかけてくるのだが、それをなさらない。フキは、藤と藤の妹が、そっと身を寄せて相談ごとを始めたとき、宮に向ってフキの方から笑ってみせた。すると和宮は、一瞬信じられないようにフキの口許を見て、それから安心したように、にっこりと笑い返した。

これでいいのだ、とフキは思った。フキがこの桂の御所に召された理由はともかくとして、その御役目について今日ほどよく分ったことはなかった。フキは少し興奮していた。美しい衣服を着て、黙って坐っていさえすれば、相手はお辞儀ばかりして勝手に喋りたてる。その受け応えは観行院がしてくれるのだからフキのやることは簡単だった。退屈なときもあったし、足が痺れかかったときは困ったが、後は面白かった。少なくとも薄暗い部屋の中で来る日も来る日も息を殺して暮しているより楽だという気がする。

「宮さん、宮さん」

藤の声だった。フキに顔が向っている。フキはびっくりした。今日からは、居間に戻ってもフキが和宮なのか。

「静かにお歩《ひろ》いなされませ。決して御足《おみや》で畳に音を立てられてはなりませぬ。よろしな」

さっきの歩き方が叱られているのだ、とフキは藤の眼の奥がどす黒いのを見て、急に怯《おび》えた。美しいものを着て、明るいところへ出たという喜びは飛ぶように消えてしまった。

「は、はい」

思わず返事をして、また叱られた。

「お声はお出し遊ばされませぬように」

悲しくなって項垂れていると、フキのかわりに宮がしくしくと泣き出した。藤は驚いて、フキに言ったときとは声の色を変えて宮を慰めた。

「お泣《むつか》り遊ばされますな。どのような事になりましても、私が片時でもお傍を離れるようなことはありませぬよって。宮さん、お気を強う持たしゃりませ。よろしいな」

胸の中で泣き熄《や》むまで、藤は宮を抱きしめていた。十五年も前からずっとそうしていたような馴れた手つきだった。宮の艶々した黒髪を、藤が黙って飽きもせずに指先で幾度も撫でおろしていた。この二人もまるで親娘のようだ、とフキは思った。宮をお産みしたのは観行院だが、お育てしたのは乳人《めのと》である藤なのだから、生れたときから父なる帝《おかみ》をお失いになったかわり、母親には二人も恵まれておいでになるのだろうとフキは羨しく眺めていた。フキを叱ったり、迷惑げな目で見るときの藤と、こうして宮を抱きしめている藤とは別人のようだった。

観行院が、お居間に入ってきて、

「勝光院さんが、お乳《ち》の人と相談したいことがあると言うておいる」

と、藤の妹に言った。

「もっと早う会うておくのやったえ。大奥のこと、詳しゅう詳しゅう教えておくれた。知らなんだらえらいことやったと思うことばかりやった」

「大奥というのは」

「内裏で言うたら御常御殿のことであろ。やっぱり男子禁制やて。藤も、よう教えといておもらいやす」

藤の妹が出て行くと、観行院は、残っている藤の顔を見やりながら、

「宮さん、やはり関東の大奥は、ややこしいところらしゅうござります。御東下になっても、滅多な者相手に口はきかしゃらぬが肝要と勝光院も申しております。関東へ参りましたなら、天璋院など相手にせず、直接の御用や相談は、みな勝光院に致させましょう。所司代へもその旨、強う申し入れることにきめました。やはり勝光院は身内でございますし、徳川《とくせん》の御本家三代に仕えた忠義者、それをあることないこと言われて滝山とやらいう女に退けられているのは、聞くも気の毒でなりませなんだ。どうやら御常御殿の中と、さして変らぬ様子ですよって、大変は大変でも、却って私は安心いたしましたえ。宮さんにも」

と、宮の手を取り、フキの顔をちょっと見てから、言った。

「お心を安んじて下さりませ」

どうやら観行院は、勝光院の話のくさぐさから心が昂ぶっているようだった。先帝御在世の頃の御所勤めの頃を思い出したのかもしれない。あるいは、いよいよ関東下降を承知するのだという覚悟が、新しい決意となりかわるために、勝光院は頃合いの使者であったのかもしれない。

「それにしても大樹とて宮さんと同じ年のお生れやのに、紀州から御本家へ迎えられ

て公方になられたのが一昨年、十三歳で関東へお移りなされましたそうな。紀州にいでやったとき、伏見宮の姫宮さんと御縁談があったのに、宗家にお直りになるというのでそのお話はお打切りになったそうな。勝光院の話では、近衛殿が富貴宮さんとの縁組を持ちかけたのが始まりやったらしゅうございます。こちらもえらい騒ぎを致しましたけれど、あちらも男とて同じお年で、お相手さんがくるくる変ってお気の毒なこと。富貴宮さんはお崩《かく》れになってしもうたし。丙午《ひのえうま》というのは、そういうお年廻りなのやろか」

相手は藤でなくてもいいのか、小さな声で観行院は独り言を言っていた。宮が、しばらくして、また泣き始め、藤の胸に抱きこまれた。観行院は黙って宮の様子を見ていたが、先刻とは違い、涙にかわって新しい意志が湧いているようだった。

「宮さん、関東にまいっても勝光院のような味方もいることでござりますよって、少しお考え直されてはいかが。お気強う遊ばされて、主上《おかみ》の仰せをお請けになられませぬか」

和宮は、このとき乳人の胸から顔を上げると、観行院に向って、はっきりと言い放った。

「嫌、嫌。かの者は、私の足《すそ》を見に来たのや。それ言うていたやないか」

今度は藤の胸に自分から顔を押しあてて声をあげて泣き出した。

観行院は、すぐ吾に返り、すると涙が両眼から噴きこぼれていた。

「お許しなされて下さりませ。私が悪うございました。お別れするのが、切なさに、つい愚かを申しまして。宮さん、もう決して今のようなこと二度と申しませぬよって、お泣《むつか》り遊ばされますな。宮さん」

藤も涙をこぼしている。それを見ていると、フキまで悲しくなってきて、涙が頬をぬらし、洟《はな》が鳴った。

やがて藤の妹が戻ってきた。四人が泣き崩れているので驚いたらしかったが、まずフキの傍に寄って、布を使ってフキの化粧崩れを押さえ、ついでに洟もかませてから、観行院に報告をした。

「勝光院様より細々御注意もあり、御相談にもあずかりました。主上《おかみ》の御気性もあることゆえ、勝光院様または所司代にて此の度のもつれ事を解決しては、また主上のお怒りあるも畏れ多いことですよって、内裏からのお使いにてしかるべきお勧めを頂き、それをお受けした形にて十一月の御東下御承知遊ばされるのがおよろしかろうと」

「なるほど、あのお方は智恵者やな。万事が主上《おかみ》の手で運ばれて決るのでのうては、また御逆上遊ばされるに定ってある。それは所司代で運んでくれるのやろな」

「はい、そのように仰言って、お退りなされました」

それから藤の妹は、フキの涙をどう理解したものか、

「宮さん、今日はなかなか御立派さんであらしゃりました。ようなさりました。勝光院様も、褒めておいでなされました。御機嫌ようお帰りになりましてござります」

そこまでフキに向って丁寧に言ってから、観行院に視線を移して頭を下げた。

「お土産物は山とお部屋に積みおきましてございます」

「ああ大事なこと訊くの忘れていた。天璋院は幾つぐらいの女であろう」

「宮さんより十歳お上やそうに伺いました」

「二十五か」

観行院が先帝を失い奉ったのが十五年前、そのとき彼女は二十三歳であった。しばらく観行院はぼんやりしていた。二十五歳の寡婦《かふ》が、関東の城の中で和宮の姑になろうと待ちかまえているのかと思うと、あまりに相手が年若くて心の昂ぶりが宙に迷う。

が、いずれにせよフキには、宮より十歳年長という天璋院が何者であるのか、十歳年長であるのがどういうことなのか、さっぱり分らなかった。ただ、宮が激しく嫌が

っておいでになる理由が、宮の御不自由な足のせいだということがおぼろげながら分ってきた。藤の胸にすがり黒髪を揺らせ続けて泣いている宮の後姿は、フキの心も痛くなるほどお気の毒であった。藤の妹がフキに優しいのも嬉しくて、フキはやはり涙を流し続けていた。観行院も藤も泣いている。藤の妹ひとりだけが、そんな四人を、しっかり見渡して涙を見せることがなかった。

その六

　左の腰に左手を当て、半身《はんみ》に構え、忠義《ただあき》は小太刀を振っていた。火の気のない部屋の中で、氷のような空気を砕くように白刃を打ちおろす。喉の奥から出る気合が、ときどき声になった。壁も襖も殺風景な部屋の中に、忠義がただひとりいるだけであったが、忠義の眼は何者か憎しみをこめて見据えている。真剣が、忠義の右手に持上げられ、幾度も気合をこめて打ちおろされた。忠義は若狭小浜の藩主として小野派一刀流を修得していたが、特に小太刀を好んだ。刃渡り一尺五寸の小太刀は格別重いものではないけれども、一本ずつ全身の精力を込めて片手で振りおろすうちに、まず腰で支えている左の掌に汗が湧いてくる。上段あるいは下段に構えては斬り、構えては打ち、見えぬ相手が斃れるまでと、飽くこともなく打ち据えているうちに、忠義の額にも首筋にも熱い汗が噴き出ていた。

二十二歳のとき水野越前守忠邦の推挽によって寺社奉行に就任して以来、小太刀の素振りは欠かしたことのない日課であったが、しかしこの日に限って常より長く、しかも激しい稽古を、忠義はいつまでたっても止めなかった。

部屋の外に何度か人の動く気配があったが、気がついても忠義は素知らぬふりをして宙を見据え、空を斬り、見えぬものを見て真剣を振り続けていた。

忠義は、若くして寺社奉行になり、さらに京都所司代に三十一歳のとき抜擢されてから遥かに歳月を過ごしていた。日頃は坐ったままで江戸からの書類を読み、適宜に写して御所に届けさせ、さらにまた御所から次々と届く書類を読みに読んで暮している。近頃は嵯峨野に馬を駈って一汗かくこともしていない。奥歯を嚙みしめても息切れが押えきれなくなってくると、ようやく忠義は自分の疲れを認めないわけにはいかなくなった。もはや若くないのだ、と忠義は自分に言いきかせた。水野越前守殿は、四十一歳で老中にまで御出世なさり、現在忠義の年齢のときには老中首座となられていたが、今は亡い。水野忠邦の晩年の逆境を思うと、忠義は今でも胸に迫るものがある。

剣を措き、木綿の手拭いをとって顔を抑え、額や首筋の汗を拭っているとき、

「殿」

と、遠慮がちの声が聞こえた。

「七兵衛か」

「は」

「入れ」

ご免と言いながら三浦七兵衛が入って戸を閉じ、平伏した。

「どう致した。長く待ったようだの」

「は。お邪魔を仕って恐縮に存じまする」

「公家相手のような挨拶をするな。なんだ、用事は」

「御両人様が、また参られてございます」

「また来たか。私は風邪で寝こんでいる。熱が高く枕から頭が上らぬ病人じゃ。そう言って帰せ。女の相手は、もう嫌だ」

「殿、おいでになったのは武家伝奏の御両所でございますぞ」

「広橋殿と坊城殿であろうが」

「は」

「七兵衛、お前は公家を男と思うか」

三浦七兵衛は眼の奥で笑い、頭を下げるとすぐ出て行った。

が、なかなか戻って来ない。

忠義はいらいらしたが、病気と言って今日で七日も籠っているのだから、今さら表へ出て行くわけにはいかない。作戦的に仮病を使っているのだったが、忠義の本心は尋常でない怒りで燃えていた。

たかが女ひとりのことではないか。

武家同士の婚儀は、家格の釣合もさることながら、大名は大名なりに、小藩の藩主ならそれ以上に相手の家と縁戚になることで利益を得ることを考える。家臣たちがまず御家の御為にしかるべき相手を考えて婿に選びもするし、嫁をとることも相談する。仮に男の場合であっても、先祖伝来の家禄と重代の家臣を養う義務を第一とするならば、相手の好き嫌いなど言うことも出来ないのに、まして女の身で、どこなら嫁に行ってもいいが、どこでは嫌だなどといったためしは、忠義の聞き知るかぎり、これまでに一度でもあっただろうか。

関東と京都の反目の歴史があまりに長かったため、外患あまりに煩瑣《はんさ》なとき、国論が二つに割れては夷狄《いてき》を防ぐことが出来ない。そのために御所と徳川家を一つに結ぶ方便として井伊《いい》大老以来考えられてきた皇女東下ではないか。

当初は誰でもよかったのだ。井伊が殺されるまでは直宮の富貴宮を一応の候補と考えていたのは事実であったが、それが去年の秋、夭逝《ようせい》された。そのために大樹と同年の和宮一人に狙いが絞られてきた。忠義からみれば当然のなりゆきだった。もともと富貴宮は安政五年の生れで、何分にも幼なすぎたから、和宮の方がいいかもしれないという考えが関東側には最初からあったのだ。それを九条尚忠が関白のしたり顔で、和宮は有栖川宮家と婚約していると言いたてたものだから事が面倒になった。

婚約が取消しになる例は、武家にもしばしばあることだった。相手の行状が分ったり、こちらの手許が苦しくなったり、将軍の代替わりや老中の移動があれば、末端の家来まで影響がある。早い話が昔権現様の御台様の妹でも、義兄の都合で三度も婚礼をあげている。それも一度ならず二度まで嫁いでいたのが嫁ぎ先を義兄たち、即ち秀吉と家康二人の都合で変えさせられている。酒井忠義にしてもそうであった。天保五年に襲封するとき、家老の三浦七兵衛義言らが謀って、水野家から女を迎えて正室とし、以来若年で奏者番と寺社奉行を兼任し、三十一歳で京都所司代に抜擢されたが、水野越前守が失脚するや、ただちに妻を離別し、水野一族と共に没落する運命から巧みに逃れたのであった。以来、忠義は決して正室を迎えず、酒井家の系図からも水野氏から入った女の存在は抹殺される筈であった。女というのは、そうしたものだと忠義は思っていた。それより他に女に値打があるとすれば何か。子を産むのは体格のいい側妾たちに課すればいい。しかるべき家に生れた女は三従の教えによって家のために動くべきだ。

ところが、和宮に話を持って行った途端に断られた。それまで、公家方では九条関白や議奏の久我建通らの間でとんとん拍子に進められていた縁談であったのに、三浦七兵衛が橋本実麗《さねあきら》を訪ねたとき、そんなことはとても通ることではないと、いきなり出鼻を挫かれたのであった。

桂の御所を急遽畳替えし、和宮を迎え入れた若狭守忠義としては、最初から面白くなかった。御所《おかみ》には関白を通して幾度も請願させ、皇妹降嫁によって公武一和が実現すれば、主上の念願している攘夷の一条も必ず守られると説かしめたが、当今《とうぎん》がその気になっても和宮が泣いて辞退すると当今もすぐ気がかわり、有栖川家との婚約があるから無理だと言い出す。

婚礼をあげたわけでもなく、六歳のときの約束を楯にして断って来るのだから、忠義は何を小癪なと最初のうちはその程度に思っていた。ところが、主上も橋本実麗も所司代の言い分にようやく従うようになってもなお強硬に和宮自身が関東へ行くのは嫌と言いはる。そのくらいなら尼になる。いっそ死んでしまいたいと口走っているという。それ以来というもの、生母の観行院《かんぎょういん》が桂の御所にたてこもり、小娘と同じように関東の意向に正面切って反対し始めた。ここに到って忠義は、なんということかと呆れたのであった。こんな馬鹿な話は武家ではおよそ聞いたことがない。殿の仰せに従わなければ、武家なら改易になってしまい、家財没収、主従もろとも路頭に迷うのが定法であるのに、公家ではどうしてこんなに女をのさばらせておくのか。十四や十五の小娘に好き勝手なことを言わせ、母親が高慢ちきに断ってくるのを、主上《おかみ》は手も足も出せないでいる。何が尊王だ、と忠義は馬鹿々々しかった。和宮とは義理あいがあるなどとのんびり手紙ばかり書いている男に、どうして天下を治めることが出来よう。

しかし江戸からの催促がきびしく、忠義も呆れてばかりはいられなかった。三浦七兵衛を桂の御所に出入りさせ、和宮の乳人の耳に、観行院の生家である橋本家が取り潰しになると脅したのが八月十三日、七兵衛が最初にこの件で橋本実麗に会ってから半年たっていた。そして翌々日の十五日、和宮から御所へ勅旨拝承の返事が出た。しかし五つの条件つきであり、本文には「おいやさまの御事ながら、主上《おかみ》の御為と思召し」云々とあり、忠義は写しの文面を見て自分の額に青筋が立つのを感じた。こんなことを正式の文書に書くこと自体が許せないことであるのに、御所ではともかく和宮が承知したといって、胸を撫でおろしていたのだ。

忠義が案じた通り、和宮降嫁についての条件は、第一条から行き詰った。外患内憂ともに火急を要するというのに、婚儀は明後年と言いはってきかない。関東がすぐにも下降と迫れば、それなら破談だとばかりに観行院が居直ってしまう。当今は途方に暮れ、寿万宮《すまのみや》ではどうだろうと言い出す始末だ。一昨年生れた富貴宮が死んで間がないというのに、去年生れたばかりの寿万宮など小さすぎて東下の途中で万一のことでも起ればそれこそ天下の一大事ではないか。

寿万宮を産んだ堀河掌侍は、岩倉具視の姉であり、所司代は岩倉侍従を通したときにはまず思い通りにことが運んでいた。弟の身で姉を通して主上《おかみ》を動かすことが出来ているというのに、橋本家では兄が十五も年下の妹を説き伏せることが出来ない。主上にしてからが、腹違いの妹を追従させられない。観行院というのは何者だ、と忠義は思った。要するに先帝の妾ではないか。皇子を産んだならともかくも、女腹でどうしてそんなに頑強な態度をとり続けていられるのか。

関東の密命をおびて上洛した勝光院《しょうこういん》を桂の御所に送りこみ、女同士でじっくり話しあいをさせたところ、遂に明春下向という落着を見た。しかし、そのとき和宮が奉承した理由というのは何だったろう。九条関白の娘が准后《じゅごう》として入内《じゅだい》したのが長の年であったから、明年十六歳になる和宮にとっても縁起がいいので東下するという観行院の奉書の写しを見たときは、忠義は叩き落して土足で踏みにじってやりたいと思った。観行院という三十七歳になる大年増の言うことなすこと忠義には腹立たしくてたまらない。しかもこのときはまたまた十五ヵ条もの条件をつけてきた。江戸城に入っても、前将軍御台所である天璋院《てんしょういん》とも先代将軍の生母本寿院などとも対面などこれなく、但し礼節により候ゆえ年始その他は使ですますことなどと麗々しく書いて寄越したのだ。勝光院は、いったい何をどう話したのだろうと酒井忠義は首を捻った。一度は大奥で飛ぶ鳥も落す威勢を持った女だから、また返り咲きを狙っていろいろ焚きつけたのではないかと推察すると、やはり女を手先に使うのは考えものだと思う。ことに勝光院が姉小路《あねがこうじ》と呼ばれていた時代、水野殿の天保改革に真向から反対し、大奥だけは奢侈《しゃし》禁制の埒外にした話は有名だった。あの女を再び大奥に入れることは危険だと忠義は考えた。

十五ヵ条の中から、あまりにも無体な三ヵ条を削るだけで二ヵ月かかった。和宮はただただ聞きわけ悪く、無理難題を吹きかけてくるばかりである。忠義は相手が男なら殿中でも抜刀しただろうと何度も思った。それを見透したのか九条関白が、実は和宮は足が悪く、自ら恥じていて、それが下降を渋らせている理由だと忠義の耳に囁きに来た。

手足が欠けていようと白痴であろうと、姫宮でさえあれば、この際どうでも構わぬと忠義は大声で言い返したかったが、耐えた。公家相手に叫んでも何事も始まらないことは、天保十四年初めて所司代になって七年、安政五年から再び京都所司代となって三年、通算して十年の間に忠義の骨身にしみている。公家を動かすのに、黄金に如《し》く武器はなかった。

しかし和宮だけは、金色の餌では動かなかった。跛《びっこ》の方は勝光院の言によれば、決して目立つものではないというし、悪いことに和宮は白痴でもなかった。それどころか、その年齢の童女よりはるかに強い自我を持っているようだった。

遂には九条関白まで逆上するような事態を惹き起し、主上《おかみ》がすぐ連鎖反応して破談、破談とわめきたてる。いったい今日までに何度、主上は和宮の関東下降を、嫁がせると仰せになっては取消され、降嫁勅許しては破談と叫ばれたか。

主上《おかみ》が破談と言えば綸言汗《りんげん》のごとく、宸翰《しんかん》がただちに関白と所司代へ飛ぶのだが、それを関白がまずなだめて婚儀延期という婉曲な言いまわしに変える。それをさらに所司代が押し戻す。忠義の家来三浦七兵衛と、九条家の島田左近が裏面で走りまわり、最後は岩倉侍従から堀河掌侍を通して主上もおおみ心を安らげ給い、ようやく降嫁勅許というものが正式に通達されたのが十月十八日。関東が望んでいた十一月下降という婚儀の日取りは、こうなればどうしても明年春に延期せざるを得なかった。

御所では和宮附女官の人選にまだ手間取っている。大納言庭田《にわた》重能《しげよし》の女《むすめ》で、御常御殿に出仕し、今は宰相典侍《さいしょうのすけ》と称している女官が、名指されていたが、当人は幾度も固辞した揚句、関東御入城までお伴するという条件でようやくお受けしたという。その庭田嗣子《つぐこ》という女官は病身であるから侍医を連れて行きたいと言っているので、はからってほしいと御所から馬鹿々々しい申入れもあった。どうして女のこととなると誰にでもだらしがなくなるのか、忠義にはこういうところが今もってまったく分らない。女官は主上《おかみ》直下の家来であると思われるのに、任官に当ってどうして畏れ多いからと断ったり、身に余る大役と言って辞退したり、押しつ戻しつしながら、結局は山のような条件をつけて引受けるのだろう。

和宮附きに擬せられている女官たちが、口で幾度も辞退しながら、関東下りの準備と称し、御所を通して大金を所司代に請求するつもりでいるらしい。お末までが京塗中高蒔絵の盥などを作らせているという噂が、もう忠義の耳に、届いていた。いったい下婢《はしため》まで塗物の盥を持って東下りをするとなれば、どれほどの経費《かかり》を計上しておかなければならないか。すべては酒井忠義の責任において行われることであるのに。

忠義は、ただただ腹立たしかった。嘉永三年、三十八歳で京都所司代を勤め上げ、関東へ呼び戻されて幕議に加えられるまで、若狭守忠義は順風満帆で出世街道をひた走っていたのだ。彼の父忠進《ただゆき》は京都所司代を勤め上げたあと老中まで出世している。忠義にも同じ道は開かれている筈であった。嘉永六年に亜米利加《あめりか》からペルリが、露西亜《おろしや》からプチャーチンが相次いで来航するという海外情勢の変化が、忠義の出世を妨げることになるとは彼自身夢にも思わなかった。

長い鎖国政策の中で安逸《あんいつ》をむさぼっていた日本国が、俄かに外側から激しく揺すられて、諸外国の要請通り開港すべきか否か、波立つ議論の中で、諸藩は尊王の大名たちが大公儀のやることに文句をつけ、あまつさえ外様の藩主たちまで一人前の口をきく。それで国論が攘夷と開港に割れ、関東と京都の対立が顕著になり、不穏な動きが高まり、京都所司代の役目は、その初期に板倉周防守がめざましい働きを見せたときと同じように、剛直俊敏な者を必要としてきた。政局の複雑化した折から御所向き不案内な者を新任して失敗を招かぬように、酒井若狭守が再任されるという、京都に所司代が置かれて以来二百六十年の間に例を見ないことが起ってしまった。なまじ有能と目されたばかりに、忠義にしてみれば、今こそ幕府の中枢にいて才腕を振いたいときであるにも拘らず、また分らずやの公家相手に毎日を無意味で焦立たしい行事で過さなければならない。こんな不本意なことはなかった。

いったい、公家とは何か。忠義は歎息した。征夷大将軍の職制が源氏の棟梁に渡されて以来、もう七百年になる。天下の実権は頼朝以来ずっと公家の手から離れ、徳川《とくせん》家《け》がそれを掌握してからでもすでに二百五十余年になろうというのに、公家たちはその現状を一度も認識したことがないようだった。彼らは七百年前の先祖と同じ所に住み、同じ衣服を着し、御所に上ると先祖がかつて坐っていた場所に、多分先祖にどこか似た顔をして日がな一日じっと坐っているだけである。論ずべき政治は手になく、裁可すべき事柄は何もありはしないのに、ただ坐っていて、御所から供される粗末な昼食を摂り、暮れるまで動かず、やがて主上《おかみ》の在します所を拝礼し、めいめいの先祖の家に、ヒンプク、ヒンプクと呟きながら帰って行く。彼らは何もしない。もともと公家から出て町人の間にひろまった和歌や香道など遊芸の家元のような公家方には別途の収入が馬鹿にならなかったが、多くの公家は、関東と昵懇《じっこん》にしている公家衆を除いて、みな貧しかった。しかし彼らは、貧しさを父祖の血の尊さの故とでも思っているのか、黙々として、月に三度は、朝を迎えると御所に参内し、夕に退出するという行事を繰返している。

だが、この公家たちが、俄かに政治づいた。忠義は再任されて京都に来たとき、公家たちの顔色が一変しているのを見て自分の任務の重さを痛感したのだった。前には終日眠っていたような青公家たちが、頰を紅潮させて天下国家を論じている。最初は驚いた忠義も、その内容の幼稚さに気付いたときは茫然とした。彼らの天下というのは、北は今出川御門から南は九条殿邸まで、東は鴨川で区切られ、西は烏丸《からすま》通までという、僅か十丁四方の小さな公家社会のことであった。彼らが内憂とするものは主上《おかみ》をめぐる尊王の攘夷論に対して、関東昵懇衆の公家たちが同調しないことであり、彼らが外患と称しているのは関東の動きを指すものであると知ったとき、忠義は啞然とした。諸外国の実情も、日本が置かれている現状も、公家の中で本当に気がついているのは多分岩倉侍従一人だけと言ってもいいだろう。忠義が、やがて慄然としたのは、この幼くて政治について経験のない公家集団が、薩摩や土佐のような雄藩を家来と思いこんでいる様子を見てからである。やはり忠義以外の誰が来ても京都所司代は勤りかねただろう。彼に先の七年間がなかったら、公家一人ひとりの性格や能力を直ちに判断することも出来なかっただろうし、時勢で馬鹿のように勢づいている御所を頭から押さえつける政策も取りにくかったろう。

　忠義はそれをやった。政治について発言権もない陪臣たちが、申しあわせたように京都へ上ってきている。そのために公家たちは一陽来復という気分でいるのだが、七百年の空白は大きすぎた。彼らが浮かれているほど時世の動きは甘くないことを思い知らせる必要がある。

三浦七兵衛が、ようやく戻ってきた。

「長くかかったな。両人は何を言いに来たのだ」

「雪の話でございました」

「なに、雪の話だと」

「左様。叡山に初雪が降りたという話から、坊城様が雪は降り初めに風情があってよい、空から白いものがふわりと舞いおりてきて、土に降りると溶けて土を黒く染める、次から次から白い雪が、溶けては土の色を濃くしているところで、いま積るか、いま土が白く塗り変えられるかと思いながら眺めていると、胸がときめく、とかよう申されますと、広橋様が、いや、雪はある朝めざめると一面の銀世界というのがやはり絶景であろうと言われました。人も馬も足痕をつけぬ野道に立って遥かに天を仰ぐと、空まで白く輝くように見えることがあり、雪の下から墨絵のように藁屋根や松の枝が見えるこそ、えも言えぬ風情、すなわち墨絵で申せば余白の美しさや、と言いはって譲られませぬ」

「七兵衛はそんな話を黙って聞いていたのか」

「殿が公家を男と思うかと仰せになってなければ退屈したところでありましょうが、おかげで、なるほどこれは御所の女房たちの話を目の辺りにするようだと存じ、乙《おつ》な気分で楽しみおりました」

「雪の話ばかりか」

「は、ずっと。雪の積る前がよい、いや積ったところをいきなり見る方がよいというお話で、古歌などいろいろ引き合いに出されまして、拙者も流行の国学を致しましてござる」

忠義は苦笑して、三浦七兵衛の剽軽《ひょうきん》な表情を眺めていた。こういう悠長なところがなくては京都の役職は勤らない。

雪か、と忠義は口の中で呟いた。どうして公家たちは、春は花の話、秋は紅葉について終日でも熱心に話すことができるのだろう。先祖が三河者である酒井家では、男子がそんな話題に熱中することなど考えることもできないのに。花は盛り上って咲くところがいい、いや散り際に限ると言えば、三分咲きに風情があると、そんなことで甲論乙駁していて何になるというのだろう。いい年をした男が色づく紅葉を飽きもせず終日眺めるなどというのは、武家の血筋が一滴でも体内を流れている者には出来ることではなかった。

それが、公家よ、と忠義は思った。御公儀もそんな者を相手に、一々時局を報告したり、主上《おかみ》の裁可を仰ぐ必要はないのに、井伊殿が斬られて以来というもの、老中方はどうしてこんなに弱腰になっているのか。

雪月花を友としている公家たちに、普魯西《ぷろしや》、瑞西《すいす》、白耳義《べるぎい》の三ヵ国と交易の約定を取りかわしたなどと報告する必要などどこにあったか、と忠義は小太刀でまた空を斬りたかった。しかも和宮降嫁の勅定が、ごたごたの揚句にようやく降りた段になって、それと入替りに関東から新たに蛮夷三ヵ国に開港したと報告したのだから、攘夷思想の固りになっている主上《おかみ》が逆上して、和宮の件は破談と叫んだのだ。

忠義が見ても、主上《おかみ》の立場は気の毒であった。そもそも御所の目標は攘夷にあり、関東は開港が天下の趨勢《すうせい》と判断した上で、両者の歩み寄りとして皇妹降嫁、公武一和という政策が生れた。しかし関東と御所の目的はまるで違うのであるから、和宮が東下したところで何も変化が起るとは思えない。関東は和宮を擁して尊王の大名を押えこむつもりであり、いわば人質をとるための皇女降嫁奏請であった。少なくとも忠義はそう解釈し、所司代に再任されて以来この事さえ終らせれば御加増を願い出るつもりだった。この事さえ終れば所司代の任を解かれて関東に戻り、御城内の重い役職に就くことが出来ると思えばこそ、女みたいな公家相手の馬鹿々々しさに耐えながら半年余もねばりぬいて遂に降嫁勅許にまで漕ぎつけたのである。三浦七兵衛を橋本中将の邸に行かせたのが今年の二月であるから、それから一年近くかかっている。

忠義に言わせれば、和宮の関東下向まで、老中たちは諸外国との交渉について京都には何も言って来ない方がよかったのだ。すでに亜米利加、英吉利《えげれす》、仏蘭西《ふらんす》、露西亜、和蘭陀《おらんだ》という蛮夷五ヵ国との通商条約について、主上《おかみ》はこれを解いて追い払えと、強く強く要望している。異人を穢《けが》れた者と思いこみ、神州の土を踏ましめてはならぬというのが主上《おかみ》の思想である。その思想の小児性を指摘しても今は始まらないのだから、御所の背後で不気味な胎動をしている雄藩を刺戟しないように、一刻も早く和宮を早馬にでもくくりつけて関東へ送ってしまいたいというのが忠義の本心であるのに、公儀の無神経な役人たちがまた失敗をしでかしてしまった。

禁裡を取り巻く小さな三万坪ばかりの世界を世界としか思っていない連中に、普魯西や瑞西の説明をしたところで分るとは思えない。せいぜい白耳義は英吉利国王の親戚にて候などと奏上する他ないのである。

皇居炎上の後、関東でも本丸が炎上するなど事多いので、年号を安政から万延と改元したのは、今年の春であったのに、公家たちはこんなに諸国から開港を迫られるのは年号がよくないせいではないかと言い始めている。すなわち疫病蔓延に通じるという馬鹿のような理由で、御所でも真剣にそのことを取り上げ、後漢の書、謝該伝にある「文武ならび用いて長久の計となす」から、文久と改元しようかと内々で検討しているらしい。やがて、そのうち文久は紛糾に通じるなどといってまたまた改元になることだろう。

忠義は、自分の机の上に、和宮の返書の写しが載っているのを見て、忌々しい思いで読み返した。それは三浦七兵衛が桂御所に手をまわし、乳人に写しを取らせ、御所へ届くより先に若狭守忠義に読ませたものであった。

寒中ながらさむさにおわしまし候。いよいよ御機嫌よくならせられ、めでたく、有りがたがり候。

左様に候えば、昨夜、橋本宰相中将にて仰せいただき候、関東ならびに若狭守よりの書きとり見せいただき、くわしくうかがい参らせ候。全体さい初より遠方さえこまり候うえ、異人往来いたし候よしうけたまわり候ことゆえ、かたがたお断り申上げ候ところ、左様にもなき由、関東よりも申しまいり、またあつき思しめしもうかがい、また望むことみなみな承知に相いなり候ことゆえ、御請けも申上げ候ところ、またまたかようなることにて、誠にまことに困りこまり候。この縁談おやめにも遊し戴き候との思しめし、誠にまことに有りがたく存上げまいらせ候。さようにも相なり申さず候わば、何とぞ異国人みなみな退散いたし、関東おだやかになり候上にも候わば、参り候えども、さもなくては、この縁だん、おことわり仰せつかわされ候よう、何とぞなにとぞよろしく願い上げまいらせ候。かしく。

かず　上

言上
誰そ申給え

何度読み返しても腹が立つ。忠義にとって憤懣やる方もないのはこの書状が御所へ届いたのが十二月二日であることだった。三ヵ国の通商条約仮調印について、公儀が奏上したのは十一月二十八日であるのに、その日のうちに主上《おかみ》は皇妹に宛てて宸翰を飛ばしたことになる。どうして一々天下のことを、女に、それも十五歳という少女に、仮にも上御一人ともあろうものがわざわざ手紙を書いて報告する必要があるというのだ。また生意気にも、その少女が早速こうした返書を奉り、「この縁だん、おことわり仰せつかわされ候よう」などと差出がましいことを言い出すのだろう。つけ上るのもいい加減にしろと怒鳴りたいところだった。

「雪の話だけだったのか、七兵衛」

　忠義は、部屋の中にまだ三浦七兵衛が坐っているのを省みて言った。

「まず聞かせられませ。雪の話を積るばかりにした揚句、ようやく私の居りますのに気付かれたらしく広橋様から其方はどう思うかとお訊ねがありました」

「なんと答えた」

「は、武辺の者、たしなみも有りませねばお恥しゅう存じまする。さりながらわれらが小浜にては雪が積れば豊年の吉兆とて、殿《あるじ》も家臣も共々芽出たく祝着《しゅうちゃく》と存じまする。かように答えますと、武家伝奏《てんそう》の御両人は急に白々した顔を見合され、若狭守殿御病中のところ長居いたしたと御挨拶がありました」

「それで、帰ったのだな」

「は。御両人の雪の話が続く間に九条殿より島田左近の書状にて、この一議は九条殿お預りと議定候よし知らせて参りましたれば、大方御両人は御所の手前、こちらへ参られるだけの御用であったのでござりましょうて。くれぐれも御養生専一になされませと広橋様、雪が積れば冷えますよってになと坊城様が口々に仰せになって、お帰りになりました」

「それで、最初から最後まで雪の話か」

「は、それから広橋様お一人でお戻りになり当月は二十一日が吉日であれば、それまでに若狭守殿には御快癒あるようと、私に耳打ちなされました」

「七兵衛、それを最後に言うとは、お前も公家風が浸みたな」

「なかなかもって私に、とても公家の真似はかないませぬ。ただ順序だてて申したまで」

「雪は仕方がないな、七兵衛」

「は」

「積れば溶けるのを待つしかなかろう」

「しかし、しばらくは溶けますまい」

「春までは、な」

忠義と七兵衛は、雅《みやび》やかな問答を交しあい、次第に心を和ませていた。小浜藩十万三千五百石の藩主と家老という間柄であったが、二人の仲はもっと親しい。

二十一日が吉日か、と忠義はおかしかった。それまでに九条尚忠が娘である准后《じゅごう》を使って当今をおなだめ申上げるというのであろう。岩倉侍従もまた姉の掌侍に言い含め、和宮東下の儀を元の形に差し戻すべく主上《おかみ》の説得に当るだろう。御常御殿の中で、准后と寵嬪の二人から交るがわるなだめすかされる男の姿を想像すると、忠義の焦立ちは雪より早く消えていくようだった。

忠義は机の上に積上げてある文書の中から数日前に武家伝奏に渡した書取の写しを取上げて読みおろした。

内翰をもって啓上いたし候。厳寒しのぎがたくござ候ところ、いよいよ御安栄と珍重に存じ奉り候。しかれば過日は御行向の御案内ござ候ところ、私風邪にて平臥まかりあり、御面会あたわず候段申し上げ候ところ、御用の筋はまず書面をもって粗《あら》あら仰越され、なお委細の儀は、お書取りも成らされかね候につき、私快方の上、御面談なさるべく、仰せ越され候につき、少々も快方にござ候わば、御来臨の儀申し上ぐべき旨、お答え申上げ候儀にござ候ところ、

忠義はこういう持ってまわった言いまわしの面倒さに、十七年たってもまだ自分が馴れないことに安心していた。関東では、こんなだらだらした文章を書けば、それだけでも御役ご免になるところであるし、第一、武士が風邪ぐらいで寝込んでは笑いものになってしまう。

いったいこの度の一条、関東より表だって申越し候儀にはござなく、まったく私の心得までに年寄どもより直書を以て、内々当時の形勢、応接の模様など申し越し候しだいにござ候あいだ、表立って御両卿へお達し申上候手続きにはこれなく、しかしてそのまま戻しおき候次第にもこれなく候あいだ、内々に添書つかまつり関白殿まで申上げ候儀にござ候ところ、

忠義は自分で書いた一条を読み返して、にやりと笑った。普魯西、瑞西、白耳義三ヵ国との通商条約について、それが正式の報告ではなかったことを強調することによって、主上《おかみ》の御逆上を握りつぶしてしまう魂胆だったのである。

和宮東下を破談にして主上が荒れ給い、御所の中は大騒動になったようだが、忠義が風邪と言い通し、武家伝奏の公家に会わぬ間に、三浦七兵衛と島田左近が緊密に連絡をとり、遂に一件は九条尚忠が預って近々お差し戻しになるだろう。

「七兵衛」

「は」

「九条殿へ行って、納采の儀は、いつが吉日にて候やと内々に伺って参れ」

「納采《のうさい》の儀でござりまするか」

「うむ」

「殿、それは結納のようなものでございましたな」

「うむ、私が桂の御所に伺って口上申上げるのであろう」

「は。行って参ります」

七兵衛が出かけた後、忠義は机の上にかねて用意してあった目録をひろげて目を通した。それは十二月二十一日の吉日に、徳川将軍家茂《いえもち》の使者として、忠義が参内して主上《おかみ》に和宮御降嫁御聴許の恩を謝し奉るときの用意である。口上書の下書きも、もう出来ていた。


　この度、和宮御方御縁組の儀、お願い仰せ進められ候ところ、早速きこしめし、摂家中へも聞こしめされ、公武御合体の儀、御機嫌に思し召され候あいだ、御契約あらしゃるべき旨、仰出だされ、叡慮のほど深くかたじけなく思し召され、大樹公、天璋院御方、あつく御満悦の御事に候。この段よろしく申し上げ候。

御所と徳川家の双方に用いる敬語の使い分けは難しく、言葉とがめの好きな公家相手にこうした文章が書けるのは自分を措いてはいないだろう、と忠義は得意だった。

進献目録は、もうずっと前に関東で検討して所司代まで送って来ていたものである。禁裡へ公方様より、御太刀壱腰。綿参百把。御馬壱匹。この御馬というのは黄金参拾枚のことであった。御降嫁奏請をした二ヵ月前には、黄金弐拾枚と、綿弐百把を献上していた。

親王祐宮《さちのみや》へ御太刀壱腰。縮緬参拾巻。御馬壱匹。この御馬は白銀弐百枚のことである。御降嫁奏請のときも同じく白銀弐百枚を献上した。

准后へ白銀百枚。練絹参拾端。こちらには二ヵ月前に白銀弐百枚を献上してある。

さらに天璋院様より禁裡へ献上するのは白銀弐百枚。大紋綸子《りんず》が参拾巻。親王へ白銀百枚と紗綾《さや》参拾巻。准后へ白銀百枚と練絹参拾巻。この方は御降嫁奏請の折ほとんど同額の献上があった。


酒井若狭守忠義が、この献上品を納めれば、禁中からその労を賞して従四位上左近衛少将に叙せられることが内定していた。御所から与えられる位階には黄金も白銀もついていない。忠義は公家を軽蔑していたが、しかし自分が衣冠束帯という公家の盛装に身をかため、おごそかな雅楽の吹奏の中で叙階されるときのことを想像するのは悪くない気分だった。

その七

白い肌の上に、さらに白粉をどろりと塗っては牡丹刷毛で叩き上げる。顔も首も肩も、まっ白に塗りこめられるのを見守りながら、今日も宮だけがお出ましになるのであろうとフキは思っていた。おぼろげながらフキは自分の役目がどういうものか分ってきていた。宮は好き嫌いが殊のほかお強い御性格で、とりわけ御足《おすそ》の悪いのを人に見られるのがお嫌なのだ。よんどころなく人と対面しなければならない場合、フキがお身替りになる。フキならば何を言われても意味がよく分らないから突然泣き出して人々を茫然とさせるような事態も起らない。観行院《かんぎょういん》を初めとして公家が皆嫌っているお武家衆に会うときだけ、フキは宮と同じ髪形を整え、濃く化粧して几帳の前に出御する。

しかし宮が御所へ参内なさったとき、フキは桂の御所に藤と二人で息を殺して居残った。それは一昨日のことであった。宮は唐衣《からぎぬ》と裳《も》を着けた十二単衣《ひとえ》の大盛装で、額の眉も清々しく、唇に笹紅を常よりたっぷりおさしになり、観行院と藤の妹を従えてお出ましになった。藤ではなくて、藤の妹が乳人として供奉《ぐぶ》したのは少し不思議だったが、午近くなって藤が内裏の方へ向って両手を合せ、「今が内親王の御宣下をお受けにならしゃるところえ」とフキに言ったので、何のことやら分らぬながらフキも慌てて同じように合掌し、御所の方角に向って恭しく頭を下げた。宮に何か結構な御沙汰があるのだというぐらいのところは想像できたからである。

今日も宮のお顔は、額に丸い眉を二つ黒々と描かれ、目許に薄く紅が刷かれ、下唇は玉虫色に光っていた。藤と藤の妹が、二人がかりでお召替えをおさせした。今日は藤が、濃く化粧していて、髪も長かもじをつけ早々と盛装していた。藤の妹は、軽い身なりであった。すると今日は藤の方がお供をするのだろうか。まさか両方が宮のお供をするのではあるまいが、しかし、もしや二人ともに出かけてしまうのであれば、フキは一人になってしまう。

宮のお支度の途中から観行院が居間に入ってきて、黙って傍に坐り、静かに涙を流し始めた。フキが驚いて見上げると、宮も涙をお流しになっている。どうしたのだろう、一昨日の参内とは様子がどうやら違うようだ。フキには訳が分らなかったが、宮の涙を見るとフキの心はいつものようにうろたえてしまう。

「これまでは関東へ一日も早うと矢の催促やったのに、急に春になって所司代若狭の少将より、大井川に水が湧いたよって御道順を東海道から中仙道に変えるとやら、水戸の浪人どもが宮さんの御下向に反対し、道中でお駕籠を奪い奉り、京都へお還り頂こうと企てているとやら、いろいろ御所に申上げ、御婚儀の延期を奏請おしやしたものやよって、またまた主上《おかみ》が御逆上遊ばされ、御破談と仰せになったときは、いつもさんのことながら、今度こそはほんまの御破談にならしゃりますようにと、神さんに願かけて茶でも塩でも断とうと思うてましたのに、またまた所司代に寄り返され、御婚儀も元通りとならしゃりました。思えばこの一年の御所の波風は、いったい何であったのやろ」

観行院が、誰に言うともなく、小さな声に抑揚もつけずに話していた。フキは耳をそばだてて聞きながら、すると今日はいよいよ関東御下向のその日に当るのだろうか。しかし藤たちも、フキにしても一向に旅の支度も出来ていないのだが、フキ自身はどうなるのだろうと不安になった。

「この御殿に移って以来、所司代の者どもが何をするにも口を出し、宮さんがお生れ遊ばされ、去年まで在らしゃった橋本家に成らしゃるのさえ、なんのかんのと言うて妨げるよって、ほんまに気うっとうしいことばかりでございました。そやけど、いよいよ武辺の者の言うこと退け、今日をお迎え遊ばされ、おみお心のままにならしゃって、まことにお芽出とう、忝う存じ参らせます」

「ありがとう」

和宮は滂沱《ぼうだ》と頬に涙を流しながら、か細い声でお答えになる。藤が小さな布巾を宮のお顔に当てて涙を押さえ、化粧の崩れるのを防いだ。しかし、そうしながら藤自身も涙を流し続けている。

「今日までは、ほんまにお嫌さんの事ばかりであらしゃりましたよって」

と、藤は宮に言って泣き、

「それでも明日からを思うと」

と観行院を見て泣いた。

「身を裂かれるようなという言葉があるけれど、裂けるものならこの身を二つに裂きたい」

と、観行院も泣きながら答えている。

明日から、いったい何事が起るのだろう。フキは不安になった。今日はきっと、一昨日の参内以上に大変な日なのであろうが、しかし宮のお召物は十二単衣ではなくて、新しい綾絹の小袿《こうちぎ》であった。萌黄色の二重織の小袿の下には茜色の上衣《うわぎ》、その下に葡萄《えびぞめ》の打衣《うちぎぬ》、その下に薄紅色の単衣と着重ねてあるから、宮がちょっとお動きになるだけで、濃 紅 精好《こきくれないせいごう》の袴《はかま》の上では衿もとや袖口から華麗な色彩がこぼれ揺れる。十二単衣でなくてもそれはそれは美しかった。フキは一昨日といい今日といい、宮のお召しものがすっかり新調されたものになっているのに気がついた。いよいよ嫁さんにいかはるのやろと思い、それで観行院も別れを惜しんで泣いているのだろうと思った。こんな綺麗なものをお召しになっても、宮はお泣きになる。藤も泣いている。フキには訳が分らなかった。が、それでもフキまで涙が出てきた。そうや、嫁さんに行けば親にはもう会えんのやろ。それで宮さんが泣いておいでになるのやろうと、泣き始めてから気がついた。

藤の妹だけが、今日も泣かなかった。フキを含めて四人が泣いているのを、じっと見守っていたが、やがて静かな声で言った。

「そろそろ御出御ならしゃりませ。橋本中将様のお屋敷で、今日は一日お芽出とう、おくつろぎ遊ばされ」

お部屋の方へ宮を中心にして移るとき、フキがためらって藤の妹の顔を見ると、目顔でついて来るようにいう。お部屋で、几帳の後に宮がお坐りになると、フキは急いで宮のま後に小さくなった。やがて、静かに几帳の向うの襖が開くと、人影はなくて、輿が一つ置かれていた。

藤の妹が、宮の手をお持ちし、藤と観行院の二人が宮の両脇に踞《うずくま》るようにして、重ねた華麗な衣の裾を持って宮と一緒に動いた。宮の御足が御不自由なためもあり、重ねた衣の重さも手つだって随分大変な騒動で宮は輿の中に納められた。精好の袴の裾を手前の分は折り上げて戸の向うに押しこんでから、藤の妹がフキを振向き、手で招いた。フキはびっくりした。まさか自分が同じ輿の中に入るとは思わなかったからである。が、驚いているフキは、宮より手軽く輿の中に押込まれてしまった。藤の妹は戸を閉めると、さっさと外へ出て行ってしまったようだ。

寒い冬はとうにすぎ、春ももう終っていた。フキの顔のすぐ前に、宮のお顔があった。いまさきまであんなに泣いておいでになったのに、宮は戸惑っているフキを慰めるおつもりか、面白そうな眼をしてフキを御覧になっている。が、フキの不安は消えなかった。間もなく輿のまわりにものものしい気配がして、男の声が、

「ソレ」

と囁くと同時に、輿がまずまっ直ぐ上に持ち上げられ、

「ソレ」

という次の合図で、ゆっくり動き出した。輿は、あまり揺れなかった。担いでいるのは屈強な男たちらしい。息使いで分る。彼らの肩の上に、この輿は乗っているのであろうか。フキは観行院の乗物とは形も趣きもまるで違う物であるのにやがて気がついていた。あれはどちらかといえば駕籠だったが、これは輿であるに違いない。すると自分たちは随分高いところに居ることになるが、とフキは思った。

急に輿が傾き、フキの躰は和宮の上に倒れかかった。和宮が両手でフキを抱きかかえるような形になった。フキは驚き、申しわけなくてびっしょり汗をかいた。輿は間もなく平らになったが、同時に輿の中が急に明るくなった。桂御所から外へ出たのであろう。フキが姿勢を元に戻すと、宮がおもむろに重ね重ねの袖の下から白い小さな右手をお出しになった。宮も暑くおなりになったのかとフキは思った。輿はもともと一人用のもので、そこに二人が押込まれているのだから、フキでさえ汗ばんでいる。白絹の小袖の上から四、五枚も衣を重ねて羽織っていたのでは、たまるまいとフキはお気の毒に思い、左手をお出しになるのは手伝ってしまった。何をしても叱る藤も、藤の妹も傍にいなかったからである。かわいらしい左手が袖口からようやく出てくると、驚いたことに、宮の両手がフキの手をお握りになった。フキが仰天して宮を見ると、宮がまじめな顔でフキを見詰めている。別れがせまっているとでもいうのだろうか。宮は、何をフキに仰言りたいのだろう。フキは一生懸命で宮のお顔を見返し、宮が何を望んでフキの手を握っておいでになるのか知ろうとしたが、濃く化粧した宮のお顔には、表情というものが見えない。ただ目ばかりが、何かを必死でフキに頼んでいるようだった。分らぬままにフキが思わず肯くと、途端に宮の目が光るように笑った。さっき泣いてた宮さんが、また笑顔よしさんに戻ったと、フキは嬉しくなって、思わず宮の御手を握り、もう一度、肯いて、笑い返した。宮もまたお笑いになった。青光りする唇の上に、黒い八重歯が見えた。フキは有頂天になり、それまでの不安が吹き飛び、急に祇園さんの山車《やま》の上に乗っているような気持になった。宮と二人で、コンコンチキチン、コンチキチンと燥《はしや》ぎたくなった。今日まで祇園会の話をする折がなかったのが残念だった。もしお話していたら、宮もきっとフキと一緒になって、コンコンチキチン、コンチキチンとお囃しになられたのにと思う。そういえば、あと一月もすれば祇園さんになるのではないだろうか、この暑さでは、もうじき梅雨が来て、それが明ければ祇園会はすぐだった。

輿が急に傾ぎ、今度は宮のお躰が、フキの上に倒れてきた。フキは両手に力をこめて、しっかりと抱きしめた。そう出来ることが嬉しかった。いつまでもこうして抱きしめていたいと思った。急に辺りが暗くなったのは、どこかの御殿に入ったからだろうか。やがて輿が平らになったが、フキは宮を抱いて離さなかった。宮もまた、じっとフキに躰を預けていた。何枚もの衣の下にある宮のお躰は、か細くて、フキは抱きしめながら急に悲しくなった。

やがて輿が、

「ソレ」

という合図で下に降ろされ、男たちが退いて行く気配がした。フキは緊張して、宮の躰を離した。やがて輿の戸が外から開かれ、観行院と藤の顔が見えた。フキが先に降りてから、藤に手を取られて宮が輿からお出になった。畳敷きの部屋の中であった。青い畳が新しく匂いたっていたが、フキはどうも見覚えのあるところに来たような気がした。

「こちへおこし」

藤の声がした。宮に申上げるには随分乱暴な言葉だと思いながら振向くと、藤が焦立った目をしてフキを見ている。自分に言われていたのかとフキは慌て、藤に従って急いで歩いた。今日はフキは袴をつけていないので、歩きやすい。

藤の後に従って歩くうちに、フキはそれが橋本宰相中将の屋敷だということに気がついた。一年ばかり前まで、ここでお婢《はした》として働いていたのだ。フキは茫然としながら考えていた。しかし、畳は、どこも青く、家の中の佇《たたずま》いがどことなく一年前と違っている。実麗《ごぜん》の居間の裏手にある納戸へ、フキは藤に導かれた。薄暗い部屋の中に藤の妹が一人で坐っていた。

「ほな、頼むえ」

藤が言ったとき、思いがけず藤の妹の方から姉に抱きついていた。涙が、今度は妹の頬にだけ滴り落ちている。

「頼んだえ。よろしいな」

藤の方が不思議に冷静だった。優しく妹の肩を撫でながら、幾度も肯き、やがて振返りもせずに出て行ってしまった。フキは相変らず何がなんだか分らない。

橋本実麗《さねあきら》の屋敷は、こうしてみると桂の御所と違って随分手狭なものだったと思う。しかしフキが奉公していたとき畳は色が赤く、こんなに新しく匂っていたことがなかった。間もなく家の中が大層賑やかになってきた。笛の音が聞こえてきたとき、フキは思わず藤の妹を見た。

「このお家は笛のお家筋やよって。中将様も吹いてなさるのやろ。流石《さすが》にお上手や」

と、藤の妹が聞き惚れている。

するとあの笛の中には橋本実麗《ぜん》も混っているのか。しかし、どうして笛を吹くのだろう。今日はいったい何の日なのだろう。謡《うた》も聞こえてきた。十人ではきかないと思われた。鼓が鳴る。甲高く大革が響く。唄声の間を縫って、笛の音が鋭い。家の中が大賑わいになっている様子が手に取るように分る。公家方でも、やはりこういう騒ぎをすることがあるのかとフキは思った。町方の皆が祇園さんに熱狂し、お囃子に浮かれるように、公家では笛や鼓にあわせて、およそフキなどには浮かれようもない重々しい謡だが、公家衆にはこれが精一杯の楽しみなのだろう。藤の妹も感心していたが、フキも笛がこんな美しい音色を出すものかと思った。笛は決して吹き続けるわけではないが、鋭く、激しく、唄や鼓の間に、裂くように鳴り響くとき、高音はこの上なく高く、静かなときは音色が美事で立派だった。流石にお公家衆は違ったものだとフキは感じ入った。謡は続きに続き、大勢の客の出入りが、納戸にいても分る。何の祝いごとかという気がした。

間で一度、藤が納戸へ入ってきて、

「道喜が献上したおあつあつえ。おあがり」

と言って、杉板の上に餅をのせて、またあたふたと出て行った。それは白い搗《つ》きたての餅を薄く丸く引き伸ばしたもので、菱形の紅色の餅と同じ数だけ重ねてのせてあった。白味噌の餡と甘く煮た牛蒡《ごぼう》が横に置いてある。藤の妹は白い餅の上に菱形の餅を一枚のせ、牛蒡と味噌餡ものせて二つに折り、フキに渡した。

「おあがり」

小声で囁き、自分も同じようにして作り、フキより先に食べはじめた。フキも空腹だったから、藤の妹の真似をして端から食べた。搗きたてだからおあつあつと言うのだろうか、柔かくて、びっくりするほど美味しかった。牛蒡の香りと白味噌の舌ざわりが、歯の内で柔かい餅と混ざりあい、この世にこんな取りあわせがあるかと思うほどの美味であった。藤の妹が、次の分を手さばき鮮やかに作ってフキに渡し、

「流石に道喜や、おいしおすな」

と呟きながら、自分も次々と食べた。

道喜というのは川端にある粽屋《ちまきや》のことであろうか、とフキは思った。

「これ、なんどす」

フキは叱られてもいいと覚悟して訊いた。

「お正月なら花びら餅と言うとこやがな」

と、藤の妹は平然として答え、また次の分を作りにかかった。届いたときは山のようにあるかと思ったのに、白と紅の餅を重ね、牛蒡と味噌を包んでくるむということ

を、藤の妹は黙々とやり続け、そしてまた黙々と食べた。杉板の上に何もなくなったとき、フキは久しぶりで満腹というものを味わっていた。今日は、なんという日だろう。宮とご一緒に輿に乗り、二度も抱きあい、宮の両手をこの手でしっかり握り返した。その上に、こんなご馳走をお腹が一杯になるまで食べられるとは。フキは、輿の中の楽しかったことをまた思い出した。もし藤の妹が傍にいなかったら、コンコンチキチン、コンチキチンと表の笛や太鼓にあわせて唄い出していただろう。賑やかに唄い舞っている気配はあったが、鉦《かね》の音が一度も聞こえなかったのが、フキには不満だった。

気がつくと、藤の妹が道具をひろげて化粧を始めたので、フキはびっくりした。小さな鏡を覗きこみ、白粉を濃く塗っている。衿元をひろげて、肩から首筋まで器用に刷毛を使っている。これからまた何が始まるというのだろう。フキは固唾《かたず》を呑み、暗い部屋の中で化粧している藤の妹を見守っていた。

奥ではまだ笛も太鼓も賑やかなのにまた藤が戻ってきた。納戸の戸を閉めるとすぐ袴の紐をといてから上衣を重ねてすっぽり脱ぎ、妹に手渡すと、妹の方でも自分の着ていたものを姉に渡し、手早く着替えた。油と布を使って、藤が顔の化粧を落している。顔が赤くなり、そして雀斑《そばかす》が浮き出る頃には、すっかり姉妹は入替っていた。フキは呆気にとられてそれを眺めていた。

「ほな、頼んだえ」

藤がまた言った。藤の妹は黙って肯き、もう涙は浮かべなかった。藤はフキを見もしなかったし、出て行くときもフキが納戸にいることなど忘れているようだった。

いつの間にか、藤の妹は長かもじをかけていた。額に描いた眉の形が、女房姿にいかにもふさわしかった。じっと黙って坐っている。フキはどういうことになったのか知りたかったが、道喜の餅のことを訊いたときのように気楽にはいかなかった。藤の妹の方に、花びら餅を食べているときのような隙がなかったからかもしれない。

一際高く笛が鳴り、謡の声が止んだとき、藤の妹がフキを振返って言った。

「しばらくの間、ここでお待ちやす」

一人になると、フキは急に心細くなった。いったいあれは何ごとだろう。また夢でも見たのではあるまいか。疑いもなくこの橋本中将の邸で、乳人《めのと》の藤は妹と入替ったのだ。どうしてだろう。一昨日の参内の折も、藤が出かけず、藤の妹が盛装して出かけたが、いったい今日は何なのだろう。どうして実麗《ごぜん》のところは賑やかに上を下への大騒ぎをしているのだろう。朝は宮も、あんなにお泣きになっていたというのに。観行院が身を裂きたいと言っていたのも思い出した。それなのに橋本中将の邸内は祝いごとで沸いている。フキには何が何やらまったく分らなかった。

不安で息もたえるかと思うほどフキが落着かなくなった頃、ようやく藤の妹が戻ってきた。そっと納戸の戸を開け、手で招き、人差指を自分の唇に当てている。フキは跫音を盗みながら廊下を歩いた。見覚えのある柱や壁を改めて眺めるうちに、なま温かい部屋に入った。輿が置かれ、その横に観行院が一人で坐っていた。藤の妹に背を押されて輿に入ると、中には宮がおいでにならない。びっくりして観行院を見ると、涙ぐんで頭を下げた。フキはもう一度びっくりした。観行院から鄭重な挨拶をされる相手が自分であろうとは思えなかったからである。藤の妹が、手早く扉を閉めた。

観行院と藤の妹が部屋から出て襖を閉めると、一呼吸おいて反対側の襖が開かれ、数人の男とおぼしい者どもが再び輿を高く持ち上げ、

「ソレ」

という小声の合図で動き出した。

フキは動転した。宮がおいでにならないのに輿が動き出したのだ。大声で叫びたかったが声にならなかった。空を摑んでいるように不安だった。間もなく輿が大きく傾き、フキは前のめりになったが、来るときにはこういう場合互いに、抱きあった宮がいない。橋本家から外に出たのであろう、辺りが少し明るくなり、輿の中が見えてき

た。フキの膝の前に、和宮のお召物がきちんと畳んで重ねられてある。精好の濃紅の袴の上に、薄紅色の単衣、葡萄の打衣、茜色の上衣、そして一番上に萌黄色の綾織の小桂。フキは、それが今朝方、フキの目の前で宮がお召しになったものであるのを一枚ずつ目を据えて確かめると、もう一度叫び出したくなった。いったい中身の宮さんは、どこへ行かはったん。

しかし輿の中にいるのはフキだけであり、納戸を出るとき藤の妹が指先を唇に当てて見せたのも、来る道で宮ご自身がフキの手を両手でしっかりお握りになっていたのも思い出すと、フキは脂汗《なまあせ》で全身が濡れているのを感じた。ひょっとすると私《うち》は、宮のお身替りになるのと違うやろか。そう思いつくと、フキは躰が小刻みに震えてくる。ほぼ十月《とつき》というものフキは宮の影のようになって、声も出さずに御殿の中で暮していた。それが、朝は二人で輿に乗り、それを見たのは観行院と藤と、その妹の三人だけである。帰りの輿にフキが一人で乗ったのを見たのは、観行院と藤の妹の二人だけである。宮は藤をお連れになって、いったい何処へおいでになったのであろう。こんなにして抜け出られて、この次はどうやって桂の御所にお戻りになるつもりなのだろう。フキは宮がお帰りになるまで、勝光院《しょうこういん》に会ったり、所司代若狭守から納采《のうさい》の儀の御祝言を受けたりしていたときのように、宮のお召物を着て、黙って几帳の前に坐ったりしていればいいのだと、自分の胸に言いきかせた。それにしても早くお戻りになって頂きたいものだ、とフキは思った。宮が隣のお居間においでになっているからこそ、宮のお身代りも勤まったけれど、宮がおいでにならないとなれば、ただ黙って坐っているにしても不安は前の倍できかないだろう。

輿がゆっくりと傾き、フキはのけぞりかかった。桂の御所に着いて御殿へ上ったところなのだと分っていた。

輿が降りた。男たちが遠のき、杉戸が閉ざされると、反対側の襖が動いた。そして輿の扉が外から開かれると、観行院が坐っているのが見えた。扉を開けたのは藤の妹であった。その顔を見たとき、フキはほっと一安心した。

宮の御召物は、藤の妹が一抱えに持ち上げ、観行院の後にフキを歩かせ、その後から歩いた。フキは何度も振返って、半分でも持つのを手伝いたいと思ったが、観行院の後姿がどことなく怖ろしく、そんなことをすれば叱りつけられることは分っているではないかと、自分に言いきかせた。それにしても藤の妹が気の毒だった。フキも身につけたことがあるので分っているが袿姿にしても精好の袴まであわせると、それはそれは重いものなのだ。

お居間に入ると宮はやはりおいでにならなくて、藤の姿もない。観行院と三人だけになってみると、今までそれほど広くも思わなかった部屋が、急に冷え冷えとした大きなものであったのに気がついた。橋本邸と違って、天井が高い。

観行院が、急に居ずまいを正して、誰に向うともなく話し出した。

「今日はかねてのお望みおかない遊ばされ、橋本家の屋敷神さんにお詣り遊ばされ、何事もおするするにて、まことにお芽出とう、かたじけのう、ありがとう存じ参らせます」

藤の妹が、フキの膝をちょっと突いて、小声で言った。

「ありがとうと仰せられませ」

フキは驚いたが、反射的に、

「ありがとう」

と言っていた。

「宰相中将も橋本侍従も、お賑やかにお迎えできたと申し、かたじけのう、厚う御礼申入れくれるよう、言上にござりました。お伝え申入れます」

藤の妹が、フキの耳に囁いた。

「ありがとう、と」

フキは、もう一度、

「ありがとう」

　と言った。隣室で聞き耳をたてている人々がいるのだろうと、ようやく気がついた。

「御所より有りがたい御沙汰があり、女官が参上いたしておりますけれども、今日は一日あれだけのお人にお会いになられたことやよって、お疲れあらしゃっては畏れ多いと控えおりますゆえ、明日に御対面お許し遊ばされますように」

　フキは、今度はどう言うのか藤の妹の顔を見ると、唇の上に指を当てている。黙っていていいのだと安心していると、観行院が会釈をして、

「どうぞようお寝《しずま》り遊ばされませ。私も今日はほとほと疲れましたよって、退らせて頂きます。ご機嫌よう」

「ご機嫌よう」

　フキは言ってから、藤の妹の顔を見ると、微笑して肯いている。そうか、この調子で宮さんの真似をしていたらええのやな、とフキは思った。観行院が出て行き、藤の妹と二人きりになると、フキはほっと一息ついた。背骨が溶けてくるような気がする。

　藤の妹が、抱えてきた宮の御召物を、せっせと畳み直している。萌黄色の小袿をひ

ろげたとき、中から宮がお使いになっていた黒い長かもじが、ごろりと転げ出た。それを見ると、フキはまた不安で心が凋《しぼ》んだ。ひょっとすると、宮はもう此処にお戻りにならないのではないか。

もう我慢ができなくなって、フキは藤の妹の傍ににじり寄り、小声で訊いた。

「宮さん何処へ行かはったん」

藤の妹は驚愕したらしい。フキを肩から抱き寄せて、自分の胸の中にフキの顔を押しつけ、しばらく背中を撫でていたが、やがて身を離すと、一語一語、ゆっくりとフキに向って話しだした。

「宮さん、どうぞ、どうぞ、お心静めて頂かされ。なんのなんの御心配さんもあらしやりませぬ。この少進が、お傍から片時とて離れませぬよって、御安心遊ばされ」

「少進」

フキは呟いた。藤の妹は、少進という名だったのか。

「はい、少進でござりますとも。宮さんが内親王にならしゃりましたとき、私にも御所からこの名を賜ったのでございますよって。どうぞ、どうぞ、これからは私を少進とお呼びになって頂かされ」

宮が内親王になられたときというのは一昨日のことではないだろうか。あの日、フキと藤だけが残り、藤の妹は宮のお伴をして参内したから、そのとき少進という名か身分を頂戴したのであろう。

「それで、宮さんは」

と、フキがさらに問いかけると、少進が手を振って笑い出した。

「冗談《てんごう》仰せ遊ばされるものではございませぬ。少進がこうしてお傍におつきしている御方が、宮さんであらしゃりますのに」

少進の声は大きかった。言いきかしている相手はフキだけではないようだった。

御殿の中に夜は早く来た。少進は、いつものようにフキにお下《とう》をすまさせると、まっ白な寝間着をひろげてフキに着替えさせた。それは今朝まで宮がお召しになっていた寝間着だった。紅色の肌着を腰に巻きつけた上から、純白の綸子の袷を着て、まっ赤な紐を前で締める。フキは、去年の暮、納采の儀に十二単衣を着せられたときより、さらに茫然として自分の着ているものを眺めた。こんなに白い絹が、自分の躰を包むなどとは信じられなかった。白い小袖から、出ている手首に、骨が丸く突き出ている。右手は右側に、左手は左側に、骨が出ている。フキは自分の手をこんなにしげしげと見たことがなかったが、しかし明らかにフキは着ているものばかりでなく、自分自身も前とは大層変っているのに気がついていた。まず、痩せた。手が小さくなったような気がする。色も、白くなっていた。冬には一度も水仕事をしなかったから、霜焼けもあかぎれも出来なかった。水汲みもせずに十月《とつき》を過ごすと、自分のようなものでも、こんなに柔らかげな美しい手になるのかとフキは驚いていた。

それにしても宮はいったい何処へ行ってしまわれたのか。寝るときまで宮の代りを勤めるとはフキは思ってもいなかった。

「お寝《しず》り遊ばされませ。ご機嫌よう」

少進が丁寧に頭を下げた。

「ご機嫌よう」

フキは自然に答え、声の調子が宮に似てもの憂げであるのに気がつき、貴人の暮しの中には、かつてフキが陽光を浴びて水を運んでいたときのような、色鮮やかな喜びはないのかもしれないと思った。その代りとして日常に、今日着たような華やかな衣裳を身につけるのであろうか。橋本邸の納戸で食べた花びら餅の味を思い出した。おいしいものを食べ、美しいものを着ながら、宮が少しも楽しそうにしておいでにならなかった理由が、フキにも少し分るような気がした。

少進も寝巻に着替え、かもじを外して杉の台の上に置き、先に寝ているフキに恭しく一礼して横になった。が、しばらくすると起き上って、フキの顔に口を寄せ、かすかな声で、しかし、はっきりと言った。

「何事も少進におまかせ遊ばされ。よろしございますな」

フキは、肯いた。何がなんだか分らないのだが、ご機嫌ようと言う以外にはもう決して声を出すことは出来ないらしいとだけ気がついていた。中将様のお屋敷で、あんなに餅を食べたのに、フキはなかなか寝つけなかった。お末として働いていた頃は、横になればすぐ眠れたのに、どうしてこんなに寝ることが苦しいのか。眠れない夜がずっと続いているのを思った。貴人は動かず、喋らず、唄わないから、眠ることも苦しいのだろうか。フキは、水汲みがしたかった。裸足で土の上を駈け出したかった。大きな声で笑いたかった。宮のお側にいるときは、貧しく働いていた頃をこれほど恋しく思うこともなかったが、今は宮がおいでにならないので、あの黒い八重歯に慰められることもなく、フキは淋しく、全身が息苦しかった。

少進の寝息が、すぐ傍で聞こえていた。少進は眠れるのか、羨しいと思った。考えてみれば、少進も姉の身代りを勤めていることになる。今まで四人だったのが、急に二人になって、フキと少進の二人で寝ていた隣室は今夜は空になっているのだろう。少進はどうして淋しくないのだろうか。納戸で姉の手を握って泣いていたのに、どうして今はこんな安らかな寝息をたてて眠っていられるのだろう。フキは不思議でたまらなかった。いらいらして、音せぬように動いては寝返りを打った。静かに緩やかにして音をたてないようにする習慣は、もうフキの身についたものになっていた。それでも、フキはこれから先のことを思うと心細く、一層身も細るようだった。宮が嫌がっていたことを、フキが代ってやることになったのだろうとは察していても、何を宮が嫌がっておいでになったのか、代りに何をすることになるのか、フキには皆目わからない。闇の中で、フキは目を瞠《みひら》き、辺りがまっ暗だと改めて思った。夏の初で、部屋に火の気はない。フキの首筋は汗ばみ、寝間着の衿が濡れて冷たかった。

少進の寝息は静かで穏やかであった。フキはこれまで人の寝息を聞いた覚えがなかった。町方に奉公していたときは小さな部屋に数人の婢《はしため》が一緒に寝ていたのだが、フキはきっと誰より早く眠っていたのだろう。寝相の悪い女や、夜中の寝言が笑い話の種になっていたときも、フキはまるで知らないことなので話の中に入れなかった。しかし、こうして眠れないときには、少進の穏やかな呼吸さえフキの心をいらいらさせ、首筋に脂汗《なまあせ》が滲み出てくる。フキは眠りたかった。少なくとも眠ってしまえば、この淋しさや不安からは縁遠い安らぎに躰をゆだねることが出来る筈なのだ。しかし、フキは寝つけなかった。眠れないことが、こんなに情けなく、こんなに苦しく、こんなに心を疲れさせ、凋ませることだったのか。フキは先行が怖ろしくなった。こんな夜ばかり続くのでは、とても生きてはいられないような気がする。何度も、少進を揺さぶって起したい思いにかられたが、そんなことをしたらどんなに叱られるかと思うと、手も胸もすくむ。

その八

今年は春が晩かったから、初夏になって俄かに花々が一斉に咲き出していた。それでも流石に桜は八重咲きも散り終っている。緑の色濃い山頂を見上げて、庭田《にわた》嗣子《つぐこ》は深い溜息をついた。和宮様関東御下向に、御附女官として随行するよう嗣子に最初の御沙汰があったのは、去年、御所の紅葉が散る頃の出来事だった。それから今日まで、幾度お断りを申上げても主上《おかみ》のお聴き入れがなかった。里の庭田家では、初のうちはお断りする意向であったのに、兄の庭田中将の態度がだんだん曖昧《あいまい》になり、遂には家来に手紙を届けさせて、もはやお受けするより道はないと言ってきた。

すべては長橋の局の奸計《かんけい》だったと嗣子は見抜いていた。御常御殿の暗い片隅で、大《だい》典侍《すけ》以下御三頭お揃いという仰々しさで「和宮様よりお願いの御条々あらせられ、先《さき》の御代《みよ》より勤める女中のうちより御附女官をと御懇望あらしゃりましたよって、まことにまことに気の毒には思し召されながら宰相典侍《さいしょうのすけ》さんを措いては他にお人もなく、是非にお受けなされますよう」と、長橋の局が白粉の濃い顔で言い渡したときのことが、嗣子には昨日のように思い出せる。あのとき、反射的に嗣子は、先帝時代の女官が、若い長橋の局には常々けむたい存在だったので、その一人を御所から追い出すいい機会だと思っているに違いないと思った。勅書を恭しく拝見しながらも、嗣子は腹の中が煮え返っていた。

主上《おかみ》のおおみ心を乱す悪人として、九条関白の娘である准后《じゅごう》と、岩倉侍従の姉である堀河掌侍と、お清の女官である勾当内侍《こうとうのないし》通称長橋こと高野房子。この女たちが三嬪と呼ばれて蔭口を言われ始めていた。関東の手先となって、御所の中の中まで所司代の意のままにしようとしているというのだ。

が、嗣子にとって直接かかわりのある悪女は長橋の局を措いて他にはいなかった。

石清水八幡宮は御所から未申《ひつじさる》の方位にあり、男山と呼ばれる屹立した山の頂きにあった。嗣子は今、和宮の御社参に供奉して来て、山の中腹にある休房で、和宮も観行《かんぎょう》院《いん》も橋本実麗《さねあきら》と実梁《さねやな》父子も衣服を改めて社参に上って行ったのを、見送ったまま茫然としながら、立ちつくしているのだった。嗣子は一昨日から清くない躰になっていたから、鳥居をくぐることが出来ず、ここで一人になって、急な斜面に夥《おびただ》しく刻みこまれている石段を見上げている。和宮の輿と観行院の駕籠は八瀬《やせ》の童子たちの肩で、斜めになって登って行った。供奉する男女は皆、休房からは徒歩で一段々々上って行ったのだ。ここまで辿りつくさえ楽なことではなかったのに、と嗣子は昨夜亥の刻からの騒動を思い出した。結局のところ御所からは庭田嗣子と能登命婦《のとのみょうぶ》の二人の女官が、長橋の局の指図で和宮附の勅命をお受けする羽目に追いこまれてしまい、二人で顔を見合せ、溜息をつきながら、夜中に桂御所へ参り、そして今朝、初めて和宮様のお顔を拝見したのだった。それまでは桂の御所に行けと幾度言われても嗣子は頑なに応じなかった。去年の秋からこの春までの間に、この御縁組は結ぶものやら結ばぬものやら、どのくらい危い瀬を渡ってきたか分らないのだ。本当にいつまた御破談になるかもしれないというのに、御所を出てしまったら、嗣子は行くところがなくなってしまう。

休房を囲んで赤い躑躅《つつじ》の花が徒らに燃えている。庭田嗣子はそれを眺めながら長橋の局と昨日まで続けてきた押し問答を、思い返していた。

「昨日のお断り御申上げの次第は、主上《おかみ》にもとくと御沙汰申入れましたところ、もっともに思し召され、心配のところも深く気の毒に思し召しあらしゃりますが、何分にも一朝一夕の御事にてはございませず、だんだん御評議あらしゃった上の御沙汰。宰相典侍さんにも、どうぞ御受けになって、主上のおおみ心を安んじ奉り、御満足さんに遊ばされるようお考えなさりませ」

「長橋さんの御言葉ながら、だんだんの御評議遊ばされ一朝一夕ならずとはどうしたことでございましょう。私は十月二十九日に伺うて驚き入りました。和宮様の御事は存じ上げておりましたけれど、この私が御附女官になって東下するなど思うたこともありませなんだ。長橋さんも御承知の通り、なんのわきまえもない私に、そのような大役は勤まりかねます」

「滅相もない。御常御殿の誰から見ても、このお役目は宰相典侍さん、こなたの他には誰方にもお受けできることではございますまい」

「いいえ、御時節柄と申し、とてもとてもお勤め致しかねます。一応実家《さと》方へも相談申し、その上あらためてお断りを申上げます」

「宰相典侍さん、これは勅定であらしゃりますえ」

「長橋さん、どうぞ主上《おかみ》には、こなたさんよりお取りなし一重に願上げます」

「御時節柄と言わはりましたな。この御時節柄をわきまえ、関東に下っても和宮さんをお守り申し、御所風にて何事もお運びになり、御所へ必ずお文を書送るという大事のお役目が勤まるお方は、ほんまに宰相典侍さんしか居らぬと主上が仰せ遊ばされたのでございますえ」

「まことに恐れ入り奉ります。私のような者を、主上《おかみ》がなんでそのようにお考え遊ばされたのか、よう分りませぬ」

「御所の古い御留《おとめ》を見ておりましたら、あんたさんは天保十三年に御所に上っておいやす。観行院さんと同じ年に宮嬪になっておいで。こういうところも御縁でございますやろ」

何を言うかと嗣子は叫びたかった。観行院と庭田嗣子は確かに同じ年に御所に上ったが、嗣子はその能筆が認められ、最初からお清の女官として一生を奉仕することになっていた。先帝のお手がつくのを待っていた観行院とは、そもそも入口から違っているのだ。年齢も、違う。嗣子の方が年上で、嗣子の教養では今は不惑と呼ぶ年を迎えている。この齢になって、なんという災難がふりかかってきたというのだろう。

「観行院さんも宰相典侍さんなら先帝の頃からのお馴染さんやよって、この上ない心丈夫なことと大喜びなさいますやろ。宮様も御安心遊ばされると存じ上げます。主上《おかみ》も、あんたさんのお心の内はようようお分りであらしゃりますえ。御譲位遊ばされるまで御附を頼み入るとの仰せであらしゃります」

「そんな遠い先では、このお話、お受けするにしてもとてもとてもお勤め致しかねます。それでは御婚儀もすませられ、関東に宮様お居なじみ遊ばされ、御風儀などもお定まり遊ばされましたなら、何とぞお召し返し下されますように」

「承りました。お取り次ぎ申上げます」

「私の身分でございますが、どうぞ宰相典侍として今後もずっとお扱い頂けますように」

「承りました。御評定遊ばされるよう、この長橋が必ずお力になります」

「恐れながら私多病につき、安藤石見守を侍医《さじ》として東下に同行致させ下さりますよう、よろしゅうよろしゅう御沙汰お頼み申入れます」

「承りました。これは所司代に左様伝えるよう致しましょう」

「実は庭田の家よりも家来が参じまして、この上お断りするは不忠にもあいなり、それではなおのこと恐れ入りますよって、是非に及ばぬ次第、よんどころなく御請け申上げてはと申し越しては来ておりますけれど」

「それはまことによろしゅうございました。宸襟を安んじ奉ることができますのは、まことにまことにおめでとう忝う存じ参らせます。ありがとう」

「御機嫌よう」

どの会話を思い出しても嗣子は唇を嚙みしめてしまう。年下の長橋の局は、庭田嗣子がどう抵抗しても勅定とか叡慮という言葉で押し戻し、結局は嗣子が屈伏するしかなかった。

嗣子の実家は貧しかった。先帝崩御の後、当今の御代になると御常御殿の中は長橋と岩倉侍従の姉の天下になった。嗣子の朋輩たちはないがしろにされた。面白くなくて御所から退る者が多い中で、嗣子が御所に踏み止まっていた理由は、庭田家が嗣子の帰るのを望まなかったからである。嗣子が長橋の局にくどいほど念を押して宰相典侍という内容は何もない官名を固執した理由というのも、万が一、関東で不首尾になっても御所へ舞戻れるという保証がほしかったからである。第一、和宮の御附女官というのは、関東から手当が出るのかどうかも曖昧であったし、御所から官名に対して与えられる給付がなくなるのは、考えるだけでも不安であった。

関東へ行けば、どういう待遇が自分を待っているのかも心配だった。嗣子は、城外に下り屋敷を建物ごと拝領できるように、長橋の局に申入れた。東下について嗣子自身が何人の家来や女中を連れて行けるのか。彼らの待遇はどうなるのか。召使いの者どもへの手当は一体誰が払うのか。嗣子なのか、関東なのか、あるいは御所の方で責任を持ってくれるのか。嗣子は思いつくとすぐ長橋に会い、一々訊いた。長橋はだんだん迷惑そうな顔になり、書取りにするようにと答えた。それで嗣子は毎日のように書面にして長橋の局のところへ届けた。

そのうち庭田嗣子にとって驚天動地の出来事が起った。どうやら所司代から嗣子の兄である庭田中将に支度金について耳打ちしてあったようなのだ。実家の方では最初は嗣子の東下に反対していたのに、その年のうちに「お断り申上げては不忠」などと掌を返すように言い出した理由が、ある日突然嗣子はよく分った。長橋の方からしたり顔で、支度金の願出をするようにと言い出したからである。

「御配慮のほど厚う御礼申上げます。ついては、いかばかり願い上げましたらよろしいのやろ。御指図頂きとう存じます」

「宰相典侍さんの御身分なのやよって、さよでございますな」

長橋の局は、白い顔の中で意味ありげに眼を細くして黙りこんだ。庭田嗣子も黙っていた。こういう駈けひきは先に口を切ったものが損だという心得がどちらにもある。いつまでもいつまでも意地の張りあいで沈黙していても、嗣子の方は暇だからいいが、御常御殿の諸式一切を切り盛りしている長橋は、いつまでも嗣子と睨みあってばかりはいられない。間で一再ならず用があって中座して、戻ってくると嗣子が岩のように坐っている。到頭こらえきれなくなった長橋が、口をきいた。

「千五百両では、いかが」

「なんと、千五百両」

嗣子は仰天して鸚鵡《おうむ》返しに金額を口に出した。かなり大きな声だったのだろう、長橋が慌《あわ》てて、

「千四百両と願出の書取りお出しなされては、いかがかと存じます。それならば御評定遊ばされますやろ」

と言い直した。

嗣子は息が止まったまま自分の局に戻り、耳の中に飛込んできた金額を、時間をかけてゆっくり反芻した。千五百両、千五百両、千五百両。いや、違う、千四百両だ。千四百両、千四百両、千四百両。貧乏公家の家に生れた嗣子は、自分の生涯でこんな大金と関わりを持つことなど考えたこともなかった。庭田家の昔でさえなかった話ではないか。みなもとは宇多源氏、現在は羽林家の格を持つ公家ではあるが、後花園天皇の御母君の生家であるという以外には時めいたことの一度もない庭田家にとって、俗にいう千両箱など誰も見たことがなかったし、そんな巨額なものが棚から転げ落ちてくるような話が起るとは思えなかった。

嗣子は口の中が渇き、唾も出なくなっているのに気がついた。下婢に命じて水を汲

ませるのにも声がかすれていた。生水を、ごくりと飲んだ。冷たい水が喉から胃に走りこむのがよく分った。この一口で、嗣子は我に返った。千五百両だったのか。総ての謎が解けたような気がする。兄の中将がすぐ態度を変えたのも、所司代からこのことを耳打ちされたからであったのに違いない。兄も、さぞびっくりしたことだろう。よく考えてみれば、和宮に関東御下向のことを奏上して以来、所司代酒井若狭守が、御所に金銀の雨を降らしていることは嗣子も知らないではなかった。紆余曲折を経て御降嫁決定のあった十月に酒井忠義《ただあき》が御所に大層な金銀を献上したし、さてその後も攘夷の御沙汰を関東が聴き入れず、蛮夷に屈して続々開港する度に主上《おかみ》は御逆上遊ばされ、その都度御縁組は御破談になり、九条関白と岩倉侍従が御所に参内してはお諫《いさ》めして御沙汰をお差し戻しにするという繰返しがあった。酒井忠義が縁組御請《おうけ》の御礼と称して参内したのは去年の暮も押しつまった頃で、御常御殿は深い雪で閉ざされていたが、そのときも酒井所司代は十月と同様の金銀を主上《おかみ》にも親王さまにも准后さんにも献上した。それから四日後に、酒井忠義は桂の御所に参向して納采の御儀を行い、同じ日に納采の御礼として禁裡に金銀を献上している。このときは主上と親王と准后の他に、敏宮《ときのみや》にも寿万宮《すまのみや》にも御礼が届いたので御常御殿では誰一人として金額については知らぬものがないほどになってしまった。敏宮というのは和宮より十七歳年上の姉宮であり、一度は東下の人選に入ったことのある御方だった。そこに白銀二百枚が献上された。主上の直宮である寿万宮にも同じく白銀二百枚が届いた。主上には御馬料として黄金五拾枚が献上されたという。黄金一枚が十両なのか、百両なのか、女房たちは俗世のことに不案内で、嗣子にもよく分らなかったのだけれども、今は、はっきり分る。黄金五拾枚というのは五千両のことだと嗣子は思った。五千両。嗣子への支度金でさえ千五百両という大金を関東が用意したのだから、主上が受取られたのは五千両に違いない。あんなに関東をお嫌いになっておいでになった主上《おかみ》が、それ以来あまり御逆上遊ばされないようになったのも、嗣子には肯けるところだ。

何より公家衆の間で大騒ぎになっているのは、所司代酒井忠義が、納采の儀の後で、御祝儀として五摂家から堂上《とうしょう》公家ばかりでなく地下《じげ》の者どもに到るまでという条件つきで、一万五千両を贈った話である。嗣子はそれを噂として聞いていたが、自分に千五百両の支度金が出るくらいなら、その話は事実に違いないと確信していた。一万五千両というのは、公家にとっては思うだけでも気の遠くなるような大金であった。その配分方法をめぐって堂上公家ばかりか青公家連中まで、喧々囂々《けんけんごうごう》と論議しているという。嗣子にはその噂も今は他人事ではなかった。千五百両という金額に驚いて大声をだしたばかりに、長橋の局がたちまち鼻白んで千四百両と言い直したのだ。

嗣子は水を大量に飲み、心を鎮めて願出の書取りを書きながら、百両という大金の損失に再び心を乱し、筆も乱れて何度も書き直さなければならなかった。何も関係のない地下役人にまで一万五千両が天から降ってきたというのに、和宮御附女官に任ぜられた宰相典侍こと庭田嗣子の千五百両は、長橋の局によって策された御所からの追放に支払われる金額である。それを思えば決して大金とはいえなかった。しかも、その話合いで、百両という嗣子には手にとったこともない大金が指の間から滑り落ちている。

支度金千四百両の御下賜を願い出てからは、庭田家から家来が一日おきのように催促に来る。してみるとやはり兄は知っていたのだ、と嗣子は情けなく思った。庭田中将は所司代から金が出ることを知らされて、簡単に妹を売ることにしたのだろう。千四百両の中から家ではどのくらい取るつもりでいるのだろう。嗣子の東下についての本当の支度には、いったいどのくらいかかるのだろう。嗣子は不安だった。嗣子が御所に上って以来かれこれ二十年になるというのに御手当は上ったためしがなかった。嗣子の着ているものは先准后さんの御着古しや、今の准后さんからのおさがりである。袿袴は精好《せいごう》の袴《はかま》であったが、幾度も洗い直し、縫い直したので、本来は部厚く張りのあるごわごわした絹であったのに、今は緋の色も褪せ、布地も薄くなり、よれよれになってしまっている。千四百両も支度金が出るのであれば、袿《うちぎ》も絵衣も袿袴もすべて新調できる筈であった。嗣子は主上《おかみ》に願書を書いたのと同じ筆で、実家の兄宛てに細々と、衣類はすべて新しく、格調高いものを整えるように文を書いた。御所を代表して関東へ下るのであるから、宰相典侍という身分にふさわしい衣類調度品を揃えなくては主上に対しても面目ないことになると書いた。一生懸命書いた。

それから今日まで、どのくらい嫌なことが続きに続いたか。どの局の女房たちも千四百両のことを聞き知ったらしく、朝夕にお廊下ですれ違うときでも、

「この度は御東下の御事まことにおめでとう存じます。主上《おかみ》にも御安心遊ばされ、准后さんともどもお喜びの由うかがい有りがとう忝う存じ参らせます。宰相典侍さんもお役儀御苦労のことながら、関東の風は山吹色とやら。別してお欣びのことと存じ参らせます。おめでとう。御機嫌よう」

などと、針を含んだ丁寧な挨拶を受けるようになった。先帝の頃共に奉仕していて、今は北向きの局でくすぶっている同輩たちまでが、

「お羨しゅうございますな。和宮さんのお傍へ寄れば指でも袖でも山吹色に染まるという噂でござりますえ。あやかりたいもんや」

などと言って、俄かに嗣子との間が冷えてしまった。

嗣子はお局でも孤立して、誰にも愚痴がこぼせなくなっているのに気がついた。長橋の局を憎みに憎んでいる古手の女官に、事の次第を細かく言ってみると、

「まあ、噂はほんまやったのでございますな。千五百両が千四百両になったかて、どちらも大金にかわりありまへんやろ。よろしな。お嫌さんなら私が代って関東へでもどこへなと参りましょ。私なら千両でもお請けしますえ。五百両でも、参りますなあ。こんな御所の隅で、老いた役立たずとあしらわれるよりどれほどましなことやろ。宰相典侍さん、それが御不満では罰が当りますえ」

と意見されたすえ、翌日にはもうこの話が、宰相典侍は千四百両では不満やそうなと御常御殿いっぱいにひろがっていた。嗣子は両手で耳を掩い、御所の中はもう皆が敵だと思い知った。

最初は恩着せがましい態度をとっていた長橋が、これを聞いて以来露骨に言葉づかいまで変ってしまった。

「宰相典侍さん、お気の毒やけれども安藤石見守を侍医《さじ》としてお連れになるのは、他の方々の供奉にさしひびくよって御沙汰に及び難しという返書が所司代より奉られましたえ」

「それは長橋さん、なんとかお力添えでお差し戻し下さりませぬか。私は御承知のよ

うに若うもなし、病気がちでございますよって、医者《くすし》なしでの道中は心配でなりませぬ」

「お医者《さじ》は宮様に御附がありますやろ。お薬はそちらで頂だいすればよろしいのと違いますか。なんにしても主上《おかみ》もこの件については御評定になりませぬ」

「恐れ入り奉ります。それでは追々日あいもさしせまりましたよって、何かの支度金を拝借させて頂けますように、お口添え願い入れます」

「お支度金のことやったら、私の申すことでは宰相典侍さんも御満足さんにならぬよう伺うてるよって武家伝奏《てんそう》の広橋殿に願書をお出しなされませ。お取り次ぎだけは致しましょ」

「長橋さん、こなたの仰言ることに私は何の不満もござりませぬゆえ、どうぞどうぞ何かと人の申すことはお耳にお入れになりませぬように」

「さよであらしゃりますか。そやけど耳には蓋がありませぬよって困ったものえ」

「宰相典侍のまま下向させて頂くについて、御知行は今まで通り拝領できますよう、どうぞどうぞ長橋さんより主上《おかみ》にお取りなし下さりますよう願いあげます」

「お金《たから》のことをようお言いやすこと。それについては御所と所司代の間にお話しあいがあって、少しく案文がかわりましたように聞き及びます」

「どういうことでござりましょう」

「関東に御在府中は関東よりの手当の中に京都よりの御知行をこめて、あんたさんが拝領なさるようになるのやそうな。これも伝奏《てんそう》の広橋殿へ、そのように書取りをお出しなされませ」

庭田嗣子が東下承知するに当っての条件は、こういう調子で日を追って悉《ことごと》く削りとられていった。年が変って早々に、支度金は千二百五十両下さるという申し渡しがあり、同時に江戸在府中の下屋敷は沙汰に及ばずという所司代からの通達を、どちらも長橋の局が例の抑揚のない声で嗣子に伝えた。

嗣子は長橋の局に、一度里方へ帰らして頂きたいと必死で懇願した。もう我慢がならなかった。関東へ行くのは嫌になっていた。千五百両が千四百両になり、それがまた千二百五十両になった。千二百五十両がどのような大金であろうと、現実には長橋の舌先で御所から追出されるのだ。御知行も御所から出ないとあれば、もう嗣子は宮廷とは縁が切れたも同然ではないか。

蛤御門の内、西角にある庭田家に蒼惶《そうこう》として戻ると、兄は盛装して嗣子を恭しく迎え入れ、家の者たちが全員で腫《は》れものにさわるような態度である。様子がおかしいと思わぬではなかったが、何よりも御所の中で長橋以下の女房たちの仕打ちが口惜しく、嗣子は兄と一室で二人きりになると堰を切ったように冬から今日までの出来事を話した。ときに思わず声が高くなり、躰が震え、涙がほとばしり頰に流れた。

「どうぞどうぞお断り申上げて下さりませ。私は関東へ参るのは嫌でございます。もう我慢もなりませぬ。長橋さんのなさることはあまりにもひどうございます。こちらへ帰らせて頂きとう存じます」

「宰相典侍さん」

実の兄から官名で呼ばれて嗣子はぎょっとして顔を上げた。そこには思い屈した庭田中将の顔があった。幼い日々、机を並べて習字をしたり貝合せに熱狂したときのような、仲のいい兄の表情は微塵もなかった。

「庭田家の家禄は三百五十石頂いているけれどその窮状は、こなたもよう御承知であろう。和宮様の御儀は畏れ多いことながら、主上《おかみ》を始め奉り、宮様御自身も御嫌さんにて、ただただ公武御一和という御国の為との思し召しから行われますのや。ここでお断りを申上げては、主上に不忠、御国に不忠、二重の不仕末にて庭田家は断絶、家禄はお召上げになるやもしれぬ」

嗣子は息を吞んだ。血をわけた実の兄が嗣子の苦しみを理解できないのか。兄さえ嗣子をかばうつもりはないのか。所司代の意に逆らう公家たちが続々と落飾させられて、御知行が減ったりする例は、酒井忠義が着任以来、数えればきりのないほど多いのだった。関東を嫌いながらも尊王の公家たちが手も足も出ないのは、所司代が酒井忠義着任以来、強硬政策をとり、武家伝奏や三嬪を使って主上の勅許を思うままにしているからだということは、嗣子も知ってはいたものの、兄を見て嗣子は噂をまのあたりにしたようだった。

女は三界に家なしというが、それはまるで庭田嗣子自身のために作られた諺のような気がする。嗣子は悄然として御所に戻った。嗣子の心も躰も生家では憩むことが出来ない。御所ではいつのまにやら嗣子を関東方の女房として白い眼で見詰めている。絶体絶命の境地というのはこれであろうかと嗣子は自分に漢籍の素養があることさえ恨めしく思った。

嗣子は御所の北側にある陽のささない小さい局に帰ると、もはや自分の進む道は和宮に供奉して関東へ下るだけだと悟らなければならなかった。嗣子は長橋の局に面会を申入れ、支度金千二百五十両は、いったい何時、どうやって受取れるのかと直接談判に及んだ。長橋は嗣子の態度が急に強くなったので驚いたらしい。

「またもやお金《たから》のことでございますか」

「いかにもさよでございます」

長橋は庭田嗣子の、下顎の張った剛直この上ない表情を黙って眺めていた。が、やがて、きっぱりと言った。

「半金六百両、先借り願いの書取りをお出しなされませ。武家伝奏にすぐお取り次ぎ参らせましょう」

翌日、庭田家から雑掌が嗣子の兄の書状を届けてきた。その文面には「本日伝奏衆雑掌より庭田家雑掌まで御支度金六百両相渡され落手つかまつり候」とあった。日附は二月九日である。去年の十月から始って、ここまで日がたっていたのかと嗣子は溜息が出た。いずれにせよ、和宮の御下向は当春と定まっているのであるから、嗣子は自分の衣裳調度類を大急ぎで整えてくれるように、兄あてに手紙を書き、待たせておいた雑掌に託した。小物や、道中持ち歩く筆や硯箱なども特別な品を誂《あつら》えねばならない。雑掌が帰ったあとでそれに気がつくと、嗣子はまた筆を取って急いで書いた。毎日々々必要な品を思いつく度に書いては庭田家に届けさせた。遂に庭田家の雑掌が音をあげて、このように日文矢文《ひぶみやぶみ》をお寄越しなされずとも、万端遺漏《いろう》なく整えるのにと中将様がお嘆き遊ばしてござりますと告げに来た。

春には御発輿《はつよ》ということで、嗣子も支度を急ぎ、慌しかったのだけれど、三月に入って、思いがけず今度は関東の方から御下向延期を申入れてきた。噂を聞いたとき嗣子は顔色こそ変えなかったけれども、心の中で自分は一体どうなるのだと悲鳴をあげていた。延期という言葉ほど縁起の悪いものはなかった。和宮と有栖川宮熾仁親王《ありすがわのみやたるひと》との御婚約でさえ表向きはまず延期になり、それが今ではなかったことになってしまっているのだ。延期と御破談の間は紙一重の差しかなかった。嗣子は不安になった。庭田家からは六百両では足りないと後金の催促が来ているというのに、袿衣も袿袴も真新しいものが出来上ったという知らせが来ているというのに、この縁組が不成立ということになったら自分の立場はどうなるのか。嗣子は局の薄暗い廊下を音立てずに歩いて、御常御殿に勤めている長橋にすぐ会いに行った。

「これは宰相典侍さん、ようこそおいでなされました。たった今、御沙汰あらしゃりましたよって、あなたをお呼びしようと思うていたところでございますえ」

「何の御沙汰であらしゃりましょう」

「こちらが桂の御所へ賜った宸翰《しんかん》の写しでございます。よう拝見遊ばせ」

御沙汰書

和宮御入城、当春御発輿御内々御治定のところ、道中差支により御延引の儀、関東より申上げ候につき、追って御下向のときは仰出さるべく候こと。

庭田嗣子が一読して顔を上げると、長橋は落着きはらって、

「但し書きをようご覧じませ。いつまた御下向の仰せあらしゃるやもしれませぬ。そのとき、すみやかに東下なされるよう、不都合のないように御支度しといやす」

嗣子の狼狽を見透したように言う。

「それから、ついでに申すも畏れ多いことながら、和宮様より石清水八幡宮と、賀茂下上の御両社に御参詣のこと御願いあらしゃりますよって、その節には供奉して御社参のおつもりで御用意しといやす」

「石清水さんと賀茂の御社《おやしろ》へ。それは何時のことでございますか」

「まだ、いつという期日は御治定ならしゃりませんが、近々のことやと思いますえ」

「なんで石清水八幡様へ、和宮様がおなり遊ばされるのでござりましょう」

「それはあの八幡様は古来より御所の宗廟と唱えて、天元二年に円融天皇さんの行幸以来代々の主上《おかみ》が七十余度も御社参遊ばされるところ」

「それほどのことなら私も存じおります」

「それは私が申すまでもなく宰相典侍さんの方が御所の慣習《しきたり》はようよう御承知。それ

ゆえ和宮様の御附きとなられたのやよって、何も私ごとき若輩にお訊きになることはありませんやろ」

「いえいえ私はもの忘れがひどうなっていますよって、蒙古襲来のとき、石清水八幡で敵国降伏の御祈禱を遊ばされたのは後宇多天皇であらしゃったか亀山上皇であらしゃったか、それを長橋さんに教えて頂こうと存じまして」

「後宇多さんも亀山さんも行幸になり敵国退散の御祈禱遊ばされました。さすがに宰相典侍さんは物知りでいらっしゃいますな」

「いいえ、たまたま私の里が神楽を仕る庭田でございますゆえ、そのときお神楽奉納したことなど、子供の頃から聞かされていたのでございます」

嗣子は嫌みたっぷりに答えた。庭田家は羽林という高い家格を持っているが、長橋の局の生家は藤原北家中御門流と称してはいるものの徳川が関東代官になって以来の新家で、禄高もたかだか百五十石ばかりだ。梨木町南側の角にあるみすぼらしい高野家を、嗣子は御所へ上る前から見覚えている。由緒のある公家であれば、たとえば飛鳥井家には鎌倉以来の蹴鞠《けまり》、橋本家は室町以来の笛、庭田家では神楽というように家の業というものがあるのだが、長橋の生家である高野家には、そういうものは何もない。

長橋は嗣子の当てこすりを適確に受け止めて、

「亀山さんの行幸にお神楽を奉納されたと承ります。この度の和宮様御社参には、やはり庭田さんでお神楽をお勤めになりますのやろ」

と逆襲してきた。

「さて、私は何も存じおりませぬ」

「それは妙なこと。蛮夷跳梁の折柄、敵国退散の御祈禱のため和宮様が石清水さんにならしゃりますのやろ。それやのにお神楽の用意の御沙汰がないとは、なんとしたことやろ。伝奏の広橋殿まで申上げねばなりますまい。ごきげんよう」

長橋にはまたもしてやられた。今から神楽の奉納を庭田家の責任で行うべしとでも勅命が出たら、嗣子の里はどんなに困るかしれない。家業は神楽と言われているだけで、神楽師を直接傭っているわけではなかったし、各神社に属している神楽師は、本来なら奉納の度ごとに何らかの挨拶金を納めなければならないのに、神楽師も神社でも庭田家の存在など忘れて久しい。だから庭田家は嗣子が御所から退るのさえ迷惑に思うほど窮迫しているのだ。

長橋の陰険な復讐を戦《おのの》きながら待つうちに、急に春がきて左近の桜が満開になった。主上《おかみ》の御花見は例年と同じに行われたが、嗣子にはお召しがなかった。先帝の頃の女官たちはこういう折には露骨に排斥されるのだが、嗣子はすべて長橋の局の嗣子一人に対する嫌がらせだと受取ってしまう。

御所の花も散って、そろそろ夏が来たと思う頃、突然のように御沙汰があった。和宮様の石清水社御参詣の日時がきまったのである。昨夜の亥の刻すぎに能登命婦《のとのみょうぶ》と二人で桂の御所に伺うと、宮様はもう御寝《おしずま》りで、卯の刻前には御出門の予定という。嗣子は庭田家から届けさせた衣類を、灯火の下で点検し、夜明前には身支度を終えていなければならないとしたら、眠る時間は一刻しかないではないかと、事の急なのに唖然としていた。

能登のほうは何かと嗣子に相談しにくるが、何分にも命婦というのは御所では低い身分であるし、能登の仕事は同じ和宮附女官といっても嗣子とはすることも立場も違いすぎる。

「何事も観行院さんにお訊きやす」

と、嗣子は冷淡に言い放った。

「観行院様は少進に訊けと仰言っておいるので」

「ほなら少進とかにお訊きやっしゃ。御乳《おちち》のことやろ」

「はあ」

能登は、気の重そうな顔をしている。お互いさまだと嗣子は思った。和宮の乳人少進と、主上《おかみ》よりお差遣わしの命婦とではどちらが位が上になるのだろう。それと同様に、観行院と嗣子の関係も微妙であった。昔は御所で観行院も典侍になる頃、嗣子も典侍になっていた。嗣子の場合は、あくまでお清の女官としてである。そして今は、先帝直宮の生母である観行院と、宰相典侍として和宮御附を命じられた女官。同じ天保十三年に御所に上ったとはいえ、生き方は最初から今日まで違っている女二人だ。

ほんの少し仮寝をしただけで、寅の刻には嗣子は起き、上半身を念入りに拭いて化粧にかかった。清くないので鉄漿《かね》はつけない。小袖も何も真新しいものを身につけるのに、月厄が終っていないのは残念であった。それにしても仕立おろしの緋色精好の袴はなんと重く、厚いものであろう。嗣子はこの年になるまで、こんな立派な袴は身につけたことがなかった。これこそ宰相典侍という官名にふさわしい袿袴であると思った。

卯の刻前、嗣子は観行院の部屋に出かけて行った。宮様の前に観行院が出発するのを知っていたからである。

「御所にもお揃い遊ばされ、御機嫌よろしゅうおめでとう忝う存じ参らせます。和宮様、本日は石清水八幡宮へ御参詣まことにおめでとう忝う存じ参らせます。御懇命を蒙って、御供させて頂けますことはまことに忝う有りがとう存じ上げます。観行院さんにも本日は御先発の由承り御挨拶にまかり出ました。何かと御気苦労も多くいらっしゃいましょうと御所にてお案じ致しておりましたが、いよいよ御社参など始められ、まことにおめでとう有りがとう存じ上げます」

「ありがとう。宰相典侍さんが宮さんの御附女官に御任命と承り、まことに気強う思うております。当今さんの御気性は先帝と違うてあらしゃるゆえ、何事も急に始ったり、止まったり、私には分らぬことばかりで、宰相典侍さんにはよう教えて頂かねばならぬと思うてました。よろしゅう頼み入ります」

庭田嗣子には観行院の穏やかで、へりくだった態度は思いがけなかった。若い頃、先帝の寵を得ていたときの美貌で驕慢な橋本典侍とは、まるで人が変っている。宮の東下に最後まで反対していた激しく強い気性が、どうしてこんなに嗣子を頼りにしているという気弱な言葉になるのだろう。

「こちらさんでもお分りにならぬことばかりでおいでなされましたのですか。私こそ分らぬことが降ったり湧いたり、今日まで何が何やら分らぬまま日がたちました。御挨拶にうかごうてもよろしのやらお悪いのやらで失礼の段々お許し頂き度う存じ参らせます」

「こちらこそ宮さんのお世話いろいろお頼み申し度う存じておりましたが、所司代やら御所やらどちらと知れず御附女官をきめて下さりませぬまま、いらいらと日を送っていたのでござりますえ。ようやく御東下の日が迫ったかと思うと延期になり、それでは御破談になるのかと思えば急に今日の御社参。私の心底お察し頂き度う思います」

「それでは今日の石清水さんへのお参りは、宮様からのお願いではあらしゃりませんので」

「宮さんのお願いは、今日まで一つとて御所にはお聞き入れなかったのでございますえ」

観行院は深い溜息とも聞こえるように嘆いてみせた。庭田嗣子は、宮でさえ観行院でさえこういう話なら、自分の立場も改めてよく分るような気がした。しかしここで観行院に同情して、関東に死ぬまで止まるような下手なことにはなりたくなかった。嗣子はあくまでも和宮の関東御下向の御附女官になっただけなのだから、御婚儀がめでたくすんで和宮が徳川家の、すなわち武辺の人となられたら御役目を終って御所に戻るつもりでいた。宰相典侍という官名を持つ限り、嗣子には御所に戻る資格がある筈であった。

観行院は、やがて卯の刻きっかりに華麗な駕籠で出発した。

嗣子が和宮の御居間の隣りに参って待つほどもなく、境の襖が女蔵人《にょくろうど》の手で開かれ、和宮が珍しく几帳の前にお坐りになっていた。珍しいことに嗣子が思ったのは、これまでに御附女官としての勅命を受けて挨拶に出ても、和宮は几帳ごしにしか嗣子の礼をお受けにならず、長橋の局の話でも御婚儀のことがあって以来、宮はおむずかりになって顔をお見せにならないと聞いていたからだった。

和宮のお傍には命婦の能登と乳人の少進が両側から支えるように傲然《ごうぜん》と坐っている。嗣子は恭しく頭を下げた。

「宮様には御機嫌さんにわたらせられ、本日は石清水さんに御参詣の儀まことに有りがとうおめでとう存じ上げ参らせます。御懇命を蒙って身にあまる御供仰せつかり、まことに有りがとう恐れ入り奉ります」

「ありがとう」

宮の御声は小さく、何かに怯えてでもいるようだった。嗣子は顔を上げ、宮の御顔を見上げた。白く濃すぎる化粧した少女の顔は、観行院と少しも似たところがなかった。先帝に生き写しだという噂は聞いていたが、嗣子には先帝にも似ておいでになるとは思えなかった。

「はや御出立遊ばされませ。観行院さんもお出ましになられました。能登どん、少しくお急ぎやす」

能登より早く少進が和宮の手を取ってうながし、三人の女の前で和宮は御輿にお乗りになった。どちらの足もしっかりしておいでになるのを嗣子は意外な思いで見ていた。少進が恭しく扉を閉めた。それから嗣子と少進と能登の三人が隣の部屋に下って戸を閉めると、少進はてきぱきと、

「宰相典侍さまのお乗りものは御門外にございます。すぐお玄関へおいでなさいませ。こちらでございます」

と先にたって歩いた。嗣子が能登を省みると、命婦が意味ありげな顔をしている。桂の御所内のことは万事少進の方が心得ているので、能登としては面白くないのであろう。

嗣子が頂いた板輿は決して結構な乗物ではなかったけれども、嗣子としては満足しなければならなかった。お行列の先頭は橋本中将実麗であり、彼も板輿に乗っていた。続いて観行院の駕籠、和宮の御輿、この二つは板と織物で囲われているので中の女人のお姿は外から見えない。嗣子の輿は、だから行列の中ではまことに人目を惹いた。屋根だけは形ばかりついているが、嗣子の姿は八方から丸見えなのである。嗣子

の後には橋本実梁がやはり粗末な輿に乗っていたが、先頭の実麗といい、この父と子は男であって、正装した公家の身なりは公家屋敷の集りから一歩出れば京でももの珍しく人目を惹いた。しかし朝の日が明るくなると、進む行列の中で、一番京人の目を集めたのは嗣子であった。能登も少進もいい身装りはしていたが、乗物を与えられる身分ではなかったから、これから一刻半ばかりは歩き続けなければならない。それにひきかえ、嗣子は輿の上にいて、蓮華草の花が一面に咲群れている紅紫の野面を見渡し、土を耕している百姓たちが呆然と眺めているのを悠々と眺め返して進むのは悪い気分ではなかった。新調の袿衣が、道端に咲いている蒲公英《たんぽぽ》と同じ色であるのが快かった。緋色精好の袴の、なんという鮮やかな色であろう。練絹の艶まで嗣子には誇らしかった。嗣子は輿の上で、胸を張り、姿勢を崩さなかった。御所の中で、暗い御常御殿と北向きの局で暮してきた二十年もの歳月がまるで嘘だったような気がする。嗣子は躰の芯から若さが戻ってくるのを感じた。

しかしその思いは決して長く続かなかった。若くなったように感じても実際の嗣子がもはや若くない事実は変えようがなかったし、御所から石清水八幡までの距離は、たとえ輿の上の道中でも遠すぎた。陽気のせいで、新調の小袖がじっとり汗ばんでくるのを、嗣子は情けなく思った。しかし、姿勢を崩さず胸をはり続けていた。宮様の御行列であるのだから、威儀は正していなければならない。橋本父子に較べて、嗣子が貧弱に見えることがあっては大変だった。正午には八幡宮の休房まで辿りついたが、徒歩の者はむろんのこと、嗣子も口がきけないほど疲れていた。背中も、腰も、痛い。

御社の方で用意していた昼食の膳は、和宮を囲むようにして観行院と嗣子と少進と能登命婦の五人が、一室で摂った。女のために二室用意されていたが、一部屋は和宮の輿で一杯になってしまったからである。和宮と同室で頂く御膳というのは、御陪食を賜るのであるから、一同肘を床について犬と似た姿で食べなければならない。味など分るものではなく、誰も口をきかなかった。隣の部屋では橋本実麗と実梁が、食事のあと着替えにかかっている気配がする。公家では婚儀の定った女は、男と決して同室しない風習《しきたり》があって、身近く異性がいるときには声を立てないことになっている。和宮は、濃い化粧の中で、小さな二つの眼に落着きがなく、きょときょとしながら、観行院を見たり、少進を見たりして、ときどき小さく吐息をついている。嗣子は、聞くと見るとはこんなにも違うものかと思いながら、宮の御様子を伺っていた。有栖川宮との御婚約を延期して、関東の代官殿との慌しい御縁組み。一年の余も嫌と言いはって主上《おかみ》にも逆らい給い、遂に折れてお受けになった経緯を知る者にとって、目の前の和宮の佇いは不思議というものだった。若年に似合わぬ強い意志の持ち主とはどう見ても考えられない。すると主上に抗い続けていたのは観行院だけであったのだろうか。それは十数年前の橋本典侍を知る嗣子には容易に想像できることだった。観行院もまた長橋の局に対しては含むところがある筈だった。先帝の寵を得て、遺児を抱えている観行院は、当今《とうぎん》さんを取り巻く女たちにとっては目障りな存在だったのに違いない。長橋は観行院もろとも宰相典侍である嗣子を東へ追放してしまう魂胆だったのだろう。

能登命婦がしきりと部屋から出たり入ったりして、いよいよ御社参の時刻が迫ったと告げると、少進は宮に含水をさせ、お下《とう》をすまさせ、手を清め、まめまめしく働き出した。本来はこういうことは命婦の仕事である筈なのだが、少進は能登には指一本さわらせまいとしているように見える。嗣子は笑止に思った。位の低い者は低い者同士で、こういう確執があるのか。

ようやく宮が輿の中に納まり給い、八瀬の童子の肩に担われて急な段々を上って行ってしまいになると、嗣子は一人で休房に残った。これからいったい何が起るのだろうと思うといくらでも溜息が出る。関東の御下向延期は、東海道筋の山々が雪解けによる出水がひどく、わけても、大井川が氾濫して女の旅が難しくなったという理由が第一、水戸の浪人たちが不法の所業あいつぎ人心も穏かならず、水戸家に厳重に召捕るように申達したというのが理由の第二。嗣子が自分の身に降りかかる災難になるとも思わず、和宮御降嫁を関東が願い出てからの次第を見守っている間、関東は御婚儀を急ぎに急ぎ、一日も早く宮に関東へお移り頂きたいと願っているようだった。それが突然「しばらく御見合わせにあいなり候よう」と言ってきたのだから、嗣子でさえも茫然としてしまう。

神楽の奉納はないのに御神事が随分念入りだったのだろう、和宮の御輿が休房に降りてきたのは一刻の余も経ていて、未《ひつじ》の刻にかかっていた。それから放生会《ほうじょうえ》が行われることに定っていて、それまで籠に詰めこまれていた鳩が、休房から一斉に飛立つと、羽音と哭《な》き声が騒々しかった。本殿のある男山は別名を鳩嶺《はとがみね》ともいうのを嗣子は思い出した。傍にいる能登に嗣子が知識をひけらかすと、能登は憂鬱そうに空を見上げてから、

「鳩は翼があるよって、上まで上るのも舞い降りるのも楽でございますやろ。宰相典侍さんはお清でなくおいでになって、ほんまによろしゅござりました。段々の急なこと、高いこと、怖ろしいほどでございました。上りは息が切れましたが、下りは目がまうほど怕い思いを致しました。それに上へ行くほど寒うて、御神事の間はまるで冬

のようでしたえ」

と、小声で言う。

嗣子とは身分こそ違うけれども能登命婦と嗣子の二人だけが、御所から差向けられた女官なのである。能登もまた嗣子と同じように長橋の局に睨まれて金でのっぴきならないところへ追いこまれたのだろうと嗣子は察した。でなくて最初の日の勤から、こんな愚痴をこぼす筈がない。

「私は桂の御所に戻っても、夜は御所のお局へ帰るつもりえ」

と嗣子が言うと、

「私もそうさせて頂くつもりで少進どのへ申入れてあります」

と能登が答えた。

それからまた行列が仕立てられた。暮れるにつれてそくそくと冷えてくる中を、嗣子は和宮の次の板輿に乗ったまま、じっと耐えていた。来る道は新しい衣類に手を通した心のときめきがあって、短かく感じられたが、疲れを自覚した戻りの道筋は、嗣子にはこの上もなく長く感じられた。御降嫁ということになれば、関東までの道中は、この長さを数十倍はするものとなるだろう。そう思うと気が遠くなった。

夜更けて桂の御所に着き、御祝の盃など賜り、能登と二人で御所に戻るともう亥の刻になっていた。長橋の局に報告しようとしたが、お末が眠そうな顔で、長橋さんはもうお寝《しずま》りになったから明朝にして頂けないかと言う。嗣子にしても、この疲れ果てた躰で長橋など見たくもなかった。

北向きにある自分の局に戻ると、嗣子は全身が綿のように力を失っているのに気がついた。臥床《ふしど》に横になると、息をするのも苦しいほど躰中の節々が痛い。もう決して若くないのだと嗣子は思い知った。新調の袿衣が蒲公英と同じ色だと浮かれていたが、考えてみればそれは局の女たちにさんざん皮肉られている山吹色ではないか。嗣子はこのまま明日になっても眼があかなければどんなにいいだろうと思った。

その九

　また祇園さんが終ってしまった。コンコンチキチン、コンチキチンという囃子の音が、泣きたくなるほどフキには懐しい。もう自分は生涯あの山車《やま》も、鉾《ほこ》も見ることがないのだろうかと思うと、つくづく情けなかった。むし暑い夏が来ていた。寝苦しい夜が続き、フキは寝汗で首筋にべっとりと白衣がはりついているのを感じていた。

「宮さん、おひなって頂かされ。おひなって頂かされ」

　少進の声が優しく耳許に聞こえ、足許に手が置かれた。朝の合図だとフキはすぐ気がついたが、これから始まることを思うと気が重く、けれども起きないわけにはいかないので、半身を起した。命婦《みようぶ》の能登《のと》と少進が、フキの眼の前に平伏している。フキはもの憂く吐息をもらした。少進だけなら、どんなにいいだろう。

宮が乳人《めのと》の藤と共に消えてしまわれて以来、フキの身近かには日を追って人がふえている。始まりは石清水八幡さんへの参拝だった。能登はその日からフキの眼の前に現われたのだし、宰相典侍《さいしょうのすけ》というのも確か同じ日だったと思う。

能登は眼ざめたフキを甲斐々々しく助け起こし、まずお下《とう》をすませ、丁寧にフキの股を拭いた。ついこの間までは少進がやっていたことなのだけれども、いつからかこの仕事は能登の役目になり、少進は能登を冷やかに見守っていて手を出さない。しかし能登は一切フキに対して口をきかず、僅かなことでもフキと言葉を交しあうのは少進だけであった。観行院《かんぎょういん》さえも、フキに何か言っても答えるのは少進であって、フキは少進以外の相手にはただ黙っている、少進の合図で最後に「ごきげんよう」と言えばいいだけだった。

それにしても能登が何者であるのか、フキにはまだよく分っていない。能登が寝起きしているのは、フキがこの御殿に来たばかりの頃、藤と二人で夜を過していた部屋である。今は宮のお居間にフキと少進が眠り、眼がさめるときには能登が出仕してフキを着替えさせ、それがすむとフキと少進の二人だけでお部屋に移る。そこへ観行院と宰相典侍が朝の挨拶に出てきて長々しい口上があり、お部屋はときどき几帳で二つに仕切られて、フキが食事をしている内に、観行院と宰相典侍である庭田《にわた》嗣子《つぐこ》の二人で話しあうのが几帳越しに聞こえてくることがある。

「主上《おかみ》がまたも御逆上遊ばされ、これまで一日一刻も早くとばかり申していた関東が、今になって御東下延期とは勝手すぎ、宮さんの御縁組は破談にすると仰言ったので、九条さんが駈けまわっているそうでございますえ」

「関白殿のお顔が眼に見えますような。所司代の酒井若狭は剛の者ゆえ、間に挟まれてさぞお困りでいらっしゃいますやろう」

「兄の橋本中将も困っている中の一人やろけど」

「なんと仰言いました」

嗣子が驚いたのか、重々しく問い返した。嗣子の太く低い声に対して、観行院の声は高くすずやかだった。

「御破談になっても困らぬのは宮さんと私だけやもの。そうなれば寺へ入ればよろしいのやろ。浮世の波風にうろうろさせられるのはもう結構やと思うてますえ。いざとなれば親かて兄かて宮さんより自分の方がお大事なのは、よう知ってます。今日までに何度このように破談という御沙汰がありましたやろ。二度や三度やないのえ。その度に必ず所司代の酒井若狭が動いて、宸翰《しんかん》はお差戻しになりました。一々驚いていたのでは、頭の方がおかしゅうなりますえ」

りでございますな」

「御心痛のほど深うお察し申上げます。それにつけても先帝おわしまさばと思うばか
「さよでございますとも。宰相典侍さん、その通りやえ。先帝があらしゃったら、堀河掌侍や岩倉少将などお寄せつけにもならしゃらなんだことやろし」

「関東が俄かにつけ上ってきたのは先帝崩御の後やよって、思えば私は立派なお方にお仕えしていたのでございます。今さら有りがとう忝う存じ上げます」

「もしものことやけど」

と言いさして、観行院がくすくすと笑った。食事を摂りながら、フキはじっと二人の会話に耳を澄ましていた。少進も、フキの膳のものをフキの箸先へ動かしながら、几帳ごしの声に聴き入っている。

「もしも御破談がほんまのことになるのやったら、一番お困りになるのは誰方ですやろ」

観行院の軽口に、庭田嗣子はのらなかった。彼女の沈黙が、お部屋の空気を重いものにした。フキは胸が詰って、口に入れていた芋の煮物が喉に詰りそうになった。御破談というのは、和宮の東下縁組を取消すものだということぐらいは、フキもようやく理解できている。御破談になれば、宮と観行院は尼になって余生を送ることになる

らしいが、するとフキも頭を丸めるのであろうか。そこのところが今ひとつ分らないけれども、いずれにせよ御破談になればフキはきっと気が楽になるのではないかと思う。観行院も少進も、心の中でそれを一番願っているらしいことに、フキも薄々気がついていた。東下の期日を一寸延しにしていた理由の一つにはそれがあったし、今年になって関東から東下延期を突然申入れてきたときから、観行院は御所からのお使いに和宮はそれならば御破談を一番に願っていると伝えていた。

「畏れ多いことながら御破談の儀が御治定になれば、私の兄、庭田中将も困る一人でございます」

嗣子の声が、やっと答えた。

「まあ、なんで」

「なんで困るのかは存じませぬが、橋本中将どの御同様に所司代に押さえつけられておりますゆえ」

観行院が溜息をついた。

「やはり同じことがありましたのやろうな」

「けれども一番お困りになる御方は、誰より彼より長橋のお局さんと違いますやろか。思惑が全部お外れになりますよって」

「さすがは典侍さん、うまいことを」

庭田嗣子と観行院が、声に高低はあっても揃って似た調子でくすくすと笑った。フキはどうしてこういうことが笑いの種になるのかさっぱり分らない。

「准后《じゅごう》さんかて堀河掌侍かて、武家伝奏《てんそう》衆に直にお口がきけるわけでなし、三嬪と悪口言われている中で所司代と吾から手を組んでなさるのは長橋さんだけやよって。近頃の若いお人には私らは束になってもかないまへん」

「私もそう思うてます」

「和宮様から御所に御附女官を拝借との一ヵ条が、長橋さんのお口にかかると先帝にお仕えした者のうちより一人拝借とのお申入れと、かように色が変りましたのやし」

「それで宰相典侍さんがお選ばれになったんかいな」

「さよでございます」

「まあ、長橋さんならしやはりそうなことやけれど、私は話のあうお方がお附きになっておくれたので、ほん幸いと思うてます。宮さんも大層お喜びであらしゃりますし」

「まことに恐れ入り奉ります」

フキは食膳のものを半分も余して箸をおいた。少進も無理に食べさせようとはしなかった。それよりも食事の途中から、少進はフキの髪を梳くのにかかっていて、実葛《びなんかずら》のぬるぬるした液体で髪を濡らし、櫛の歯を通してしまうと、さっさとフキの食膳を下げ、フキの手を取ってお居間に戻る。

するとまた命婦の能登が待ちかまえていて、フキを裸にし、上半身《かみ》と下半身《おしも》を別々の水で拭き清める。フキの肌にはまた汗疹《あせも》が盛大に現れていた。去年のように汗疹がいよれたり、それが裂けて血が出たりということはもうないのだが、しかし全身に発疹しているのを、能登の手でぐいぐいと拭かれると痛くてたまらなかった。フキはときどき助けを求めるように少進を見た。

すると少進は能登に、

「ちと丁寧にお拭《すま》しやす」

と注意をする。

能登は黙って、布を蒔絵の盥《たらい》で濯《すす》ぎ、フキの裸を拭き直すのだが、手加減は少しも変らなかった。フキには少進と能登の仲がよくないことが肌が痛いのと同じように分った。少進の口からはなにも意地悪なことは言わないし、能登は少進に対しても滅多に口をきかないのだが、どうもこの二人は反目しあっているらしい。

全身を拭き終ると、少進がフキの傍に来て鉄漿《かね》附けを始める。房楊子で黒いどろどろしたものをフキの歯になすりつけ、磨く。フキはお歯黒ほど嫌いなものはないのだが、能登ではなくて少進のやることだから、じっと我慢している。その間に能登は、盥などを両手で持上げて隣の部屋へ運びこんでしまい、片附け終ると少進の手伝いをし、鉄漿附けが終ると、また着替えになって、それで最後に髪をたばね、かもじを付ける。その頃には、能登が、また働き出して、文机をフキの前に置き、硯に水を入れて墨を磨り、やがて退出してしまう。

するとと入れ替りに、嗣子と観行院が入ってきて、そのかわり少進も部屋から出て行くのだ。フキの身辺には必ず観行院か少進が附き添い、命婦の能登か、でなければ宰相典侍の嗣子を見張っていることが、ようやくフキには分っていた。

しかし、観行院と嗣子の前で、和宮と同じように手習いをするほどフキにとって近頃の大きな苦痛はなかった。フキは文字など読むことも出来ないし、筆の持ち方にしても観行院に二度三度教えられていたが、言われた通りにすると筆の穂先も動かない。嗣子が、筆先に墨を含ませて渡すと、フキは受取らないわけにはいかないし、観行院が文机の横にお手本らしいものを展《ひろ》げると、それを見ながら、宮がなさっていたようにまっ黒になっている手習草紙の上に何か書かないわけにはいかないのだ。しかしもちろん筆順など知るわけもなければ、手本の文字も読めないのだから、フキは自分が何をしているのかさえ分らなかった。

　嗣子は押し黙ってフキの様子を見詰めている。観行院も最前の几帳のかげで二人で話しあっていたような気楽な様子は見えない。梔子《くちなし》色精好《せいごう》の袴《はかま》をはいて、姿のいい上半身を伸ばしたまま、嗣子の沈黙に負けまいとして息もしないで坐っているようだった。几帳のかげでくすくすと笑っていた女とは別人のようだった。

　フキは筆を持って、黒い草紙の上に輪を描いたり棒を引いたりしながら、何度か少進の名を呼びたかった。フキはこの宰相典侍と呼ばれている女が命婦の能登以上に嫌いであった。朝の挨拶、夕の挨拶は、フキに頭を下げておそろしく丁寧に重々しく言うけれども、こうしてフキの手習いを見守っているときなど、フキが和宮ではないことを知っているぞと全身で主張しているようだった。いっそ、お前は宮さんではあるまいと口に出して言ってくれる方がフキは気が楽になれるだろうと思う。だが、決して嗣子はそんなことは言わなかった。

「お手本は有栖川《ありすがわ》宮さんの御手でございますのやろ。いつ見ても御見事なこと」

　ようやく嗣子が口をきき、観行院もほっとして、

「こんなことになるとも思いませず、先帝直宮さんであらしゃりますよって、師と仰ぐお方は有栖川さんだけと思い、お手習いをお始めにならしゃっておいでになってい

たのでございます。それが主上《おかみ》のお耳に入ったのか、熾仁親王《そちのみや》さんとの御婚約は御所からの御沙汰でございました」

「熾仁《たるひと》親王さんも、お父宮に似て、御立派な字をお書きなさると御所ではご評判でございますえ」

「さよでいらっしゃいましょうとも。お父宮さんがこれだけの仮名文字をお書きになりますのやよって」

「宮様は、このお手本で十年お習いにならしゃっておいで遊ばされるのでございますね」

「はい、十年」

嗣子が斬りこむように訊くのを、観行院は透きとおった声で肯き、はね返した。

「十年もおんなしお手本では、宮様もお気が変りますまい。お手習いはお嫌さんであらしゃるようにお見受け申上げますが」

「もともとお好きさんではあらしゃりませなんだところへ、有栖川さんとの御縁組は御所も所司代も揉みくちゃにしてしもうて、関東御下向と押しまくって来ましたよって、いよいよ宮さんはお手習いがお嫌さんにならしゃったのでござりますえ」

「ごもっともさんでございます。まことに恐れ入り奉ります。宮様の御心中いかばかりと拝察申上げます。観行院さんも、どんなにか御心痛、お察し申します」

「宰相典侍さんにそう言うてもらえば宮さんも私も百万の味方を持ったようなもの。宮さんも、ほんまにお喜びであらしゃります」

「恐れ入り奉ります」

二人とも決して大きな声で話していないのだが、話が途だえると、蟬の声が桂の御所を押し潰すような勢で聞こえてくる。フキは全身にまた汗が噴き出てくるのを感じた。暑い。布子一枚で、裸足で走って水汲みをしていた頃が懐しくてたまらない。不思議なことに、フキはいくら長く坐っていても足が痺れなくなっている。痩せて、上半身が軽くなっているからだろうかとフキは思った。

「もともとが先帝《さきのおかみ》の御十七回忌をお済ましになってから御東下あらしゃる旨を、御縁組の折の五ヵ条のお願いに入れてあったのやよって、ここまで延引した上は、御十七回忌は明年に迫っていますのやもの、急ぐことはないやろと宮さんもお思いになり、私も思うておりますのえ」

「ごもっともさんに存じ上げます。私も、先帝にお仕えした身でござりますゆえ、御十七回忌をお済まし遊ばされてから御東下あらしゃるのを、御道理とも存じますし、そうあって頂きとう存じ上げます」

「宮さんもそのおつもり、私もそのつもりでございますえ」

「そう伺うて、まことに安堵致しました。所司代の酒井若狭守には、宮様の仰せときっとお申しつけなさるがよろしゅうございましょう」

「今は御破談の最中ゆえ、申しつけるのは、ちと先にせねばなりまへんけど」

「さよでございますな」

また蟬の声が押し寄せてきた。フキは筆を投げ捨てて泣き出したかった。フキには、庭田嗣子の言葉が全部、意味は分らないながら、フキが宮さんでないことを知っているぞ、知っているぞと言っているように聞こえる。だから、嗣子が黙ると、蟬の声よりも大きく、お前は宮さんと違うと耳許で嗣子が呟くのが聞こえてくる。嗣子が坐ると、部屋の中には大きな岩が置かれたようになり、フキは息苦しくなるのだった。フキは観行院の顔を見て、溜息をついた。少進を呼んでほしいと思った。

「宮さんはお手習いにお飽き遊ばされたそうな。少進を呼んでお机など直しましょう」

と観行院が言い出すと、嗣子が重々しく肯いた。

「そのように黒いお草紙では、お気も変りますまい。所司代に命じて紙と筆は新しいものを整えるよう致させましょう」

観行院は少なからず慌てた様子だった。

「いいえ、いいえ、それはなりますまい。東宮《しんのう》さん（後の明治帝）さえ、このような黒いお草紙でお手習い遊ばされてあらしゃりますと漏れ承ります。それを和宮さんだけ新しい紙をお使いならしゃっては、いかにも畏れ多いことでござりますえ」

「ほんまに御所の御質素御窮迫のほどは主上《おかみ》のお暮しぶりを拝見いたしておりましても、ただただお気の毒に存じ上げます。中山さん（明治帝の生母）も御苦労なされておいでやし、主上の御病癖も度々の御逆上も思えば御無理もございませぬ。先帝の御代には、なんぼなんでも今のような波風は立ちませず、御所の中は平穏無事でありましたよって」

「ほんまに繰りごとめくので私もよう申しませなんだけれど、先帝さえ在しまさばと思うことばかりでございますえ」

「敏宮《ときのみや》さんかて、お気の毒、お気の毒。先帝の直宮で御在世になるのは主上《おかみ》と姉宮さんと、妹宮さんのお三方であらしゃりますのに、和宮様はむろんのことえらい災難をお受けで観行院さんもお気の毒に存じ上げておりますけれど、敏宮さんはもう三十にもお成りになって、御在所さえ定らぬお仮住い、御母君の甘露寺さんはどんなに悲しい思いを遊ばしておいでになりますやろ」

「甘露寺さんは私のことを他人事やないと思うてなさるそうやえ」

「さよでございましょうとも。宮さん御東下の御願い条々の中に、所司代に命じて敏宮さんの御殿を建てさせては如何」

観行院は、ぼんやりして庭田嗣子の顔を見ていた。和宮に次々と襲いかかってくる災難と戦い続けている観行院にとっては、いくら先帝の忘れ形見とはいえ、和宮より十七も年長で、もしもう少し若ければ和宮の代りに東下した筈の姫宮について、御殿を建てて差上げようという親切の持ちあわせはなかったからだ。手習いから解放されて、手持無沙汰のフキが見ていると、観行院は呆気にとられているようだった。嗣子の言葉の意味が、よく分らないという顔をしている。分らないのはフキも同様だった。

「敏宮さんの、御殿を。それは、なんで」

観行院が、眉をひそめて、不審げに呟き返した。

「されば和宮さんが急に明日にも御発輿になって御東下遊ばされたにせよ、明年の御十七回忌ばかりでなく、先帝の御命日には必ず御帰洛あらしゃって御回向遊ばされるのが御本意と承ります」

「それは昨年の御沙汰をお受け奉ったときの五ヵ条のお願いの一つでございました」

「よう存じ上げております。恐れながら嗣子思いますのに、和宮さん屢〻折々の御帰洛について、所司代にお泊りどころがないなどと言わせぬ用心もあり、かつは敏宮さんの唯今はいかにもお気の毒」

「さすがは宰相典侍さん、よい智恵を授けて下さいました」

観行院の表情が俄かに晴れ上った。御所からていよく追放された庭田嗣子にしてみても、関東から都に戻ったときの行先を、敏宮とその生母甘露寺妍子《きよこ》に恩を売っておけばという腹積りがあったであろう。観行院がそこまで見透したかどうか、ともかく観行院にしても、兄の橋本実麗《さねあきら》があてにならないことは骨身にしみていたし、長橋の局が御所の中に先帝の寵妃であった自分を迎え入れる筈はないのだから、先帝の御回忌ごとに都に帰る場合について深く考えておくべきときであった。

「さっそく甘露寺さんに文を届けましょ」

「それがよろしゅうございましょう。私は所司代あてに敏宮さんの御殿のこと、宮さん大層の御心配と書取りを出しておきます。御三頭さんにも申入れいたしましょうか」

「御三頭さんというても、要は長橋の局ひとりの宰領やろ。長橋あてに宮さんの思し召しとはっきりお書きやす」

「かしこまりました」

庭田嗣子は、恭しくフキに一礼して、さっさと居間を出てしまった。観行院は、少進を呼び、

「宮さんに仮名草紙などお目にかけて、お寛ぎ頂かされますように」

と命じて、これもフキに一礼すると、さっと出て行ってしまった。

フキは、硯も紙も片附けられ、岩のような女が出て行った後に、少進と二人きりになると、ようやく息ができるという気がした。フキには誰よりも庭田嗣子が怖ろしかった。橋本中将の邸に奉公していたとき、お次という女に一日中いびりぬかれたが、それに較べると嗣子はフキに直接は何も言わないのに、どうしてこんなに怖ろしく思えるのだろう。ともかく観行院も嗣子が来てしばらくしてからはフキに大層よそよそしくなったし、和宮も乳人の藤も消えてしまった後は、少進だけがフキには頼りであった。

少進が、仮名草紙をひろげて言った。

「少進は仮名文字より他は難しいこと分りまへんけど、宮さん、ここは、ひさかたの、と読みますのやろ。宮さんの方が少進より難しい字イは御存じ遊ばされてやよって、少進が読み書きを教えて頂くことになります。なんと畏れ多いことやろ」

それから指の先で押さえて、これが「か」という文字だとフキに目顔で覚えさせようとした。

「これが、すずしろ、ほれ、御食膳によう上ります唐物《からもの》、お香のふりになってよう上りますやろ。下々では、大根と申しますけれど。春の七草の中では、あれをすずしろと申しますそうな。宮さん、これよう御覧じ遊ばされませ」

少進は、「ず」という文字を指先で示し、フキに覚えさせようと一生懸命になっている。ようやくフキは、少進が「かず」という二文字を教えこもうとしているのに気がついた。宮さんの名アやないかと思うと、フキは背中をいきなり大きな手でどやされたような気がした。フキは少進の眼を見て、力強く肯いた。少進の眼も光った。フキは指の先で、仮名草紙の「か」の字を膝の上に描いてみた。少進が黙って、フキの手首を取り、筆順を正した。フキは何度も何度も膝の上に書いて、生れて始めて文字というものを覚えた。「ず」の字を書いたときには、少進が彼女らしくもなく興奮し、

「宮さん、ようなされました」

と褒めてくれた。

フキは嬉しくなり、少進の顔を見て頬笑むと、少進もにっこり笑い返した。フキが続けて、

「か、ず」と書いて見せると、少進が、

「さよであらしゃります」

と、また大声を出した。

そのとき境の杉戸が開いて、命婦の能登が顔を出し、二人を驚かせた。

「能登どん、どうなされた」

少進が、屹として訊いた。

「お召しと聞こえましたよって」

「いいえ、宮さんは何も仰せになってあらしゃりませんえ」

「さよであらしゃりますか。恐れ入ります」

能登が引退ると、少進は文机の上に硯と草紙を並べ直して、フキの前に置いた。フキは筆を取って、黒い草紙の上を、筆先で濡らすようにして、かの字とずの字を書いた。少進が、励ますように肯く。フキは熱心に、かの字を幾つも書いた。ずの字を十も書いた。かずと続けて二十回も書いた。少進の喜びがフキの全身に伝って来るから、フキは和宮がおいでにならなくなって以来、初めて淋しさを忘れた。

そこへ観行院が入って来た。フキが手習いをしているので驚いたらしい。

「宮さん、よう御精がお出にならしゃりますこと」

と言いながら傍に坐ると、少進が手柄顔で、黒い草紙をめくって、乾いているところへフキに「かず」と書かせた。

「まあまあ宮さんのお手がお上り遊ばされたことは、おめでとう有りがとう忝う存じ参らせます。少進も、ようおしやした。ありがとう」

「恐れ入ります」

それから少進は観行院の傍ににじり寄って、小さく囁いた。

「能登どんには決してお気を許されませぬように遊ばしませ」

「なんで」

「何かとこのお居間に入っては様子を探ろうと致しますよって」

「やはり所司代の手の者か知れぬ」

「私もさよであろうと睨みました」

「宰相典侍かて分りまへんえ」

「私もさよに拝察致しております」

「用心に越したことはないよって」

「はい、恐れ入ります」

「宮さんにもよくよく御用心あらしゃりますように」

観行院と少進が、揃ってフキを見た。フキは、庭田嗣子も命婦の能登も好きではなかったので、少進と観行院が同じ考えでいるのが分ったのが一安心になった。肯いてから、答えた。

「ありがとう」

二人とも、ほっとしたらしい。しかし観行院は少進を見て苦笑いした。フキが和宮の真似を上手にしてみせると、少進は率直に褒めてくれるのだが、観行院は複雑な気持に襲われるのであろう。

宮さんは、今頃はどこで何をしておいでになるのやろか、とフキはぼんやり考えた。乳人の藤と橋本邸での宴最中《うたげさなか》に消えておしまいになってからもう二月《ふたつき》になる。橋本邸へ行くとき、二人で輿の中に向いあって乗ったときのことを思い出す。輿が急に傾いで、思わず抱きあったときのことも。宮さんは、この桂の御所には遂にお戻りにならないおつもりなのだろうか。でなくてフキが、かずという仮名文字を習う筈がない。フキはいよいよ自分が宮さんのお身代りになって関東へ下るのだと思い知ると、二文字だけでも読んだり書いたり出来るようになった喜びが、萎《な》えていくような気がする。手をひろげて見れば、指が細くなった。手首の外側に丸い骨が突き出ている。腕も細くなった。こんな躰になったのでは、あの水汲みはもう出来まいと思う。手桶を持って、井戸のところまで走って行く喜びも、釣瓶《つるべ》をひきあげて冷たい水を桶に勢よく空けるときの、弾けるような快さも、遠い出来事になっている。井戸の上の葺《ふ》き屋根には、今年も青草が繁っているであろうに。

　観行院が、急に大きな声で言った。

「少進、九条さんが関白をやめたいと奏上しやはったそうえ」

「なんでそんな大層なことを」

「主上《おかみ》が御破談と仰せあらしゃって、所司代がそれをお差し戻しにするのに、九条さんが板挟みにおなりやしたのやろ」

「いつものように」

「そうそ、いつものように」

　少進と観行院は眼だけで笑いあった。

　夕食には、お菜《まわり》の一つに夏大根の浅漬けが出た。これが仮名草紙に出てくるすずしろかとフキは思った。女房言葉では唐物《からもの》と呼ぶとやら、漬物なればお香のふりと言うとやら思い出すと、フキは混乱して何が何だか分らなくなった。宮さんのお暮しというのは、どうしてこんなに何もかも面倒で、呼び名さえ下々と違うのか。文字にしても、フキは自分の名は書くこともできないのに、今は「か」の字と「ず」の字は読み書きができる。これも思えば妙なことであった。

フキは、近頃、食膳に上るものの半分は余すようになった。躰を動かすことがないし、声さえ滅多に出さない明け暮れで、長く空腹というものを感じたことがない。橋本邸の納戸で、花びら餅を次々と食べたのが同じ自分だったとは信じられない。あのときは、こんな美味がこの世にあったかと思って貪るように食べたのに、宮さんがおいでにならなくなって以来、何が御膳に上っていても珍しくも有りがたくも思わないようになっていた。どれを口に入れても味気なく、噛むのさえ煩わしかった。和宮の影法師であった頃は、どうして宮が食物をお余しになるのか不思議でならなかったが、フキはいつの間にか宮と同じ衣服を着て、宮と同じ起き伏しをするうちに、食欲の方もすっかり宮と同じになっている。

そうか、とフキは思った。私《うち》は、宮さんになったんや。

その夜、フキは薄い夜のものと着替えると、臥床《ふしど》の上でのびのびと眠った。秋の暴れ蚊が一匹、羽音をたててお居間に迷いこんできた。少進はそれがうるさくて何度も眼がさめたが、宮は、いや、フキは蚊に頰を刺されても寝息一つ乱れなかった。

その十

古い日記から抜出したものの下に二ツ折りにした新しい紙を幾十枚と揃えた。その上に、少し厚地の紙を、やはり二ツ折りにして二枚上にのせた。嗣子《つぐこ》はそれを丹念に揃え、千枚通しを使って穴をあけ、そこに紙撚《こよ》りを押しこみ、裏側から引いて綴じた。部厚い冊子が一ツ出来上ったところで、嗣子は硯箱を文机の上にのせ、墨を磨った。ゆるやかにゆるやかに硯の陸《おか》を墨の先で撫でまわしているうちに、奈良墨の芳香が匂いたつ。近頃の嗣子は、朝こうして机に向い墨を磨るときが一日の中で一番好きであった。

頃合をはかって筆の穂先を硯の海に浸し、そのまま筆置きに寄せかけ、墨を磨り続ける。穂先が濡れて柔かくなる頃、墨も頃合の色濃さになる。あらためて筆を墨にとっぷり浸し、嗣子は心を落着けて、今のさき作り上げた冊子の表紙に「和宮様」と書き、筆を硯に戻して穂先を揃え「御留」と続けた。そこで筆を措いた。

庭田《にわた》嗣子はそれまで何か事があると日記風に書き留めておく習慣を持っていたが、先帝が亡くなられて以来十年の余というもの御用払いにされていたから、特に記録すべき事柄がないままに筆を持つことなく歳月が過ぎていた。俄かに身辺が慌しくなったのは、万延元年の十月二十九日からだったか、と、嗣子は表紙を二枚くってから、記録の第一頁つまり去年の初冬の留書きを読み返した。

今日、申の刻ごろ御三頭御列座にて嗣子へ仰せわたされ候御口上の次第、この度、和宮様御こと関東よりだんだん次第を申したて御縁くみの御こと願いにつき、およんどころなき次第ゆえ願いの通り聞こしめされ、いよいよ御治定あらせられ候ところ、それについては又また宮様よりいろいろ御願の御個条もあらせられ、仰立られ候御事、その中に、先御代《さきのみよ》より勤めきたり候女中のうちを御下向につき附けて進ぜられ候ようにと御願いにあらせられ……

「もうし、典侍《すけ》さん」

辺りを憚《はばか》るような声がしたが、嗣子は御留から顔を上げなかった。二十年来同じ御所の北向きのお局《つぼね》という一室に詰めて明け暮れしているのだ。嗣子は御沙汰があってもまだ桂の御所に住みこんでいない。観行院《かんぎょういん》の話をよく聞いてみると、御所の女官をつかわしてほしいというお願いは出していたが、「先御代より勤めきたり候」者をという条件はつけていなかったことがはっきりしている。やはり長橋の局に最初からしてやられていたのだと、嗣子は御留の第一枚目を読み返しても腹の中が煮え返ってくる。

「もうし、典侍さん、もうし」

声が誰か、嗣子にはすぐ分った。命婦《みょうぶ》の能登《のと》に違いない。御所から勅命によって和宮の御附女官になっているのは、庭田嗣子と能登の二人だけであるから、何かの折には能登が嗣子を頼りにし、親しくしようとするのは無理もなかったが、しかし嗣子と違って能登は公家の娘ではない。賀茂の社家に生れて女蔵人《にょくろうど》という低い身分で御所にお仕えしていたのが、この度の御下向に際して、よくよくお受けする者がなかったせいか、命婦という位に昇進させて頂くなどして桂の御所に入った。もともと嗣子とは生れが違う上に、命婦になったからといって嗣子より身分が低い者であることに変りはない。典侍さんなどと軽々しく呼ばれたくなかった。

「もうし、宰相典侍《さいしょうのすけ》さん」

能登が気がついたのか呼び方を改めたとき、ようやく嗣子は顔を上げた。

「おや能登どん、どないおしやした」

命婦であるから能登は袴《はかま》をつけることがない。ことに秋に入ったばかりであるから、白い小袖を一枚着ているだけであった。しかし腰には真新しい唐衣《からぎぬ》を掛衣《かけぎぬ》にして巻いてあった。綾織でこそないけれども、上等の絹であることは間違いなかった。嗣子は自分の支度金が千二百五十両であったことを思い、それにひきかえ能登が受取った額が、その分際では多過ぎるように思っていた。石清水八幡宮に社参して一月余たってから、そのときのお手当として嗣子には金子十一両と別に白銀五枚の御下賜があったのだが、そのとき能登には手当金が十両で別に白銀三枚の拝領があったのを嗣子は知っている。ずっと前から宰相典侍であった嗣子と、命婦になったばかりの能登と、社参に供奉したお手当の違いがたった一両かと、嗣子は以来すっかり気を悪くしていた。六月末に嗣子の家来一同の支度金として半金の三百九十二両が伝奏雑掌より庭田家の雑掌へ渡されたと兄から書状が来たし、長橋の局から金子の受渡しはすべて所司代酒井若狭守忠義《ただあき》の家来である三浦七兵衛の親切によるものだと聞かされていたので、今後のこともありと思い、内々に庭田家伝来の二幅対の絵と狩衣袴地など三浦七兵衛に届けたのだが、能登に訊いてみると彼女は挨拶代りに越後紬《えちごじま》を贈ったという。入るものが同じように入っても、身分が低いと出るものがそんなに少なくてすむのかと嗣子は忌々しく思った。下向について嗣子からは徳川本家の大樹公や天璋院《てんしょういん》の御方に土産として進物の用意をするようにと、これも伝奏衆よりのお達しとして長橋の局が嗣子に申し渡したが、能登は身分もひくく御城内では大樹公にも天璋院の御方にもお目見得がゆるされないから土産の用意には及ばぬと、これも長橋の局が言った。そのときは、嗣子も当然であろうと思いはしたものの、考えてみれば命婦という身分はなんとまあ出る金が少なくてすむのであろう。

能登は、嗣子が返事をしたから安心したのか、入れとも言わないのに嗣子の部屋に入ってきて、傍ににじり寄った。嗣子は「和宮様御留」を閉じて、能登の顔を見た。様子から何か重大な相談があって来たように思えた。

「思いあぐねて参じました。お書きものの最中に恐れ入ります」

「どないおしやした。お言いやす」

「はあ、それが」

「お言いやすな」

「はあ」

能登は、ここまで来てまだ決心がつかないように俯《うつむ》いて考えこんでいる。嗣子と違って、能登は夜も桂の御所に泊りこんでいるのだから、こうしておひまを頂いて御所の局まで来たのは、よくよくの事情があるのだろう。嗣子は黙って、能登が口を切るまで待った。

長い長いときがたってから、能登は嗣子の顔を見た。

「宮さんのお足《すそ》はお悪うあらしゃりません」

嗣子は黙って能登の顔を見た。命婦の仕事は和宮の御躰に直接手をふれることが多いのだから、宮のおみ足についてもしっかり分る筈であった。

「それは結構な御事やあらしゃりまへんか。およろしことと私は思うとります」

「それはまことにさよでございますが、あまりに噂と違うてあらしゃりますよって」

「能登どん、噂ほど当てにならぬものはおへんえ」

「はあ」

「私が観行院さんから承《ひろ》ったところでは、まっとお小そうあらしゃった頃は、御足《おすそ》のお痛みもお強うて、お歩いならしゃるも御不自由なら、お熱《ぬる》も出るなど、随分と御心配遊ばしたそうな」

「同しこと、私も少進はんから聞きましてござります」

「先帝《さきのおかみ》がおかくれ遊ばされた後にお生れならしゃったので、何かと主上《おかみ》にお願申上げ、御足お煩いにつき平癒御祈願など、御所からいろいろの寺やお社《やしろ》にお命じ遊ばされたので、噂がひろまったのかしれまへんえ」

「はあ」

「お育ち遊ばされてからは、滅多にお痛みにもならしゃらず、もう御心配さんもあらしゃらぬように私はお見受けしてますけども、能登どんはどない思うといやす」

「私は御足のことだけやないのでござります。面妖やと思うことばかりで、これは宰相典侍さんもお気づきやどうやしらんと、御相談に参じたのでござります」

「御足のことでのうて、桂の御所が面妖やとお言いやすのん」

「いいえ、あちらの御所はともかくも、宮さんの御様子がいかにも不思議でなりませぬ」

「不思議とは、何のことえ」

「少進はんが、宮さんのお傍から片刻も離れようとしまへんし、少進はんがお居間を出るときは必ず観行院さまが宮さんのお傍にぴったりお坐りになりますし」

「お産み申した御方と、お育て申上げた者のことゆえ、殊にはこの御騒動で宮さんのおみ心を思えば片時も目が離せんのやろ」

「はあ。私もそないに存じ上げます」

能登はそれから黙りこんだ。嗣子も黙っていた。小さな局の中で向い合って坐っているのであるから、能登の心の中は嗣子には手に取るようによく分っていた。しかし、嗣子の方から能登ごときを相手に、こちらから察して言ってやることはない。嗣子は、黙って坐っていた。まだ昼にならないというのに、蟬の声が天から夕立のように激しく降っていた。つくつく法師がもう随分混っている。

「宰相典侍さん」

能登が、屹として口を切った。両手を拳にして握りしめている。

「あの宮さんは、ほんまに宮さんであらしゃりますのやろか」

庭田嗣子は黙って、机の上の「和宮様御留」という文字を見ていた。蟬の声が御所の中に充満しているような気がした。

「能登どん」

蟬時雨を浴びるほど聞いて耳を馴らしてから、嗣子は命婦に訊き返した。

「今なんとお言いた」

「はあ、恐れ入ります。ほんまに畏れ入ります」

能登は、しかし口程には畏れ入っている様子でなく、言ってしまったことで、むしろ心がほぐれたとでもいう顔をしている。嗣子は深く息を吸い、ゆっくりと小さな声で話し出した。

「能登どんは、天保十三年というのは、どういう年であったか覚えといやすか」

「天保十三年、はて」

「関東ではその前年より老中の水野越前という者が、奢侈《しやし》禁制の布令を出し、禁中にまで厳しいこと厳しいこと申し越してきたのえ。絹物《おかいこ》を身につけてはならぬとまで言うてきたのやよって、さすが温厚であらしゃった先帝《さきのおかみ》もお怒りになって、御常御殿でこれ以上どこを切り詰めよというのかと武家伝奏《てんそう》に直接仰せにならしゃったそうな。この嗣子が御所に上ったのが、その頃やった。観行院さんも同じ頃に、御所に宮嬪として召されたお方や。私はもちろんお清で上ったのやけれども」

「はあ、恐れ入ります」

「私が天保十三年という年と観行院さんのこと、よう覚えていますんは、その頃に関東の出来事で、御所まで聞こえて来た見事な話があったよってや。当時の徳川《とくせん》本家の大奥では、上臈《じようろう》姉小路《あねがこうじ》という公家方の女が幅をきかせていたのやけれど、これが老中水野を呼びつけて問うたそうな、越前どのには側妾をお持ちなさるるや否やと」

「はあ」

「水野はもとより武辺の者、家名を尊承せんため側妾を蓄えて子供を産まさねばなりませぬと答えたところ、姉小路は一膝すすめて、大奥にて大樹公に仕える女一同は、男を断って御奉公致しているのであるゆえ、この上贅沢まで禁じられたのでは何を楽しみに働けよう、大奥ばかりは水野どのの奢侈禁制は受け入れられぬと突っぱねたそうな」

「智恵者であられましたのやな。姉小路さんの御血筋のお方どすのやろか」

「いやいや、姉小路さんと家は並んでおいるけれど、上﨟姉小路というのは橋本大納言の御妹やった」

「まあ、それは恐れ入ります。すると観行院さまの」

「叔母御さんやがな」

「はあ」

「そんなわけで、公家方の女が老中を押えこんだという評判が御所まで聞こえてきたときは、御常御殿の一同溜飲が下る思いやったのえ。その上﨟の姪やというので、橋本典侍《すけ》さんは最初からお覚えめでたく、二年後には胤宮《たねのみや》さんをお妊られた。折角の皇子御誕生であらしゃったのに、お小さいさんのままおかくれ遊ばされたのは、まことに畏れ多う、惜しいことであらしゃりました」

「恐れ入ります」

「その後で、同じお腹にお宿りあらしゃったのが和宮さんえ。先帝がお崩れ遊ばされてからの御誕生やよって、お生れあらしゃってから今日までずっと御不幸が続いておいるような」

「恐れ入ります」

「そういうわけで能登どん、私は観行院さんをよう覚えているし、どんなお方かよう知っています。桂の御所においるのは、天保十三年以来見覚えのある観行院さんに違いないのえ」

「観行院の御方さまについては、何もお疑いしているわけやござりまへん。私はただ、あの宮さんが、ほんまに和宮さんやのやろかと」

「能登どん」

嗣子は、小声で、しかし叱りつけるようにして命婦の名を呼んだ。それから、ゆっくり机の上を片附け始めた。墨を横に寝かせ、筆の穂先を反故《ほご》で拭いてから、硯箱に蓋をした。庭田家の紋である笹竜胆《ささりんどう》を大きく散らし模様にした螺鈿《らでん》入りの金蒔絵という豪勢な細工で、誂《あつら》えものの中で嗣子が一番気に入っている品であった。

「能登どん、よろしいか」

嗣子は自分でも驚くほど落着きはらって命婦に言いきかせた。

「もしあの宮さんが、ほんまの和宮さんやないんやったら、これはえらいことえ」

「はあ、恐れ入ります」

「宮さんは橋本家でお生れにならしゃりました。私は先帝の御喪中のことゆえ、お見舞にもお祝いにも参じませなんだ。和宮さんが初めて御所に参内遊ばされたのは嘉永二年、宮さんがお四つにならしゃってあらしゃり、その頃は私らのように先帝にお仕えした女官たちは、御常御殿では滅多にお召しがなかったし、私は宮さんのおみお顔を拝んだのは、勅命を受けてからですよって、ついこの春のことになるのえ。最初に桂の御所へ伺うたときは、能登どんも一緒やった筈え」

「さよでござります」

「あのときから宮さんは、あのお方でしたやろ」

「はあ」

「ほんまも嘘もおへんがな、能登どん、そうと違いますか」

「恐れ入ります」

「御所までわざわざお戻りて、お局で、滅多なことは言わんとおおきやす。宮さんが宮さんやないなどと妙な噂が立ちでもしたら、所司代の手の者がどう出てくるやろ。

能登どん、思うだけでも私は肌寒うなりますえ」

能登は黙って、嗣子の眼を見ていた。嗣子も黙って睨み返した。

「この上、不審があるなら、観行院さんにお訊ねやす」

「私は命婦でござりますよって、とても観行院さんに、そのようなことを直には」

「観行院さんは、宮さんとお呼び申しておいるのやし、少進かて宮さんと申上げているのやろ」

「はい」

「ほなら能登どん、何を疑うておいるのえ。私は何も思うてしまへん。公武御一和は主上《おかみ》の思召し。そのための御縁組に勅命によってお仕えするのやよって、何事も主上の御為と思い、お局の中で何を言われようと我慢に我慢して東下のお供するだけや。それが私のせなならんことやえ」

嗣子が微笑で表情を動かしてみせると、能登命婦はほっと息をついた。

「よう得心いたしました。恐れ入ります。宰相典侍さん、まことに畏れ入りました。ありがとう存じます。私も勅命を蒙って和宮さまにお仕えするのでございますよって、何事も主上《おかみ》の御為と思い、御東下のお供を致します。今後ともよろしゅうお願い申上げます」

「ごきげんよう」

能登命婦が口先ばかりでなく躰まですっかり畏れ入って、にじりながら後へ下り、嗣子には目障りでならなかった新唐織りの巻衣《まきぎぬ》が見えなくなると、嗣子は眼を閉じて頭を振った。躰の中から力が消えていきそうだった。嗣子は両手で顔を掩い、しばらくそうしていた。能登が当惑し、心配のあまり嗣子に相談に来た気持は、よく分る。嗣子が能登であっても、やはりそうしただろうと思う。しかし今ここで和宮が本物か偽物かを、二人で詮議《せんぎ》したところでどうなるというのだろう。

文字の書けない宮さん。怯えた眼で嗣子を見る宮さん。先帝の面影がどこにもない宮さん。観行院ともまるきり似ていない宮さん。何より箸を持ったとき、あまりにも品位に欠ける行儀。観行院の手許で十六歳までお育ちになった御方だと、どうして思うことが出来るだろう。

嗣子も悩まなかったわけではない。桂の御所に出向いてすぐ変だと思った。観行院の態度も、和宮の傍では息を詰めて嗣子の様子を見ているし、観行院の宮に対する扱いもどこといえず粗略なところがある。宮御自身のお気の進まぬ御縁組とは聞き知っていたし、主上《おかみ》の御妹宮にましますだけに御気性も激しく、自我のお強い宮様だと噂に聞いていたのとは、あまりにも違いすぎる。なんといっても先帝《さきのおかみ》の直宮なのであるから橋本家でお育て申上げるについても主上からの御沙汰があっての上のことで、有栖川《ありすがわ》宮家との御婚約も主上《おかみ》のおはからいであった。生れながらにそうしたお扱いを受けておられれば、たとえ観行院のような美貌に恵まれていなくても、宮様らしい気品や御様子があっていい筈であるのに、桂の御所で観行院と少進にかしずかれている少女にはそれがない。

「これ、水をくれぬか」

嗣子は能登が出たのとは反対側にある杉戸に向いて声を出した。はあ、とかすかな返事があり、やがて家来の松江が恭しく飲み水を盆にのせて運んできた。こういう連中のためにも支度金が所司代から出ているのだと思いながら、嗣子は冷たい井戸水を一息に飲みほし、松江を退らせてから、先刻の能登との会話がもしこの召使たちに洩れ聞こえていたとしても自分は大丈夫かどうかと反芻してみた。ほんまも嘘もおへんがな。確かに誰に聞かれても困らないように言葉の端にも気をつけていたと思うと同時に、嗣子は全身に汗が噴き出るのを感じた。水を飲むのが多すぎた、と嗣子は反省した。御所勤めの女官で、しかも宰相典侍とも呼ばれるほどの身分の者にとって、汗をかくというのは卑しいことだからである。真夏にどれだけ盛装しても汗をかかないのが貴人の資格であった。

嗣子は下着の袖で、額の汗を押えた。

ともかく自分は何も失敗《しくじ》っていない、と嗣子は自分に言いきかせた。長橋の局の言うがままに、勅旨をお受けして、桂の御所には用事のあるときだけ出向いているのだ。能登の口から事実が露顕したとしても、嗣子には責任が全くなかった。嗣子自身、あの宮さんが誰であるのか知らないのだし、観行院から何の相談にも与《あずか》っていないのだから。

能登に話して聞かせた上﨟姉小路の話を、嗣子は汗がひく頃ようやく平静に思い起した。前将軍家定《いえさだ》の没後、姉小路が大奥の勢力争いで失脚したこと、今は薙髪《ちはつ》して勝《しょう》光院《こういん》と号していること。和宮様の御東下について、去年わざわざ上洛し、橋本兄妹の説得に当ったことも嗣子は聞き知っていた。

「あ」

嗣子は、ふいに勝光院の姉小路時代の、もう一つ有名な噂を思い出した。嗣子たちの東下を待ち受けている天璋院という女は、前公方《さきのくぼう》の三番目の妻なのだ。徳川家定という男は女房運のよくない将軍だった。最初の妻は鷹司政熙《まさひろ》卿の御息女であったのが嘉永元年に亡くなられたので、姉小路が上洛して一条忠香卿の息女を後妻に連れて帰った。その明君《はるぎみ》という御方について、当時さまざまな噂が流れて御所にまで聞こえてきたことがあったのを思い出すと、嗣子はまた水が飲みたくなった。

すると、あれは、勝光院の入智恵なのだろうか。嗣子は考えこんだ。もしそうだとすると、所司代の酒井若狭も知っていることになってしまう。まさか。しかし、つい数日前に嗣子が代筆した新たな願書四個条の中に、下向後は勝光院をつねづねお召しになりたいという一条があった。溜息が出た。本当に喉が渇いている。

ともかく今は何も考えるまい。宮様が誰であれ、また誰が入替えたにしたところで、嗣子には関わりのないことであった。何かのはずみで事が露わになったとしても、嗣子はそのときになって驚けばよい。

嗣子は、額に手を当てて眼を瞑り、侍医の安藤石見守に、血の道の薬を大量に用意させようと思った。病弱であることを理由に、東下については石見守を同道したいと条件をつけておいたのに、他の供奉する人々への差しつかえになるので御沙汰に及びがたしと所司代から言ってきたと、長橋の局が暮頃、冷やかに嗣子に伝えたのをまたしても思い出す。嗣子は「和宮様御留」を開いて、それが去年の十二月二日であったことを確かめ、吐息をついた。最初はどんな条件でも受け入れるからと長橋の局は親切そうな口をきいていたくせに、嗣子からの願条は次々と日を追って削られているのが、留書きをめくり返してみる度にはっきりしてくる。

嗣子は再び「和宮様御留」を閉じると、硯箱の蓋を開け、また墨を磨り始めた。何はさておいても、嗣子がやらなければならないことが目の前に迫っているのだ。筆を取り、穂先を海に浸してから、嗣子は上質の懐紙を机の上にひろげた。

このたび私こと関東へ下向につき、願いかね候えども、敏宮《ときのみや》様御事、年来ご居所あらせられず、御心配さまにあらせられ候おん事うかがいおり、かねがねお気の毒さまに存じまいり候ところ、私ことこのたび存じよらぬ縁組にて、だんだん次第もつき候については、御あね様ご居所の御事、仰せたてられ候ように願いたく存じまいらせ候。

嗣子の文字は三条流の書体である。和宮から主上《おかみ》に奉る書取りを代筆しているのだが、ここまで書いて、嗣子は読み返し、溜息が出た。桂御所で黒い草紙で手習いしている和宮は、仮名文字一つ満足には書けないのだ。だがそんなことで能登のように思案に暮れている場合ではなかった。嗣子が奉仕した先帝《さきのおかみ》の遺児は、主上《おかみ》の他には敏宮と和宮の二人の姫君があるだけであった。和宮より十七歳年長の敏宮が、今は輪王寺門跡の河原屋敷に借り住まいしているが、来年の春には御門跡が上京するというので、そのときにはどこに移ればいいのか今から御うろうろ御心配さまの様子を詳さに書き、和宮は余儀なく下向するかわり、姉宮には御殿を建てて御一生を安心してお暮しになれるように関東に申しつけて頂きたい。そうなれば先帝様もきっと御満足なさることと思う。といった趣旨の願書を、嗣子は熱心に、丁寧に、注意深く書いた。

敏宮様が不遇なお方であることは事実であったが、観行院に嗣子からその御殿を武辺の手で建てさせるように奨めたのは、何か変事があった際に、こうした形で敏宮とその生母である甘露寺さんに恩を売っておけば、嗣子が京都に戻っても、どうせ長橋が大きな顔をしている御所に再び出仕することは難かしいだろうから、敏宮の御殿を建てた功績として嗣子を御附女官に受入れてくれるだろうという思惑があったからである。同様のことを観行院も考えたのに違いない。嗣子が言うとすぐ文を書いて敏宮に届け、敏宮からは折返して大喜びしているという感謝の手紙が届いた。嗣子はもう老女になっている甘露寺妍子《きよこ》に当てて、献策したのは自分であることを強調した文を届けた。するとやはり折返し、御恩は忘れないという手紙が、敏宮の生母の直筆で届いた。そこで観行院とよくよく打合せをしてから、嗣子が和宮様の代筆をして主上《おかみ》に願書を奉ることになったのである。これについては、すでに長橋の局に対面して下話はしてあるし、願書を出せば勅定もそえて武家伝奏衆である広橋と坊城の両公家から所司代へ、そしてそこから関東へ早馬が仕立てられる段取りはもう出来ていた。和宮の願書に対して関東から敏宮に御殿を建てるという返事が来次第、御出輿《しゅつよ》の日時がきまることになっている。

和宮様の願出を書き上げてから、嗣子はゆっくりと自分の文字を読み返し、その仮名文字の御所風な散らし方に満足していた。「かず」という二文字を末尾に書くようにしてあるが、多分そこには観行院があの宮さんに代って夜中にでも書き入れることだろう。

それにしても、一昨日は九条尚忠が関白を辞したいと願い出ていて、御破談の一件はまだ落着を見ていないというのに、こうして和宮の下向の条件として敏宮に御殿を建てることを画策しているというのは、我ながら妙なものだと嗣子はつくづく思った。観行院も出来ることなら破談にして頂きたいと念じているらしく、出来る限り御下向の月日を延ばしたいと努力している。そのために来年の先帝様十七回忌の法要をすましてからにしたいという申入れをしているのだ。しかし所司代からは、春に一方的に婚儀の延期を言ってきていながら、また近頃では東下の期日を早くきめなくては御道中の諸方に都合をつけさせる上で大層困ると催促がきびしい。遂に板挟みにあって九条関白どのは悲鳴をお上げになったのだろうと嗣子は心底お気の毒に思った。

嗣子が和宮様の願書を書き上げて、丁寧に紙を定式通りに折っているところへ、長橋の局から使いが来て、酒井所司代から伝奏へ届いた書状の写しが届いた。近頃、嗣子は、長橋から廻してくる書類を見ることで一日がすぐ終ってしまう。いったいどういう心算でこんな書状まで嗣子に見せるのかと思うほど、長橋は様々な書類を届けてくるのだった。あるときは宸翰《しんかん》の写し、あるときは九条関白の奏上文の写し、そして最も頻繁に所司代酒井若狭守からの書取りの写しが届く。

嗣子としては書き上げたものを持って観行院に見せるために、一刻も早く桂の御所へ出向き、すぐに自分の局へ戻って来たいところだったが、とにかく面倒でも届く書類には一応目を通さねばならない。

この日、長橋の局から廻されてきたのは酒井所司代からの綿々とした長い手紙であった。公家文書と違って漢語がむやみと多い上に、公家風の修飾語もまた多いので、その達筆にもかかわらず酒井若狭の書状は読みづらくてかなわない。内容はこのところ東下の期日を九月か十月に早く御治定あるようにということばかりだから、嗣子はところどころに目を止めて、あとは飛ばし読みをした。

……かつまた正月なかばの御上洛にあいなり候わば、お実々の御忌日のお間に合いかね候おもむき。右は正月の御忌日に候えば、此度に限り申さず御年回の度々、いつまでも寒気の御旅行にあいなり候儀は、実に成らしゃる方もこれなき儀につき……もし寒気の時分は御旅行遊ばされがたしと申すことにあいなり候わば、此後の御年回度ごとにいつも寒気の御旅行はあいなりがたしと申すことに相成り候ては、御願いどおりにも参りがたき儀と、恐れながら御為よろしからずと存じ奉り候。……和宮には、……かねて御怜悧におわしまされ、御生質御すなおにあらせられ候おもむきは関東までもあい聞こえこれ有り候儀……ただただこの上はつまびらかに宮へお諭しあらせられ候うて、当秋御下向之儀、御納得にあいなり……

先帝様は十五年前の正月二十六日にお崩れ遊ばされたので、当然ながら御年忌は毎年その月日に行われる。和宮東下拝承のとき最初の願い条の中で、毎年必ず御年忌には御陵にお参りするため上洛することを五ヵ条の一つとしていたが、その後の御所とは関東とのやりとりから、和宮は持病の足痛を理由に寒気の旅行は出来ないと言ったことがあるのを、酒井忠義は打釘の一つに使っている。嗣子は読みながら、和宮が御年忌の度に上洛するという条件を関東方では握りつぶしてしまうつもりでいると悟った。ともかく自分は、御婚儀までの御附女官なのだから、東下の御供をしたら早々に役目を終えて帰って来ようと思う。

明年は暗剣殺の儀、土御門勘文しいての儀にも思し召さず候よし、御頓着あそばさるまじきやとの儀、……たとい暗剣殺を犯し候とも、吉日には苦しからぬ趣きに候えども、右はその日限りの儀にて、関東まで数日の御旅行、吉日ばかり撰みと申すことは、もとよりあい成りがたく候。もっとも右は武家より強いて申上げ候儀にはござなく候えども、ただただ始終お心がかりにおわしまさるべくと存じ奉り候につき、当年に候えば、少しも御心障りあらせられず候おん事と存上げ奉り候事。

酒井忠義が御所に奉った書状の中で、暗剣殺という文字ほど御常御殿を愕然《がくぜん》とさせたことはなかった。関東にては男子の申すことにこれなく候も、明年は東の方、暗剣殺にて候。などという文章が、近頃の所司代から届く文書に必ずちらついている。

暗剣殺。嗣子は溜息が出た。

来年は三碧が中宮し、西が五黄殺になるのだから、反対側の東は当然、暗剣殺になる。伊勢神宮の暦を見ては縁起の良し悪しに血眼になっている公家や女房たちが当面の御東下引伸し策に熱中している最中に、来年は東が暗剣殺になると言い出したのは実は関東方だった。先々月の末頃、老中久世大和守から酒井所司代に当てて、「来年は東方暗剣殺にあい当り、御方位よろしからざるむね、其御地においてもっぱら風説もこれあるやの趣にあい聞こえ、自然御耳に入り候わば、御心障のほどもはかりがたく、かれこれ心配いたしおり候。元来、関東においては、方位などの儀、表向きはさらに御取り用いることとこれなき御しきたりにつき、きっと申し進め候ようあいなり候てはよろしからず候云々」という書簡が届いたとき、所司代はその日のうちに武家伝奏衆にそれを送ってひそかに天覧に供した。

長橋の局からそれを見せられたとき、嗣子は愕然とした。すぐ桂の御所に出かけて観行院に報告した。観行院もみるみる青くなった。あのときの虚を衝かれた思いは、今になっても薄れていない。御婚儀を、先帝御十七回忌の後に延ばせば、和宮の御東下は暗剣殺という怖ろしい方位に向って突進することになる。御婚儀の後で嗣子が引返すとすると、五黄殺に向うことになる。暗剣殺も五黄殺も、生れや干支《えと》に関係なく一年を通じて悪い方位であり、病気や怪我くらいですむようなものでなく命にかかわる大凶の方位なのだから、観行院にしても二の句がつげなかったのだろう。あの宮さんなら御命がどうあろうとかまうまいが、と嗣子は思った。大凶の方位を犯すのが御道中の中心人物一人に限るとでもいうのであれば、観行院も嗣子も平然としていられるのだったが、暗剣殺というのは、誰にとっても来年はいけない。

この秋に和宮が御東下になることは、もう決定したも同然だった。主上《おかみ》は、陰陽師《おんみようじ》の土御門家に占わせたり、また妹宮のために土御門家の娘を上﨟として観行院に傭い入れるようおすすめになったりなさったが、すでに所司代の手がまわっている土御門家では、どう卦を立て直したところで、暗剣殺や五黄殺をのりこえる陰陽術など出て来る筈もなかった。嗣子にしてからが、この方位に関しては、もう観念していた。だから急いでいるのだ、敏宮様の御殿を建てさせることを。

嗣子は、いらいらしながら、お末に声をかけた。

「これ、御膳はまだか。和宮さんへ早う参らなならんのえ」

「ただいま、ただいま」

返事は梅の声であった。松江と梅の二人が嗣子の下婢として東下することにきまっていた。

その十一

今年の残暑は厳しくて、古稀《こき》を迎えた藪内竹猗《やぶのうちちくい》にはことのほか身にこたえた。盆地の京都に生れて七十年、盛夏の猛暑にはもう馴れていい筈であるのに、秋の深まりを喜ぶ心が年ごとに強くなっている。それだけ茶三昧の境地にようやく到ったのかと自問自答してみるものの、正直なところは齢のせいとしか思えない。後継ぎの竹露《ちくろ》に対しても、むやみと気に入らないことが多く、事あるごとに親子の縁を切ってみたり、顔も見たくないと言って遠い地方の門弟のところへ追いやったりしている。年々気難しくなっていることが自分でも分っている。しかしどうすることもできなかった。西本願寺の第二十世広如上人《こうにょしょうにん》だけが、今の竹猗の心を動かすことができる。なぜなら寛永十一年に二代目藪内真翁が、西本願寺良如上人から寺領の一部である六条西洞院に住居を拝領して以来、二百年にわたって藪内家は西本願寺の茶頭《さどう》を勤めているからであった。

広如上人のお声がかりで、和宮様のお茶のお稽古に参るようにと竹猗にお達しがあったのは、安政五年の秋頃であったように思うのだが、和宮様の方からは何の御沙汰もないままその年が暮れ、翌年も無音だった。考えてみると御所でお茶を遊ばされたのは、寛永年間の後水尾天皇《さん》の頃で、その皇女で後をお継ぎになった明正天皇《さん》までは、御所でも華やかに賑やかに茶会を遊ばされたと聞き及んでいるが、その後はばったり茶の湯の稽古を遊ばされる宮様もおいでにならなかったようだから、広如上人のお達しも竹猗には耳を疑うように不思議なことであった。後水尾さんには関東から徳川家康の孫娘が入内なさったから、そのとき金森宗和という茶頭が随従して上洛し、女院御所で旺んにお茶事を催されたという話も有名であった。三代将軍家光《いえみつ》の妹で、東福門院とお呼びしている御方だが、何しろ後水尾さんが二万石の御料であったのに、東福門院は二十万石のお化粧料を持って入内なさっていたから、それはそれはお派手なお茶を遊ばしたものだという逸話の数々も竹猗は二百年前の昔話として祖父や父から聞かされている。

和宮様が有栖川《ありすがわ》宮家に御入輿《にゅうよ》遊ばされることは京に住む者なら誰でも知っていたの

で、竹猗にはその宮様がどうしてお茶のお稽古を遊ばされるのかと最初から不思議でならなかったのだが、三年目の万延元年になって、和宮様を関東が強引にお望みし申して御降嫁遊ばされるように所司代が動き出し、御所が大騒ぎになったのが聞こえてきた。するともう安政五年から、その話は秘かに起っていたのか、と竹猗は気付き、長生きすると思いも寄らぬ事を知るものだと思った。茶頭は黙して語らずというのが心得の第一である。竹猗はこの話は家人にも誰にもしなかった。東福門院の故事にならって、御所と関東の御縁組に当り、まずお茶を遊ばされるようにと御上人様はお考え遊ばしたのであろうか、と竹猗は首を捻った。家康が将軍宣下を受ける前後、それまで最大の宗教集団であった本願寺は、東と西に分裂していた。関東は以来ずっと東本願寺に肩入れし続け、いわば本家である西本願寺から、寺領も信徒も削っては東へまわすということをこれも二百年続けてきた。そのために東西の本願寺の反目はいよいよ激しく深刻なものになり、東本願寺が関東方であるのに対して、西本願寺は関東を憎むあまり御所に接近するという妙なことになっていた。御所はもとよりお宗旨が違うというのに、である。

関東御下向遊ばされる姫宮様に、西本願寺の茶頭である竹猗が、藪内流のお茶を御指南するというのは、考えてみれば含蓄のあることであった。江戸には先代竹翁の弟である珍牛斎紹庵《ちんぎゅうさいじょうあん》が千石橋の畔に居をかまえ、大名茶として最も古い伝統を持つ茶道の師範をしている折柄でもあった。

しかし、姫宮様がお茶を遊ばされることは、よく考えてみると変な話だった。小さな茶室で密談するための侘茶ならともかく、広間を使う大名茶では主人が茶筅《ちゃせん》を持って茶を点てるということはまずない。ことには先帝《さきのおかみ》の直宮であれば文字通り貴人なのであるから、和宮様御自身が袱紗をさばいて棗《なつめ》から茶を掬うところなど想像することもできない。広如上人も、きっとそのことにお気がつかれて、あのお話は沙汰やみになったのだろうと、ようやく竹猗が得心した頃になって、急に桂の御所から使いがあり、和宮様が茶の湯のお稽古を遊ばされるにつき、御指南のためお召しという話だ。

八朔が、つい一昨日過ぎたところだった。

何かとごたごたがあるらしいが、ともかく関東に御下向遊ばされることだけは確実になったのであろう。竹猗は門弟たちを指図して、蔵の中から道具一式を揃えて桂の御所までまず運びこませることにした。宮様の方でどれほどのお道具を持っておいでになるか、見当がつかなかったからである。風炉の灰は前の日に一日がかりで作り、会心の出来であった。なんといっても姫宮様のお相手を勤めることは藪内流始って以来のことであるから、竹猗の心が華やいで、この灰に火を点《い》れたら、それこそ花が咲くようだろうと思った。拝領羽箒を使って、炭点前から念入りにお目にかけたいものだと思った。そのつもりで、炭は二組用意をした。

茶碗は、という段になって、竹猗は思案にくれた。和宮様に竹猗が点ててお勧めするお茶は、当然天目台を使って貴人点てにしなければならない。伝来の天目茶碗の中から、一番華麗な油滴天目を選び出したものの、宮様御自身のお稽古に、いきなり貴人点てでは難かしすぎるし、宮様のお若さから考えても色彩鮮やかな京焼を使って頂きたいという気がする。初代剣仲が豊臣秀吉から拝領した屏風絵の一部を、出入りの陶工に焼かせた橋柳《きようりゆう》の茶碗を、竹猗は自分から蔵の奥に入って持出してきた。三代目剣翁の時代のものと聞かされていたが、箱から出してみると姫さびと呼ぶにふさわしい古色がついている。和宮様に最も似つかわしい茶碗だと思った。京都で御所に当るものを、関東では柳営と呼ぶのだから、もし宮様がお気に召すようなら献上してもいい。東福門院の時代に金森宗和が中心になって作り上げた華奢な道具類はあいにく藪内流にはなかった。強いて探せば朱塗りの栖楼棚と、橋柳の茶碗ぐらいしかない。

しかし貴人点てをするなら、棚は使えなかった。真《しん》の台子《だいす》は、もちろん用意したものの、真の台子が使えるのは皆伝を持つ者に限られている。宮様御自身が、どの程度にお茶を遊ばされるおつもりなのか、そこがよく分らないから竹猗も道具組みに迷ってしまう。

とにかく竹猗が宮様にお点てする貴人点ての用意は万端ととのえ、もし宮様御本人に茶道を基礎からお稽古遊ばされるお心がおありになるのなら、栖楼棚と橋柳の茶碗を使うことにしようと、二通りの道具を揃えた。香合は何にするかと迷いに迷った揚句、やはり蔵の奥から、古い箱を取出してきた。箱書きは無造作に「朝鮮ノ貝」と書いてある。なんの由緒書きもついていないのだが、荒木高麗の茶碗同様、朝鮮から秀吉の家来の誰かが持って帰った大蛤が入っている。藪内家にはこういう道具類が多いのである。

当日は早朝に起きて、水で体を浄めた。西の京に弟子を走らせ、白式部を取って来させた。天目茶碗と橋柳の二箱をしっかり胸に抱いて、竹猗は西洞院の通りをまっ直ぐ北へ歩いた。秋の朝は爽やかであったが、竹猗の背後で花や香などを持って従う弟子たちの息遣いがだんだん荒く聞こえてくる。竹猗は振向いて、言った。

「なんや、お前ら、走ってるのか」

「いやあ、家元は足がお早いのでかないまへんわ」

弟子の一人が答えて額の汗を拭いた。

齢のせいで、竹猗は気が急《せ》くようになっていた。茶室では万事そろりと動くのに、外に出ると逃げるように早足で歩く。このときも胸に抱いている茶碗が大事で、それ以外のことは何も考えていなかった。

二条城の前をいまいましく思いながら通りすぎて丸太町へ出た。京都に長く棲む人々は、町方の者でも所司代には反感を持っている。藪内竹猗も例外ではなかった。二条城のすぐ上《かみ》に酒井忠義《ただあき》のいる所司代屋敷があるのだ。関東の手先がいたいけな姫宮を強引に連れて行こうとしているのだと、京人はすべてそう理解している。お気の毒な和宮様に、お茶がお慰みになるものなら長生きした甲斐はあるものだ、と竹猗は考え、歩き続けた。公家町へかかったところから竹猗はわざわざ九条さんのお屋敷を見たくなり堺町御門を通りぬけると、そこからは町方と別の国である。まず家の建て方が違う。町方のように紅殻《べんがら》色をした連子窓《れんじまど》などは御公家屋敷では決してない。樹木以外は、色のない世界であった。竹猗の歩く道の両側に九条家と鷹司家の御屋敷がある。現在の関白と前関白のお住居だと思うと竹猗はどちらもお気の毒さまや、えらい御時勢やなあと歩き続けながら考えた。鷹司さんは関白を辞めさせられた上に御落飾遊ばした。すべて所司代の強引な差図だという。今の九条さんかて、関白におなりになっても何がお嬉しかろう。太閤秀吉のように自分の力でなったのではなし。当今さんと所司代の挟みうちになって、日夜お苦しみだという噂は、竹猗の耳にも聞こえていた。

九条、鷹司の両家は五摂家であるから、御殿もそれぞれ立派なものだが、そこを通り過ぎると俄かに小さな公家屋敷が目白押しに並んでいる。屋根瓦が欠けているのに手入れもしていないような、門も塀も形ばかりという惨めな家並みが続いている。禁裡正門にある廓門に来ると、竹猗は恭しく威儀を正して拝礼した。この御所に上るのではないけれど、御所にお住まいの当今さんの御妹宮のところへこれから参るのであるから、鄭重に御挨拶をしなければならない。重い風炉を抱えて、竹猗が丹精こめて仕上げた灰型を崩さないようにそろそろ歩いて来る筈の門弟が一人だけずっと遅れてしまったので、そこで暫く待ったが、竹猗の近頃の性格では待ちきれなかった。東へ折れ、北へ上り、つまり日御門《ひのごもん》通りをひたすら歩いて、ふと気がつくと橋本中将様の御屋敷の門も塀も真新しく、塀の中から伸びている松の枝まで手入れが行届いている。なるほど、と竹猗は唸った。先代橋本卿が大納言様の時代でさえ、こんなことはなかったのに、所司代はまず和宮様御生母の実家へ手を廻したのか。

突当りが有栖川宮家である。竹猗は嘆息し、時世時節だと思った。木の葉が沈んで石が浮く時代が来ているのだ、と、竹猗はもう一度深く溜息をつき、有栖川宮家に対しても深々と一礼した。当代の宮様は広如上人とお仲がよく御茶事にお出ましになったこともあり、竹猗はお顔を存じ上げているし、茶会のあとの座興に懐紙に古歌をお書きになったものも拝領している。竹猗にすれば和宮様にお茶の御指南にうかがうというのは因縁浅からぬものがあるのであった。

有栖川宮家の東隣には飛鳥井殿があった。関東の昵懇《じっこん》衆であるから、普通の公家屋敷より敷地も広く、当代は大変若くて武家伝奏になったばかりだというのに高い塀まで塗りかえている。屋敷も御殿と呼んだ方がふさわしい立派なものだ。禁裡は万事御質素なお暮しむきだとうかがっているのに、なんということだろうと竹猗は腹立ちまぎれにいよいよ足を速めた。公家衆は軒を覗けば関東と仲のいい家か、その逆か、はっきり目に見えて分る。竹猗は面白くなかった。

桂の御所に着くと、衿元を正して、暫くまた風炉が届くのを待ったが、それまでにお茶に使うお座敷を拝見したり、飾りつけもしなければならないと思い直して、竹猗は裏門から入った。所司代の下人と覚しき者にすぐ見咎められた。

「宮様お召しによって参じました。西本願寺の茶頭、藪内竹猗にござります」

胸を張っていかめしく答えると、少し待たされたが、間もなく入口まで案内された。町方で言えば裏玄関にあたるところである。

やがて厚化粧の女が現れて、

「藪内竹猗とやら申すのは誰え」

と、男たちを見下《みくだ》して訊いた。

「私が竹猗でござります」

「さよか。ほな、こちへお上り」

二人の門弟が家元の後に続こうとすると、屹と振返って、

「あんたらは、誰え」

「門弟でござります。お茶の用意を致させますのに連れて参じました」

「宮様の御在所は男子御禁制やよって、年寄りの他は上ることとなりまへん。あんたさんだけお上り」

するると自分は老人だから選ばれたのかと竹猗は戸惑いながら、言った。

「後からま一人、風炉を持って参じますが」

「ふろ、なんでまたそんなものを」

「茶道具の一つでござります」

「ああさよか。ともかく他の御人はここより先に上ることとなりまへんよって、そのつもりでおいでやす」

女房の態度も言葉づかいもあまりに横柄なので、竹猗は腹が立つよりもまず呆れてしまった。姫宮様が当今さんの皇妹にわたらせられると知っているからこそ、早暁から花の用意もして紋服着用の上、出かけてきた。それが、まるで胡乱《うろん》な目付きで、穢《けが》れたものでも見ているように見下されている。しかし公家方でさえ縁組のきまった姫君は、男子の目にふれぬようにするものなのだから、姫宮様ともなればこうなるのも当然というところかもしれない。竹猗は思い直して、女房の後を小腰をかがめて行儀よく従って歩いた。畳廊下を踏むと、気持が改めてひき締った。

広い座敷に通された。

一段高い床の間は、塗り框《かまち》で、これなら真の道具がなんでも使える。床柱には竹釘が打ってあったが、花活けはなかった。床には二幅対の絵軸がかかっていた。あまり結構なものとは思えなかったが、ともかく竹猗は床の間に向って恭しく拝礼をした。

「お乳人少進さまや」

奥の襖が開くと、竹猗の傍にいた女房が囁く。やはり化粧の濃い、作り眉の女房であった。竹猗は恭しく両手をついて頭を下げた。

「和宮様よりお召しと承り、藪内竹猗、参上仕りました」

「宮さん関東御下向につき、御もやもやのことども多く、お気慰めに茶の湯はどんなものやろかと思うて、こなたが召されました」

「有難う勿体のう存じ上げます。このお部屋で、遊ばされますか」

「この座敷はどうやろと、観行院《かんぎょういん》さんが仰言っておられますのやけど」

「どのようなところでも、道具さえ揃えば茶は出来ます」

「ほなら、ここで用意おしやす」

「道具は運ばななりまへんけど」

竹猗がもう一人の女房に振向くと、

「男さんばかり連れておいでたんで」

と、当惑げに少進に言っている。

「ほなら能登《のと》どん、あんた手伝うておやり」

「はあ」

能登命婦《みょうぶ》は、仕方がないという顔で、それから数回できかぬほど裏玄関から座敷までの長廊下を往復した。どの道具も、弟子たちが箱から取出し、組立てたものを、竹猗と能登の二人で運んだのである。重い風炉を抱えて歩いたとき、竹猗は腰が抜けるかと思った。灰の景色が少し崩れたのを打ち直し、台子の左手に納めた。もうそのときは息が切れていて、炭点前をお目にかけようなどという最初の意気込みはなくなっていた。

種火をもらって、さっさと火を点《い》れ、床柱に白式部をさした花活けをかけ、それから竹猗はじっと見守っていた少進に会釈をして言った。

「用意は私一人で出来ましても、水屋に後見がおりませぬことには何かの場合、御粗相があっては申訳ございませぬ。弟子を一人だけ、こちらへ上げて頂けませぬか」

「それは、なりまへん」

「後見がおりませぬと、私がお茶を点てました後で、それを宮様の前に運ぶ者がないということになりますのやけども」

「それなら私が致しましょ。もう用意は全部おすみやしたな」

「は」

竹猗は床の間の前が貴人座といって宮様がお坐りになる場所だと言うと、少進と能登は目顔で肯きあい、やがて能登が三人ほどの女蔵人《にょくろうど》を使って大きな几帳を運んできた。

「宮さんお出ましにならしゃる前に、宰相《さいしょうのすけ》典侍さんがお待ちやよって、こちへおこし」

少進が立って、廊下伝いに次の間へ移った。竹猗が入って行くと、いかめしい女が坐っていて、大きな書物机を挟んで前に坐れという。

「誓文《せいもん》を入れて頂かななりまへん」

「どのような誓文でござりまするか」

「和宮様およびこの御殿でのことは一切口外せぬと、こちらへお書きやす」

竹猗は別に驚かなかった。西本願寺でさえ門跡やその子女たちに茶の手ほどきをするときは、一札入れることになっているし、御身分の高い客を迎える茶会の前には一々茶頭が誓文を入れる場合もある。竹猗は筆を取ると、机にひろげてある懐紙にすらすらと書いた。

誓文の事
向後《きょうこう》、宮様御殿での御事、一切他言いたすまじく候。
文久元年八月四日
藪内真々斎竹猗《しんしんさいちくい》　花押

紙を逆にして相手に渡すと、宰相典侍はきちんと読み通して、竹猗の顔に肯き、傍らの文箱に収めて錠をかけ、手を叩くと女が二人、すぐ背後から出てきた。一人は文箱を受取り、一人は硯箱を片附けて、行ってしまった。誰も竹犄には目もくれない。女ばかりが怖ろしく威張って暮しているところなのだと竹犄は得心した。

「こなたを、なんと呼んだらよろしのやろ。御所では茶の湯を遊ばされぬよって、となんと様子が分りませぬ」

「本願寺さんでは宗匠とお呼び下さってでござります」

「ほなら宗匠」

「は」

「宮様おなり遊ばされたよって、私に従いておいでやす」

「畏りましてござります」

庭田《にわた》嗣子《つぐこ》の後に従いて、最前の座敷に戻ると、どうやら几帳の向うに宮様が出御になっているらしい。几帳のすぐ横には御生母と覚しい﨟《ろう》たけた女房が梔子《くちなし》色の袴《はかま》を着て坐っていた。

「観行院さんまで申上げます。これに控えおりますのは、本願寺さんのお茶頭で、藪内竹犄という茶の湯の宗匠でございます。お慰みにお茶を一服、宮様にお点てしたいとのこと、宮様までお申入れを願上げます」

観行院は几帳のかげに顔を寄せ、それから竹犄に返事をした。

「宮様ことのほか御機嫌さんであらしゃります。茶の湯というもの、宮様ばかりでなく、私らもとんと存じませぬよって、一々詳しゅう習いたいと思うてます。少進に介添致させますよって、作法通りにおやりやす」

「は」

竹猗は観行院に頭を下げてから、几帳に向って深々と一礼した。それから俄かに水屋とした隣室に下った。少進が従いてきて、境の戸を閉めた。

「台子の貴人点てでござりますよって、茶碗と天目台だけ持って出ます。お菓子はお茶の前にお召上り頂きとうございますが」

「中上げてまいりましょう」

少進がお座敷へ行った間に、竹猗は茶巾を絞り、天目茶碗の中に仕込み、新しい茶筌を汲水に浸して濯《すす》いでから、茶碗の底の茶巾に軽くのせた。

茶菓子は藪餅を用意していた。道明寺粳《ちまき》の上に白砂糖をかけたものだ。

少進が戻ってくると、竹猗は衿を正し、敷居手前に扇子を構え、ゆっくりと境の襖を開け、座敷の中に一礼し、

「お菓子を差上げます」

と言ってから驚いた。いつの間にか座敷には上臈が五人増えていた。観行院の御方

と宰相典侍ばかりがお相伴かと思っていたのに、女房たちを部屋に入れるだけ押込んだように見える。竹猗は恭しく菓子を捧げて、お供えものをするように几帳の前に置き、膝でにじり退って一礼した。女たちの眼が、全部竹猗の手の動き、足の動きを見据えている。竹猗は閉口した。

水屋に戻ってから、少進に、

「お菓子が足らんかしれまへんな。お人がようけおられますよって」

と囁くと、

「観行院さまと、宰相典侍さんの他は居らぬものと思うておやりやす」

と平然として答えた。それから、

「宰相典侍さんのお菓子は私が運びましょうか」

と言ってくれたから、竹猗はこれはよく気の付く女だと思った。

「そうして頂けましたら助かりますな。なんせこの齢でございますよって。弟子の手を借りずに茶を点てますのは、何十年ぶりのことでござりますやら」

それから竹猗は、菓子が終ってから茶を点てに出るから、茶筌通《ちゃせんとお》しを始めたら、菓子の名前や由緒を聞くように観行院の御方に前以て言っておいてほしいと少進に頼んだ。

「茶筌通して、なんえ」

「お茶を点てます前に、茶碗に湯を入れて、この茶筌で茶碗と茶筌の両方をよう洗うのでございます」

「その竹のものが茶筌やな」

「は」

「ほなら、申上げて参りましょ」

少進は出たきりなかなか帰って来なかった。襖越しに聞き耳をたてていると、女たちが口々に何か言いあっているようだった。端の方で犇《ひし》めいて坐っている若い者の中に、どうやら茶道の心得のあるのがいたらしい。茶菓子には一本ずつ黒文字《くろもじ》の楊子をつけてあるのだが、どうやらその食べ方について議論百出している様子である。菓子は食べればいい。茶は飲めばいい。これが茶道の要諦なのだが、勝手の違うところだから、竹猗は女三人が菓子を食べ終るまで、じっと水屋口に坐って待っていた。

ようやく少進が、空になった器を捧げて戻ってきた。

「これからこないして出ますよって、湯杓を落して私が一礼いたしましたら、どうぞあなたさまもお出まし下さって、私の後にお坐り下さりませ」

「湯杓を落すところは、どないしたら見えますのやろ」

「湯杓の先が、かすかに畳を打ちますよって、その音が合図でござります」

「その湯杓というのは、なんのことえ」

「台子の中に飾りつけてある湯杓でございますがな」

何しろ茶について何も知らない少進を相手にして、いろはから教えなければならないのだから竹猗は大変だった。藪内流の家元として、弟子たちに一切まかせて自分は主な点前に出るだけで事が足りていたのが、今日は道具の運びこみから、飾りつけから、何もかも自分一人でやるのである。これからいよいよ天目茶碗を持って出るという段になって、竹猗はすでに一つの茶会が終った後のような疲れを覚え始めていた。

しかし老いたりといえども竹猗は藪内流の家元として皇妹にお茶をお点てするという重い役目を思えば、疲れなど心頭から滅却してしまわなければならない。衿を正し、深く息を吸って、少進を省みると、いかにも心得ありげに肯き返したので、竹猗はまた扇子を構えて襖に手をかけ、そろりそろりと開けた。竹猗の姿が見えると、座敷にみちみちていた女のお喋りが一斉に蓋をしたように鎮まり返った。

「唯今からお茶を一服参らせます。お平《たい》らに遊ばされて下さりませ」

竹猗は自分の物言いがどことなく御所風になっているのを可笑しいと思ったが、天目台にのせた茶碗を持って座敷へ一歩踏み出すと、悠々と自分の世界をひろげて歩いた。几帳の向うの姫宮の様子を伺う気もなくなり、七人もの女房が息を殺して見守っているのも気にならなくなった。

台子の上から棗をおろし、茶碗と並べ、飾り火箸をとって下手にかくし、悠々と右脇の袱紗を右手で引抜き、落着き払ってさばき始めると、女房たちの中には竹猗の指先の鮮やかな動きに魅せられて身をのり出し、眼を輝かせる者もあった。

竹猗はゆっくりと杓子で湯を汲み、茶筌通しを始めた。少進はどうしたろうかと思った。後から水翻《みずこぼし》を持って入って来てくれていないことには、茶筌通しが終った後で、茶碗の湯をあけることが出来ない。

「最前奉りましたお菓子は」

竹猗は、お尋ねがないので自分から口を切って、観行院の御方を見上げ、

「藪餅でござります。手前共の茶室を燕庵《えんなん》と呼びますところから、燕庵好みの茶菓子などと申しております」

説明しているとき、左の視野に、砂張《さはり》の建水がすいと動くのが見えた。少進が、ようやく気がついて約束を思い出したのであろう。竹猗はほっとして茶筌を引揚げ、天目茶碗を両手に持ち、躰を左にゆっくりまわして、建水の真上に来て、茶碗をはっと手前に倒した。湯が一本の糸になって瞬く間に建水に落ちた。竹猗は躰を右にまわし

て正面を向いてから、茶巾でおもむろに茶碗を拭きにかかった。竹猗の手の中で、天目茶碗が自分から独楽のようにくるくる廻り出した。几帳の向うの宮様が、この点前の面白さに気付いて下さってほしいものだと、竹猗は思った。

棗の茶を掬い入れ、そこへ湯を注ぐと、茶の香りが部屋中へ広がるようであった。竹猗は心を弾ませて、茶筌を踊らせ、茶碗に薄緑の泡をたてた。泡が細かければ細かいほど、茶の味は甘くなる筈であった。お茶が旨いものであることを和宮様に知って頂きたいと、竹猗は念じていた。

茶を点て終って、道具畳の方へ天目台にのせた茶碗を置き、頭を下げても少進が動こうとしないので、竹猗はそっと振返って少進を見た。少進が膝でにじり寄って、左手を天目台に、右手を茶碗に添えて立上ると、

「宮様の代りに頂戴しましょう」

と観行院が言い出したから、竹猗は落胆した。出し袱紗の用意と喫茶法は少進に教えておいたので、少進の言う通りにして観行院が飲み、空になった天目茶碗が竹猗のところへ戻ってきた。

深々と一礼して、茶碗を洗いにかかってから、竹猗はもはやこれまでと思った。姫宮が几帳からお出にならないのであれば、竹猗が心をこめて点てたお茶もお上りにな

らないのであれば、今日の茶はまったく無意味というものだった。竹猗はさっさと片附けにかかり、釜に蓋をし、水注しに蓋をし、一礼すると天目茶碗を持って水屋にひきさがった。後から少進が建水を下げてくる手筈になっている。

火の傍にいた疲れが、どっと汗になって、痩せた躰の上をしとどに流れているのが分る。竹猗は、まるで面白くなかった。誓紙を納めて点てた茶が、いくら御生母とはいえ、宮様ではない御方に飲まれたのでは、早起きして、道具飾りを全部一人でしてまで働いた甲斐がなかったような気がする。それにまた、あの夥《おびただ》しい女の数はどうだったろう、と竹猗は忌々しく思い出した。裏玄関で嫌な思いをしたのが今日の辻占だった。ここは女ばかりの天下なのだ。

随分たってから、少進が水屋へ顔を出した。

「お茶の稽古を遊ばされたいと、宮様の仰せあらしゃりましたよって、御用意しておくれやす」

竹猗は、急に心が晴れ上り、

「それは有難う存じ参らせます。ただいまお目にかけましたのは天目茶碗と申して、貴人に差上げるための一番丁寧な作法でござりましたが、お始め遊ばされるには、普通のお茶碗からなされた方が、お易しくお入りになられて、およろしきかと存じますが」

「伺うて参じましょう」

少進が次に戻って来るまでに、竹猗は心浮きながら京焼の茶碗を仕込み、稽古用の紅羽二重の袱紗を二枚用意してきたのをひろげた。藪内流では男は紫の袱紗を用いるが、稀に島原の太夫のように女で茶道を学ぶものには紅羽二重を使わせている。宮様を島原の女と同じに扱うのではないが、お年の若さには古代紫より紅色の方がお似合いになると思われたからであった。

風炉の火が落ちかかっていたのを思い出したが、直しに立つのは憚られた。宮様はお稽古を、どういう具合になさるおつもりであろう。あの几帳の中でおやりになるとしたら、それはご無理というものだ。第一、火が傍にないし、茶を点てる作法も客に見せないことになる。これはどうしても、几帳からお出ましになっておやり頂くより他にない。それがならぬとあれば、さっさと帰ることにしようと、竹猗は気短く早々に結論を出してしまっていた。

襖がそろりと開いて、少進が目顔で座敷に来るように合図をした。竹猗が膝で敷居を越してにじり入ると、宮様が几帳のこちらにお坐りになっているのが見えた。竹猗は思わず畳に額をつけて拝礼した。濃紅《こきくれない》の袴をつけておいでになるのが目の奥に残った。

「宮様がお茶遊ばされるについて、先程こなたの致した貴人点ては御用むきにあわぬように思われますよって、普通の手前というのを御指南つかまつりますように」

宰相典侍が、重々しく言った。

「承りました。その前に風炉の火を改めとう存じます」

栖楼棚と置きかえるのは諦めることにして、炭と、水注しの水を足すだけで、竹猗は用意を終った。最前女房たちが目白押しになっていた座敷の中は、宮様の他に観行院と宰相典侍だけになっていて、少進がまめまめしく竹猗の手伝いをする他は人がいない。几帳の外に宮様がお姿をお現わしになることは滅多にないことなのであろうと竹猗は感激した。

「それではお茶碗と棗の両器を持って、お出まし遊ばされるところからお稽古なされますか、お伺い申上げます。それとも、お坐りになってからの袱紗さばきから御指南致しましょうか」

宰相典侍が観行院の顔を見ながら、

「お出まし遊ばされるところから御指南申上げるのがよろしやろ」

と言った。

そこで少進が宮様のお手を取って、お立たせ申上げ、宮が水屋口にお入りになった。竹猗は途方に暮れて、観行院と宰相典侍の顔をかわるがわる眺めながら、訊いた。

「宮様は、お袴お召しのままお茶遊ばされますか」

「関東へ参っても、万事御所風に遊ばされる御事は、所司代を通して申入れ、関東も承知しているのや。宮様は、いかなる場合にも御袴を御着用ならしゃります」

宰相典侍が、はっきりと答えた。

「恐れながら申上げます。御袴御着用にてお茶遊ばされるは、ちと御無理かと存じ上げますが」

「なんでや。こなたも袴はつけておいるやないか」

「は、袴をつける作法もござりまするが、袴を用いる場合には仙台平など堅いものは避けましてこのように柔かい絹を袴に致します。身動き致しますのに堅い袴では茶器に触れる恐れがあり、不調法になりかねませぬよって」

「宮様お袴召さぬはよくよくおくつろぎの折ばかり。関東にて徳川《とくせん》御本家に御謁見遊ばされる折は必ず御袴御着用遊ばされます。お茶もその例に漏れることはありますまい」

竹猗は閉口して、水屋に戻った。狭い水屋でお傍近くで見ると精好《せいごう》の袿袴というのは、仙台平よりもっと部厚く、おまけに能衣裳のように幅がひろい。これで動いたら、茶杓も飛ぶだろうし、棗が転ぶ心配もある。大変なことになったと思いながら、ともかく水屋の中が狭いので少進に出てもらいたいと言うと、急にこわい顔になり、

「御縁組のきまった宮さんを男のあんたさんと二人にすることはできまへんえ」

と言う。

仕方がないから、宮様の後に出来るだけ小さくなっていてもらい、敷居際に扇子を置いて、襖を開ける作法を丁寧に申上げると、宮様は素直に、言われた通りに戸を開けて一礼した。

とたんに、宰相典侍が気色ばんで竹猗の名を呼んだ。

「宮様を誰方と存じ上げておいるのえ。勿体なくも先帝の直宮様に在《おわ》します御方が、御自分から襖を開けるなど、滅相もない。少進がおりますやろ。御所の作法通り、襖の開《あ》け閉《た》ては少進に致させましょう」

そこでやり直しになって、少進が襖を開けてから、宮様が敷居際にお坐りになり、扇子の手前に両手を揃えて頭を下げると、

「それも御所風と違いますな」

「誰に頭を下げますのやろ」

観行院と宰相典侍が口々に言う。

「藪内流では、かように致します。頭を下げますのは、もちろん御客様に対して、唯今からお茶を差上げますという挨拶でございます」

「公家方なれば当今さんを始め奉り、親王さん、准后《じゅごう》さん、敏宮《ときのみや》さんの御四方には和宮様も御辞儀を遊ばされねばなりませぬけれど、関東へ参れば宮様以上の御身分は一人とておらぬ筈、まして宮さんは内親王御宣下もお受けになってあらしゃります」

「恐れ入り奉ります。ほなら、いかように致せばよろしゅうございますのやろ」

「頭を下げるのは少進だけでよろしやろ。宮さんはお立ちのままお入り遊ばされて」

そこでまたやり直しになって、少進が前に坐り、襖を開け、片方に躰をにじらせると、宮様が立ったまま座敷にお入りになるという手順になった。茶碗と棗を、両手にお持ちになると、小袿《こうちぎ》の袖がすっぽりと上にかぶさってしまう。竹猗は、幾度か袖を肩の方からひいてみたが、どうにもならなかった。宮様の御顔も首筋も汗で、濃く塗った白粉が光っている。この残暑の中を、幾枚も小袖を着て、袿を羽織っていたのでは汗をおかきになるのは無理もないと思いながらも、貴人の汗というものは初めて拝見したから、竹猗は恐縮していた。本願寺の子女たちは、夏でも決して汗をおかきにならないのを見知っていたからである。お茶の稽古で、よほど御緊張遊ばされておいでになるのだろうと思った。

「お畳の上は、おみ足六つでお歩《はこ》び遊ばされませ」

宮が勢よく歩き出したので、竹猗が慌てて言った。

宮は敷居から出直して、六歩で一枚の畳をわたり、三歩で手前畳の端まで行ってしまった。そこから一歩半後に退り、坐って茶碗と棗を置く。その稽古は、三度繰返した。

飾り火箸を片附け、蓋置きを左に置き直して一礼する段になって、またまた観行院と宰相典侍の二人が、関東では宮が頭を下げて挨拶する相手は誰もいないのだし、両手を前に出してお辞儀をするのは御所の作法にはないと言い出した。竹猗も、考えてみればそれには違いないと思ったから、

「御会釈遊ばされるのではいかがでございましょう」

と折衷案を出した。

「それではこのように遊ばされてはいかが」

宰相典侍が背筋を伸ばし、両手を両脇につけたままで、ほんの少し額を動かせて見せた。観行院が肯いて、

「それがよろしやろ。宮さん、今のように遊ばされませ」

と言った。

それから袱紗さばきの稽古になった。三角に折って、袴の紐に挟んだ袱紗を右下から引抜くためには、まず宮様は右手を少しあげて袖口を振り、指の先だけでもお出しになる必要があった。とにかく袿を着ていると両手ともに出すのは大変なのだった。お茶を遊ばされるときは袿だけでもお脱ぎになってはどうかと竹猗は言いたかったが、二人の女ににべもなく退けられることは分っていたから黙っていた。宮が左手をお出しになるときは、少進が後から袿の袖をひいた。ようやく出た両手を使って、宮は竹猗のする通り、袱紗を一文字に構え、片方の端をゆっくりと左の膝前に落した。

「いま一度、遊ばされませ」

宮は素直に袱紗を右の袴の紐に戻し、少進が後から袖をひいたので、今度は苦労なく、両手の先が出て、楽に袱紗がさばけた。

「それでは、お広間にお出まし遊ばされるところから、おさらいなされましては」

そこで宮と少進の二人が水屋に入り、少進が開けて一礼し、宮が両器を持って、ゆっくりお歩《ひろ》いになり、点前座に着かれて、皆に会釈し、後から少進が袖をひいて、袱紗さばきをするところまで、淀みなく行われた。

竹猗はすでに午をすぎているのに気がついていたし、この暑いときに宮様に火の入った風炉釜の前に長くお坐り頂くのは申訳ないと思い、

「今日のお稽古は、これまででいかが」

と申上げたら、

「宮さんもお疲れ遊ばされたであろ。少進、お部屋でお休み頂くように」

と観行院が言った。

誰よりも宮様が、ほっとなさった御様子であった。竹猗たちが平伏している間に、宮は少進に手をとられて、お座敷の向うへおいでになってしまった。

「藪内といわれたな」

「は、藪内竹猗にござります」

「御苦労さん、退ってよろし。また御用のあるときは、召しますよって」

「道具はいかが致しましたらよろしゅうございますか」

「どういうことえ」

「このまま置いて帰りましょうか。それとも改めてまた持って参じましょうか」

観行院と宰相典侍は、しばらく顔を見合せて黙っていた。

やがて宰相典侍が、竹猗に向って厳めしく言いわたした。

「宮様関東との御縁組の儀は、こなたもよう知っての筈。帰るとか戻すとかいう言葉は、この御殿では禁句やよって、よう心得といやす」

「恐れ入ります」

「道具は置いておきやす。追って御沙汰あらしゃりますやろ」

「畏まりましてござります」

観行院が、すっと立って行ってしまった。

宰相典侍も出て行ってしまった。

竹猗は一人で残って途方に暮れた。花活けの白式部はあまりに長い時がたったので、頭の重さに負けて白い実が項垂れている。

そこへ少進と能登が双方同時に、けれども違う方向から現れて、能登は竹猗が帰るのを促し、少進はもう一度だけ袱紗さばきを教えてほしいと別々のことを言い出した。

「釜の湯をこぼすのと、火の始末が残っておりますのやけども」

「それは能登どん、おやりやす」

少進は坐ったまま、紅色の袱紗を出して、見よう見まねで右の腰紐につけた。能登はいかにも不本意な様子で、あらあらしく釜を持上げようとしたから、竹猗は慌てて風炉釜の片附け方を能登に教えた。まず火消し壺を持ってこさせて残り火を落し、釜の湯は空けてからまだ余熱の残っている風炉にかけた。

「蓋はお開けになったままにして頂きませぬと、中が銹《さ》びますよって」

少進は能登と竹猗が花活けまで片附けている間、じっと待っていて、一段落がつくと、竹猗が坐るのを見て、

「こうやったかいな」

と、ぞんざいに訊く。

「いえ、かように致します」

竹猗は袱紗さばきを、少進が得心のゆくまで、やって見せた。少進は、袱紗さばきを会得すると、

「それから、どないしますのや」

と先を訊く。

「まず棗を拭くのでござります」

「どのように」

竹猗は、箱にしまいこんだ棗を取出して、拭いて見せた。少進は、それを何度もやって会得すると、また竹猗を見て、

「それから」

と訊く。

「次は茶杓を拭いて棗の上に置きます」

「どのように」

茶杓を納めた筒から、また出して、竹猗は先を教えた。

「それから」

「茶碗に仕込んだ茶筌を出して並べます」

「どのように」

結局、藪内竹猗は、もう終ったものと思いこんでいた茶の湯の稽古を、少進相手にしつこく繰返すことになった。空釜と、空の水注しを使って、茶碗を洗い、拭き、茶を点てるところまで、普通の弟子なら半年くらいに割って教える点前を、少進は竹猗に蛭《ひる》が吸いついたようにして習ってしまった。その間、広い座敷の一隅に、能登が冷やかな態度で黙って坐っていた。

少進は自分が得心がいくまで習ってしまうと、

「御苦労さん。宮さんも大層お楽しみあらしゃりましたよって、近々お召しありますやろ」

「いま少し涼風がたてば、火の傍でも今日のようにお暑うござりませぬよって」

「そうやろな。能登どん、御案内してや」

能登は少進に指図されるのが嫌であるらしく、黙って竹猗の先に立って歩いた。竹猗は伝来の天目茶碗だけでも持って帰りたいと思ったが、庭田嗣子からはっきり禁句と言われているので、能登命婦が相手でも言い出せなかった。

裏玄関には弟子三人が所在なげに立っていて、竹猗を見ると、ほっとした表情になった。

「お前らそこで何してた」

「何ぞ御用があるかしらんいうてお待ちしてました」

桂の御所を出ると、竹猗は疲れと不機嫌を、まともに弟子たちにぶつけた。

「ただ、ぼうっと待ってたんか」

「へえ、ただ、ぼうっと待っとりました」

「まだ、ぼうっとしてるようやないか」

「へえ、あの場所で坐ることもでけしませんし、ただ立ってましたよって」

「もう午過ぎてるやろ」

「へえ、とうに過ぎてます」

「腹減ってへんか」

「減った段ではござりまへんがな。白湯一杯のお振舞もありませなんだよって、ふらふらでござります」

「お前らがそのくらいなら、儂がここで倒れても無理ないやろな」

「へえ、お家元にもお中食は出まへなんだので」

「出るどころの騒ぎか。火起《いこ》すのから、花活けるのから、水屋の用意まで全部一人でやった上に、や」

「それで、宮様は」

「御所向きの事は口外無用や。それより、あれにしょう」

竹猗は公家衆の区劃から出るとすぐ丸太町烏丸を西へ入り、団子売りの店を指さして自分から中へ飛びこんだ。

「団子くれんか。早うしてや」

男四人は、運ばれてきた湯呑みを片手に、しばらく黙りこくって焼いた団子を食べ続けた。

人心地ついてから、門弟の一人が小さな声で言った。

「家元、和宮さんは跛《びっこ》やというのが、口外無用の事どっしゃろ」

「滅相もない。宮さんは、両手も、両足も、しっかりどこにもお障りさんはなかったで」

「そうどすか。噂では、跛やよって、関東へ行きともないと言い張らはったと聞いてましたんやけど」

「噂というのは、ええ加減なもんや。宮さんのお足《みや》は、右かて左かて立派なもんやった」

竹猗はそれだけは誓文に逆らってでも口外しておきたかった。きっぱりと言って立上り、勘定を払わせた。

それから三日もせずに桂の御所からお達しがあり、和宮様の為に特別の茶道具一式を竹猗が差配して整え、十月中旬までに納めるようにという内容だった。費用は所司代酒井若狭まで請求するようにという但し書きまでついていた。あの厳めしい女房の筆蹟であろうと竹猗は思った。

十月中旬なら、まだ二月余りあったが、決してのんびりしてはいられない。出入りの職人を全部呼び集めて、竹猗は意匠を凝らした。栖楼棚もいいが、藪内流には女の節句を祝う雛祭の点前があるので、そのための長板を特別誂《あつら》えにし、青漆爪紅《せいしつつまぐれ》で仕上げた。竹猗はこれを和宮様御好《おこのみ》と称し、同じものを皆二組ずつ造らせ、一式を桂の御所へ十月十八日にお届けし、置きっ放しになっていた古い茶道具は頂いて帰り、もう一式は大きな箱に納めて和宮様御茶道具写《うつし》と大書して蔵の中に入れた。お茶のお稽古については、それまでに一度も御沙汰がなかった。襖の開け閉てについても、御辞儀するかどうかも、一々御所風といって、藪内流では思いも寄らない作法になってしまったのだから、宮様が一度で嫌になっておしまいになったのも無理がない。それにしても惜しいことだった、と竹猗は思った。

しかし藪内竹猗は召されなかったが、桂の御所内では、その後ほとんど毎日のように、お茶のお稽古が続けられていた。観行院の前で、フキは畳一枚の上を静かに六歩で歩き、威儀を正して坐る稽古を、何度も何度も繰返していた。少進が優しく介添して襖の開け閉てをしてくれ、ときどき、

「宮さん、今日はよう遊ばされましたな」

と褒めてくれることがあったが、観行院はにこりともしなかった。庭田嗣子は、御所のお局にこもったきりで桂の御所へ顔を見せない日も屢〻だった。九月十四日に修学院御茶屋へ宮様おなりと能登が知らせに行っても、嗣子は御常御殿の方がこのところ御無人だからと言ってお供を断ってくるくらいだった。

「宰相典侍の気難しいのも困りものや」

観行院が嘆くと、少進が、

「東下りが目の前に迫っておりますゆえ、どなたも同じ思いと違いますやろか」

と、小さな声で言った。

その十二

橋本実麗《さねあきら》は、晴れやかな笑顔で三浦七兵衛を屋敷の中に迎え入れた。七兵衛の方は実麗とは違って重苦しい表情であったが、それは所司代の役人が実麗ほどの公家の前に出れば当然、堅くるしく行儀を守ろうとするからだろうと実麗は思った。七兵衛はまず実麗の前に平伏し、公家風に季候の挨拶から始めた。実麗の方がずっとくだけた調子で、七兵衛の腰を折った。

「寒うなったな。寒うてかなわんな。二年この方、一再ならず私も難儀な目に遭うてきたが、これでやっと御所の紅葉もほとんど落ちてしもうた。下枝から染め上るのを、こちらの屋敷から眺めるのは楽しいものやったがな。思えば去年も今年も秋は紅葉どころやなかった」

「は、九条関白殿を始め奉り、橋本中将殿《はしもとのごぜん》にも何かとお煩わせ致しました段々は、手前主人酒井忠義《ただあき》もまことに以て申訳なく存じおります。おかげをもちまして和宮様関東御下向は十月二十日と御治定に相成り、まことに有りがたく忝く芽出たきことこの上なしと主人酒井若狭も恐悦至極に存じ上げおります」

「若狭殿も私も、似たような苦労を致したものよ。御所と関東の長年にわたる御不仲を、宮さんお一方の御下向によって解こうとしたのやよって、こちらも、あちらも、八方に無理があった。わが妹ながら観行院《かんぎょういん》の御方の言わるるのは道理で、それを説き伏せるのは尋常のことではなかった。いや、今さら恩着せがましゅう言うてるわけやないがな」

「橋本御前の御尽力あっての公武御一和と、酒井忠義は肝に銘じおりますれば、今後とも一層のお力添えを願い度く存じ奉ります」

実麗は、ようやく三浦七兵衛が何か重大な用件を持って訪ねて来ているのに気がついた。ただの御発輿《はつよ》御治定で、お礼の挨拶に来ただけだと気楽に構えていたのだが、どうも様子が違うようだ。

「三浦、なんぞまた起ったんか」

「は」

「なんや。宮さんの方か、当今さんの方からか」

「和宮様よりの御仰せ越しにつき、主人若狭守、困《こう》じ果てまして、御前のお智恵拝借のため私めがまかりこしてござります」

実麗は、たった今まで爽やかにひろがっていた心が、急に凋まり、辺りが黄昏れて来たように思えた。

「どのような仰せ越しや」

「四個条のお願いの儀でござります。御下向後、御上洛まで広橋一位殿、中山大納言殿、橋本宰相中将のお三方にそのまま御逗留相成候よう」

「それはなりますまい。広橋殿は武家伝奏のお一人、中山卿も私も御婚儀相済み次第帰洛致さねば、御所のお勤めができまへぬ」

「第二、第三のお願いは観行院様が日々お側へまいりお世話申上げ候よう、また勝光《しょうこう》院《いん》様も毎々召され度き思し召しでござりまして、これは関東よりも、観行院様は御生母、勝光院様は御縁戚にて苦しからず候という返事が届いておりますが、第四条が橋本宰相中将逗留中、お側へ召され度しと念に念を入れたお願いの一個条にて」

「それは滅相もない。私は関東へ行てまで、そんなお役目はまっ平やな」

「恐れながら関東にても大奥は大樹様の他は男子御禁制でござりますれば、橋本御前ばかりを例外とすることは難かしく、老中よりもこの御条ばかりは宮様の御翻意頂く他なしと申越して参りました」

「それが尤もというものや」

「和宮様のお申入れの条々は、若狭守これまで粉骨砕身しておみ心のままに致して参りました。敏宮《ときのみや》様の御殿も仰せのままに下立売り辺に新築致すべく用意整えてござります」

実麗から見ても敏宮のために御殿を建てろという和宮の注文は、無理難題の最たるものに思われた。御所でさえその存在を忘れかけていた姉宮のことを、急に思い出したように言い出したのは何故なのか、実麗には解せなかった。大方、敏宮の母親辺りが観行院に泣きついてきたので、嫌がらせの一つに言い出したのかと思っていたら、関東側はそれにも応じて来たのだ。

和宮が駄々をこねるのも、ここまで来ると実麗も腹にすえかねて来る。もういい加減にしてもらいたい。三浦七兵衛などには言うわけにはいかないけれども、来年の先帝《さきのおかみ》十七回忌に帰洛するという条件は、実際問題として出来ることではないのだ。来年は東方が暗剣殺に当るのだから、関東から帰洛すれば五黄殺に向っての旅になり、そんな怖ろしいことは公家なら誰も辞退する筈だった。そもそも急にこの秋に出発と定ったのも、年を越すと東と西は方位が悪くて身動きが出来なくなることに気がついたからではなかったか。それを今になってもまだ来年の帰洛にこだわっているのは、お傍に観行院がいるとも思えない。陰陽師《おんみょうじ》を司る土御門家の女を上臈《じょうろう》にお抱えになったともきいているのに、なぜまだ来年の帰洛について、伝奏の広橋殿や、実麗まで抱きこもうとしているのか。

「関東御下向の後々ずっと私をお側に召されたいというのは、宮さんのお考え違いであらしゃりますな。御縁組が整うて以来というもの伯父に当る私でさえ、この屋敷に桂の御所からお成りになった折以外は、私が何用で参じても几帳越しでお姿もお見せにならんのやよって。その辺のところは観行院さんとよう話し合うてみるわ」

「さようお配らい頂けますならば、手前主人酒井若狭もどれほど助かりますか分りませぬ」

三浦七兵衛が帰ると、実麗はお静を呼んで外出着の用意をさせた。姪といっても宮様のところへ参るのだから改った衣服で出かけなければならない。

日御門《ひのごもん》通りに出ると御所の紅葉が、僅かに残り火のように数枚の葉を枝にこびりつかせていた。今年も美しい季節を眺めそこねた、と実麗は嘆息した。どこまで手数のかかる女たちだろう。ほんの数年前まで、実麗は尊王五卿の筆頭にあげられ、関東は敵と公言してはばからず、公家の間の人気者であったのだ。それが皇妹降嫁にまきこまれ、いつの間にか所司代と親密な関係を持ってしまい、御所へ上れば関東方の手先のように白い眼で見られるようになっている。なんという迷惑な話だ。この上は、一刻も早く主上《おかみ》の御意志通り関東まで宮に供奉して、公武一和を実現しなければ、実麗は御所の中で孤立してしまう。実のところ実麗は、御所とも関東とも同じように昵懇《じっこん》な関係を保っていたいと今は願っていた。岩倉具視《ともみ》ほど徹底して関東方として動くほどの度胸はなかったし、岩倉少将を羨みながらも、身分柄自分にはああいうことは出来ないのだという誇を持っていた。

ヒンプクヒンプクと数える余裕もなく急いで桂の御所に着くと、実麗は少進を呼び、観行院と折入って話しあいたいと来意を告げ、観行院の居間に案内させた。

「今年はことのほか色鮮やかな紅葉も散り残るところ僅かとなり申したが、御所さんにも御安泰、宮さんもお障りさんもあらしゃらず、いよいよ御発輿の日も迫り、まことにお芽出とう存じ上げる」

「中将様にも数々のお骨折り、宮さんもお喜びにあらしゃります。私も忝く存じおります」

「ところで宮さん四個条のお願いの件につき、こなたと話しとうて参ったのやが」

「所司代が、また、なんぞ言うて行ったのと違いますやろか」

「所司代から頼まれたわけやない。所司代から漏れた話やけれども、これは私が直に観行院さんに申上げねばならぬと思うたのや」

「さよであらしゃりますか」

観行院はたちまち警戒するような言葉づかいになった。兄弟は他人の始りとはよく言ったものだと実麗は思った。

「御下向に供奉する者は、広橋一位殿と、中山殿と、私という勅定があった」

「岩倉侍従も参られますやろ。宮さんを関東へお売りなされた張本人をお忘れになっては困りますえ」

「そのようなことは、もはや言われな。総ては主上の御為、公武御一和の御念願達成のためと、よう御得心がお行きた筈やろう」

「それで、御用は」

「関東までの道中警護と、関東にて御婚儀芽出たくあげさせせられるまでが我々のお役目で、御婚儀すませられ次第帰洛いたさねば御所向きのお役に立ちまへぬ。明年まで逗留などということは、たとえ宮さんの仰せでも、御辞退申すより他にないのや」

「関東へ、いきなり私を置きざりにすると仰せになりますのか」

「宮さんには、こなたがお傍につき、勝光院どのもお召しになれる。ことに大奥とやら申すところは御常御殿と同じく男子御禁制と聞けば、私が宮さんのお傍に寄れる道理はないやろ」

「そやかて心細うてなりませんもの」

「御所から特に宰相典侍《さいしようのすけ》が御附女官になっているやないか。庭田中将の妹御は、しっかり者という評判や。和宮さんお召しかかえの女中衆は、それぞれお婢《はした》を入れて八十人近い大世帯になるような。みんな京方の人間なのやよって、関東へ行っても心細いなどというようなことはあるものやない」

説ききかせながら実麗は、しかし耳を疑っていた。心細いなどという言葉が、今になって観行院の口から出るのが信じられない。この勝気で、二年間というもの御所と所司代を向うにまわしてただ一人で戦っていた女が、である。

「それから明年の先帝様御十七回忌のことやけれども、これはもうお諦めやした方がよろしと思いますな」

「なんで」

「明年東の方は暗剣殺、従って関東より西へ戻られるのは五黄殺の大凶方位。よもや観行院さんもこれをお知りにならぬではありまへんやろ」

観行院は黙った。形のいい鼻の下で、唇がきゅっと締り、何事か考えこんでいるようであった。

実麗は、とにかく説得を続けた。

「方位を犯してでも御孝養を尽したいというのが宮さんのおみ心であらしゃるならば、これは観行院さんがお諫《いさ》めせなならぬ大事なところやろ。供奉する我らは東へ行こうと西へ行こうと、当今さんの勅命次第やよって、どのような祟《たた》りを受けようと怖ろしいとは思いまへんけど、宮さんの御身の上に万一のことがあっては、それこそ先帝様にお申訳が立たんのと違うやろか」

観行院は黙り続けた。ここへ来て、また話が振出しに戻ってしまうのかと思うと、実麗は目の前が暗くなるようだった。

「御発輿までもう十日そこそこという今になって、到底出来もせぬことを個条書きにしてお出しるのは、宮さんも観行院さんも所詮は女ゆえの我がまま勝手と、関東に侮られるのも考えものやおへんか」

観行院が口を開き、激しい口調で言った。

「関東には決して侮られませせぬ」

実麗は呆気にとられた。どうしてだと訊き返したかったが、観行院の言い方が尋常でなかったから、黙って様子を見ることにした。

観行院は再び唇を閉じて、躰まで石になったように身動きもしない。

実麗はもう日が迫っているのだから、今日は一日がかりででも説得しなければならないと思った。

「桂の御所にお移り遊ばされて以来は、私が参じても宮さんは几帳越しでお顔もお見せにならぬ。上賀茂、下賀茂の御社参にも、北野天神さんに参られた折も、宮さんは決してお姿をお見せにならぬよう廻りを女でかためておいでた。御縁組まとまれば、他の男の目にふれぬように遊ばされるのは理の当然というもの。祇園社に御参拝の折も、私は決して振返ってお顔を見るようなことはしまへなんだ。関東の徳川御本家に御降嫁遊ばされるのやよって、こちらもその心得でいますのや。納采の御儀以降でさえこのような礼儀を守っている私が、御婚儀相すましゃれた後で、お傍へ参れるわけがないとお思いになれまへぬか。こなたが心細いとお言いても、男女の礼は関東へ行ったとてわきまえぬことには武辺の者にも何を言われるか知れませぬぞ。それこそ御所の御威光にもかかわり、なんのための公武御一和やのかさえ分らぬようになってしまうがな」

観行院は黙って考えこみ、兄が嚙んで含める言葉も耳に入らないようだった。実麗は、関東で禁足をくらうようなことは自分にとっても迷惑この上ないと、はっきり言ったが、観行院は表情も変えなかった。実麗は言うだけのことを言ってしまうと、沈黙した。この二年間に二人で向い合ったまま、こうして黙って時を過したことが何度あったろう。

「誰そないか。能登《のと》を呼んでほしい」

観行院が、突然、背後に向って言った。しばらくして命婦《みようぶ》の能登が、顔を出すと、

「和宮さんが宰相中将と直々御対面遊ばされるように、少進にお言いやす」

と命じた。

実麗は驚いて、

「そのように畏れ多いこと決して私の望むところやござりませぬ。観行院さん、何を急に仰せになるのやらお気が知れませぬな」

と、押し止めようとしたが、観行院は黙って能登を促し、あちらへ行かせてしまってから、ゆっくり実麗を見据えるようにして、

「宮さんもどのようにお心細う思召しあらしゃるか、中将様によう御覧《ごろう》じて頂きたいのでございます」

と言った。もうそのときは先刻までの思い詰めた表情はなくなっていた。

　実麗は観行院の心中をどう察しようもなく、観行院について和宮の御居間の前に伺《し》候《こう》した。稚い宮が、実麗を見て激しくお泣《むつか》りになるのかと思うと今から溜息が出る。幼い頃から癇癖のお強かった宮が、久しぶりに伯父の顔を見て、溜りに溜っていた嘆きを溢れさせるのだろう。その場合、実麗は、もはや平伏してお泣きやみになるのを待つしか手はあるまい。それはもちろん和宮の御心に反した御縁組が、関東方から強引に運ばれてしまい、いよいよ御発輿が十月二十日とせまっているのであるから、宮様にしてみれば少々涙を流すくらいではおみ心も納まるまい。自分相手にならどのようにお取り乱してお泣《むつか》りになっても、なんといっても血の繋る間柄なのであるから、さし障りはないという判断を妹の観行院もしたのに違いない。そのお相手ならば、しようと実麗は思った。攘夷を主張遊ばされる主上《おかみ》と、諸国に開港して蛮夷と通商しようとしている関東方とを、なんとか歩みよらせる方便として和宮の御降嫁が行われる。実麗にしてみれば、御婚儀の先行きの方がもっと不安だった。御所と関東は、まるで別々の思惑から和宮降嫁を実現しようとしているのだ。自分が女なら、和宮以上に大声で泣くところだろうと実麗は思った。すると観行院が考えこんでしまっている理由も分るような気がしてきた。

　お居間の襖の前に坐ったとき、実麗は肚をきめていた。伯父に向って泣くだけで、少しでもお気が晴れるものなら、いつまでもお相手をしていよう。どう泣いても喚いても二十日には御発輿になり、実麗も供奉して東下りの旅に出るのだ。

いつの間にか観行院がいなくなり、実麗はお居間の前部屋に一人になっていた。思えば橋本邸に御誕生になってからずっと我が子同然に身近く一緒に暮してきた宮が、桂の御所へお移りになってから間柄がこじれたというか、遠のいたというか、お話しすることも出来なくなって二年にもなろうとしている。御発輿になれば、宮のまわりは上﨟たちで隙間もなく囲われてしまい、供奉している公家たちは誰彼問わずお傍に寄ることは決して出来ないのだろうから、ひょっとすると、これが伯父と姪としては最後の対面になるのかもしれない。そう思うと実麗も粛然とするところがあった。

やがて目の前の襖が音もなく左右に開き始めたので、実麗は平伏した。略儀とはいえ御縁組の定った姫宮を、いきなり不躾に顔を上げて見ることは出来なかった。

観行院の声がした。

「宮さん、宰相中将がお久しぶりの拝謁に申上げる言葉のない様子ゆえ、宮さんよりお声をかけて頂かされ」

実麗は、やむなく自分の方から、改った公家式の挨拶を滞りなくしてのけた。

「いよいよ来る二十日には御発輿の由承り、まことにお芽出とう忝う有りがとう存じ上げ奉ります。賢きあたりより供奉申上げるよう勅命あり、子息実梁《さねやな》ともども恐れ入り奉り、お受け仕りました。御旅中、何とぞおみ心安く思召されますよう」

「ありがとう」

宮様のお声を聞くと、実麗は懐しさと同時に訝《いぶか》しさを感じて少し頭を上げた。上げたまま愕然として実麗の躰は硬直した。そこにお出ましになっていたのは和宮ではなかった。橋本邸にいた頃と違って、化粧が濃く、衣裳も新しい立派なものに変っていたが、それにしてもお生れになって以来ずっと同じ屋根の下で暮してきた実麗が、宮を見間違える筈はなかった。

実麗が、刮《かつ》と瞠《みひら》いた眼の前で、少女はおどおどしていた。両脇にいる少進を見たり、観行院を見たりして、実麗の視線に射られていたたまれない様子だった。この少女は、和宮ではない。しかし、実麗には見覚えがある。

「こなたは」

と実麗が気がついたときと、少女が口を開いて、小さく、

「御前」

と叫んだのが同時だった。

観行院が、落着きはらって言った。

「宮さん、橋本の屋敷にならしゃった時とはもう違うてあらしゃりますよって、お呼びにならしゃるには宰相中将と仰せられませ。関東へ参れば一層お言葉づかいはお気をつけて頂かされ」

少女は身をすくめ、痛々しく項垂れて、実麗を見る眼にはうっすらと涙を浮かべていた。実麗は気がついた。二年ほど前に観行院が目をつけて桂の御所へ召したフキとかいう下婢ではないか、この少女は。

実麗が、非難がましく観行院を見上げると、

「少進、宮さんにお居間にお移り頂きますように」

「かしこまりました」

少進はフキの手を取って、静かに立たせ、そろそろと隣室へ二人で消えていった。

「観行院さん」

実麗が、やっと声を出した。観行院は立ち上りながら、

「宰相中将様、私の部屋に今一度おいでになりませぬか。お話あるなら、そこで承りましょう」

と言った。最前の思い詰めた表情とは、まるで人が違ったようだった。

御所と所司代の二手から召し抱えられた女房たちが犇《ひし》めいている御殿の中なのだ、

と実麗は自分に言いきかせて、観行院の後に続いた。それにしても、今見たものは何だったのだろう。悪夢でなかった証拠には相手も実麗を知っていて御前と呼んだではないか。

薙髪《ちはつ》していても観行院の黒髪は豊かで艶やかだった。実の妹ながら実麗はいつも観行院のあでやかさを快く思っていたが、今日は彼の目の前を行く後姿が、艶めいて見えれば見えるほど怖ろしいものを見ているような気がしてきた。いったい、いつからあの女を宮と入替えたのだろう。乳人の里に帰したと嘘をついて、今日まで二年近くも、この御殿の中にどうやって潜ませていたのだろう。内親王宣下をお受けするとき乳人も共に参内して、少進という名を賜ったのだが、あのときの和宮は本物の和宮だったのか、フキだったのか。実麗は内親王宣下のときの荘重な儀式に参列した折のことを思い出したが、よく分らなかった。何しろ儀式の間中平伏していたし、宣下をお受けになる前後、宮は几帳の中においでになって誰にもお姿をお見せにならなかったからである。

御所の中は殊の外、男女の別の厳しいところで、ことに女宮のお姿などは三位以上の公家でも決して拝む機会はないのだった。だから誰も気がつく筈がなかったのだ、と実麗は思った。しかし、もし誰かが気がついたら、と思うと実麗は全身から血の気がひくようだった。観行院は宮がフキであることを実麗に見せて、これからどうしようとしているのだろう。

観行院の居間に戻ると、観行院は兄に白湯と菓子をすすめた。自分も白湯をすすり、すっかり寛いだ様子である。自分一人で抱きしめていた秘密を兄に明かしたことで、肩の荷が降りたとでもいうのだろうか。

「観行院さん、あれは何ですのや」

女房たちが退って、部屋に妹と二人きりになると、実麗は押し殺した声で訊いた。

「宮さん長い間のお悩みやったお足《すそ》お患《わずら》いが、すっかりよろしゅうおなり遊ばされたのを、中将様にお目にかけたかったのでございますえ」

観行院が平然として言う。

「しかし、あれは」

言いさして実麗は黙った。桂の御所は所司代の手の者で固められている。滅多なことは口に出せなかった。

「あのお方は」

と言い直したが、実麗は後が続かなかった。黙りこくって観行院に、目でものを言った。あの女を、宮と言い通して関東へ下るつもりか、と。

観行院も黙って兄の表情を読み、ふと顔をそらして話題を変えた。

「あれは安政四年でございました。父君《おでいさん》がお亡くなりになったので、宝鏡寺にお移り頂くよう御所から御沙汰があり、私がお供して宮さんを宝鏡寺さんへお移ししたのが正月二十八日。宮さんは十二にならしゃったばかりやったのやけれど、あの頃までの宮さんは御性格の明るい、活発なお方であらしゃりました」

「当今さんから私に御沙汰があって皇妹としてお預り、御養育申上げる旨お答えしたのが五月十四日であったな。あの頃の日記を見ればはっきりすることやが」

「五月二十四日に橋本家へお帰りにならしゃりました。その前と、後とで、宮さんの御性格が、がらりとお変りにならしゃったのに中将様はお気がつかれませなんだか」

「そういえば、俄かに温和しゅうならしゃったように思うたのを覚えている。女のお芽出たき儀があらしゃったゆえかと思うていた」

「いえ宝鏡寺さんで、えらいことがあったのでございます。今思い出しても目の眩むような。宝鏡寺さんの中庭は、そのとき花の盛でございました。花弁の長い撫子《なでしこ》が燃えるように咲き揃うているのを、宮さんが一つ一つ眺めながら飛び石づたいにお歩《ひろ》い遊ばされているのを、子供同然の尼僧が厨《くりや》から顔を出して眺めて、悲哀やなあ、あの宮さん跛《びっこ》やわ、と大声で言いましたのや」

「なんと」

「宮さんはまっ青になって方丈へお駈け上りにならしゃり、御堂の後へおこもりになったきり、花が終るまでもう決してお庭にお降りにならず、お部屋から一歩も外にお出にならしゃらぬようになりました。私は、今もあの尼の顔も声もよう覚えてます。もしも武辺の血が私の躰に流れていましたなら、私はあの場であの尼を刺し殺していましたやろ。宝鏡寺の御前に私は申しました。あの尼殺させて欲しいと申しました。宮さんは以来、ずっと物も召上らず、お躰まで細うならしゃったのやよって、おみ心にどれほど激しい傷をお負いになったか、今でも私は心が煮えます。宝鏡寺の御前は、僧尼殺さば七代の祟りありと説いて、私を押さえこんでしまわれましたのやけど、私は今でもあの尼が憎い。関東が宮さんの御降嫁を願出たとき、あの尼を殺してからと言いたかったほどでございました。私でさえこのくらい心に染みついて離れぬ恨みでございますもの、宮さんにとってはどんなにおみ心の傷がお深うあらしゃったか」

観行院の両眼から、ほろほろと涙がこぼれて両頰を濡らすのを、実麗は茫然として眺めていた。

「知らなんだな、そういうことがあったとは」

「女のおしるしがあったのは、それから橋本家にお帰りて半年後のこと。十二月十一日にそれをお祝いして鉄漿《かね》始《はじめ》の御儀がございましたやろ」

「そうやったのか。知らなんだ」

「以来ずっと宮さんには塞《ふさ》ぎの虫が取り憑《つ》いてしもうたのでございます。有栖川《ありすがわ》宮さんとの御縁組さえ、宮さんはおみ心のうちではお嫌さんであらしゃりました。宝鏡寺さんやのうても大聖寺さんや曇華《どんけ》院《いん》のように宮門跡が続かはる尼寺があるのやよって、どこぞそういうところへ行きたいと言わしゃったこともあれば、尼は見るのも嫌と仰せになったり。お口にこそお出しにならしゃりませなんだけれど、おすそのお悪いのをそれはそれは気にしておいで遊ばされたのでございます」

「それは私も薄々ながら気づいてはおったけれども」

「そやよって関東からの突然の縁組話で、宮さんに三年前から取り憑いていた塞ぎの虫が一層にひどうなってしもうたのでございます。関東へ行けば、いつぞやの小尼のように心ない者どもが公家方より倍も十倍もいると思いますやないか。ほれ、勝光院さんが一条さんの姫君と偽って、小人を連れて、お行きたときのことが、ちゃんと錦絵に出ましたやないか。私はそれを思い出したのでございます」

実麗を見据えて、観行院は再び沈黙した。だがこの度の沈黙ほど雄弁に観行院の心のうちを実麗に伝えるものはなかった。勝光院が姉小路《あねがこうじ》と名乗って江戸大奥を取りしきっていたとき、前公方《さきのくぼう》の二代目の相手として公家方から探して連れて帰ったのが侏儒であったことと、そして一条家と実は無関係の女であったことを思い出した。

叔母のしたと同じことを私がして何が悪いという嘯《うそぶ》きに違いなかった。あの頃、江戸では、姉小路を主人公にした戯画が錦絵となって売り出され、侏儒の姫君は跛の上臈に描き変えてあったのを、実麗も実の叔母のやったこととして強烈な印象を持って見たのを覚えている。

実麗はいつの間にか全身が汗で濡れているのに気がついた。和宮が関東御下向を嫌と言いはっていた理由が今になって痛いほどよく分ったし、観行院が母親として宮をおかばいするために叔母の勝光院が姉小路時代にやってのけたことをするつもりでいる理由もよく分った。が、しかし、このことが万一露見した場合はどうなると思っているのだ。一条家の姫君が替玉で通ったとしても、この度は前例のない皇妹降嫁という大事業なのだ。なんという大それたことを、と思うだけで実麗は眼がくらんできた。

「か、観行院さん」

実麗の声はかすれていた。妹の身近ににじり寄って、小さな声で訊いた。

「それで宮さんはどこにあらしゃるのや」

「もちろんこの御殿にあらしゃります。たった今、直々にお目通り遊ばしたやありませぬか」

「いや、ほんまの宮さんのことを訊いているのやがな」

「ほんまも嘘もありまへんえ。この観行院がお傍におつき致している御方が和宮さんであらしゃりますもの」

観行院は、勝ち誇ったような表情で言い切った。秘密を兄の肩に移したので、すっかり気が晴れてしまったらしかった。実麗の腋からは冷たい汗が噴きこぼれていた。

「長い間、お悩みの種であったお足《すそ》もあのように何のお障りさんものうあらしゃって、私はようやく安堵いたしました。たとえお願い四個条のお聞入れなくとも、どうせ一度とて宮さんのお願いはお聞入れになったことがなかったのやよって、私はもう驚きまへん。中将様に申上げたかったのは、決して関東に侮られることはない。きっと覚悟は致しておりますゆえ、宮さんが侮られ、御所が侮られるようなことはないとだけ、それだけ知って頂きたかったのでございます」

桂の御所からの帰り道、橋本実麗は無我夢中だった。冬の始まりという辺りの気配も視界に入らなかった。屋敷に帰ると出迎えた妻のお静は、夫の顔色の蒼いのに驚いた。

「こなたさん、どない遊ばして」

沓脱ぎ石の上で、足が宙を踏んだ。彼の躰は前にのめり、実麗は玄関で気を失った。

翌日、実麗は、九条関白と和宮に当てて書取りを使いに届けさせた。折悪しく大納言中山忠能《ただやす》から所司代と九条関白宛てに、ほとんど同文の文書が届いたものだから、酒井忠義は激怒してしまった。二人とも所労を理由にして御下向に供奉することを辞退してきたのである。

和宮から御所当てに、直書が届いたのが十月九日であった。


中山、橋本よほど念いり候所ろうにて、二十日までに全快のことおぼつかなく、おいおい寒さに向い、道中はむずかしき由、医師ども申しおり候よし承り候まま、右両人は万事せわいたしくれ候人々、また宰相中将は前々よりせわになり、力に致し居り候ことゆえ一しょに参り候わねば心ぼそくぞんじ候まま、何とぞ所ろうとくと全かい致し候まで出立見合せのこと願いたく存じ参らせ候。

その日のうちに、その写しを摑んで三浦七兵衛が橋本邸に駈けこんできた。実麗は病気を理由に面会を断ったが、

「余の儀ではござらぬ、火急の事、和宮様の御方と、公武御一和にかかわる大事ゆえ、御病床なりともお目通り願い上げ奉る」

と言ったまま、玄関で坐りこんでいるという。どうしても会わぬとあれば拙者は武士でござれば、若狭守の家来として一儀に及ばぬでもないと剣呑《けんのん》なことを言っているとお静が告げに来た。まさか切腹などするような男とは思えないが、ここで主上がまた御破談とでも仰出されたのか実麗も知りたくなったので寝たまま会うことにした。

「すみまへんな、三浦。なんせ頭が上らんのや」

「恐れ入り奉りまするが、御病態如何と主人若狭守大そうお案じ致しおりますれば」

七兵衛は、しかし昨日と今日とで同じ人間がこうも相好が変るものかと心中の驚きを押さえかねた。実麗の眼は深くくぼみ、頰が俄かに殺げ落ちていた。七兵衛が見ても大病人だった。所司代から連れてきた医者が脈を取って首を傾げた。脈が弱く、しばしば途切れた。

「恐れながらよほどの御所労と存じ上げます」

三浦七兵衛は肯き、自分に言いきかせるような口調で、寝ている実麗にゆっくり話

した。

「和宮様より宰相中将様御全快まで御発輿延期という願書奉られましたが、すでに中仙道宿々は大道中お迎えの用意万端整えおりますれば、何があっても御発輿の二十日は一日たりとも延引出来ませぬ。中山大納言様には押して供奉して頂きますが、橋本中将様は一日も早く御快復に努められ、後より東海道を走って江戸近くにて御合流なされませ。このように取り配《はか》らいたく存じまするが如何」

実麗は、弱々しい声で答えた。

「よろしゅう頼み入る。ともかく私は、とても起きられまへん」

このまま癒らずに死んでしまいたい、と実麗は心の中で涙をこぼしていた。

その十三

　フキの全身をからめとり、押し潰そうとしていた怪物のようなものが、俄かに大きく動き始めているのが、フキにもよく分るようになっていた。一日のうちに上賀茂、下賀茂両神社と北野天神に社参してみたり、大行列を仕立ててフキは牛車《ぎっしゃ》に乗り、祇園さんへお詣りに出かけたり、その前には修学院のお茶屋まで輿で上ったこともあった。いよいよ関東とかいうところへ出かける日が迫っているのだ、と思わないわけにはいかない。足ならしというのか、手ならしというのか、フキを外へ出す稽古をしているような気がする。ちょうど茶の稽古といって、ゆっくり立ったり歩いたり、何度となく繰返しているように。

　これまで、どんな行事があっても夜は必ず御所へ舞戻ってしまっていた嗣子《つぐこ》が、大きな荷物を召使い二人に担がせて三日前から桂の御所に栖《す》みついていた。

「賢きあたりより紅梅地朱珍《しゅちん》の他に白銀二十枚拝領いたしました。お取次ぎは長橋殿でございます。昼過ぎ准后《じゅごう》様へおいとま申上げに参りましたところ、御対面にてお口祝い下さりまして、御祝酒とお茶御菓子おふるまい下さり、おいとまの節には御召ふるし御紅梅地御朱珍の御服お手ずから下さいました。桜の間では上﨟《じょうろう》に白銀十枚頂かされました。能登《のと》どんも御同様の拝領物と白銀十枚頂戴の由でござります。親王様へ参りましたら墨絵の間にてお口祝いとお祝酒頂戴致しました。紅白御ちりめん二巻、白銀十枚は高松殿のおあしらいで頂かされ、御対面の折にお手ずから炭取り、御組物、銀御煙管一本、御人形一つ下さりました。能登どんにも御同様のおあしらいあった由でござります。亥刻ころ一の御間にておいとまの御対面仰せつけられ、お手ずから高蒔絵御文庫壱番などなど、御組物一通りに御きせる一本、花附御筆洗一つ、お人形一つ、縫取りおたばこ入れ二組、お油入御楊子さし、勅銘御香を下さりまして恐れ入り恐れ入り奉りました。右まで御吹聴申上げます。なおまた嗣子には別段の御儀あり、勅筆にて御紋ちらしの御漉紙《すきがみ》に万事の心得お書き下さいました。有りがたく有りがたく拝領して退りましてございます。まことに心残りは多き御事ながら、御一同へ御いとま申してするするとこちらの御所に参じましてござります。今日よりは庭田《にわた》嗣子、宰相典侍《さいしょうのすけ》として御所さんより仰せつけのお役目必ず必ず果さねばと心に強う思いきめましたれば、御用《ごつ》のほどは何なりとお仰せつけ下さりませ」

フキは几帳の前に坐り、両脇は観行院《かんぎょういん》と少進に守られて、この長い長い挨拶を聞いた。フキは嗣子にどこか空怖ろしいところを覚えて、傍に近づかれると躰が硬くなってしまうのだが、御所で手厚く遇されていたという自慢話を聞いているうちにも、この女が今日から自分の一生にはり着いてくるのだろうかと気が滅入った。

観行院も嗣子が御所で貰いものをしたことを克明に一々吹聴するのには閉口したらしく、嗣子が下ってから少進に、

「宮さんのお持ち古しから、何ぞ宰相典侍へやらななららんのと違うやろか」

と相談していた。

翌日から、桂の御所にはお別れお名残りの御挨拶というのが朝から詰めかけ、フキはこの日は几帳の中で総ての挨拶を受けた。几帳の両端に観行院と庭田嗣子が坐り、挨拶に来た者の官名、氏名や献上品は一々庭田嗣子がフキに奏上し、挨拶の一々にも嗣子が宮に代って答えた。ときどき観行院が口を挟むこともあったが、フキは几帳のこちらで顔も姿も見られる心配がなく、傍には少進がついているし、嗣子さえいなければ宮のお身替りというのも楽なものだと思うようになった。

挨拶に来る者はほとんど女で、公家の妻であったり、宮の名代であったり、身分に応じて一室距てて鄭重な挨拶をする者や、几帳のお傍まできて、

「お芽出とうさまとは申すことながら、遠路の御下向、御心中のほどお察し申上げます。この上は何事も、おするするとお運びあらしゃりますように願上げ参らせます」

などと言う者もある。

フキは、宮が別れるとき、フキの両手を握りしめ、必死の思いを込めてでもいるように、強い眼でフキを見詰めていたことを思い出した。宮さんは何処へ行かはったんやろと思う一方で、あんなに宮さんが嫌がっておいでになったのやし、手を握っては ったのは頼む、頼むと言う代りやったのやろうと分っていたから、宮のお頼みなのだから自分もそのつもりでやれるだけのことはやろうと自分に言いきかせていた。

翌日は、もっと人の出入りが激しくなった。御所からは長橋の局が盛装して参り、フキは几帳の前に出て挨拶を受けた。庭田嗣子がものものしくフキの傍に坐ってい た。

「御所さんにもお揃い遊ばされ、御機嫌ようわたらせられ、有りがとう忝う存じ上げ参らせます。親王さまにもことのほか御元気《きじょう》にておわしますのは、まことにお芽出とう恐れ入り奉ります。宮様にも御機嫌およしよし様にお見上げ申し奉り、いよいよ明

日はお芽出たき御発輿《はつよ》と、恐れながらお祝いの口上申述べ参らせます。宮様のおみ心の中は、当今さんもよう御承知にわたらせられます故、御下向の後も何なりと御所へお仰せ越し頂かされ。いつまでも主上《おかみ》を兄宮と思し召されますように、主上《おかみ》も決して御妹宮をお忘れになられぬと仰せなされました。御懇命を蒙って、長橋より口上をもってお伝え申入れます」

「有りがとう」

と言ったのはフキでも観行院でもなく、嗣子であった。長橋の局より一段高い部屋で、胸を張って答えている。

「御所さんお揃いにて御機嫌にわたらせられます由、また親王さまにも御元気《きじよう》におわします由、承ってまことにお芽出とう忝う存じ参らせます。和宮様にも明日に迫った御出発、おみ心もようやく穏やかにならしゃって観行院さんを始め、私ども供奉する者ども安堵いたしおります。伺いますればいつまでも御兄宮として主上《おかみ》をお見上げするようとの有り難きお言葉、深く深く御礼申入れますようと宮様思し召しにあらしゃります。長橋さんもお役目ながら御苦労さんに存じます。今日までこなたさんがなさった事を思えば、とても宮様にはお言葉もあらしゃりませぬ」

長橋は嗣子の態度に手も足も出なくなってしまったようだった。フキはどうして嗣子が、御所さんの御名代に対してまで、こんなに高飛車な口のきき方が出来るのか不思議に思った。

「まことに恐れ入り奉ります。宮様お受けの折のお言葉通り、何事も主上《おかみ》の御為とお思い遊ばされ、お長旅におさしさわりなきよう御無事に関東御下向あらしゃりますよう願上げ奉ります」

長橋が退出した後、嗣子は観行院を意味ありげに見て、

「あのお方は御常御殿の中で一番賢いのは自分やと思うておいるのですえ」

と言った。

観行院は、おやという顔で、

「その通りであらしゃりますのやろ」

と答え、しばらく二人は含み笑いをしていた。

少進が几帳の後へフキを導き入れようとした。今日は御所とかかわりのある薙髪《ちはつ》の方々が、お別れの挨拶に次々と来ることになっていた。

「少進どの」

嗣子は、フキが几帳の向うに坐り直した頃、声をかけた。

「私の支度金のことやけれど、所司代に催促しても催促しても残りの半金や土産物の

下行金《げぎよう》が届きまへん。明日が御発輿というのに、これでは本当に心が落着きまへん。少進どのから所司代へどうぞ言いつけて今日中に拝領できるように配《はか》ろうて頂けませぬか。長橋の局では一向に埒があかしませんよって」

「それでは関出雲守を呼びつけて催促いたしましょう。まあ、まだ半金よりお受けやなかったのでございますか」

「長橋さんが邪魔だてしてるのやろと思うて今日まで我慢してましたのやけれども」

「それはお困りでいらっしゃいましょう。早速、裏まで行て参じます。宮様、御用の折には能登をお呼び遊ばされ。すぐこちらへ参りますけれども」

少進は嗣子にも、フキにも、丁寧に口をきき、さっさと部屋を出て行ってしまった。

次々と客が来ては、首途の御祝儀を申述べたり、お別れや名残りをおしむあまり涙ぐむ者など、人それぞれ、さまざまな事を言う度に、嗣子はてきぱきと適当な返事をして客をさばいた。一組の客が退出し、次の客が入る隙に、嗣子と観行院がフキをまったく無視して私語を交しあうことがある。

「観行院さん、少進どのはよう気のつく女でございますな」

「はい。あの者がおりますよって、どれほど気丈夫か知れませぬ」

「何人上臈をお抱えになっても、あのくらい役に立つ女はありますまい」

「その通りえ」

フキは、少進を嗣子が褒めたので、気持がよかった。観行院は、宮と離れて以来ときどき気が塞ぐらしく暗い顔をしたり、フキを見るとき宮を思い出すのが辛いらしく、露骨にフキに対して態度がぞんざいになることがあった。それにひきかえ少進は、フキ自身も錯覚にとらわれるほどフキに対して鄭重な物腰をいつなんどきでも崩さなかった。誰が傍にいてもいなくても、少進はフキを和宮としてこの上なく大事に思い、愛しげに振舞ってくれている。

何人もの客の挨拶を受けて、夕近くようやく少進が戻って来た。客来の隙を見て、嗣子に言った。

「関出雲守申されますのにどうもどうも難かしくと、やはり埒があきませぬよって、宰相典侍さんがあまりにお気の毒ゆえ、御内々で宮様お納戸金より六百両御用立て致すよう配《はか》らいましたが如何でござりましょう」

「それはそれは御礼の申しようもありませぬ。すぐ里方に使いを出すよう致してよろしやろか」

「私あてに御家来衆のお名前で請書をお入れ下されば、すぐにもお渡し致します」

「有りがとう。松江に庭田家へ出向くよう申しつけて参ります。助かりましたえ、観行院さん」

嗣子はそれまでとは別人のようにいそいそとして次の客来は投げ出して行ってしまった。それで挨拶は、観行院が受け答えするようになった。客のあいまに、観行院が少進にそっと言った。

「お金《たから》のことになると、あの典侍《すけ》さんはお人が変ったようにおなりるえな」

「それが御本性と違いますやろか。能登どんも数日前から気が狂うたかと思うようやったのでござります。やはり宮様お納戸金から五百両おたてかえして今日渡しました。これまで何かと私に楯ついていたのが猫のように温和しゅうなってくれました」

「そのように気前よう立替えても大事ないのかいな」

「私が後で必ず所司代から取立てて参ります。おまかせ遊ばしませ」

少進の言い方は本当に力強く、快かった。フキは能登が少進にもフキに対しても面白くない勤めぶりをするので気に障っていたから、この話を聞いて自分のことのように嬉しかった。

やがて嗣子が戻ってきて、几帳の横で厳めしく客の口上に答礼し始めた。フキは、少進を横目で見て、眼だけで笑った。少進も、にこりと笑い返した。

この日の客は本当に多くて、フキはもともと誰が何をどう言っているのか分らずに聞いているだけだったから、夜になると退屈でたまらなくなった。が、観行院は小用にも立たないし、嗣子は庭田家から家来が来て、少進から借りた六百両を持たせて帰すときにまた立っただけで、誰の長たらしい口上も一つ漏らさず受けていた。フキは疲れ果て、少進を何度も見たが、少進はフキの耳に口を寄せて、

「宮さん、今日までの御我慢でござりますよって、お気を楽に召されてあらしゃりませ」

と言う。

そうか、何もかも今日までの我慢なのか、とフキは思った。明日からは旅になるらしい。それも長い旅に。挨拶に来る誰も彼もがそう言い、道中の無事を祈り上げると言って退出するのだから、やはり関東はよほど遠いところなのだろう。けれども旅先ならば、こんなに朝から夜まで客が続いて挨拶に来るようなこともないだろうし、フキも部屋と居間を往復するだけでなく、もっと勢よく歩いたり、大きな声で少進に話しかけたりすることが出来るのかもしれない。

客がとぎれると嗣子が少進に丁寧に礼を言った。

「少進どの、何かと御配慮のほどまことに有難う存じます。能登どんも大層お世話に

なりました由、私同様に有難がりおります」

「御挨拶恐れ入ります。出来ますことを致しただけでございますもの、御礼には及びませぬ。それよりも宮様の御事よろしゅうお願申上げ奉ります」

「もとより御所さんよりお声がかりにて宰相典侍として御附き致しますからには、庭田嗣子、必ずお役目は果すつもりでございます」

「これは私としたことが、えらい差出たこと申しました。おゆるし遊ばしませ」

夜が更けて客が絶えるまで、フキはお下に立《とう》つことも、食事をすることもゆるされなかった。観行院も嗣子も同じだった。フキは食欲を感じなくなって久しいものだから、空腹から食事を思うのではないが、昨日と何もかも違っている。昨日までは客来の間を縫って、食事をとったりしたのだった。

驚いたことに、朝早く挨拶に来ていた長橋の局が、ずっと御殿の中にいたらしく、夕方になって退出の挨拶に来た。

少進が、フキを立たせようとしたが、嗣子がそれを止め、

「長橋さん、宮様はお疲れさんにてお化粧直しも遊ばされず、客来の挨拶をお受けならしゃってますよって、御対面は明朝にして頂きましょう」

と横柄に言った。

「恐れ入り奉ります。宮様には長旅を控えておいで遊ばされますよってに、今夜は御早く御寝《げし》なって頂かされ。くれぐれもおみお躰ご大事に遊ばされますよう、宰相典侍さんも御苦労さんながら何事もこれからは宮様お大切に遊ばしませ」

長橋の局は嗣子の態度など気にもとめずに立派な挨拶をして帰って行った。

夜になって客来が止まると、観行院も嗣子もそそくさとフキに頭を下げて、それぞれの部屋へ入ってしまった。フキも少進に手をとられて居間に戻ると、能登が待っていたように食事を運んできた。焼魚が一匹尾頭つきで栗きんとんが添えてある。フキがこの御殿に来て以来の豪華な献立であったが、箸を取っても少しも嬉しくなかった。魚の片身を突っついただけで、栗きんとんは半分しか喉を通らなかった。

「まちっと召上られませぬか」

と、少進が心配そうに言ったが、能登はどんどん片附け出していたし、フキも元気がなくなっていた。食後、うがいをし、能登と少進の二人がかりで着ていたものを脱がされ、寝間着に着替えた。純白の綾絹に、緋色の紐を締める。その前にお下《とう》もすました。少進が、衣類を丁寧に畳んでいる間に、能登がおまるを下げ、やがて拭《すま》したものを持ってお居間の隅に置き、

「宮様、ようお寝《しずま》り遊ばされて頂かされ」

と言って頭を下げると、退った。

「明日は卯刻にはお化粧遊《しまい》ばされねばなりませぬよって、早うお寝りならしゃりませ」

少進もそう言い、フキの躰を抱くようにして白い臥床《ふしど》に横にした。明日は卯刻発ちか、とフキはびっくりした。石清水八幡宮へ最初の社参をしたときが、そうだった。夜の明けぬうちにすっかり身仕舞いをするために、ろくに眠らないうちに起こされたのを覚えている。何しろ鉄漿《かね》つけから一切本格的にやるので、卯刻発ちといえば、ほんの一刻横になるだけのことである。だから、少進が言ったように少しでも早く眠っておかなければならないのだが、横になってからフキの心は高ぶってきた。旅というのはいったいどんな具合にやるものなのだろう。長旅だというのに、また化粧をするのか。毎日毎日がそういう生活なのだろうかと思い惑い、いったい関東へ行くというのが、どうしてこんなに大変な騒動になっているのだろうと今ごろになって不思議な思いがつのって来る。和宮がフキの両手を握りしめ、黙ってじっとフキの眼を見ていたことを思い出す。いよいよ宮さんから頼まれたことを始めるのやな、と思うと、とても眠るどころではなかった。

この御殿の中には、宮さんがどこかへならしゃって以来、上臈と呼ばれる類の女が殖え、フキの周辺を取りまいている。おすえ御寮人とか、おるい御寮人などと呼ばれていて、直接フキの傍には来ないが、宰相典侍や観行院の采配で優雅に、しかし忙しく立働いている気配である。それで観行院も少進も、めったなことが言えないのだとフキは理解した。旅に出たら、これほど窮屈なことはあるまいから、少進に事の次第と自分の役割をはっきりと教えてもらおう。宮さんが、どこへ行かはったのかも知りたい。なぜ宮《みや》さんが、実の親と別れてまで関東へ行くのが嫌やったのかも知りたい。なぜ宮さんが、実の親と別れてまで関東へ行くのが嫌やったのかも知りたい。
果して、お足だけのことやったのやろか。

フキは眠ったつもりはなかったけれども、少しまどろんでいたらしい。

「宮さん、おひなって頂かされ」

少進の囁く声に驚いて目を瞠《みひら》いた。が、辺りはまだ暗い。

ふらふらしながら能登のさし出すおまるで用を足し、蒔絵の盥《たらい》を使って上半身を拭い、別の盥で下半身を拭きあげる。毎朝のことでもう慣れていたが、水が冷たい。冬なのだ。寒くなると朝の化粧は苦行だった。白粉がどろりと肌に塗られるときの悍《おぞま》しさと滲みいる冷たさに、黙って耐えていなければならない。額に眉を描かれるときは、もっと薄気味が悪い。房楊子を使って鉄漿をつけるのも、寒くなったせいか近頃は痛いほど歯にしみる。化粧の間ずっと上半身はむき出したままで、首から背中まで、前は盛上った乳房の半ばぐらいまで白粉を塗る。小袖を重ねて着るのだから、そんなに広く塗る必要はないのだが、これは御所の慣習で、観行院も庭田嗣子もしている化粧法なのだった。

能登も少進も黙々としてフキを念入りに化粧させることに熱中している。心は急いでいるのだが、髪を梳くにも実葛《びなんかずら》の枝を水につけてとろみを出すのに時間がかかるし、フキの、こればかりは宮とよく似ている豊かな黒髪は、ゆっくり梳かなくては艶が出ない。

小袖に濃紅精好《こきくれないせいごう》の袴《はかま》を着け、何枚もの打衣《うちぎぬ》や袿《うちぎ》を羽織ってお部屋に出る。

「宮様おひるウ」

少進と能登が声を揃えて叫ぶと、部屋から部屋へ「宮様おひる」と谺《こだま》するように女房たちが伝えて行き、御殿の中にうっすらと朝の光が射しこむようだった。

観行院と庭田嗣子が盛装して待ちかまえていた。

「御機嫌ようお目ざめ遊ばされ、いよいよ芽出たく御発輿の日をお迎えならしゃって、まことに忝う有りがとう存じ上げます。御懇命を蒙って、供奉させて頂けますことは嗣子、身に余る大役と存じおります。家名を辱しめぬよう、御所《ごっ》さんのお為と思い、一生懸命仕りますゆえ、よろしゅう願上げます」

「ありがとう」

「観行院さんにも今日までの御苦労お察しするに余りあり、ただただ先帝様の御縁により嗣子に頂戴のお役目と相勤めますゆえ、何とぞお心許されて下さりませ」

「ありがとう。私は薙髪の身やよって、宰相典侍さんに一切おまかせするつもりでおります。こなたこそよろしゅう宮さんのこと頼入れます」

「恐れ入ります。早速ながら言上致します。御所より御使いに長橋殿、親王さんより高松殿、准后さんよりお五百殿参っておりますゆえ、御対面遊ばされ、御口上もお受け遊ばされませ」

几帳の前に坐っても、もうフキは不安がなかった。長橋の局というのは昨日も来た女だし、顔は見覚えていた。観行院も嗣子も憎んでいる女だということを知っているせいかもしれない。何より残暑の頃から茶の湯の稽古と称して、立ち方、歩き方、坐り方を観行院と嗣子に教えこまれている。どんな口上があっても、フキが直答する必要はなく、フキの言うのは、「ありがとう」と「ごきげんよう」だけなのである。

まず長橋が、抑揚のない声でいつより念入りに長い口上で御発輿の御祝儀を唱え出した。ああ、この声だった、とフキは思い出した。この声を聞いて、几帳の中で宮さんが火のついたように泣き出したのを。そうや、きっと宮さんも、この女を嫌うてはったんや。フキは長橋と目が合ってもたじろがなかった。親王様御名代も准后様御名代も、御所言葉ではありきたりの長々しい口上で、内容はどちらも変らなかった。

「それでは恐れながら酒《くこん》まいらせます」

嗣子が用意していた祝酒を三人のお使いに振舞いながら、

「関東より上洛の花園殿は、天璋院おつかわしのお迎えで、御門まで参っておりますが、いかがいたしたものかと考えておりますのやけれど」

と、誰にともなく言うと、打てば響くように長橋が、

「今日は宮様御発輿のお祝いに、私ども御所の名代としてお見送りに参じましたのやよって、お迎えの見参《げざん》は又別におしやした方がよろしのと違いますやろか。宮様かて関東の者に今日お目通り仰せつけはならしゃりとうはあらしゃりますまい」

と言った。

観行院は肯いて、

「長橋さんのおっしゃる通りやと私も思いますえ」

と言い、他のお使いの者たちも口々に、追い帰した方がいいだろうなどとひどいことを言っている。あんなに憎みあっているらしいのに、関東から来た者に対しては、みな一斉に同じ意見になるのかとフキは面白かった。

「それではそのように申してやりましょう」

嗣子が女房を呼んで言いつけ、それから観行院とフキを等分に見ながら、

「宮さん、お芽出とうお立ち遊ばされ」

と合図を送った。長橋一同が頭を下げている前を、フキは少進に手をとられてしずしずと歩き出した。

輿に乗るとき、少進がフキに常より恭しく頭を下げた。観行院は先廻りなので、もうそのときは居なかった。輿の戸は少進が外から閉めた。石清水八幡宮へ社参に出たときも、上下賀茂社や祇園さんへ出かけたときも、同じように少進が輿の戸を閉めたから、フキはそれを別に珍しい事とは思わなかった。

八瀬《やせ》の童子と呼ばれる逞しい男たちの肩に輿が上げられ、辰の刻に予定通り桂の御所の御門を出た。フキは一人で心細かったが、初冬の陽ざしが明るく、外からフキは見えないようだったが、フキの方からは微かに板の隙間から外が見える。板張りの外側に御簾がかかっているのだったが、それでも人々が群ってフキの乗っている輿を見送っているのが見える。京中の人々が集まっているように思えた。みんな宮さんが関東へ行かしゃるのをお気の毒《あて》に思っているのだろうとフキは思った。フキは顔を出して、違うのえ、行くのは私やのえと言ってみたくてたまらなかった。涙を流して見送

る人々もあったが、フキは遂に、あの鬱陶《うっとう》しい桂の御所から出たのだという思いでむしろうきうきしていた。すぐ前とすぐ後の乗物しか見えないが、どうも大層立派な御行列らしい。祇園さんにお詣りしたときには牛車をくり出して仰々しかったけれども、おそらく今度は旅の人数が大変なものなのであろう。

　輿は御殿を出てから一度も傾ぐことなく、軽々と宙に浮いているようだった。フキは右を見たり左の景色を眺めたりして飽きることがなかった。賀茂川は三条の長さ五十七間といわれる橋を渡った。すると一面に稲田が黄金色に広がっていた。こんな世界がこの世に有ったのかと、フキは輿の戸を中から開けて眺め渡したいくらい心がひろびろとしていた。旅の楽しさというものが、桂の御所で息を潜めて暮していた歳月を忘れさせた。フキは輿から飛び降りて、まだ刈り残っている稲田に駈けこみ、思いきり素足で走りまわりたかった。町方に奉公していた頃、二条城の西まで出れば田園風景が見られた。そのときの記憶と重なって、見える筈もないのに、青い蝗《いなご》が飛ぶのが見える。フキは袿を脱ぎ、袴を取って、本当に飛出して行きたかった。目の色が変るほど蝗取りに興じたかった。

　しかしフキの思いとは全く別に、和宮様の御行列は厳めしく、誰も私語を交す者もなく、やがて山科に着いた。ここで一休みして昼食を摂る。食事は御寮人と呼ばれる上﨟が三人ほどで給仕し、能登がフキの傍近く控えていた。少進の姿が見えないのが不思議だったが、フキは能登とは口をききたくなかったので黙っていた。御下《おとう》のとき、能登の方でも一言も口をきかなかった。

食事の前後に嗣子が様子を見に来て、

「朝より何かと御もやもやにて恐れ入り奉ります。さるにても宮様には一向にお動じさまもあらしゃりませず、宰相典侍まことに安堵致しおります。何とぞ今後ともそのようにあらしゃって頂かされ。早速ながら御出立を。今夜と明日は大津にお泊り遊ばされます。何かと不揃い多く、観行院さんもことのほか御もやもやにて御尤もさんながら今更お気の毒に存じおります」

と、フキの手を取って輿に乗せた。

少進は、どうしたのか、とフキは嗣子に訊きたかったが、そういわせる隙が嗣子の方になかった。輿の戸は、嗣子の手で閉じられ、やがて屈強な八瀬の童子たちの肩に持ち上げられて街道へ出た。

そういえば食事のとき観行院も姿を見せなかった。朝から何かと御もやもやにてと嗣子が言ったのは何のことだろう、とフキは考えこんだ。取りこみごとが多いことを女房言葉では御もやもやと言うらしいのだが、フキのようやく少し身についた言葉の知識はともかくとして、少進さえも姿を見せない理由の一つもそれであるのに違いない。お嫌さんの和宮を無理矢理こうして下向させているのであるから、何かと不始末が多くて、覲行院も少進も、その応対にフキの相手どころではないのだろう。それにしても本物の宮さんはどうしてはるのやろと、フキはこれも謎の一つで自分の立場がもう一つ落着かないのであった。いつまでお身替りの役をするのか、それが分らない。桂の御所では、一切声は出さないようにと言われていたから訊けなかったが、大津の宿についたら少進と二人だけになって、ゆっくり訊いてみよう。こうして旅に出てみれば、御殿の中で息を殺していたのと違って、フキはようやく自分を取戻したような気がする。

申の刻には大津の宿に着いた。京からたった三里の道を、一日がかりで来たのだ。若いフキにしてみれば、何ほどのことでもなかったが、輿から出てみると大きな家の中はもう暮れていた。夕食の用意が整えられていて、桂の御所にいる間は見たこともないほど手のこんだ料理が、一の膳、二の膳、三の膳まで続いて運びこまれた。

「宮様、琵琶湖は魚の豊かなところでございますよって、様々に御賞味頂かされますようにと、御本陣の御用意致した者ども申しおりますゆえ、何とぞどのお皿小鉢にもお箸をお進め遊ばされませ」

おすえ御寮人と呼ばれている若い女房が給仕に坐っているところへ、嗣子が来てそう言うと、そそくさと立って行った。

フキの居る屋敷が御本陣と呼ばれるのであるらしい。フキは嗣子に言われた通り、どの皿のものも食べて見たいと思うほど料理の数の多さや珍しさにびっくりしていた。

しかし桂の御所と違って御本陣はフキのいる一間は別にして、他ではごった返しているような様子がうかがわれた。人々の動き。ささやく声。ときどき女の声が甲高く走る。御ももやもやがあるのやな、とフキは思った。フキは一寸五分ほどの銀色の魚が踊るような姿で焼いてあるのを一口食べて、その旨さに驚いた。宮さんに差上げたいものだと思った。桂の御所ではせいぜい鯵《あじ》の干物ぐらいしか召し上っていないのだ。この魚は、なんという名前であろうか。少進に訊いて見たいと思った。

フキは控えているおすえという上臈に訊いた。

「少進は」

上臈は恭しく答えた。

「少進どのは参りませぬ」

フキは耳を疑い、何度もおすえの返事を反芻し、やがて箸を措いた。旅の楽しさも、食べることの喜びも一瞬で消えうせていた。少進が、来ない。フキは驚愕し、目の前が暗くなった。

上﨟はフキの様子を妙に思ったのかもしれない。

「命婦《みょうぶ》の能登どんを召されますか」

と訊いたが、フキは慌てて首を振って嫌々をした。能登の顔など見たくもなかった。少進だけが頼りで、少進の優しさを杖として宮のお身替りになる気でいたのに、今朝までいつも傍にいて夜は同じ部屋に寝ていた少進が、旅について来ないというのは、いきなり橋から突き飛ばされて賀茂川に落ちるようなものだ。フキは不安だった。

三の膳のどれにも、もう箸は動かなかった。少進が来ない、少進が来ない、と、ただそればかり心の中で喚き続けているところへ、嗣子が来て、御膳を下げるように女房に言い、それからフキに一礼して、

「宮様、関東よりお出迎えの花園どのを召して御対面ならしゃりませ。御直答は遊ばされませぬように」

と言って、次の間から搔取姿の上﨟を案内して来た。初めて宮様のお身替りになって対面した女と似ているとフキが思ったのは、その髪型のせいである。公家方と違っ

て髪を高く結い上げ、鬢を張り、髪飾りも派手なものが幾つも刺してある。畳の上に両手を揃えて深々と頭を下げたが、やがて上げた顔は勝光院よりはるかに若い女であった。

「天璋院様御名代として花園より申上げます。御所さまにはお揃い遊ばされまして御機嫌ようならしゃいまするこど、おめでたく、かたじけなく、お悦び申上げまする。この度はこの上ならぬ御縁組めでたく御発輿遊ばされましていよいよおめでたく存じ上げます。大樹様にも天璋院《てんしょういん》さまにも、御無事で御道中遊ばされますようにと江戸表にても大奥にても、城中一同心よりお待ち受け申上げておりますれば、何とぞお心おゆるりと遊ばされますよう願上げます」

「ありがとう」

と、庭田嗣子がフキに代って答えた。

「和宮様には勿体なくもお初めての御旅ながら、お疲れさんもあらしゃりませず、おめでとう忝う存じ上げ奉ります。段々との御口上、宮様にも、お悦びにてあらしゃりますよって、次の間にてお祝酒を拝領なさいませ」

「恐れ入り奉ります。宰相典侍さんにも今後ともよろしく願上げます」

「こちらこそ、よろしゅう」

二人が次の間に退ろうとしたところへ、嗣子に女房が伝言してきた。

「御所より御使いとして大御乳人《おおおちのひと》さんが旅宿に御逗留の由にございます。親王様、准后様よりおかね合いのお使いお八百殿も参られました」

「ほなら早速に御対面ならしゃるよって、そのように申上げて」

「はい」

「ところで観行院さんの御夜具やけど、どうなったのやろ」

「それが、御夜具だけやのうて、観行院さんのお道具はまだ一つも着いてないようなでございます」

「困ったことや。使いはもう着いた頃やのに。どうなるのやろ」

「観行院さんはおいらいら遊ばしていらっしゃいます」

「御無理もない。少進はいったいどうしたのやろ」

フキは身動きもならずに次の間から漏れて来る会話を聞いていたが、少進はいったいどうしたのやろと庭田嗣子が非難がましく言うのを聞くと、また息が止まりそうになった。観行院の夜具類と一緒に少進も着かないという意味なのであろうか。少進が来なければ、困るのはフキ一人ではあるまいと思われるのに、どうして来ないのだろう。少進は、嗣子に言わずに宮のおいでになる方へ行ってしまったのだろうか。それで観行院がいらいらしているのではないだろうか。さまざまに考えてみても、少進がこの旅に来ていない事実だけは間違いない。ほなら私《あて》は、どないしたらええのや。フキは心細さで胸がしめつけられるようだ。

やがて御所より大御乳人さま、親王様、准后様よりお八百殿が、仰々しく挨拶に来た。昨日は御所からお別れの口上、今朝はお見送りの口上があって、今度は芽出たく大津に御到着の御祝儀という口上である。長い長い女房言葉をフキは聞いても聞こえなかった。少進が来ない。少進が来ていない。桂の御所を出るとき恭しく輿の戸を閉めたのが少進だったが、あれが別れであろうとはフキには思いがけなかった。

夜が更けても、フキは茫然としていた。能登が、御下《おとう》の御用に来たが、フキの躰からは何も出なかった。夕の膳は汁物にも手をつけなかったのだ。

本陣の中は、慌しく、足音を盗みながら人々が駈けまわっているのが分る。フキの傍には誰も寄って来ない。夜の中で、フキは一人でいつまでも坐らされていた。子刻近くになって、能登がフキを隣室に導き、着替えにかかった。白い臥床が用意されていたが、見なれた少進の臥床の用意がなく、そのかわり真新しい真紅の夜具が一組置いてあった。

フキが寝間着を着て、かもじを外したところへ、観行院と庭田嗣子が入ってきた。

観行院は眼を吊上げ、相好が変っていた。

「なんということやろ。なんということやろ。奇妙《けもじ》なこと。あまりにも遅《おそ》もじや。こんなことがあってええのやろか。よりによって私の物だけ着かん。誰の仕組んだいたずらやろ」

「何かの間違いやろとは思いますけれど、驚《きょく》んなこと。観行院さんがお立腹《おにつか》りるのはごもっともさんでございますが、もはや子の刻にもなりますれば、まず失礼ながら嗣子の夜具にてお眠《しずま》り遊ばしませ。宮さんも、御寝《ぎょしん》遊ばされねばなりませぬし」

「宮さんが」

観行院は、チラとフキを見て、逆上のあまりか、言ってはならぬことを口にしてしまった。

「この宮さんの夜具が届いて、観行院の夜具が届かぬ。このようなこと、あってええものやろか」

フキは、観行院と二人になる機会があったら、少進がどうして来なかったのかと訊くつもりでいたのだけれども、観行院の状態は正常ではなかった。嗣子でさえ息を呑んだくらいだから、フキが声をかけるどころではなかった。

嗣子は口が酸くなるまで観行院をさとして、ようやく嗣子の夜具に二人で寝ること

に話を納めた。能登は、ほっとしたらしく、

「ほなら私は今夜と明晩は脇の御陣へ下らせて頂きます。ようお寝《よ》り遊ばしませ。ごきげんよう」

と二人に挨拶し、急いで退出した。どうやら旅の一同の主だったものは本陣と脇本陣の二つに別れて寝起きすることになっているらしい。

観行院も嗣子も別室で家来に手伝わせて寝巻に着替え、戻ってきて嗣子の赤い夜具で窮屈そうに横になった。

「このようなことばかり、これからも起るのやろか」

「先が思いやられますな」

観行院と嗣子が囁きあっている。観行院の声は不満にみちていて、嗣子の声は諦めきっている。二人ともフキのことなど考えていないようだ。

フキはといえば、観行院が自分の夜具だけ着かないので怒り狂っていることよりも、少進がいないことの方が気がかりだった。どうして少進がいないのだ。能登でさえ、先刻まで傍にいたというのに。離れている宮さんを思い、これから先、フキの存在は忘れている観行院と、フキの嫌いな嗣子と能登との三人に取り囲まれて旅をするのかと思うと、フキはあまりの心細さに、いつもより一層眠ることが出来なかった。

その十四

関東の政策で公家を禁裡中心とする十丁四方の小さな世界に封じこめて以来二百年になる。天皇が桂離宮にお成りになるのも後水尾天皇以後は、所司代が禁じてしまったくらいであるから、観行院《かんぎょういん》にしても、庭田嗣子《にわたつぐこ》にしても、公家町から出ることさえ滅多になかったところへ、旅である。生れて始めての出来事だから、観行院の夜具が荷物のどこかに紛れこんでいつまでたっても出て来ないなどという事件は序の口だった。毎日、毎日、宿場が変るごとに、毎日、毎日、大事件が起った。中仙道は俗に女街道と呼ばれているが、それにしても百人近い女の集団が通るのは二百四十年前に徳川家康の孫娘が後水尾帝の皇后になられたとき以来で、その頃のことを覚えている者など、どこの土地にもいる筈がなかった。総ては所司代と関東と双方からの連絡で、恙《つつが》なく御旅行が出来る筈であったが、庭田嗣子でさえ逆上するような事件が続きに続いた。宿場ごとに、領主が違い、領主の宰領によって粗略に扱われることもあるし、これほどやることはないと思うほど大層なもてなしを受けることもある。誰もが末代までの語り草に和宮様に拝謁させて頂きたいと申し出て来るのを、断るのが庭田嗣子の役目であった。

「関東御下向まではお大切な御方様ゆえ、どなたにも御対面はならしゃりませぬ」

嗣子は重々しく答え、相手を出来るだけ早く落胆させるように仕向けた。そうしながら、いつも、大津のお宿に橋本実麗《さねあきら》の妻がお別れの御挨拶に来たときの有様を思い浮べた。橋本中将の奥方は、夫が急病で供奉できなくなったことを観行院にも嗣子にも何度も頭を下げて詫び、宮に対してもまずその御読言上が目的で大津まで出かけてきた筈であったのに、宮と対面した直後から俄かに言葉がしどろもどろになり、お祝酒を頂戴したときなど重くもない塗り盃を手から取落し、自分が着ているものばかりでなく辺りに酒を散らして、袖で拭くやら袂で拭くやら醜態を演じた。それは、とても幼い頃からお馴染み申上げていた宮とのお別れが辛くて取乱したのだとは嗣子には思えなかった。気がついたのだ、と嗣子は見てとった。でなくて帰るとき養子実梁《さねやな》の妻幹子に抱えられるほど手足の力を失う筈がない。橋本実梁は一行に供奉しているが、実麗の養子であるから、本物の和宮をあまり知らない様子であり、まして妻の幹子となれば姑のお静が何に気がついたかさえ分らなかったであろう。嗣子はその様子を詳さに見ていた。橋本実麗が急病と言って供奉しなかった理由が、嗣子にははっきり分った。観行院が、実麗が病気でお伴できないと言ってきてから俄かに取乱し始めた理由も、さらによく分った。

やはりそうだったのか、と嗣子は思った。

すべては観行院の一存でやってしまったことなのだろう。大それたことをしたものだが、嗣子はそれほど驚かなかった。公家の社会では親族の婚姻が多く、白痴の姫や、盲目の女などがよく生れ、それでも生れた家の格に応じて御所から御沙汰があり、相応の公家の正室として嫁ぐ例は多かった。いま嗣子が奉仕している相手も、行儀作法に関しては白痴同然であり、読み書きについては盲目同然であった。ただ、出自について全く分らないが、地下《じげ》の出ですらないことは明らかだった。とはいえ嗣子は御所の御沙汰で宰相《さいしょうのすけ》典侍として供奉しているだけのことであるから、何が故に橋本実麗が急病になったのか、何に驚いてお静が取乱したのか、嗣子自身には関係がない。

ただ、それまで納まりかえっていた観行院が、旅に出てからすっかり落着きがなくなり、数日のうちは朝から夜まで夜具のことばかり金切り声をあげて言い立て、果ては長橋の局の仕組んだ嫌がらせに違いないなどと身を震わして言うに到って、嗣子もやれやれという気になってきた。本陣に人より先に着いていなければならない筈ののが、着いていないのは毎度のことで、何も観行院の夜具に限ったわけではなかった。早い話が、嗣子が誂《あつら》えた自慢の硯箱でさえ、四泊目の愛知川《えちがわ》本陣では行方不明になってしまった。

嗣子は女嬬《けらい》の梅と松江を叱りつけ、守山中へ散って宿泊している一行のところには庭田の家来である小西右内を走らせて探しまわらせた。

「ようこそ御着き下さりました。末代までの栄誉と有りがたく存じ上げ奉ります。途中は草津で御小休遊ばした由承りました。近江八景は御覧になりませなんだ由、大津より舟にてお越し遊ばせば、比良暮雪が絶景でございましたところを惜しいことでございました」

「物見遊山の旅とは違うてあらしゃりますよってに、そのようなことは宮様の思召しにはかないませぬ」

「ご尤もさまに存じ奉ります。が、この宿からは野洲川が御覧になれます。東海道横田川の下流でござりまして、末は琵琶湖に流れ入ります。夏ならば布晒しで見渡す限りまっ白になります。少しく季節が違いますが、宮様の御意に入ればお目にかけようと地元の者ども用意してお待ち致しております。お気散じに御台覧頂けましょうや」

「宮様、ことの外お疲れにて御寝《ぎょしん》になってあらしゃります。用意の者どもはまことに御苦労やったと伝え、手厚うして退らせますように。ごきげんよう」

御所言葉も女房言葉も聞いたことがない相手は、嗣子の頑とした口調に手も足も出せず引き退ってしまう。

「観行院さまのお召しでございます」

松江が言いに来た。

どこの本陣でも桂の御所に較べるとずっと手狭だが、観行院は宮の隣の一室を必ずとるように言いはってきかなかった。腹心の少進がいないのだから当然とは思うものの、その代り何かにつけて嗣子が呼びつけられるのは面白くなかった。

「なんぞ御用」

嗣子は旅に出てから、宮に対してはもとより、観行院に対しても随分ぞんざいな口ぶりになっている。旅がこんなに心の荒れるものとは思いがけなかった。

観行院はまた観行院で、旅立ちの前からずっと目が吊上ったまままもう数日になる。

「この文、使いを出して橋本中将に急いで届けてや」

「かしこまりました」

「癒り次第、急いで宮さん御宿へ来るようにと書きましたよって」

「宰相中将さんは、御快癒次第、東海道を走って宮さん御一行に追いつくという御連絡がありましたのに」

「それでは遅すぎますのや。頼りにできる者が誰もおらぬのやよって」

それは本音だろうと嗣子は思った。供奉している公家は、中山大納言を除けば、みんな関東の息がかかった者たちなのである。

しかし何を今さら慌てているのだ、と嗣子は肚の中で観行院の狂態を冷やかに眺めている。供奉する公家や女官や、その家来から、輿をかつぎ、お道具を担い、馬の口をとる人足まで含めて七千八百人という大勢のお行列が京都を既に出発しているのだ。すべての人々が和宮の関東御下向のために動いている。ここで宮さんの実態が分ったところで、どうなるというのだろう。命婦《みようぶ》の能登《のと》でさえ、気がついてはならぬとすぐ呑みこめたのだから、関東へ着いても怖ろしいことは何もない筈だった。関東方が気がついて騒ぎ出せば、天下に大恥をさらすことになるのだから、かりに所司代酒井忠《ただ》義《あき》が宿へ来て宮さんと口をきいても、彼は黙って退出するだけだろう。橋本実麗を呼び寄せたところで、何の足しにもなりはしない。

嗣子の心中が、気の立っている観行院には突きささるのだろう。嗣子と能登は一日交替で本陣と脇陣に泊るのだが、能登が本陣に泊る夜は、観行院は能登を相手に嗣子の悪口を漏らすようになった。

「宰相典侍は、いったい自分を何者やと思うているのやろ。まるで主上の御名代にでもなったようなことをお言いる。笑止でならぬけど、笑うわけにもいかず、切のうてかなわぬ。典侍が本陣に泊るときは、まるで私らは家来のようや。御所からは御手厚うして頂いている筈やのに、旅になってから人が変ったようなえ。この分では先が思いやられるえな。私かていつまで我慢は出来ぬよって。能登どんは夜具のことお聞きたか」

「私は何も存じませぬ」

「長橋のしたことかと思うていたけれど、今になれば、あれは宰相典侍やったのや。私の夜具だけが幾日も着かなんだ。その間、どうしていたとお思いるえ」

「はあ、恐れ入ります」

「こともあろうに宰相典侍は、自分の夜具に寝よと言うた。それで典侍はどないしたとお思いる」

「恐れ入ります」

「自分も同じ夜具にお寝たのや。まるで軒を貸しているような顔をして」

「恐れ入ります」

「私は先帝の御寵愛を頂いた身や。同じ典侍というても御常御殿にいた頃のことを思えば、自分の夜具に寝かせるさえ恐縮と思うてしかるべきところやのに、まあ、自分まで一緒にお寝たのえ。おお、思い出しても気味の悪い」

「恐れ入ります」

能登は頭を下げて伺うばかりであったが、彼女の方も旅になってから面白くないことばかり続いていた。旅の疲れがあって、他の上臈《じょうろう》たちが休みをとるときも、能登は宮のお世話一切しなければならないから、片時も休めない。少進がいたときは二人でやっていたことが、今は能登一人でやらなければならない。和宮の身辺には御寮人と呼ばれる上臈が数人いたが、これは実生活では何の役にも立たない女たちばかりだった。一日おきに能登は脇陣とか、茶本陣とか呼ばれる別の家で眠れるのだが、それは宮が最後の御下《おとう》をすまされ、臥床《ふしど》にお寝《よ》られてからであるから、時によってはかなり夜更けていたし、朝はまず本陣にかけつけて出立の御用意はすべて能登の手がなければ宮はお身動きが出来ない。宮の御下は、宰相典侍が本陣に泊る番でも決して彼女は自分の手を出す気はないし、実際典侍というのはそういうことをする身分ではない。

仕方がないから能登は一人で立働いているものの、観行院の愚痴をきくにつけても、疲れ果てていながら宮のお世話をしている自分が阿呆らしくなってくる。

　太田の宿には七日目に着いた。ここは尾州徳川家が担当しているだけあって、これまでのどの宿より立派な本陣が用意されていた。宮様のためには上段の間が三室、美々しい調度で飾りたてられていた。観行院にも別に二室、嗣子にも二室と、到れり尽せりの準備であった。

「申上げます。従三位尾張中納言様より御進上の品々でございます」

おるい御寮人と呼ばれている上臈が、女ばかりの本陣に女嬬《けらい》たちにずり、、を何台も曳かせて献上品を運ばせてきた。大きな板で舟のような形になったものに紅白の布で綯《な》った紐をつけている。ずり、、の上には眼の下三尺もある鯛を始め、生魚がまだ生きているかと思うほど鱗を輝かせて身を寄せあっていた。

観行院と嗣子は顔を見合せた。もちろんこういう場合、フキは几帳の中に坐っている。

「流石《さすが》に尾州は違うたものや」

「御分家では筆頭の六十七万石やよって、豪勢なことをなさいますな」

献上物は生魚だけではなかった。紅白の反物の他に山川を御無事にお越しになった御祝儀として黄金が添えられていた。庭田嗣子はその中から二百疋を小西右内にやり、家来一同には宮様からとして拾両くばった。尾州徳川家からどれくらいの金子《きんす》が献上されたか、嗣子は観行院にも報告しなかったし、御留にも記さなかった。

能登に拾両の中の一部を渡しながら、嗣子は久しぶりに上機嫌で、

「関東の御分家だけあって、することが行き届いてある。関東でもこのような具合であってほしいものえな」

「さよでございますな。お末が頂戴した御膳まで二の膳つきで、金蒔絵やったのは、これまでのどのお宿でもなかったことでございますよって」

「名古屋から、宮さんのお輿の警護に千人余りの武士がついて、明日の大久手まで送ると言うて参った。武辺にもなかなか感心な者がいるようや」

「宰相典侍さん」

「なんえ」

「申上げにくいことでございますけれど」

「なんのことえ」

「恐れ入ります」

「お言いやす」

「はい」

「お言いやっしゃ」

「観行院さまの御機嫌があまりおよろしゅうないのが気がかりでなりませぬ」

「気強いお方やと思うていたのに、旅になってから大いらいらや。私もたいがい疲れますえ」

「お察し申しておりました。実は」

能登は観行院が彼女相手にこぼした愚痴をそっくり嗣子相手に告げ口をした。嗣子は黙って聞いてから、尾州公の献上金を観行院に報告しないで本当によかったと思った。

翌日、大久手の宿に着くと、嗣子はフキにはむろんのこと、観行院にも挨拶せず、尾州公から太田川の渡しと、細久手の坂を無事に越したお祝い品が届くのを待って、上臈衆へつかわす金子を土御門家から御奉公に上っている女に渡し、小西右内には別に五十疋やるように言いつけて、さっさと脇の陣へ下ってしまった。

大久手は本陣さえ太田と比較にならない貧弱なものだった。それを脇陣へ下ったのだから、嗣子の寝る部屋はみじめたらしくて、嗣子の怒りを何倍にもした。さらに悪いことに、本陣と違ってこの陣屋は警備の武士も少ないので女たちも気がゆるむらしく、いろいろな噂が嗣子の耳に入ってくる。

「宰相典侍さん、宮様が首途に当ってお詠み遊ばされた御歌を御存知でいらっしゃいますか」

清くない上﨟は本陣泊りは御遠慮することになっていた。脇陣の方が気楽なので、清くなってもなかなか本陣へ戻って来ないので、上﨟の数は手狭な脇陣の方が多くなっていた。

「宮さんが、お歌を、はて」

嗣子が首を捻ったのは、あの宮さんが歌など詠める筈もないのにと思ったからだが、相手は嗣子が空とぼけているものと思ったらしい。

「惜しまじな君と民とのためならば身は武蔵野の露と消ゆとも」

一息に詠んでみせて、嗣子の表情を見ている。嗣子は眉も動かさずに、

「惜しまじな、君と民とのためならば、身は武蔵野の、露と消ゆとも」

と一句も違わずに反唱した。

「やはり宰相典侍さんは御存知でいらしたのでございますな」

「いいや、今が聞き始めやけれど、よう出来た御歌でございますな。さすが宮さん、そのお心がけあらしゃっての御東下ですよって」

嗣子は口ではそう言いながら、肚の底では勤王の志士あたりの作った歌が流布されているのだろうと思った。侍従の岩倉具視《ともみ》あたりかとも思ったが、公家が作るなら、もっと修辞が多い筈だから、いくら岩倉でも、もう少し綾のある歌が出来ただろうと思った。

「関ヶ原をお過ぎになった頃、お詠みにならしゃった御歌は、宰相典侍さん」

「さあ、知りませぬな」

「落ちて行く身と知りながら紅葉ばの、人なつかしくこがれこそすれ」

「こなた、誰からそのようなことお聞きたのや」

「警護の者ども、宿々で待ち受けている者たちから、私どもの女嬬たちに伝わったのでございます。この御歌は、宰相典侍さん」

「宮さんが、まさかそんな情けない歌をお詠み遊ばされる筈はありますまい。惜しまじなのお歌と較べて、お人が違うようやないか」

嗣子はもう露骨に不機嫌な顔になり、自分の部屋に入り、赤い夜具にいきなり横たわった。観行院をこの布団に寝かせたのは嗣子の好意であったのに、それに感謝をするどころか、身分違いの者が一緒に寝たと憤慨していたとは。思い出しても気分が悪くなると言っているとは。聞いた昨日の夜よりも、一夜すぎてからの方が怒りが激しいものに変っていた。夜半、雨が降り始めた。この雨は当分やむまい、と嗣子は歯がみしながら思った。観行院が能登のように身分の低い者を相手に自分の悪口を言うのでは、これから先が案じられた。御所で長い長い歳月を忍耐で明け暮れするうち初老を迎えていた嗣子であったが、主上も在しまさねば、あんな宮さんに仕えるだけで、観行院などに言いたい放題をさせておく我慢は出来ると思えなかった。本当に今からでも自分の手で、観行院の夜具をどこかの宿場へ捨てて行ってやりたいと思った。この怒りは、復讐するまで燃え尽きるとは思えない。

旅であった。冬であった。嗣子は夜具の中で身を硬くしていた。

翌日は、雨の中を予定通りの行進で中津川に酉の刻過ぎて着いた。嗣子は本陣に泊ったが、観行院とは口をきかなかった。話しかけてきても返事をしなかった。フキ相手の挨拶も一切やめてしまった。観行院は、妙な顔をしていたが、やがて能登を疑い出した。能登に対して、きつい口調で文句を言うようになった。能登は叱られる度に、

「恐れ入ります」

と答えていたが、一向に恐縮していない。

しかし叱られて面白い筈がないのと、嗣子の態度の変化から、フキに対してやるこ

とが一層粗略になった。言葉づかいもぞんざいになり、脱ぎ着をさせるのも乱暴になった。それが観行院の目に止ると、また小言の種になる。

「宰相典侍さん、能登は困ったものや。なんとかなりまへんやろか。あれでは宮さんがお気の毒や。命婦という身分をなんと心得ているのやろ」

「典侍よりは位が低いと思うてるのと違いますやろか」

「それは当り前や。能登は、ついこの程まで女蔵人《によくろうど》やったのが、宮さん東下遊ばされるにつき格別の思召しで命婦の位に上げて頂いた者やのに、あの増長ぶりは、なんやろ。宮さんが、能登を嫌うてあらしゃるのも御もっともや」

「宮さんは能登がお嫌さんであらしゃりますか」

「こなたさん見ておいて、そないお思やしまへんのか。少進のときとはえらい違うてあらしゃりますえ」

「少進はんのときと宮さんはどうお違いにならしゃりますか」

「宮さんは、少進にはおみ心お許し遊ばされてあらしゃりますけれど、能登では、側に寄られてもお嫌さんのようや」

「さよであらしゃりますか。能登どんには気イつけるよう言うておきましょう」

「よう言いきかしてやってや、宰相典侍さん。長橋はよりによって御常御殿で一番の性悪な女を選んだのと違うやろか」

観行院は、嗣子がやっと口をきき始めたので、うっかり心を拡げ、能登の悪口を思うさま言ってしまった。嗣子も、待遇の面で、典侍である嗣子と命婦の能登の差別が少なすぎるのは気に障っているところだったから、

「旅に出てからは、御所内の習慣を知らぬ田舎者が大勢して能登どんまで持ち上げますよって、ええ気になっているのかも知れまへん」

「そやと思いますえ」

「長橋さんも、どない言い含めたか分ったもんやござりまへんし」

「こなたさんも、そない思うておいたんやな」

「顔がよう似て見えることがありますよって」

「そう言えば、その通りや。描き眉の形さえ違えば、鼻も口もそっくりや。おお、怕《こ》わ」

「観行院さんも、やはりそないお思い遊ばしますか」

と、一緒になって悪口を言った。

雨が、三日も降り続いていたが、和宮の御行列は予定通り粛々と中仙道の中でも嶮しい中津川から三富野《みとの》、そして上松《あげまつ》の本陣に着くまでの山坂を、下仕えの女たちは笠

をかぶり、人夫は冷たい雨に濡れたまま歩いた。坂が急なので、馬でさえぬかるんだ道に足をとられてよろけることがあったが、さすがに八瀬《やせ》の童子たちが担いでいる宮の御輿だけは小ゆるぎもせず静かに動いていた。

十一月三日ようやく晴れこそしたものの風が激しく、街道の両側にびっしり立ち並んだ杉木立が高く遠く鳴り続けていた。御行列は藪原の宿に着いた。嗣子は早速脇陣へ退るつもりであったが、能登を呼んで観行院の悪口を自分の言った分も混ぜて丁寧に伝えた。

「まあ、そない言うておいるのやったら、私は却って気楽でございますえ」

と言いながらも、能登の眼つきは変っていた。

「あの宮さんを、どないして今以上に大事にお扱いできるのか教えて頂きたいくらいでございます。命婦になって増長しているとは、ようもお言いやしたな。宮さんが私をお嫌さんなら私はいつでも御所へ去《い》なして頂きとう存じます。これは宰相典侍さん、どうぞそのようにお伝え下さいますようお願い入れます」

「それでは私が告げ口したようになりますやないか。まあ、今言うたことは胸にしもうておおきやす」

「ひどい雨風の中を旅しながら、我慢々々と自分に言いきかせてましたのに、長橋のお局さんに似ているとまで言われては、胸も納まりまへん。私が一番お恨みに思うていますのは長橋のお局さんでござりますもの」

「それは、なんで」

「なんでか存じまへん。けど、長橋さまは私をずっと前から毛嫌いしてはっておいやしたのでございます。御沙汰があったときは、顔見るさえお嫌やったのかと思うたくらいでございました。それで私も意地を張って、御辞退に御辞退をしているうちに、いきなり命婦に昇進の御沙汰があり、里方には所司代若狭の手の者で、三浦なんとやらが談じこみ」

「三浦七兵衛やろ」

「さよでござります。御所では長橋のお局さんが、急に猫撫で声をお出しやして、支度金はなんぼでも申し出てよろし、私が武家伝奏《てんそう》衆に取次げば、言うた通りになるよって、とかようにお言いやして」

「それで、こなたはなんぼと言うて出たんえ」

「千五百両と、これは長橋さまが私にお言いやしたのに、宰相典侍さんが千四百両では安いと言うてなさるという噂がわっと御常御殿の中で持ちきりになりましたよって」

「あれは根も葉もないことやったのえ、能登どん」

「そうやろと思うてました。長橋さまが誰彼なしにお言いたのが元ですやろ。私は怖ろしゅうなってきて、なんぼでも御所の思召しで結構でござりますと言いに出ました。ほな、長橋さまが典侍さんと同しだけにしてあげたいのやけれど、あのお方は欲張りさんで私の口や手に負えぬよって、伝奏衆におまかせしたえ、とこないお言やして、だんだん猫撫で声が消え、桂の御所に参ってからは私には会うても下さりまへん。はっきりした御方とは思うてましたけれど、口とお腹があのくらい違うお局さんもお珍しと思います」

「私かて同じ思いやのえ」

「誰も喜んで御下向のお供しているわけやないのに、観行院さんや、あんな宮さんに、嫌われたりしてまで旅などし度うござりまへん」

　能登の胸の中は煮えくり返っている様子だった。嗣子は久々に気分よく脇陣に退った。夕の御機嫌伺いには小西右内を代りに参らせたが、なんのおさわりさまもあらせられずという返事を承って帰ってきた。あの宮様にあれ以上おさわりがあっては大変だと、嗣子は滑稽に思い、その夜は久しぶりに熟睡した。ようやく旅というものに躰が馴れて来たのかもしれない。

翌日は申し分のないお天気で、風もなく、坂もなく、御行列も混雑せず、本山の御宿には常より一刻も早く到着してしまった。難所を越した内祝いにと、江戸大奥からお迎えに来てお行列に混っている上﨟花園から申入れがあって、宮様と御対面、橋本実梁のお相伴で御酒《くこん》を下さるという仰せが観行院から伝えられた。が、嗣子はこの夜は本陣詰めであったが、持病が出たと言って部屋に退り、不貞寝して過した。嗣子は花園という江戸の上﨟に対して敵意を燃やしていた。こちらが御所風であるのに対して、なんの恥じらいもなく関東風の礼儀作法、髪、形、衣裳と、胸をはって堂々と嗣子にも挨拶することが気に入らない。最初から天璋院《てんしょういん》のまわし者と思っていたし、所司代を含めて関東方であるのは紛れもないことであった。嗣子は、御行列の中で御所方での第一人者であることにいよいよ自負を覚えている。橋本実梁にしたところで、公家の大方は酒井若狭と三浦七兵衛の二人の手で丸めこまれてしまっているのだから、養父の実麗とどう違う考えを持っているか分ったものではなかった。若い花園と酒をくみかわして、意気投合しているかもしれないのである。観行院にしても、大奥に入れば花園を味方に引入れておいた方がいいと計算しているのかもしれない。

「もうし、宰相典侍さん」

能登が見舞いにきた。

「お具合はいかが」

「まあ血の道やろ」

「それなら私も同しことでございますわ」

能登は嗣子が仮病を使っていたのだと見てとると安心して、

「あの花園とやらいう女《おなご》は曲者でございますえ」

「天璋院のまわし者やもの」

「さすがは宰相典侍さん、ようお見通しなされました。観行院さまと橋本実梁《わかごぜん》様のお二人に何とお言いたとお思いなされますか」

「何をえ」

「勝光院《しょうこういん》の御方は、観行院様の叔母御様ながら、天璋院様とは折合お悪く、老女滝山に一切おまかせある方が、宮様のお為にもよろしきかと存じます、などと言うておいやす」

「勝光院さんを御城内に入れとうないのやな、天璋院は」

「天璋院さまより、滝山という上臈が今では大奥の采配をふるうておりますような」

「なるほど勝光院さんが姉小路《あねがこうじ》と言うておいでた時代のこと思えば、そんなものやろ」

「観行院さまも実梁様も酒召《くこん》されて、花園の達者な口上を聞くばかり、察するに花園は、お出迎えとは口実で」

「そやろな。勝光院を御城内に入れさせまいとしているのやろ」

この嗣子がいる限り、そんなことはさせるものか、と思ったが、胸の内は能登にも明さなかった。

「それはそうと宮さんは」

「几帳のかげでお姿はお見せにならぬように遊ばされました。夜も更けましたよって、御三方を残して御寝にならしゃるようはからいましてございます。私も、これにて下らせて頂いてよろしゅうございますやろか」

「御機嫌よう」

嗣子は、能登を帰してから、観行院と花園が、橋本実梁を相伴させてまだ酒を飲み続けているのだと思うと、いよいよ面白くなかった。嗣子と能登が観行院に敵意を示しているので、わざとそういうふしだらなことをしているのに違いない。先帝の寵妃、和宮の生母という矜持《きようじ》があるなら、花園や実梁のような小者は近寄せるべきではないのだ。あんな宮さんを連れていくから、自分の立場を悪くないものにしておきたいのかもしれない。滝山といったな。嗣子はまだ見ぬ天璋院と大奥の年寄滝山という女に対しても、敵意を募らせていた。勝光院が和宮の傍に復帰すれば、天璋院も滝山も立場がなくなるのだろう。だから旅の間中、観行院に接近して籠絡してしまうつもりでいるのだろう。そんなことをさせてなるものか、と、嗣子は奥歯を嚙みしめていた。

御所当てに旅先での報告を明日にでも書かなければいけない。明日は嗣子が脇陣へ下るので、諏訪湖を眺めながら御所あてに書いて書いて、天璋院たちの陰謀を粉砕してやらねばならない。嗣子は仮病の床の中で、明方まで文案を練っていた。

その十五

少進がいない。

　フキはどうしていいか分らなかった。来る日も来る日も旅であった。山を越したり、川を渡ったりしながら、宿につけば几帳越しに土地の有徳人《うとくじん》たちの献上を受けたり、警護の責任をもっている領主から名代の武士が来たり、代官が来たりして厳めしい口上を言う。たまに何もなければ観行院《かんぎょういん》が酒宴をひらく。

　フキの見るところ、宰相典侍《さいしょうのすけ》と能登《のと》の態度は、桂の御所の頃より険々《とげとげ》しくなっていた。フキの化粧や御下の世話をする能登などは露骨に不機嫌さをフキに対して隠さなくなっている。フキの前で二人が観行院の悪口を言うことがあり、フキは息を呑みながら、ああ、やっぱりこのお人らは私を宮さんとは思うてないのやなと思った。

観行院は、もっと気持が荒れているようだった。フキをまるで無視して日を送っている。

少進がいない。

フキは気が遠くなるほど心配だった。宮さんと乳人《おちち》の藤が消えてなくなったときも心細かったが、しかし、まさか少進までいなくなるとは思わなかった。いや、宮さんがいなくなった日から今日まで、フキには不安続きの日々であったのが、少進がいない今一層はっきりしてきた。

中仙道の旅は山坂が多くて人々の疲れがひどい。毎日寝所が変るというのも、女たちの心を激しく揺り動かした。フキの目の前で、観行院が能登を叱りつける。

「恐れ入ります」

能登の返事には反抗的な響きがあり、観行院をさらに逆上させた。

「命婦《みょうぶ》の能登は、まるで人が違うたようなえ。私が何と言いつけても宮さんを粗略に扱う。よう言いきかせといてえ、宰相典侍さん。私のことかて誰と思うているのか訊きたいくらい頭が高いえ」

嗣子は重々しく受けて答える。

「なんでそないなことになりましたのやろ」

「旅からすぐ違うてきました」

「今日で十八日。能登どんも疲れてきましたのやろ」

「疲れなら誰も同しえ」

フキも疲れ果てていた。三度の食事がろくに喉を通らない。能登は、それを見ても知らぬ顔で、桂の御所では見ることもなかった山の幸や川魚を残した膳を、さっさと下げてしまう。

碓氷《うすい》峠を越した坂本の宿に着いたのは十一月九日申の刻、嗣子はさっさと脇陣屋に退ってしまった。能登と観行院のとげとげしい言葉のやりとりを聞きながら、少進がいない、どこへ行ったのやろ、宮さんかて、藤かて、どこぞへ行ってしもうた、私も、どこへ行くことになるのやろかと、フキの目の前に霞がかかってきている。掌をひろげて見る。これが自分の指だろうか、とフキは目を疑った。細い細い白い指。手首の横に丸い骨が突き出ている。こんな細い手になったのでは、もう水汲みは出来ないとフキは溜息をついた。

疲れ果てているのに、眠れない夜が続いていた。眠れないことが、こんなに辛いものとは思えなかった。胸の上に重しをのせているようだ。気が塞がっている。フキは、息をするのを忘れてしまったようだ。せめて歩きたいと思った。もうこの手で水汲みは出来ないにしても、一日中輿の中に坐って、本陣についても歩くことがない。今日は坂が嶮しかった。八瀬《やせ》の童子たちの息遣いが聞こえてくるようだった。輿から飛降りて一緒に歩いたなら、どんなに気持がよかっただろう。二年近く、フキは歩いたり走ったりしたことがないのだった。思いきり大きな声を出したら、どんなに気持が晴れるだろう。来る日も来る日も黙って、いい着物《べべ》着て、輿の中に一人で乗るだけなのだ。宮さんは、どこへ行かはったのやろとフキは思った。こんな旅なら、宮さんが嫌がったのも無理はないと思う。しかし、フキにしても耐え難いことがあった。それは宰相典侍と能登命婦の二人の態度だった。口でこそ宮様とフキを呼んでいるけれども、フキが和宮でないことをこの二人は知っている。他の誰よりも知っている。それがフキを息苦しくさせ、食欲を失わせ、今では眠れない一番大きな原因になっていた。

「宮様、おひなって頂かされ」

ろくに眠らないところで、突然、能登が命令するような口調でフキを叩き起す。まだ夜なのに、どうしたのだろう、とフキは驚いた。しかし、能登がフキの全身を冷水で拭いたあと、いきなりいつもより濃化粧をフキにほどこし始めたので、今日はまた何かあるのだろうとおよその見当がついた。

観行院が盛装して現れ、

「宮さん、今日は横川の関所お越し遊ばされるのやよって、武辺の者が何を言うても御直答は遊ばされますな。宰相典侍が、心得ておりますよって、常のように、鷹揚にしてあらしゃりませ。女改めなど、決して致させませせぬ。能登どんもそのつもりでおいでやす」

「恐れ入ります」

「関所にて万一無礼のある節には、ただちに御所に引返すつもりやよって」

「恐れ入ります」

無礼というのは何だろう。女改めというのは何のことだろうとフキは観行院の言葉の端を不思議な思いで聞いていたが、しかしすぐ忘れた。どろどろした練白粉で、顔を塗りこめられる間に、すっかり気持が滅入ってしまったからである。少進がしてくれるときでさえ、フキは化粧するのが好きではなかった。まして能登が、乱暴この上なく、フキの眼や口に白粉が入っても拭き取ろうともせず、かまわず牡丹刷毛で叩きこむのだから、フキは泣きたかった。眼がしみる。フキは必死で痛みをこらえた。額に眉を描かれるとき、声をあげて泣きたかったが、それも我慢した。

小袖に濃紅《こきくれない》精好《せいごう》の袴《はかま》をつけ、袿《うちぎ》を羽織り、長かもじをつける。フキは体力がなくなっているのを感じた。久しぶりの長かもじが怖ろしいほど重く、仰向けて倒れてしまいそうだった。

横川の関所は、ものものしい警護ぶりで、和宮様の御輿を迎え入れた。フキの乗った輿は、関所の役人たちが休む一室に降ろされた。扉を開けたのは能登で、観行院と宰相典侍が、恭しく御輿の傍につき添い、敷居の向うから代官の挨拶を受けた。

「女改めのある御関所と伺い、宮様格別のお覚悟にて、このように御姿をお見せにならしゃりました。武辺ではどないやら存じませぬけれど、御所方にては御婚儀前の姫宮様は決して男子に御姿はお見せにならしゃりませぬ。よくよく格別の御事と心得といやす」

庭田《にわた》嗣子《つぐこ》が高飛車に、しかし重厚な口調で言い、役人は平伏したまま顔を上げなかった。

「その儀につき大公儀よりも、また京都所司代よりも、詳細なるお達しがございましたれば、万一の御無礼もなきよう取りはからい奉ります。これより江戸まで三十三里、御道中恙《つつが》なく御旅行遊ばされますよう願上げ奉りまする。さりながら、下りは男子のみ手形もいらぬ関所にございまするが、女子は上り下りともに改め致す慣習にございますゆえ、しばしの御猶予願上げ奉ります。和宮様御方には、端近にて恐縮ながら、その御部屋にて御休息の程、願上げ奉ります」

嗣子が、訊いた。

「ほな、女改めは、ほんまになさるおつもりか」

「畏れながら、御供の中には下婢の数も多くござりますれば」

「お黙りやす」

「は」

「宮様に供奉する女どもは、皆、御所または公家に奉公していた者ばかりやよって、氏素姓はよう知れてある。一人たりともお改めには及びませぬ。たってお改めになるとあれば、宮様ただちにお引返しになる御所存と心得といやす」

「恐れ入り奉ります」

「中仙道の旅は山坂が多うて宮様も大層お疲れにならしゃってやよって、何事もおするするとお運びやす。女改めは、関東よりお迎えに参った花園殿がおいやすよって、花園殿お一人でよろしのと違いますやろか。花園殿にお役を渡して、宮様は直ちにお発ち遊ばされるよう取り計うように。畏れ多いことながらこれは宮様の御意志でござ
いますえ」

「承りましてござります。あいなるべくはそのように運ぶよう、早急に取り計い奉り

ますれば、しばし御休息遊ばされますよう伏して願上げ奉りまする」

奉行役人が退出したあとで、観行院が嗣子に小声で訊いた。

「女改めというのは、なんのことやろ」

「改め婆というのが居て、眼鏡をかけて見るのやそうにござります」

「何をえ」

「男と違うかどうか」

「どないして」

「さあ、前を開けるよりほかありまへんやろ」

「それを眼鏡で」

「はい、改め婆が」

観行院は、しばらくしてから喉の奥で笑った。

「気の毒に。花園だけそれをさされるやて」

「御所方の者に、そのような無礼を許すことは出来ませぬ。お末に到るも御所方でござりますよって、当今さんの御威光を少しなりとも傷つけることは致させられまへん」

「それは、その通りやと私も思いますえ」

嗣子の強談判が効を奏したのか、間もなくフキは輿に戻り、惣勢八千人近い御行列は横川の関所を越えた。妙義山を右手に眺めながら、松井田から安中《あんなか》へ一息に進み、そこで休憩になった。フキは、しかし、もう心も躰も脱け殻のようになっていて、女改めがどういうものであるのか、考える余裕もなかった。また今夜も眠れないのかと思うと、夜が来るのが恐ろしかった。安中は板倉伊予守の領地であったから、三万石にしては精一杯の用意で整えられていた昼食も、箸は取ってみたが、何も食べる気になれなかった。能登が黙って、さっさと膳を下げた。少進。フキは心の中で叫んだ。フキは能登が、ますます嫌いになっていた。宰相典侍と同様に、フキが宮ではないことを知っているという態度が露骨だった。少進はフキに対して優しかったが、能登にはそういうものが少しもなかった。少進がいない、少進がいない。フキは何度も何度も叫びたかった。このまま能登と宰相典侍に囲まれて暮すのかと思うと心が重くて、息も出来ない。安中で長い休息の時間に全員礼装をとり、フキは再び輿に乗った。

腕にも指先にも、力というものが消え失せているのをフキはぼんやり感じていた。申刻に板鼻の本陣に着いたときは、自分が糸屑のようなものになっているような気がした。例によって本陣内の奥まった一室に輿を静かにおろしてから八瀬の童子たちが退出すると、輿の扉が外から開かれ、

「宮さん御安着、お芽出とう忝う存じ上げ参らせます」

懐しい声が思いがけなく、フキはしばらく眼を疑って輿の外に坐っている女を見ていた。信じられなかった。

「少進」

「はい。遅なわりまして申訳ございませなんだ。桂の御所の後かたづけして二十八日に都をたち、ようやく追いつきましてございます。まあ宮さんのおやつれ遊ばされたこと。さあ、御輿からお出ましあらしゃりませ」

「少進」

フキの声はかすれていたが、眼から涙が溢れていた。少進に手を取られて、輿から降りると、その場でフキは泣き崩れた。

「宮さん、どない遊ばされました。宮さん」

フキは、顔を上げ、激しく首を振った。

「違うのえ。違うのえ。私《あて》、宮さんやおへん」

「何を仰せられます。ささ、宮さん、こちらへお歩《ひろ》い遊ばされて」

少進は左の袖でフキの口を掩い、右腕でフキを強く抱きかかえた。

板鼻本陣の和宮の居室に着くと、やっと少進はフキを自由にした。そこには、能登も、宰相典侍もいた。

「能登どん、観行院さんをお呼びしてや」

能登は、涙で化粧くずれのしたフキの顔を見ると、すぐ少進の指示に従った。

庭田嗣子は、フキの表情に頓着なく、

「今日は御機嫌よう御関所越えならしゃり、御道中の山川も御するするあいすみ参らされまして、まことに有難う忝う、お芽出とう存じ上げます」

と一日おきに本陣どまりになるときの通り、抑揚のない声で挨拶を言った。

だが、少進の顔を見てから、フキの我慢は糸が切れていた。フキは能登の十倍も宰相典侍という女が怖ろしかった。フキは少進にすがりついて泣いた。涙声で叫んだ。

「私《あて》、宮さんやおへん。宮さんと違うこと、この典侍さんかて知っておいやす」

能登と観行院が入って来て、この有様を見ると立ちすくんだ。

「能登どんかて知ってはる。私は宮さんやおへん」

少進はフキを抱きしめ、袖でフキの口を掩い、観行院と、嗣子と能登、三人の女を眺めわたした。

「宮さんは、いつからこのようにならしゃっておいでやったのでございましょう」

嗣子は岩のように坐ったままだった。観行院は、能登と嗣子の顔を非難がましく見較べてから、少進に答えた。

「昨日までは、このようなことなかったと思うけど、宰相典侍さんはどない」

「はい。何のお動じさんもあらしゃりませなんだ」

「能登、あんたはどうえ」

「恐れ入ります」

「度々私が気イつけるようにと言うたのに、宮さんを粗略にお扱いするよって、宮さんがお泣《むつか》り遊ばされたのや。宰相典侍さんにも、命婦の態度がようないと何度も私は言いましたな」

「まことに畏れながら宮様には、少進はんと久々にお会いになり、旅のお疲れがお出になったものと存じ上げ奉ります。侍医《おさじ》を召して、薬湯など召し上り、おみお躰おあたため遊ばされてはいかが」

　観行院は肯き、フキの様子をじっと見て、それからフキに嚙んで含めるように言った。

「宮さん、どうぞおみ心をお鎮め遊ばされて下さりませ。少進が、ようやく追付きましたよって、今夜からは御心安らかにお過し遊ばされましょう。能登は、きつう叱りおきますゆえ、御堪忍遊ばされて下さりませ」

「私《あて》は、私《あて》は、宮さんやおへん」

フキは泣きながら必死で叫んだが、観行院はびくともせず、

「宮さん、そないなこと滅多にお口にお出し遊ばされますな。今から侍医《おさじ》召しましても、決してお口をおききにならしゃりませぬように、よろしゅうございますな」

そして能登に、
と言った。

「宮さんお風邪気味やよって、御匕《おさじ》にそのつもりで伺候するよう言うて来てや。こなたの不始末については、私らも言わんとおいとくよって、他言は無用え。分ったな」

能登は蒼ざめて居間から退出し、後にフキを囲んで観行院と嗣子と少進が残った。フキは嗚咽を押さえきれず、少進に抱きついて泣き続けた。もうどうなってもいいと思っていた。嗣子と能登にかしずかれて旅するのはどうにも辛棒ができない。

嗣子が、じっと観行院を見ている。

観行院は、黙ってフキの様子を見ている。

少進は、しっかりとフキを抱きしめ、宰相典侍に非難がましい視線を送っていた。

和宮の侍医《おさじ》として供奉していた馬嶋が、取るものもとりあえず膝をついてにじりよってきた。白い絹をひろげ、フキの両手にかけ、じっと両手首の脈を見た。長い時間

そうしていて、やがて白絹を取るとその場に平伏した。

「宮様の御容態は、どないえ」

宰相典侍が訊くと、

「畏れながら極めてお強い御心労と拝察つかまつります。十日も前より御下《おとう》もありませず、御食事もまったく召上らぬ御様子でございましたれば、心配つかまつっていたところでございます」

と、顔を上げずに答えた。

「さよか。次の間に下って待っておいやす。宮様ただちに御寝遊ばされますよって」

「はあ」

宰相典侍は能登に、宮様の夜具をすぐ敷きのべるように命じて、侍医の退出した次の間に行った。

少進が、観行院に向って、小さいが、しかし鋭い口調で言った。

「十日も前から何も召上らなんだとは、観行院さまも御存じでおいで遊ばしましたか」

「いや、今訊いて驚いているのえ。能登は何の役にもたたぬ命婦やよって」

「十日も召上らねば、御下《おとう》かておありにならしゃらぬもお道理。このように宮さんお

ざいますのやろ」

瘦せ遊ばされて。なんで能登どんは、無理にも宮さんに御膳おすすめせなんだのでご

「少進。私かて泣きたいほどやった。旅からこっち、宰相典侍と能登命婦が、宮さんどころか私までないがしろにして、私でさえ何度逆上したかしれぬ。宮さんが、お泣《むつか》り遊ばされるのも当り前のことや。それは、それは、あの二人はひどいものやった」

能登が、女蔵人《にょくろうど》たちに夜具を運ばせてきた。黙って能登が、宮の臥床《ふしど》の用意をするのを、観行院も少進も冷やかに見ていた。フキは少進の袖で、顔を掩われていて口がきけない。ただ泣きじゃくっていた。

夜具の用意が出来たところで、少進が能登に言った。

「宮さんのお夜のもの、こちらへお運びやす。ただちにお召替え、お楽々さんにして頂かされねばなりまへんよって」

能登がフキの着替えを手伝おうとすると、観行院が止めた。

「あんた今日は脇本陣の番やないのか。退ってよろしえ。後は少進がするよって」

「恐れ入ります」

「宮さん御逆上遊ばされたについては、そもじも心に咎めるものがある筈や。宰相典侍さんとよう相談し、御所にも文出して申上げねばならんかしれん」

「恐れ入り奉ります。恐れ入り奉ります。私の不調法は旅なれぬことゆえ、幾重にも御詫申上げますよって、お許し下さりませ。少進さんも、どうぞおとりなしを」

少進が、表情のない声で言った。

「ほんまに旅は辛いものやよって、分らんでもありまへんな」

「何とぞ何とぞおよろしゅう願上げ参らせます。恐れ入り奉ります」

観行院が、叫んだ。

「能登、退り」

「恐れ入ります」

フキが臥床の中で、また泣き始めた。もう何もかも駄目になるのだ、きっと。そう思った。

「私《あて》、宮さんやおへん。能登どんも知ってはる」

退出しかけた能登が、慌てて言った。

「宮様、どうぞ仰せ遊ばされますな。能登は、そのようなこと知っているどころか、一度とて思うたこともございませぬ。何とぞお鎮まり頂かされ」

能登が出て行ってもフキは泣き熄まなかった。

「みんな知ってはるのや。私《あて》が宮さんと違うちゅうこと、みんな知ってはる」

観行院は、黙っている。

少進が、観行院とフキを交互に見て、

「能登どんが、なんぞ言うたのでございますのやろ、この分では」

「宰相典侍かて分らへんえ」

「私がずっとおつき申上げていたなら、このようなことは決して起りませなんだやろに」

少進は、泣いているフキの背中を、優しく優しく撫でた。フキは、少進によって少しずつ慰められていたのだが、宰相典侍が居間に入ってくると、喉の奥からキーッと裂けるような音がして、自分で止めることが出来なかった。

「あて、宮さんやおへん。この典侍さんかて、よう知ってはる。あて、宮さんやおへん」

少進が、袖でまたフキの口を掩った。

「畏れながら侍医《おさじ》申しますに、お寒さの砌《みぎり》、加えて風雨の中も休みなく御旅遊ばされ、御所労普《なみ》ならず、一刻も早く御床へ成らしゃり、御用心遊ばされるようとのこと。他の者には宮様お風邪ぎみと吹聴するよう申しつけおきました。お薬湯は、間もなく調合致しますれば、それにてまずお温まり頂き、これから後の御旅には、何人たりとも御謁見など遊ばされず、御養生専一にと申しおります」

観行院は黙っていた。

嗣子も黙っていた。

少進が、袖でフキの口を掩い、やさしくフキの背中を撫でさすっている。が、この沈黙に、フキはもう我慢がならなかった。少進の手を払いのけると、嗣子を見て叫んだ。

「あて、宮さんやおへん」

少進が、またフキを抱きすくめ、フキは再び声を出して泣き崩れた。

観行院が溜息をついて言った。

「あれだけ気いつけたものを、能登が宮さんの御病気にふれるようなことしてしもうた。宰相典侍さん、私は何度も言いましたやろ。能登が悪いというて」

嗣子は答えなかった。悪いのは、どちらだと言わんばかりに、岩のような構え方で坐っていた。やがて、言った。

「今日はおするすると関所もお越え遊ばされましたよって、花園に酒《くこん》まいるよう申しましょうか。宮様御風邪にて、お早うお休み、板倉伊予守より献上の品々の中に御重もございますよって、御附一同に宮様よりお盃参らされてはいかが」

観行院は、ほっとしたように、

「それはええ思案や。もう江戸まで二十八里余りとか、思いきり酒《くこん》まいってもよろしやろ。したが、宰相典侍さんには、相談したいこともあり、すぐこちらへ来てほしい。宮さんのこと、私は心配でならぬよって」

「承りました。宮様には、おみ心安らかに、お休み遊ばされますよう、嗣子心底より願上げ奉ります」

嗣子が出て行っても、フキの心は鎮まらなかった。薬湯を捧げて能登が入ってくると、フキは、また少進にとりすがって泣いた。能登が退り、薬湯を少進にすすめられて飲むうちに、ふいに笑い出したくなった。

「コンコンチキチン、コンチキチン。コンコンチキチン、コンチキチン」

口をついて祇園囃子が出る。

観行院も、少進も、呆気にとられた。

「宮さん、お鎮まり遊ばされませ」

「宮さん、どうぞ少進が参りましたのやよって、おみ心をお安らぎあらしゃって頂かされ」

二人が口々に言ったが、フキは声をあげて笑うだけだった。ほんまの宮さんに、これを教えて差上げたかった。そうしたら、辛いことも、悲しいことも、このようにするりと忘れてしまえるのに。なんで私も、もっと早うにこのお囃子をはやしたてて気散じにしなかったのだろう。

庭田嗣子も、やがて戻ってきて、フキが笑いながらはやしたてる祇園囃子を黙って聴いていた。

やがて、観行院に向って重々しく言った。

「岩倉少将どのを召されてはいかが」

「なんで。堀河掌侍の弟などを」

「和宮様関東御下向を強引に押しすすめられたお方は、公家方では岩倉どのやよって、宮様の御病気は、逸早く御相談遊ばすがよろしのやないかと存じます」

「岩倉は智恵者やと、兄の中将も言うていることやけど、あの姉弟はお腹はおくろぐろやのに。大丈夫やろか」

「宮さんが祇園囃子をこのように御存知とあらば、岩倉少将どのにはええお相手やと思いますのやけどな」

「ほな、すぐ呼んでや」

「承りました」

嗣子が出て行くと、観行院が倒れそうになった。

「少進、岩倉に見せてもええのやろか。宰相典侍はどういうつもりやろ」

「こうなっては、成行きにまかせるほかはないのと違いますやろか。それにしても悲哀なこと。宮さん、宮さん、お気を確かにお持ち遊ばされて」

フキは楽しそうに笑った。

「コンコンチキチン、コンチキチン。悲哀なことやらあらしまへんて。祇園さんが、私《あて》は大好きやもん。コンコンチキチン、コンチキチン」

嗣子がどういう言い方をしたのか分らない。岩倉具視《ともみ》は取るものも取りあえず、姫宮の寝所に入ってきた。嗣子は、外から戸を閉め、入ろうとしない。

右近衛権少将岩倉具視は、黙ってフキの浮かれた様子を見ていた。観行院の顔は見ず、少進に訊いた。

「和宮様には、いつの頃よりこのような御風邪におかかり遊ばされたのであらしゃりますか」

「私は後片附けを終えて、今日この本陣で追いつき御対面申したのでございます。するといきなりお泣《むつか》りになり、侍医《おさじ》は御心労のゆえと申しましたが、十日も前から何もお召上り遊ばされてなんだことが分りました」

「恐れ入り奉ります。公武御一和のためとは申せ、いたいけな宮様御方にはお辛いことの多い歳月であったと、具視、拝察つかまつります」

「あて、宮さんやおへんのえ」

フキは起上って岩倉少将に言うと、再び泣き崩れた。少進はもうフキの口をふさがなかった。観行院も黙っている。

フキは泣くだけ泣くと、仰向けに寝転び、手拍子をとりながら、

「コンコンチキチン、コンチキチン。コンコンチキチン、コンチキチン」

と祇園囃子を口ずさんだ。こうしていれば心が晴れて泣くことなどなくなるのにと、たった今泣いた自分を不思議に思った。平伏している男は、眉が濃く、目つきも鋭かったが、フキを見ている表情は少しも動かなかった。

「畏れながら申上げ奉ります。西に在します主上《おかみ》の御為にも、和宮様の御風邪は必ず御快癒あらしゃりますよう、よく侍医にも申しつけ、このまま御旅を御日程通りお続けならしゃりますよう」

「宮さんは御乱心やのえ。それでも旅は続けますのか」

「何事も主上《おかみ》の御為、公武御一和という国家の大事と思し召し下されますよう、具視、伏して願い上げ奉ります。観行院の御方様にも、どうぞお心を安んじて供奉なさ

れませ。岩倉少将が身にかえても、和宮様の清水邸御安着までに、御病気御全快なら
しゃるよう配らい奉る。おまかせあれ」

岩倉具視が、ひき退り、どうやら宰相典侍と何か話合をしているらしかったが、もうフキはすっかり気が楽になっていて、さあ、明日は眼がさめたら誰が止めても水汲みに出ようと思っていた。

岩倉少将の指図があったのだろう、間もなく侍医がまた別の薬湯と黒い大粒の丸薬を少進に手渡した。甘い薬で、丸薬はちょっと喉にひっかかったが、少進が背中を撫でてくれたから難なく飲み下すことができた。やがて間もなくフキの躰は温まり、深い眠りに落ちた。久しぶりに眠れるという意識がフキにあった。少進の顔を見たせいだろう。祇園囃子を思いきりはやしたてたからだろう。

宰相典侍は板鼻本陣の一室で、道中もかかさず記録していた「和宮様御留」を開き、仄《ほの》暗い行燈の傍で墨を磨った。文久元年十一月十日、晴、と書いてから、筆をよく墨に浸して、次のように記した。

御機嫌よくとらの刻おめざめ、卯半刻御出門、関所お越し遊ばし候につきいずれも礼服着用、（中略）嗣子はじめ家来老女はじめけんぽう着用にて関所こし候ま

で、惣供のこと。御昼御小休もいつもの通りにて中刻ころ板鼻の御宿に御着き遊ばし候。山川も御するするすみ参らせ候につき、宮様お吸物おすすめ御重さかなにて御盃参る。御附一同、花園殿表使へも下さるる。嗣子も御本陣宿故戴き候。のと殿は下宿へ御まわし成候事。少し御はな出まいらせ候まま御匕《おさじ》伺候ところ御当分さまながら御風気と申入れ御用心に御早く御床へ成らせられ、御あたたまり遊ばし候こと。少進はじめ御跡に残り、桂御所お跡かたつけ致し二十八日に出立の人々、今日この御宿へ御追附き申上着致さるる。

その十六

齢のせいで覚左衛門はこの朝も早くめざめた。雪でも積っているかと思うほど寒かったが、覚左衛門は勢よく夜具をはね上げて起き、綿入れを寝巻の上に着てから、雨戸を一枚くるとすぐ庭に出た。高田村の名主である新倉覚左衛門は、地所八千坪の大きな屋敷を持っている。前庭には六百坪ほどの池があって、そこには彼がこの数年夢中になっている鯉が飼われていた。

冬の朝をなだめるように、覚左衛門は池に向って手を叩いた。彼の拍手に最も耳聡いのは、いつものように一匹の小柄な緋鯉であった。冬の寒さから身を守って池の底深く眠っていた鯉たちの中から、細身の緋鯉がまっ先に浮び上ってきた。まるで宇多絵のようだ、と覚左衛門は毎朝のように思う。覚左衛門には息子が二人いたが、娘は宇多絵ひとりで、姿も身のこなしも、この緋鯉によく似ている。

餌箱には干した蛹《さなぎ》を砕いたものが入っている。これは貴重な餌だから、覚左衛門は、緋鯉めがけて投げたが、その途端に池の面がまっ黒に盛り上って、何十匹もの大きな真鯉が一斉に口を開け、争って蛹を食べた。緋鯉の口には最初投げたものは一つも入らなかった。いつでもこうなのだ。覚左衛門は慨嘆しながら、真鯉たちにはねのけられた細身の緋鯉をめがけて、また餌を投げた。すると黒い波が緋鯉に襲いかかり、真鯉ばかりが蛹を食べる。覚左衛門が愛している細い緋鯉は、この朝も蛹を口に入れることができなかった。玉うどんを投げてやり、大きく育った真鯉がそれにたかって暴れている隙に、ようやく宇多絵に似た優しい鯉に覚左衛門は残り少ない蛹を与えることができた。

覚左衛門の鯉道楽は、二年ばかり前に、食用にならない色鯉を飼ってみようと思ってからだが、この緋鯉を育てるようになっていよいよ熱心になったと言っていい。宇多絵に対する愛情と、緋鯉に対する不憫さが重なっているような気がする。

奉公人たちが起きて広い屋敷のあちこちで雨戸をくり始める頃、池の鯉は朝食に満足して、暖い水底へ沈んで行った。緋鯉だけが、心残りな表情で身をねじりながら覚左衛門の傍を離れない。冬の水の表面は冷たいので、そのままにしていると鯉が風邪をひく危険があったから、覚左衛門は早々に母屋に戻るところだったが、彼もまた緋鯉に未練があって、いつまでもその細くて美しい魚を眺めていた。

「旦那、お客様でございます」

「誰方だな、こんなに早く」

「はい、土井様が火急の御用とかで」

「なに、土井様が。座敷にお通し申上げろ。私はすぐに着替えて行く」

寝室に戻ると、覚左衛門の妻が、きっちり帯を巻いて、待っていた。

「お早うございます。重五郎様がお見えとか」

「うむ、すぐ着替える」

「畏りました」

志津は手早く覚左衛門の着替えを手伝い、髪も急いで撫でつけた。もう夫は月代《さかやき》を剃る必要もなく額から上は禿げている。

「差出たことを申すようで何ですけれど、どういう御用でございましょうね。あんまりお早いお出でなので、少し胸騒ぎがいたします」

「土井様は薩摩の御家中とは違って、江戸生れのお武家だから、まさか火薬の話ではあるまいよ」

「それならよろしゅうござんすけれど」

「屋号は玉屋というように両国の川開きには鍵屋と競って花火を扱っていたのは確かだが、花火が御禁制になったのはもう百年も昔のことだからな。うちの土蔵のどこを探しても火薬はおろか、花火の製法を書いたものもない。土井様にはそのことはよくお話してある。あのお方は、薩州さまと違って分りがお早い。二度とはお訊ねになったことがないのだよ」

覚左衛門は口を漱《すす》ぎ、顔を洗い、衣服を改めると、広い屋敷の中をさっさと歩いて客を待たせてある奥の座敷に顔を出した。

「これは土井様、ようこそお越し下さりました。大分お待たせ致しましたろうか」

「いやなに、某《それがし》が早く参ったまでのこと。御迷惑の段はまずお詫び申す」

土井重五郎は江戸っ子侍の典型のように、歯切れのいい口をきいたが、女中が茶菓を運んで来ると、急に口を噤んだ。女中が出て行き、その跫音が聞こえなくなるまで黙っている。その様子から、何か重大な要件で訪ねてきたのだと覚左衛門は察することができた。

「火急の御用とか承りましたが」

「左様」

重五郎は黙っていた。覚左衛門も、やはり黙って、この若い客を、しかし好ましげに眺めていた。どういう経緯から江戸のお武家が、九州の薩摩藩士と近づきになったのか、覚左衛門は詳しいことを知らない。玉屋と号する新倉家は先祖が平戸であったが、ここ三年ばかり前から薩摩島津家の御家来衆がよく出入りするようになっていた。彼らとの繫りで土井重五郎もいつの頃からか新倉家と親しくなり、馬で遠出をしたと言ってはよく顔を見せるようになっていた。同じお武家でも薩摩の御家来衆と違って、御身分柄も上ならいかにも様子が江戸前だから、覚左衛門はこの青年を最初から好ましく思っていた。

やがて重五郎は心をきめたらしい。座布団から降り、両手をつくと、

「かねて申入れてござった宇多絵殿の儀でござる」

覚左衛門は愕然とした。

「宇多絵のことでござりまするか」

「唐突ながら、今日、頂戴いたしたい。武士の頼みとお聞きあれ」

「まずお手を上げられませ、土井様。仰言る通りまことに唐突で、用意はまだ揃っておりませぬ。御存じの躰でござりますれば、御武家様の奥方が勤まりますかどうか手前どもではまだ案じておりますほどで」

「火急、唐突の儀はお許し頂きたい。早急に宇多絵殿を申し受けたいのでござる。武士の頼みとお思い下され。深くはお尋ねあるな」

覚左衛門は、この青年を信じた。

「承りました。すぐに支度を致させます。江戸から駕籠屋も呼ばねばなりますまい」

「駕籠は門前に待たせてござる。できれば、駕籠だけでも屋敷内に入れて頂き度う存ずる」

「畏りました」

覚左衛門は、重五郎の手の打ち方の素早さに舌を巻いていた。が、すぐ奥に行って、妻の志津を呼んだ。

「宇多絵は起きているか」

「はい、起きております」

「江戸から届いた振袖があったな」

「はい、日本橋の槌屋に誂《あつら》えた中で一番手のかかるものが一番早く仕立上って参りまして」

「宇多絵に化粧をさせ、その振袖を着せろ。急いで、な」

「あの振袖は婚礼のときに着せるつもりでござりましたが」

「土井様が、宇多絵を、今日欲しいと言われたのだ」

「まあ。それはまた、どうしてでござりましょう」

「御武家様の強《た》ってのお頼みだ。深い事情がある御様子。訳は聞けぬ。駕籠は門に待たせてあるそうだ。玄関へ入れるように言って来るから、その間に宇多絵に支度をさせなさい」

「は、はい」

「急げ」

高田村の名主新倉覚左衛門は代々帯刀を許されている身分であったし、昨今の風雲急を告げている天下について無知ではなかった。土井重五郎が、徳川家でかって大老を勤めた家柄の出自であることを知っていたし、それが公儀に対して批判的な薩摩の家中と昵懇《じっこん》の間柄であることに何か不穏なものを感じていた。薩摩の武士が火薬の原料を新倉家に需《もと》めようとしていることからして奇妙と言わなければならない。武家の窮乏と商人の栄華が不均衡になってから長い歳月を経ていることも、大百姓として覚左衛門は感じとっていた。何かが起ったのだ、きっと。土井様が、かねて正室にと懇望されていた宇多絵も、こんなに急に、駕籠まで用意して、しかも御自分で迎えに来られたというのは、江戸御城中できっと大変事があったからではないか、と覚左衛門は考えた。武士の家督相続は、必ず正妻がいなければ認められないことも知識として知っていたから、ひょっとしたら重五郎様は御本家を相続なさることになったのかもしれない。あるいは、そうでないまでも、三河以来の御家柄なのだから、御当主の御病気が篤くて、人には言えぬ御用意が必要なのかもしれない。いずれにせよ、誰の嫁にもやれまいと思っていた宇多絵に、想像もつかない良縁が舞込んできていたのだ。新倉家としては、江戸の草分地主である篠家や佐久間家との縁組より、権現様以来の御家来である武家と親戚になれることは何より宇多絵の出世であった。

「お待たせ致しております。駕籠は玄関に入れ、駕籠かきは前小屋で休ませております。宇多絵の支度は何分にも女のことゆえ、髪も結い直さねばなりませず、化粧も時がかかりますれば、いま暫くお待ち下さりませ。粗略ながら、土井様には早目の御中食を用意いたさせております」

「重畳《ちょうじょう》に存ずる」

いつもは軽口の一つも叩く江戸前の武士が、深刻な表情で新倉覚左衛門の報告を受けた。が、一刻を争うような気配で、宇多絵の準備が整うのを待っているらしく、それきり口をきかない。

覚左衛門はまた座敷を出て、台所に行き、鯉の洗いを食膳に用意するように魚さばきのうまい下男に命じた。本来なら鯛の尾頭つきで饗応すべき芽出たい日であるのにと思うと、それだけが残念だった。が、覚左衛門自身が餌を与えている池の真鯉も、洗いにすれば味は絶品だった。急ぐ場合でなかったら丸ごと飴煮にするところだが仕方がない。

奥では女中たちが数人がかりで宇多絵の化粧にかかっていた。鉄漿《かね》をつけて、宇多絵の小さく揃った前歯が黒々と輝き、濃白粉に笹紅が青光りしている。覚左衛門は眩しく愛娘の晴姿を見上げていた。振袖は紫縮緬地で、桐の花に極彩色の鳳凰が飛び交っている。桐の季節は初夏であったが、これは新倉家の表紋だ。背と袖の三つ紋は、土井家の水車を白く染めぬいてある。花嫁衣裳なのであった。

高島田に結い上げた宇多絵は、肌があまりに白いので白粉を塗ってもほんのりと淡紅色が頬に浮き出ている。顔だちは眼が細く、鼻が高く、唇の形もきりりとひきしまって申し分ないのだが、髪の色が誰に似たのか赤っぽいのが覚左衛門にとっては残念だった。これで鴉の濡れ羽色の黒髪であったら、歌舞伎役者の誰もかなうまいと思うほどの美貌であるのに。

小柄な躰に、華麗な衣裳は、宇多絵をも戸惑いさせているようだった。父親から事情を聞かされても、宇多絵は返事が出来ない。何しろ事情そのものが、父親の新倉覚左衛門にもよく分っていないのだから、聞いている宇多絵はなおのこと訳が分らない。

「この上とも重五郎様を御信頼申上げるほかはない。嫁しては夫に従うのが婦女の道、宇多絵も分っているだろうが、心配なのは言葉だよ。お武家衆の言葉は、こちらとは違う上に、奥方ともなれば私などは芝居の弥生狂言でしか聞いたことがないからねえ。ま、何事も重五郎様に教えて頂くことだな。私からも、よくお願いしておこう」

覚左衛門は落着かずに、また奥座敷へ顔を出した。ちょうど大急ぎで整えられた膳が土井重五郎の前に置かれるところだった。

「まず一献奉ります る。くれぐれも宇多絵をよろしくお願い申上げます」

「今日は酒はやめておきたいのだが」

「祝言代りと思し召して」

「されば、頂戴つかまつる」

それまで蒼ざめて緊張していた若者は、青笹の上に並んだ鯉の洗いを口に入れると、その味と冷たさで我に返ったようだった。が、酒は塗盃に三杯で伏せ、食べたのも、鯉の洗いだけであった。

「支度を急ぐよう今一度申して参ります」

「左様ねがいたい」

新倉覚左衛門も、土井重五郎も、女の身支度がこんなに時のかかるものかと次第に心が落着かなくなっていた。

角隠しの綿帽子は間にあわぬままに、宇多絵は午少し過ぎてやっと帯も締め上げていた。

覚左衛門が入って行くと、宇多絵は居ずまいを正し、左の袖を胸に当て、右手を畳について両親に向い、丁寧に頭を下げた。

「お父っつぁん、長い間お世話になりました。おっ母さん、今日まで育てて頂いた御恩は忘れません。有りがとう存じました」

覚左衛門は涙ぐみ、胸が熱くなるのを押さえかねた。慌てて言った。

「そいつはいけないよ、宇多絵。さっきも言ったじゃあないか。お父っつぁん、おっ母さんというのは江戸の百姓や町人の言葉だ。お武家の奥方に納っちゃ、もうそんな口はきけないだろうよ。最初の苦労はそれだろうて。達者でな、私の言うことはそれだけだ。志津も同じ気持だろう」

覚左衛門の妻は涙を流しながら、ただ肯くばかりだった。一番落着いてみえるのは宇多絵のようだったが、化粧しているせいかもしれない。

覚左衛門は宇多絵を抱くようにして玄関まで長い廊下を歩いた。妻の志津が嗚咽をこらえながら後からついてくる。生れてから十七年、いつくしみ育ててきた娘が、こんなに急な形で新倉家から出て行くとは本当に思いがけないことであった。

駕籠の傍には土井重五郎が唯ひとり立っているだけだった。重五郎が人払いをしていたのかもしれない。覚左衛門にしても、奉公人たちに、こんなに急に宇多絵が出て行くところは見せたくなかった。ただ、宇多絵の兄である覚太郎が留守で対面させられないのが残念だった。

重五郎は宇多絵に目礼し、宇多絵も丁寧に頭を下げた。覚左衛門が言った。

「幾久しく、よろしくお願い申上げます」

「承った。土井重五郎が身にかえても、宇多絵どのはお守り申す所存でござる」

宇多絵が駕籠にのると、重五郎は自分の手で駕籠の戸をきっちりと閉じ、駕籠かきを呼ぶように覚左衛門に頼んだ。

腕の太い駕籠かきが現れると、重五郎は胸をはって彼らに命じた。

「私について参るのだ。よいか」

「へえ。行先はどちらでごんす」

「板橋だ。私が馬で先導する。それを追えばよい。急ぐゆえ、口をきく暇もあるまい」

「分りやした」

駕籠かきは中に何者が乗ったか知る様子もなかった。江戸で使われている乗物で、男女の別はない駕籠だ。

「さらば、これにて」

土井重五郎は、新倉覚左衛門に挨拶すると、早々に外へ出た。待っていた馬に乗ると、駕籠を顧みて一鞭くれた。馬が勇ましく嘶《いなな》いた。蹄《ひづめ》の音と共に駕籠かきのかけ声が遠のくのを、覚左衛門夫婦はまだ信じられない思いで聴いていた。

「土井様が、宇多絵には身に余るようなことを仰言って下さいましたね」

「うむ、私も驚いているのだよ。お武家の嫁取りは、あのようなものかな」

「何か御事情がおありとのことでございましたね」

「それで、私たちには心配かけまいとお考えになったのかしれぬな」

夫婦は午下りになって、朝も昼も何一つ食べていないことに気がついた。奉公人に食事の支度をさせたが、覚左衛門は箸がすすまなかった。掌中の珠を急に失って、全身の力が抜けてしまったようだった。

無我夢中で日中を過したせいか、夜が早く来た。覚左衛門も志津も疲れていて、床に臥りたかった。そのために夕食を早めに整えさせたが、遅れた昼食から間がないから、結局これも碌に口に入らなかった。

戌の刻を過ぎて、門前に馬の嘶きが再び聞こえた。

「なに、土井様がまたお越しになったとな」

覚左衛門は耳を疑いながら、夜具から身を起した。志津も急いで身づくろいしながら、再び着替えている夫に何事だろうと不安そうに訊きに来た。

門が開けられ、玄関に再び駕籠が担ぎこまれていた。土井重五郎が、興奮した面持ちで、

「ご免。朝から御無礼の段々は、いずれ改めてお詫びつかまつる。まずこの駕籠を、このまま奥の座敷まで運ばせて頂きたい。覚左衛門どの、お手を拝借」

と言って、履物を脱ぎ、駕籠の後棒を自分から担った。

覚左衛門は言われるままに先棒を肩にして、二人で駕籠を担ぎ上げ、志津に先導させて奥座敷まで運びこんだ。駕籠は決して重くなかったが、担いだことのない者には楽な仕事ではない。左右に揺れる上に、覚左衛門と土井重五郎の足が揃わないので、前後にも勝手に動くようで、覚左衛門は幾度も膝が崩折れそうになった。宇多絵が、

もう戻って来たというのだろうか。不吉な予感で、覚左衛門は、志津が持っている手燭の明りもときどき消えるように思えた。

朝と似た非常な事態だと志津も察していて、多くいる召使いは誰一人奥へ来させぬように言いつけておいたようだ。座敷にようやく駕籠を置くのと、志津が部屋の行燈に火を移したのが同時だった。

「他には誰も居りますまいな」

「ご覧の通りにございます」

「では」

駕籠の扉を開けると、洗い髪の女が猿ぐつわを嚙まされ、宇多絵が着ていた紫の振袖を着て両手両足を縛られているのが見えた。

「土井様、これは何事でございますか」

「武士が重ねてお頼み致す。お尋ね下さるな。暫時このお方をお預り願いたい」

「宇多絵は」

「宇多絵どのは無事でござる。某が必ず守ると申した通り」

土井重五郎は、駕籠の中に縛りつけてある紐を解いて、女を畳におろした。

「覚左衛門どの、卒爾ながらいま一度お頼み申す。この駕籠を玄関まで運んで下さらぬか。口さがなき下人にはさせられぬことでござれば」

「畏りました」

空になったからといって、決して担ぎやすくなっているわけではなかった。とにかく覚左衛門は朝以来動転していて、もう自分が何をしているのかよく分らなかった。駕籠を玄関の三和土《たたき》に降すと、土井重五郎は履物で足許をしっかりさせ、すぐ駕籠かきを呼んだ。

「しからば、ご免。万事は某に免じてお許し下され。近々改めて参上いたすまで、お預けしたのは」

「はい。しっかりお預り申上げます」

「忝い」

駕籠と前後して、土井重五郎は闇の中に飛出して行き、馬がまた嘶き、蹄の音がすぐ遠くなった。

覚左衛門は奉公人に命じて門と玄関をしっかり閉じさせてから、早足で奥座敷へ戻った。志津が、娘の手足を縛った紐を解いてやっているところだった。覚左衛門は、娘の口をふさいでいる猿ぐつわを外した。躰が自由になると、少女は覚左衛門夫婦を見較べてから、両眼から涙を噴きこぼし、

「あて、宮さんやおへん」

と叫んで泣き崩れた。

覚左衛門たちには耳慣れていない言葉となまりだったから、フキの言う意味がまるで分らなかった。ただ范然としていた。今朝といい、今夜といい、一日のうちに、あまりにも意外なことが起りすぎる。

眼を凝らして見ると、年は宇多絵とあまり違わない。洗い髪と思った髪は黒く艶やかで、髪型はどうやらおすべらかしのようだった。それが宇多絵の着て出た桐に鳳凰の総模様を身につけて、

「あて、宮さんや、おへん……。あて、宮さんや、おへん」

泣きじゃくりながら、細い息で、繰返している。

覚左衛門はやがて、フキの言葉から愕然として訊き返した。

「もしや、あなた様は、和宮様ではいらっしゃりませぬか」

フキはふと泣き止んで覚左衛門を見た。志津の顔も見た。そして頤をひいて、こっくり肯くと、前にもまして大声で泣き崩れた。

覚左衛門夫婦は顔を見合せ、言葉もなかった。すると宇多絵はどうなったのか。今朝の土井重五郎の来訪が、改めて深い意味を持っていたように思われてきた。わが身

にかえても、きっと宇多絵どのはお守り致す、と言った言葉を、武士が妻を迎えるときの挨拶にしては大形《おおぎょう》すぎると不思議に感じた理由も、分るような気がした。すると宇多絵は、和宮のお身替りになったのだろうか。

当代の公方様が、京都から御台様をお迎えになるという噂は、随分前から江戸市中にひろまり、高田村まで聞こえてきていた。それどころか中仙道始って以来の大行列で御輿入れになるという話が、詳しく覚左衛門の耳に入っていた。一昨日から武蔵の国を道中なさり、昨夜は桶川に、今夜は板橋に本陣を構え、公方様の方からも警護の武士が十重二十重に守護しに出ているということも新倉覚左衛門はよく知っていた。豪農として、高田村を差配していても、百姓が疲弊している昨今の有様は覚左衛門は身にしみていたし、薩摩の家中が火薬を手に入れようとして新倉家に出入りする頃から、いずれは何か大事が起るものと予感していた。

しかし、まさか愛娘の宇多絵が、和宮のお身替りとして土井重五郎に連れ出されたとは今もって信じ難い。

だが、眼の前で泣き崩れている少女が、江戸の女でないことは確かだったし、和宮かと訊けば肯いたではないか。

志津が不安げに夫に訊いた。

いる他はあるまいよ」

「土井様がついていて下さるし、あのように言われたのだから、重五郎様を信用して

少女が急に泣きやみ、覚左衛門夫婦を見てにっこり笑った。

「コンコンチキチン、コンコンチキチン、コンチキチン。祇園さんえ」

立ち上り、ふらふらと座敷の中を歩きながらはやしたてたとき、覚左衛門は事態を悟った。

和宮様に狐が取り憑いたのだ。おいたわしいことだ。中仙道は五街道の中で一番嶮しい山道だから、どこかの山狐が宮様にのり移ったのに違いない。

「コンコンチキチン、コンチキチン。コンコンチキチン、コンチキチン」

フキは、晴れやかに笑いながら、祇園囃子が次第に大声になっていた。ようやく、あの宰相典侍《さいしょうのすけ》や能登《のと》から解放され、誰かは分らぬながら、お局さんたちよりずっといい人たちの手に委ねられたのだという安心が、フキを陽気にさせた。長い袂も、初めて着るものだったし、太い帯は息苦しかったが、あの御所風の何枚も重ねた小袖や袿《うちぎ》より、ずっと気が楽だった。フキは袂を持って振りまわし、座敷の中をかけまわっ

た。

「コンコンチキチン、コンチキチン。コンコンチキチン、コンチキチン」

覚左衛門夫婦は、狐憑きの貴人をどう扱うべきか途方に暮れた。いくら大きな屋敷の中とはいえ、こんなに大声で狐の啼き声をたてられたのでは奉公人の耳に入らないとも限らない。まして今は真夜中だ。

「奥の蔵にお移り頂くとしよう」

「左様でございますね。あの土蔵なら、盆暮以外誰も寄りつきませんから」

土蔵の鍵を取って来ると、覚左衛門はフキを抱え上げた。志津が手燭に火を移し、先に立って歩き出した。フキは急にぐったりしていた。ものも言わず、覚左衛門の腕の中で抗いもしなかった。

七つある前蔵の一番東に大きな土蔵があった。覚左衛門はフキをおろすと、錠前をあけ、そろそろと蔵の扉をあけた。

「帯をお解き致しましょうか」

「うむ。大層お疲れのようだから、お寝《やす》みになれるようにした方がよかろう」

志津が帯を解き、振袖も脱がし、覚左衛門が長持から夜具を敷きのべている間、フキはぼんやりとされるままにしていた。今どこにいるのか分らなかったが、上﨟《じょうろう》や典侍や観行院《かんぎょういん》はもういないのだということは、はっきり分っていた。宮様のお身替りではなくなったということも知らなかったかわり、ここにはフキの心に突きささるものは何もないのはよく分っていた。少進は、きっと明日の朝には機嫌のいい顔で起しに来るだろう。

志津のするままに、緋色総絞《しぼ》りの長襦袢姿になると、フキは温和しく埃臭い夜具に身を横たえた。その匂は懐しかった。フキが町方で奉公していたとき、何かの折に嗅いだ匂とよく似ていたから、フキの心はなごんでいた。

「されば、よくお休みなされませ。明朝には、御膳を持ってお伺い致します」

「ありがとう」

フキは、緊張している覚左衛門夫婦に、鷹揚に答えた。志津もともどもに深くお辞儀をして、彼らは土蔵の外に退出し、扉を閉めると錠前をおろした。

フキは久しぶりに熟睡した。もう嫌なことは何もないのだ、という気がした。明日は水汲みをしよう、そう思っていた。土蔵の壁は厚く、物音は何も聞こえなかった。

早朝、フキは東の小さな窓からさしこむ明るい光で眼をさました。さあ、水汲みだ、とフキは跳ね起きた。土蔵の梁《はり》に、朝の光が鋭く当っている。フキはそこに青く繁る草を見た。路傍に生えているべき青草が、井戸を掩う屋根の上に威勢よく生えているのだ。

「コンコンチキチン、コンコンチキチン。コンコンチキチン、コンチキチン」

手桶を探したが見当らなかった。しかも、青草繁る屋根の下に黒い棕櫚《しゅろ》縄も釣瓶《つるべ》も見えなかった。古くなって、いつも水浸しだから、切れたのだろうと思った。紐を探せば、釣瓶が作れる。フキは自分の着ているものが、昨日の朝までとまるで違うのに初めて気がついた。桂の御所でも、見たことのない柔かな絹で、しかも絞りだった。幼い頃の記憶にある母親が絞《くく》っていたのがこれだろうか。フキは細い胴に幾重にも巻いてある鴇《とき》色の腰紐《しごき》に気がつくと、それを解いた。長い長い紐であった。これなら釣瓶を井戸からひきあげることが出来る。腰紐を手にして梁を見上げると、青草がフキを招いているようだった。

「待っといや。今行くよって」

祇園囃子を口ずさみながら、フキは土蔵の中に積んである長持の上に登り、梁をめざした。

「コンコンチキチン、コンコンチキチン。コンコンチキチン、コンチキチン」

よじ登りながら、ようやく梁に手が届くまで高く上ると、フキは腰紐を梁にかけ、それから釣瓶のありかを見おろした。井戸の水は深く、深く、フキには容易に見つけることが出来なかった。井戸の中を覗きこんだとき、フキは足を高く積み上げたものから踏み外した。

同じ頃、覚左衛門は寝室でめざめていた。昨日の出来事が、悪夢のように思い出された。躰の節々が痛いのは、駕籠を担いだからだろう。宇多絵が気がかりだった。宇多絵に着せた振袖を着て、夜中に送りこまれてきた少女のことも、気にかかってい
た。こともあろうに和宮様を、お預りしているのだ、土蔵の中に。あの狐が憑いた姫宮様を。公方様にお輿入れする筈の和宮様が、この新倉家においでになる。知っているのは覚左衛門夫婦と土井重五郎の三人きりなのだ。

覚左衛門は痛い躰を押して起き上り、寝巻の上に綿入れを羽織った。ともかく池の鯉に餌をやらねばならない。それは早朝の習慣であった。昨日あれだけのことがあったというのに、覚左衛門はいつもと同じ時刻に眼をさましていたのだ。

雨戸をそろりと開け、覚左衛門は冬の庭に出た。餌箱の蛹をよく見てから、池の縁で、手を叩いた。まっ先に寄って来る細い緋鯉が姿を現わさなかった。昨日の出来事で疲れていて、手の叩き方に力がないのだろうと覚左衛門は思った。何度も手を打った。が、緋鯉はおろか真鯉も浮び上って来なかった。今朝は殊のほか寒いのだと思い直して、覚左衛門は餌箱を取り直し、一握りの蛹を池の面にばらまいた。その瞬間、

待っていたように、池が黒く盛り上り、獰猛《どうもう》な顔をした真鯉たちが争って餌を食べた。緋鯉はどうしたのだ、あの細くて優しい、宇多絵に似た緋鯉は。覚左衛門は、餌を撒きながら、緋鯉が現れるのを、今か、今かと待った。

「ああ」

覚左衛門は、もう少しで餌箱を取り落すところだった。池の向うの、水草の繁みの傍に、あの緋鯉が、白い腹を上に向けて浮いている。

「志津、起きぬか。志津、鯉が死んだのだ」

覚左衛門は妻の部屋に駈けこみ、身仕舞をしている志津に叫んだ。

「宇多絵が気になってならぬ。が、土蔵の中も気になる。すぐ行ってくれぬか」

夫婦は冬の朝の光を浴びながら、霜柱の立った庭を踏んで、前蔵の東端に行き、錠をあけ、そっと扉をあけた。

志津が小さく叫んだ。

「旦那さま」

覚左衛門は眼の前の光景に、しばらく声も出なかった。総鹿の子の長襦袢は、緋鯉の鱗とそっくりだった。さっきの緋鯉と、眼の前の少女が、重なって見えた。

その十七

中仙道最後の宿である板橋本陣に着いたとき、さすがの庭田《にわた》嗣子《つぐこ》も疲れ果てていた。フキが狂い出してから五日目であった。岩倉具視《ともみ》がその間にどういう手を打っているか想像することも出来なかったが、ともかく彼が「おまかせあれ」と言ったのだし、宮様に関する限りは観行院《かんぎょういん》の一存でやったことで、自分は関係ないのだと自分自身に言いきかせながらも、嗣子は平然としているわけにはいかなかった。勅命によって和宮様御附女官として供奉している宰相《さいしょうの》典侍《すけ》という立場は、女については総ての責任者なのだ。観行院は単に和宮の御生母であるにすぎず、それ以外の身分も立場も責任も、何もない。

この旅は急ぐに越したことはない。五日間は、観行院も能登《のと》も喧嘩どころではなく、少進を中心にしてフキを守ることに懸命になった。この秘密が漏れるようなことは絶対にあってはならない。嗣子と三人の女は、他の上臈《じょうろう》たちをフキに近づけないようにし、和宮様御風邪ということは、供奉する公家から警護の武士たちにまで徹底して知らせた。どの宿でも早々に宮はお床につかれ、少進は付ききりで宮様の看病に当っていた。

板橋本陣には予定より遅く、申の刻を半ばも過ぎてから到着した。花園がよけいなことを言い出し、お道筋に縁切榎と呼ばれる木があるから、それを避けてお通りになるように公儀の方で道路普請をしたというので、蕨《わらび》から荒川堤へ、それから川口へ出て赤羽の渡しをわたり王子へ出て、そしてまた本郷から板橋へ舞戻るという大廻りをした。花園はさらに武州大里の久毛村に縁結椿があるから、そこまでお行列を伸ばしては如何と言ったが、嗣子はとりあわなかった。江戸の大奥というところでは、こんな下らない迷信ばかり言い立てて暮しているのかと腹が立った。

「畏れながら宮様は御風邪召されてあらしゃるよって、そのようなこと、いよいよお疲れ遊ばされては、あなたさんのお役目にもかかわりますやろ」

と、花園を押さえつけても、嗣子は本陣に着くまで心穏やかではいられなかった。なんという不運と自分はめぐりあわせたものだろう。そもそもが長橋の局だ。あの女のために御附女官となって態よく御所を追い出されてしまって以来、ろくなことがない。嗣子は、観行院よりも、もっと根深く長橋の局を怨んでいた。いったい長橋は知っていたのだろうか。宮が偽物だということを。嗣子は、宮様附の侍医《おさじ》に頼んで、頭痛止めの薬をもらい、この五日間それを飲み続けていた。

板橋本陣に着くと、宮様の御座敷に町方の粗末な駕籠が置いてあり、中には紫色の豪華な振袖を着た娘がひっそりと坐っていた。

岩倉少将からは何の文も言葉も伝わっていなかったが、フキではもう使いものにならないという判断は嗣子も同様であったから、すぐにフキとその娘を下着から着替えさせた。フキは少進のするがままになっていた。手足は能登が、おどおどしながら縛った。それからこの五日間の道中ずっとそうしていたように、少進がフキの口をかたく布で縛り、駕籠にのせた。能登がフキの手足を駕籠の中にくくりつけているのを嗣子は黙ってみてから、少進と能登の二人に担がせて駕籠を外へ出した。

代りの娘が何者であるのやら、嗣子たちにはさっぱり分らない。しかし、どう言い含められているのか、着替えるときも温和しく、驚いている様子もなかった。色白で小柄な、美しい娘であった。フキより遥かに宮様らしい品を持っていたし、観行院とはどこも似ていないが、おそらく本物の和宮より顔立ちはいいのではないかと嗣子は思った。惜しいことに髪の色が淡く、フキのように黒々としていなくて、俗に赤毛と呼ばれるような、細い柔かい髪だったが、この際そんなことはどうでもよかった。それより五日の間に、これだけの娘を見つけて連れてきた岩倉具視の鮮やかな腕前に、嗣子は舌を巻いていた。しかし、気を付けなければならない、とも思った。今日からの和宮は、岩倉少将の息がかかっている。粗略には決して扱えない。関東方の女であるかもしれないのだ。

夜更けて嗣子は自分の部屋に入ると、旅の間かかさず誌していた「和宮様御留」を取出し、表紙を取り外した。それを注意深く、細かく引き裂いた。下の表紙は、まっ白だった。嗣子は墨を磨り、筆を取って、「心おぼへ」と書き直した。そして、この日の出来事を、昨日の御留の次に誌した。

十一月十四日。いよいよ御当分さまながら今日はちとちと御不出来にあらせられ候。今日はちとちと御道おはりあそばし候につき、とらの半刻ごきげんよく御出門、御ひる御小休例の通りにて、中半刻すぎ板橋の御宿に御付あそばし、御用心の御為お早く御床へ成らせられ、御あたたまり遊ばし候。嗣子、御本陣に宿なり。

「もうし、宰相典侍さん」

能登命婦《みょうぶ》が、そっと入口で嗣子を呼ぶ。

「お入りやす」

嗣子は、筆を休め、和宮様御留と書いた表紙を裂いた分をまとめながら、

「あんたさん、脇のお宿に退ったら、これ焼き捨てとおくれやす」

と自分から用を言いつけた。

「承りましてございます」

能登は、そう言いながら嗣子のすぐ傍ににじり寄り、嗣子の耳の傍で囁いた。

「えらいことでございますえ」

「何が」

「今度の宮様はおみお手がおありやおへん」

「なんやて」

「左が、ここから先がおへん」

能登は自分の左手首を指さしている。嗣子は血の気がひいた。

「ほんまに」

「はい。先が丸うなっておいやすだけで」

嗣子は黙った。しばらく考えていた。何しろ疲れている、心身ともに。

やがて嗣子は、命婦の能登に向って、傲然と言い放った。

「御所風の御召物やったら、分らへんやろ」

「はい。恐れ入ります」

「ほな、なんでもないことえ、御風気《おかぜけ》はおよろしならしゃって、ほんまにお芽出とう忝う存じ上げておればよろしやないか」

「恐れ入ります」

「御用がおすみやったら、お退りやす。それ焼くのは、すぐしてや」

「承りました」

「御機嫌よう」

能登が出て行ってから、嗣子は大きく溜息をついた。御足《おすそ》お患いの宮さんが、御快癒になって京都を御発輿になったのに、明日は江戸の清水邸にお入り遊ばされる間際になって、急におみお手にお障りがあらしゃるようになったのだ。

しばらく嗣子は顳顬《こめかみ》を両手で揉み、気を取り直して、御留の、いや「心おぼへ」の筆を持った。

能登殿下宿いたさるる。橋本宰相中将殿、東海道より御跡まわりにて今日この御宿へお着きにて、御機嫌おうかがい、直にめし、久々にて御対面、御満足。まずまず御所労もおよろしそうにてめでたく嗣子もお目にかかり候こと。何かお話、御相談ごともあり、広橋一位殿、中山大納言殿、野宮宰相中将殿、小倉侍従殿、右の御人数も今日この御宿へお着きにて、どなたも御機嫌お伺い。小くら殿は奥へ召し、御対面遊ばし候こと。

橋本実麗《さねあきら》が東海道をひた走りに走って、ようやくこの板橋本陣で和宮様御一行に追いついたのは事実であったが、早々に御床につかれた宮と直に御対面など出来るわけがない。公家たちは皆、明日からは宮から隔てられる。挨拶するのは今日が最後のようなものなので御機嫌うかがいに出たのは本当だったが、宮は几帳越しで、しかも一《ひと》間《ま》を隔て、おみお顔はもちろんお出しにならなかった。最後の一文にある小くら殿というのは、岩倉少将具視のことである。岩倉の、岩の字の上半分を略して書いたのが偶然小の字と似ているが、嗣子は文字にしたものが後々残ることを知っているのでこう書かないわけにはいかなかった。

供奉する公家の小倉侍従というのは、小倉長季のことで、観行院の妹を妻としている。実麗の養子である橋本実梁《さねやな》は、小倉長季の兄であった。だが、こうした姻戚関係は、この場合、なんの力にもなれなかったし、才覚のある公家は観行院の一族には一人もなかった。嗣子はもとより観行院もそれを知っていたから、この大事に当って、忌み嫌っていた岩倉少将を頼りにする他なかったのだ。

岩倉少将だけが、嗣子の日誌通り板橋本陣の奥へ入り、新しい和宮に対面した。純白の寝間着の上に袿《うちぎ》を羽織り、床に坐っている御方の前で、岩倉具視は恭しく拝礼し、

「御風邪の中の御旅は、さぞお疲れ遊ばされた御事と恐れ入り奉ります。明日より清水殿お屋敷にておみ心ゆくまで御静養遊ばされ。当今さんより必ずお励ましのお文など御受け遊ばされませば、おみ心もお気丈にならせられる御事と、具視、念じ入り奉ります。何事も、御生母観行院様と、宰相典侍におまかせあって、おみ心安らかに遊ばされ、また乳人の少進は片時もお傍を離れませねば、御安心あらしゃりますように」

と、丁寧に申上げた。

和宮は肯きもせず、黙ってそれを聞いていた。声は一切、お出しにならなかった。

誰に、どう言われて来たのだろうと、嗣子は空怖ろしかったが、ともかく岩倉具視の

働きで虎口を逃れたのは確かだと自分に言いきかせた。前の和宮でさえ、誰からも怪しまれずに今日まで日が送れたのだ。今度の和宮は、こう見たところ前の娘より遥かに分別《わきまえ》がありそうだった。年齢は一つ二つ上かもしれないが、そんなことはどうでもよかった。それよりも根を高くとって結い上げてあった赤くて細い髪を梳きほぐすのに、少進も能登もどれほど苦労したことだろう。

一夜あければ、いよいよ江戸の御三卿の一つである清水家へ御到着の日であった。嗣子以下上臈全員がいたのものと呼ばれる繻珍《しゅちん》や緞子《どんす》を着用し、盛装した。もちろん新しい和宮には少進と能登の二人が夜の明けぬうちから御化粧《おしまい》にかかっていた。まず上半身をお拭《すま》し申上げ、次いで下半身を能登が丁寧にお清めした。鉄漿《かね》をおつけするのにも手間をかけ、歯は一本残らず艶やかに黒くなった。外は雨で、板橋本陣の中は寒く、どっぷりと練白粉をつけた刷毛が首筋を撫でたとき、宮は御躰を震わせながら、じっと我慢をしている御様子だった。左の手首はなかったが、少進は丁寧に先の丸くなったところまで白粉を刷いていた。嗣子は手を出して働く立場ではないから、観行院と、黙って同じ部屋の中で見ていた。観行院も能登も、まるで人が違ったように神妙になっている。少進だけが、まめまめしく立働いていて、京都にいたときと変るところがなかった。少進を見ている限りでは、何事もなかったように思えてくる。

嗣子は、和宮の髪が昨夜は形を変えるのに苦労したことしか覚えていなかったが、明るくなるにつれて髪の色が目立ってくるのに気がついた。実葛《びなんかずら》を水に浸し、ぬるぬるしたものをたっぷりと髪に塗りつけ、塗りかためるために、少進も能登も躍起になっている。俗に猫毛とも呼ばれる柔かい髪であるために、実葛で濡れると髪が小さく固ってしまうので、それをまたふくらませておすべらかしの体裁を整えるのには苦労するのだ。しかし、何よりもこの度の和宮は、落着いておいでになるのが嗣子には有りがたかった。片手が御不自由なままでお育ちになったからだろう。

巳の刻に、花園が、

「本日はいよいよ清水様御屋敷に御到着、即ち御旅も終られるのでございますから、御祝儀の口上を申上げ度く存じまする」

と言いに来たが、もはやこの女に、今度の和宮を見せるわけにはいかないから、嗣子は気色ばんで、

「宮様には御風気少しもお治り遊ばされる御様子なく、お疲れ遊ばされてあらしゃるよって、御挨拶は清水家にて充分御休養あらしゃってからお受けならしゃるがおよろしと思います。花園殿もそこはようお分別あって、御遠慮おしやす」

と言ったが、花園は強情で、

「宮様御風邪はよく承知いたしおります。さりながら、御旅の御伴申上げた私のお役目としては、ここで御対面させて頂き、御祝いの口上申上げねばなりませぬ」

と言いはるのだった。嗣子は同じ道中をしてきながら、この女は何も気がついていないと安心する一方で、どうあっても対面などさせられるものかと思った。この女が大津本陣で顔を見た和宮とは違う宮様が身支度をしておいでになるのだ。どうして対面などさせられよう。

「花園どの、よう思うてみとおみやす。あんたさんのお役目はさることながら、宮様は御風邪召してもどのお宿でもごゆるりとはなされずに、今日まで雨風の中も厭わんと御道中遊ばされたのであらしゃりますえ。清水屋敷に御到着の後、お熱《ぬる》でも高《きつ》うならしゃったらと、京方の女は観行院さんをはじめとして、心配で心配でかないませんのに、関東では、宮様よりもお役目の方を大事になされますのやろか」

「さあ、その儀は」

「私らはこの御道中で、宮様のお具合が何より第一やと存じ参らせて供奉していたのでござりますえ。あんたさんのお言いやすようなことしたら、九仞《きゅうじん》の功を一簣《いっき》に欠くようなものやおへんか」

「はあ」

「御対面は、御快癒まで適いませぬよって、さよ心得といやす」

花園は嗣子の口から京言葉や御所言葉、おまけに漢語まで次々と出るのに圧倒されてしまった。

ようやく宮様の御支度が整い、嗣子と能登と松江の三人が御輿の先廻りになり、少進が宮様にお附きして一緒に御輿に乗り、観行院の乗物がすぐその後に続くという順序の変則も、「宮様御風邪の故」という嗣子の申入れで江戸から出迎えている麻上下着用の男たちは抗わなかった。中山大納言、橋本実麗と実梁親子および小倉侍従が後続した。武家伝奏の広橋一位と岩倉具視は、先乗りして、申の刻に御到着になった宮様を清水家の門前でお迎えした。

そこまでは御所風に言えば御するするといったのだけれども、清水家の玄関で最初の悶着が起った。八瀬《やせ》の童子たちは重い御輿をいつものようにお屋敷の中まで担ぐつもりでいたのに、清水家の女たちによって拒否されたのである。そのかわり、髪を結い上げた女たち数人が、御輿を担ぎ上げることになった。

「これは何事や、花園どの」

嗣子が詰問すると、花園は朝のようにはやりこめられまいと必死の形相で、

「江戸では大名家であっても、女の傍に決して男を寄せつけることはござりませぬ。

ましてhere此処は御三卿の清水様。かの者どもは女陸尺と申して、御身分ある女性の御乗物は担ぎなれておりますゆえ、宰相典侍さまには何とぞ御安堵召されませ」

「それはなりまへん。何事も京都の御風儀にて運ばるるようと、宮様最初よりの仰せでございましたよって」

「今日よりは江戸の風儀に願いたく存じ奉ります。八瀬の童子といっても、むくつけき男ではござりませぬか。清水様の御輿には決して男子を入れることはなりませぬ」

「関東にあっても御所風にというのが、当今さんの思し召しであらしゃりますえ」

「恐れ入り奉りますけれども、宮様は皇妹にましませば、いよいよ男ごときに御乗物を持たせて御奥に入れることはなりませぬ。宮様御方に対しても、それは御無礼に当ります。女陸尺の役目は八瀬の童子と少しも違いませぬゆえ、何とぞこの花園を御信用下さいませ。宰相典侍さまも、必ず後々お分りになると存じ上げます」

　押し問答の末に、今度は花園の言い分が通って、襷がけの女陸尺たちが、御輿を担ぐことになった。力仕事を専らにしている女たちらしく、皆、体が大きく、少進も乗っている御輿を苦もなく担ぎ上げて御奥へ運び、御座敷に降すと音もなく退出した。花園の他に、嗣子と能登の二人も、監視役でついて歩き、女陸尺がいなくなると気が遠くなるほど、ほっと一息ついた。

嗣子は能登に、

「宮様の御居間をよう見て来てや。御仮床と御几帳は必ずあるやろな。のうてはお困りにならしゃるよって、頼むえ。観行院さんと一緒に、御所風に整うてあるかないか、よう見ておこし。御居間が江戸の風儀やったら、このまま京都へ取って返すと、観行院さんに言うてお頂きやす」

と、花園の前でいよいよ怖い顔をして言いつけた。いざとなれば本当にそうするつもりだった。輿の中の和宮はどうあっても花園に見せるわけにいかない。

能登が戻って来るまで、随分時がかかった。観行院の指示によって、御居間の模様変えをしているのに違いなかった。嗣子は辛棒強く待った。花園の態度が急に大きくなったのが腹立たしくてならなかった。

ようやく能登が、花園と二人で戻ってきた。花園は能登を家来のように扱い、嗣子をも無視して御輿に恭しく一礼し、

「お待たせ申上げ、恐縮に存じ奉ります。御用意整いましたれば、何とぞ御居間にお移り遊ばしますよう願い上げます。長旅のお疲れ、さぞやとお察し致しておりますゆえ、お早々にお床にお就き遊ばしませ」

と口上を申上げたから、嗣子の怒りは爆発した。皇妹に対して、花園ごときが直接

口をきくことも許せなかったし、第一、遊ばしませとはなんという無礼な言葉づかいだろう。天皇、皇后、直宮、准后《じゅごう》に対しては「遊ばされませ」というのが正しい御所言葉なのだ。

「花園どの」

嗣子は重々しく口を切った。

「あんたさんの言わはった通り、宮様には恐《くも》じながら長旅のお疲れ、ことの他にお強うあらしゃりますゆえ、御輿《ごあしや》を御出るについては、花園どのは見参《げざん》御遠慮あるように、よろしな」

「なんと仰言る。ここは江戸でござりまするぞ。今日からはこの花園が、宮様の御事すべて取り配らうようにとの御諚《ごじよう》でござります」

「御諚とは、誰の御諚え」

嗣子が訊いた。

「憚りながら、大公儀の御諚でござります」

花園も、憤然として答える。

嗣子は落着きはらって、

「花園どの。お心得違いのないよう、ようお考えやっしゃ。よろしいか。和宮様の御東下は勅諚でござりますえ。和宮様は、御所にて内親王御宣下もお受け遊ばされた御方。その宮様が御自《みずか》ら花園は見とうないと仰せあらしゃったのやよって、見参《げざん》は御遠慮おしやす。よろしな」

と、穏やかにゆるゆると言ったから、花園は途中から色を失い、すっかり恐縮して部屋から退出してしまった。

小気味よくそれを見送ってから、嗣子は能登に肯いて御輿の扉を開けさせた。少進が先に出て、宮の右手をお持ちし、能登が後から宮をお抱えするようにして輿からお降しする。今日は嗣子もいたのもの着用、宮様も御礼装で濃紅《こきくれない》の桂袴をおつけになっていた。だから身動きが大層御不自由におなりになっている。

宮様の御居間には、清水家御奥の最も立派な一室が当てられていた。床の間には青磁の壺に白菊が活けてあった。菊は内裏の御紋であるから皇妹をお待ちするにはふさわしい花である。武辺にもこういう智恵の働く女がいるのかと嗣子は感心した。

お臥床も清水家で用意したらしく、目に痛いほどの純白の緞子が敷きのべてある。少進と能登の二人がかりで宮の御召物を取り替え、白綾のお寝間着に着替えて頂いた。そこまでは何の文句もなかったのだが、御下《おとう》の段になって、おまるをどこへ持って行くのか、これまでと違って京方の下人はいないので能登が往生することになった。

「しようがおへんな。花園どのにお訊きやす」

嗣子としては、そうするほかに仕方がなかった。宮が顔も見たくないと仰せになっていると言って退らせた女に、宮の御下の後始末を頼まねばならないのだ。

案の定、花園は先刻の一件は忘れたような態度で、嗣子に会いに来た。

「まことに恐れ入り奉りますが、和宮様お迎えに私ともども上京致しました多紀安常と申す医師《おさじ》に、宮様の御脈拝見お許し願えませぬか。御道中は京方の医師ばかり御容態うかがい、御薬の調合も致しおりましたが、お風邪お納まり遊ばす御様子もなく、私も多紀安常も心配致しております。一日も早く御快癒頂き度く存じますれば、宰相典侍さまの御配慮願い上げます」

「お心配りの程、嗣子、感じ入りました。宮様のお風気は、馴れぬお旅のお疲れが半分、御道中の雨風もお休みなしであらしゃったよって、今日からはよほどお落着き遊ばされるものと拝察致します。徳川御本家よりお差廻しのお匕《さじ》なれば、安心やよって、あんたさんのお申入れ通り、その多紀安常とやら、宮様に伺候お許し遊ばされますやろ」

嗣子が、難色を示さずに江戸方の医者に御脈を見せると言ったので、花園はほっとしたらしい。

「有りがたく存じ上げ奉ります。それでは早速に伺わせますする」

「御機嫌よう」

嗣子にしてみれば、道中に江戸方の医者を使わなかったのは、今となっては幸運以外の何でもなかった。京都から連れてきた医師では、宮様が変ったのが分ってしまうのだから。

多紀安常は、頭髪を全部剃り落した坊主のような男だった。京方の医師はそんなことをしていないが、これが江戸風の御典医のきまりなのだろう。花園にも、京方の医師たちにも詳しく作法を聞いてきたのか、御居間に入っても宮様のお顔を決して見ないように、頭を下げて這いつくばっている。

「多紀安常とお言いるのは、あんたさんえな」

「はあ」

「宮様の御脈は、右だけでお取りやす」

「承りました」

多紀安常は懐から白絹を出し、宮の右手にかぶせ、十本の指を使って丁寧に脈を診た。普通、御脈拝見は左右の手を取るのだが、嗣子に高飛車に言われて、彼は京方の貴人の場合そういうものなのだろうと思いこみ、何の疑いもしていない。

やがて宮の右手を離してから、江戸の医者は、平伏してひき退った。

嗣子は彼の後を追い、隣室で多紀安常の診断を訊いた。

「そもじは、どないお診立て申上げたのえ」

「恐れながら、和宮様御方には、御風邪も、長旅のお疲れも、お案じ申上げていたほどではいらっしゃりませぬように拝察いたしてござります」

「それは当り前えな。ようようお落着きあらしゃったのやよって。そやかて、御快癒とは申せまへんやろ」

「はあ。恐れながら、御脈の御様子では、御所労よりも、御心労の方がお強くいらせられるように拝察いたしてござります」

「それも当り前や。まことに畏れ多いことやけれど、宮様の御東下はお嫌さんであらしゃったのやよって」

「恐れ入り奉ります」

「当今さんの御為、公武御一和のため、御懇命を蒙って私はじめ多くの者ども供奉して参ったのやよって、ここで御心労と申しては徳川御本家にもお気の毒。そもじもそこは心得ておいやす」

「はあ」

「宮様は御風気にあらしゃります。御薬湯は、そもじが調合して、命婦の能登に直接渡しとくれやす」

「畏りました」

「もしも宮様御風気でなく、御心労とのみ外へ聞こえた暁は、宮様を奉じて皆々再び中仙道を西に道中いたすやも知れまへんのえ。よう分っとくれやっしゃ」

「は、その儀は手前も御典医として分別はござりまする。宰相典侍さまには、何とぞ御安堵頂きたく存じおります。和宮様の御方は御風邪と拝察つかまつりました」

「有りがとう。御機嫌よう」

多紀安常が退ると、嗣子は自分が疲れ果てているのを感じたが、しかし心配は少しも薄れて来ない。江戸城のお匕《さじ》を脅して、新しい和宮をまた御風邪にすることには成功したが、この御病気は当分続けなければならないのだ。一番の心配は言葉であった。花園にしても、多紀安常にしても、嗣子の言うことをようやく理解できるようになっているのは、道中で京方の人間と何かと話しあっていたからであろうし、嗣子も彼らには努めて漢籍の素養を発揮しているけれど、なまりの違いは一朝一夕では変えることができない。新しい宮様は、どうやら関東の女のように思えるから、「有りがとう」

にしても「御機嫌よう」にしても京なまりで言ってもらわないことには岩倉少将の手柄も水の泡になってしまう。このまま予定通り江戸城に入るのは危険だ、と嗣子は判断した。この上、嗣子が出来ることは、宮様のお風気を長びかせ、一月でも二月でもこの清水屋敷に居坐って、その間に、宮様に最小限必要な御所言葉と京なまりを、少進と観行院の二人で教えこむために、関東方に何かと難癖をつけることであった。なぜなら嗣子は勅諚によって御附女官として供奉してきた最高責任者だからである。

多紀安常が、どう言ったものか分らないが、花園がまたやって来て、

「宮様御所労御風邪のところ、まことに畏れ多いことでございますが、ともかく御安着の御祝儀申上げたく存じます。宰相典侍さまの御高配を願い上げます」

と慇懃《いんぎん》に言いに来た。

「宮様は御寝遊ばされてやよって、お気《きもじ》の毒やと思うけれど、あんたさんも御役目柄しようもないことですのやろ。観行院さんと少進に、その旨伝えることにしましょう。御几帳越しに、簡単《おささつ》とおしやす」

「畏りましてござります。忝く存じ上げますする」

「ほな、ちとお待ちやっしゃ」

嗣子は宮のお居間に入り、少進と能登に指図して、臥床の前に几帳を置かせ、その

傍に観行院と二人で厳めしく坐って、花園を呼び入れた。花園は両手を前について、長旅の御礼と到着のお祝いを申上げ、観行院にも嗣子にも深々と頭を下げて退出したが、すぐまた能登を通じて、天璋院の名代として進上物を持って御対面させて頂きたいと申入れてきた。観行院もうんざりしているようだったが、婚儀の後には、いわば姑に当る天璋院から使者が来て献上品があるのは、この場合当然のことであったから、宮が御膳を召上るまで待つようにと伝えさせた。

食事のとき、少進が、一々器を持って和宮の前に差出すと、宮は床に正座し、右手の箸で行儀よく召上った。その様子からみて、幼い頃よりずっと人にかしずかれて育った様子が分り、嗣子はほっとしていた。この和宮には、下品なところがまったくない。取り替えてよかったのかもしれないという気がした。宮は、ひそやかに御膳を上り、適当な量だけ食べ、やがて箸を措いた。少進が嗽用の湯呑みを右手に渡し、別の器を捧げて待っていると、宮は悠々と口を嗽《すす》いで、その器に湯を吐き捨てた。これは相当の育ち方をしていると、嗣子はまた安心すると同時に、今度はもう決して粗略には扱えないと思った。

食後には、花園が花やかな打掛け姿で現れ、几帳の前で恭しく拝礼し、天璋院《てんしょういん》からの献上品を山のように積み上げて、丁寧この上ない口上を申上げた。場合によっては中仙道を引返すと多紀安常に言ったのが効いたのだと嗣子は満足していた。

その後は、江戸城からの使者が続々と詰めかけ面会を申入れて来た。が、表使の岡野某と山田某の両人だけは御対面所に通し、几帳を置き、中に観行院が入り、外に嗣子が坐って口上を聞いたが、あまりに夜が更けてきたのと、観行院も嗣子も疲れ過ぎていたから、他の連中には宮様御所労と言って、追い返した。花園は江戸方と嗣子の間に挟まって弱りぬいていたようだが、

「御快癒まで、御対面は先々も遊ばされませぬ。何より宮様の御容態をこれ以上お悪うしては、御所さんに対し奉り、徳川御本家も不忠となりますやろ」

と、嗣子は釘を刺した。

「それでは宰相典侍さままで、改めて申上げたき一儀がござりまする」

花園の口調も態度も急に大きくなった。

「改めてとは、何の話え」

「御旅中で度々うかがいおりましたる御所風というお言葉のことでござります」

「何事も御所風に遊ばされること、関東にても皆々承知と聞いていますえ」

「されば、お道中で、私、怪訝に存じましたるところ、千代田城大奥に於かれましては、天璋院様を始め奉り、お年寄の滝山も、御所風とやらは一向に承らずとの由」

「なんやと」

嗣子は反射的に気色ばんで見せたが、心中やっぱりそうかと思う一方、これでまず一ヵ月はこの邸に居直っていられるだろうと計算した。

「最前も申上げました通り、今日よりは江戸の御風儀にて万事お配《はこ》び申す所存でござりまする」

「さよか。勅諚に従えぬとお言いるのやな。ほな、御所へその旨お文をお出し申上げねばなりますまい。あんたさんへの御返事は、それからのことになりますやろ」

嗣子も鷹揚に応えた。が、心の中では旅中観行院と酒を飲んだりして口先上手に勤めてきたが、この切札は今日まで温めていたのだろうと花園を小憎らしく思っていた。

しかし、一言に言う御風違いは、和宮お一方だけでなく、下々の女嬬《けらい》や下婢《はしため》たちにまで及んだから、和宮の一行で女ばかりの七十七名は、清水家の御奥で、騒然たるありさまになった。翌日、嗣子の「心おぼへ」には、手短かにこう誌された。

十一月十六日　晴。宮様御同様さま。おかり床にあらせられ候。嗣子も風邪にて引き、御ももやながら、委《くわ》しきことは存じ申さず候こと。

その十八

　年老いてから少進は、夜の明ける前に眼がさめてしまうようになった。その日も仄暗い中で目覚めたが、まだ朝にならないのだし、自分は病人なのだから、もっと眠らなければいけないと自分に言いきかせた。働き者で通してきた少進は、臥床の中でじっと横たわっていることが辛いのだが、もう若い頃のように無理のきく躰ではないことを自覚していたし、何よりも少進にとって最も大きな役目を果すまで、何がなんでも長生きをしなければならない。そう思って、少進は枕の上で再び眼を閉じた。

　しかしなかなか眠れるものではなかった。この東京《とうけい》が、まだ江戸といっていた頃の出来事が、色鮮やかに記憶から甦えってくる。和宮様を抱えて女ばかり七十七人が清水家の御奥に入ったときの騒ぎなどを思い出すと、少進は心を張りつめて暮していたあの時期が今ではもの懐しかった。公家方と、武家の御風違いで、揉めごとの絶えない一ヵ月だった。観行院《かんぎょういん》と、嗣子《つぐこ》と、能登《のと》と少進の四人で宮様のまわりをかため、御居間にも御部屋にも几帳を立てて、隙見する者もないように、京方の上﨟《じょうろう》たちに厳しく言いつけ、そこで少進と観行院の二人がかりで、宮様に少しずつ御所言葉と京なまりを覚えて頂いた。

何より倖いだったのは、宮様に書道と和歌の御素養があったことである。嗣子が驚喜して、有栖川《ありすがわ》宮家に手紙を書き、新しい御手本を送って頂くことにした。宮様は御家流から、有栖川流の書体に変えるために、熱心にお習字を遊ばされた。嗣子が和漢朗詠集を差上げたところ、宮様はすらすらとお読みになったので、観行院ともども恐れ入ってしまった。お詠みになる和歌には、飾りの多い無意味な字句を足して、嗣子が御所風の詠み方をお教えしたが、これも難なく宮様はお覚えになった。

表向きは御風邪と言い張って清水邸には一ヵ月滞在したが、それが京方の頑張れる限界だったようだ。公儀の方では、ともかく御入城をと手を変え品を変えて段取りを進めてきたし、女たちは清水家の女たちとの争いごとにもその頃はすっかり飽きてしまっていた。

宮様が千代田城の大奥にお入りになったのは、十二月十一日のことだった。御行列は、京都での祇園社御参詣のときと寸分変らず、宮様は牛車《ぎつしや》にお乗りになり、御簾の外には橋本実麗《さねあきら》が控え、宰相典侍《さいしようのすけ》嗣子が御同乗した。あの日の宮様のお美しかったことは、今でも少進の眼の奥から消えていない。上へ行くほど色濃くなる華麗な五衣《いつえぎぬ》を重ね、檜扇を右手にお持ちになり、扇の先は左腕の先に当る袖の上にお置きになるように、嗣子がお教えした。唐衣の上から長い裳《もすそ》をお付けするとき、その模様が桐に鳳凰の飛び交う絵柄であるのを御覧になって、急に宮様は美しい眼から涙をお流しになって、少進たちをどきっとさせたが、少進が厚化粧が崩れないように涙をお拭きする間に、宮様は御心を取り直されたか少し平静におなりになったようだ。この日は嗣子も五衣姿の盛装であった。随分後になって、牛車の中で宮様が御道筋で御逆上遊ばされたと嗣子が観行院と少進に漏らしたが、少進は御行列のときはお傍にいなかったし、御城内では大奥にある宮様御殿にお着きになってからようやくお見上げしたので、その頃はもう落着いておいでになっていた。

大奥というところは、本当に女ばかりの世界で、宮様が橋本実麗中将と御対面遊ばされるようなことは、もう決してなかった。侍医《おさじ》も清水家にお入りになって以来、京方の者は遠ざけ、坊主頭の江戸方の医師ばかりにおかかりになった。花園の忠言に従って、観行院の叔母に当る勝光院《しようこういん》を宮様お傍に召されることは取り止めになった代り、御道中いろいろ不始末ありといって花園も遠ざけておしまいになっていた。総て庭田嗣子の計らいであった。

宮様は御五衣姿で上段の御座に出御になり、大奥の女たちの挨拶をお受けになった。大樹様の生母という実成院もこのとき挨拶に来たのを少進は覚えている。御客あしらいと呼ばれている大奥の上﨟が次々と紹介をしたのだ。宮様は、誰にも一言も仰せにならず、鷹揚に構えておいでになった。その御様子は立派で、少進は宮様の背後にいて本当に感動した。

御化粧直しを遊ばされてから、いよいよ大樹様との御対面、天璋院《てんしょういん》様との御対面があったが、少進はそういうところまで付添える身分ではないので何があったか知らない。だが、大樹様の義母に当る天璋院が、宮様を見下そうとして茵《しとね》も与えなかったといって、嗣子が激怒していたのが十数年たった今でも昨日のことのように思い出せる。大奥では何事も滝山という女が仕切っていて、庭田嗣子とはいい勝負だった。

当時の千代田城大奥には、公方様お附きの女中が百七十人、先代将軍家定の生母本寿院お附き女中が五十三人、当代家茂《いえもち》の生母実成院に二十三人、そして先代公方の御台所であった天璋院には八十人の御附女中がいたところへ、宮様は宰相典侍以下七十七名を率いて乗りこまれたのだから、全部で四百名を越す女の集団が、朝から夜の夜中まで、京方と江戸の御風違いで末は女嬬やお端下まで、揉めごとに明け暮れるという騒ぎであった。

表から、つまり男の世界からは一日も早く御婚儀をと矢のように催促があったが、嗣子の書いた手紙は東海道を走って御所に届き、その都度主上《おかみ》の御心配の種になり、江戸へ来ている中山卿以下岩倉侍従たちの手に汗を握らせた。七十七名が得心の行く待遇を受けるまで、大奥では二ヵ月も争いごとが続いたのだけれども、流石の嗣子も滝山とのやりとりには歯が立たなかったようだ。嗣子は次第に宮様のお傍にむっつり黙りこむようになり、文久二年二月十一日には、芽出たく御婚儀おするすると済せられた。

その後でまた大奥では、宮様を御台様と呼ぶことについて、嗣子が噴火したように怒り出し、十一月になって遂に勅命によって御台所の称は行われぬことになり、大奥の女たちは天璋院以下一斉に、宮様とお呼び申上げることに落着いた。

あのころは大変と思った事どもも、今となっては懐しい夢物語だ、と少進は思う。なんといっても大奥には奢侈《しゃし》と贅沢が充満していた。それを四百人の女たちで日ごと夜ごとけたたましく揺すって暮していたのだ。徳川家が瓦解《がかい》なって十年にもなる今となっては、本当に夢だったとしか思えない。

少進は、とろとろと再びまどろみ始めた。絢爛とした大奥の色彩や、豪華な調度品の数々が居並んだ宮様の御居間ほど、少進の思い出の中で美しいものはなかった。あの頃を思うと、少進は病気でなくても、すぐ夢見心地になってしまう。

家の表が俄かに騒がしくなった。少進は再び目覚めたが相変らず室内は仄《ほの》暗く、まだ明けていない。明ければ今日から九月になる筈だった。明治の御代に改まり、暦も新暦になってから五年になる。何によらず新しいことはすべて少進には気に入らなかった。この夏は、ひどく寒く、その代り残暑が厳しかった。かねて御病気であらしゃった宮様には侍医《おさじ》がおすすめして箱根に御避暑になったのだが、少進は自分も病気を理由にお伴を辞退し、麻布の御殿近くにある家に退って、休養をとっているところだった。何か騒がしいとは思ったが、少進はすぐ眼を閉じてもう一度眠ろうとした。人間は眠っただけ長生き出来ると少進は思いこんでいた。とにかく眠らなければ、と少進はいつものように自分に言いきかせた。長生きしなければならない理由があるのだった。

廊下を、はしたなく跫音たてて近づいてきた者があった。

「恐れながら絵島様に申上げます」

「なんえ、こんな時刻に」

少進は迷惑そうに寝たまま襖越しの声に訊いた。絵島というのは大奥で最も格式の高い名で、少進が大樹様から直々に頂戴したものである。それ以来、少進はずっとそう呼ばれて来ていたが、少進自身は和宮様の内親王御宣下のとき御所さんから頂いた少進という名前の方を大切に思っていた。

「箱根塔の沢より急ぎの御使者にて、静寛院宮様御危篤の由」

聞くなり少進は、敏捷に起き上っていた。病気も齢も、この瞬間に少進の躰から消えてしまった。

「すぐに参る。支度や。用意のもの、これへ」

「はあ」

少進は半白になった髪を梳《くしけず》り、水で濡らしながら束ねた。その間にも女中たちの動きに眼をくばり、

「何してるのえ。今は単衣やのえ」

と、薄ものを取出した女中を叱りつけた。

御所風の衣裳一式は、かねて用意が出来ていたから、寝巻から着物に着替えるだけで少進の準備はすぐ終った。葵の御紋のついた馬車が家の前に横づけになっていた。

「急いでや。できるだけ早う行《い》て」

馬丁が勢よく鞭を鳴らし、馬は暁を裂くように嘶《いなな》き、蹄鉄を鳴らして奔り出した。揺れる車の中で、少進は再び眼を閉じた。間に合いますように。宮様、この少進が着くまで何とぞ御待ち遊ばされて。心の中で念じ続けた。

がたがた揺れる躰を小さくかためながら、少進は慶応元年の秋、観行院が大奥で死んだときのことを思い出していた。

その前年が元治元年で、長州の不心得者どもが大公儀の意に背《そむ》いて御所近辺で暴れ出し、公家方の屋敷までが火を噴いた。そのとき庭田家の屋敷も焼失したといって、嗣子は憤慨し、

「武辺は何をするやら知れたものやおへんえな」

と、少進にこぼした。それまで長州は勤王と信じていた公家方にとって、関東も長州も公家ではないということを思い知らされたのだった。

蛤御門の変について、詳しいことが御所から大箱が届いて嗣子に分ったのは八月に入ってからであった。長州は、いつの間にか朝敵と呼ばれ、主上《おかみ》から関東に長州を討てという勅命があったことも、それで分った。嗣子も少進も、それは当然と思った。四ヵ国の船団が長州を砲撃するために下関へ向ったことなど、天璋院の方の女中から

も知らせがあったし、大奥もこの時期は騒然となった。薩摩出身の天璋院と、宮様附の公家方の女中たちが、口々に長州の悪口を言いたてて、それが両者のそれまでの対立をすっかり氷解させていた。

が、その最中に、大箱の中から有栖川宮家からの届物があり、それはいつものように和宮の習字の御手本や、御詠草の添削などであったが、他に一つだけ組紐をしっかり結んだ上に厳封した手筥《てばこ》があり、「観行院さま参る」と書かれた漉き直しの懐紙が紐の下に入っていた。書体は有栖川流ではなく、誰から来たものか分らない。嗣子は少進にそれを渡して、観行院に届けるようにと言いつけながら、その文字の稚拙さに首をかしげ、

「誰方の書かはったものやろ」

と呟いたが、少進には姉の藤乳人のものだという直感があった。しかし、嗣子には何も言わなかった。

宮様御入城後、観行院の立場は桂の御所にいた頃とはまるで逆になっていた。宮様御傍には召されることがほとんどなく、大樹様の生母実成院よりも、もっと軽んぜられ、大奥では隠居同然のお扱いを受けていたから、少進が有栖川宮家からきた手筥を届けるにも、廊下をあちらへ曲り、こちらへ移りして、随分歩かなければ観行院のと

ころまで辿りつけない。

観行院は、ずっしりと重い手筥を持ち上げただけでもう顔の色が変っていた。

「少進、何のことやら分らぬのやけど、橋本の兄になんぞ不始末があったらしいのや。宰相典侍に、詳しいこと訊いておいてほしい」

「御所からの御状にも、御表より大樹様へも、橋本殿はお差控えの由、漏れ承っております」

「何があったのやろ」

「それしか存じまへん」

「宰相典侍さんに折見て話しに来てくれるように言うてや」

「承りました」

観行院は、しかし生家の橋本家のことより手筥の中が見たくて、少進相手に言っていることも現《うつつ》なかった。少進の前では、筥を開けるのを逡っているのが見てとれたから、少進はそのまま薄暗い大奥の廊下をとって返し、宮様御座所に戻った。

外が騒然としている時期、宮様はこのところ朝からおえつきになったり、お具合が悪く、お匕《さじ》からは御懐妊のお芽出たかもしれないというお診立てが上っていて、御着帯とか御袖留とか、御所の御風で用意をしなければならないと毎日のように長橋に問い合せの文を書いて嗣子は大忙しになっていた。御城内ではおまるの御使用がないので少進は宮様の御下《おとう》にはいつもお伴して厠に入っていたから、宮様の月のものが前から不順であらしゃることは知っていたが、嗣子に報告するのは御月水の始まりと終りだけで余のことは言わない。

橋本中納言実麗が、長州に加担していたというので主上《おかみ》のお咎めを受けたことがやがてはっきりすると、大奥からは亀戸の天神様に御祈禱のお使いとして宮様附上﨟の玉島が出かけた。観行院には金五百疋が贈られることにきまり、それは少進が届けたのだが、久しぶりに見る観行院は相好が変っていて、五百疋も橋本家も、どうでもいいらしく、憔悴した顔で少進を黙って見詰め、

「もう生きていとうないのえ」

と言った。

大奥は御常御殿と同じように壁に耳、障子に目があることを少進は心得ていたから、何故だとは訊かなかった。有栖川宮を経て観行院に届いた手筥の中身が何だったかなどということは、身分柄、観行院に対して少進の言えることではなかった。観行院から少進に言葉をかけることは出来ても、少進は質問に答える以外、こちらから何か話すことは、宮様御名代ででもない限り、許されていなかった。少進は黙って一礼

して、宮様御座所の方へ戻った。

十月に入って、二月ぶりで宮様に御月のものが見られ、嗣子は落胆し、御所にはお知らせしてしまったのにえらいことやと少進にこぼした。宮様の御容態は、お風邪であったと総髪できらびやかな衣服をまとった京方の新しい医師がお診たて申上げ、大奥の坊主頭のお匕は面目を失ってしまった。亥の子の祝いには大樹様をお迎えして一同式服で御祝儀を申上げたのだが、観行院は引籠って出て来なかった。

この頃、公儀は長州征伐で意気旺んであったが、大奥では宮様御婚儀以来そろそろ三年になるのに御懐妊の兆がないのでは、側室を宮様お手がわりとして差出さなければならないというので、わざわざ表まで人をやったのか、老中から御時節柄、御世子誕生なきは御家のため不安心につきという申入れまであった。嗣子は不機嫌になり、宮様は御沙汰お見合せ願い度き御事と返事をした。

「この頃は大樹様も大奥に御寝度々あらせられるというのに、なんでこないなこと度々言うて来るのやろ。滝山の嫌がらせやろな」

嗣子は少進にしかこぼす相手がないのか、少進を使って宮様の御意志を滝山に申入れたが、もう女の用意は出来ている、御庭を歩かせるからお隙見だけでも遊ばして頂きたいと押し返された。嗣子は京方七十余名の女の領袖だが、年寄の滝山は、公方様附きと天璋院、本寿院、実成院附きの女中たち三百余名をしっかり握っているから、嗣子が何を言ってもびくともしないのだ。

「私は勅命で御附女官になって東下している者やのに、滝山は何も言うことをきかぬのやな」

嗣子は嘆いて、御婚儀までとのお約束で中仙道を供奉したのだから、何とぞお役目果たして三年にもなる私をお忘れなきようお召返し頂かされと、懐紙に散らし文を書いては、またせっせと御所に送った。こうした書状には必ず長橋から返事があり、それには観行院の願書の写しがいつも添えられていた。観行院の願書は、宮様が御城内でお心細くあらしゃることゆえ何とぞ宰相典侍はいつまでもお傍に御附きするよう仰せつけ下され候ようという内容なのである。嗣子と観行院の仲は、こうして一層同じ大奥で疎遠になってしまうのだった。

その年の暮になって、観行院が病みついていることが分った。京都の橋本家から観行院あての見舞状が届いたからである。嗣子はようやく騒ぎ始め、因幡薬師へ祈禱の使いを出し、御札と御供物を持って上臈が帰城すると、それを少進に届けさせた。観行院は、やつれた顔で眼を閉じていて、少進の口上を聞いても喜ぶ様子がなく、

「癒りとうもない。このまま死にたいのに、御祈禱など」

と、呟くように言った。

正月には観行院の病状がいよいよ悪く、年号がいつの間にか慶応と改ったことも分らないほど大奥は事が多かった。何しろ長州がまた兵を挙げたという話が逸早く聞こえてきた上に、宮様がおえつきになって、月のものも遠く、今度こそ御懐妊かと少進も嗣子も思ったのだが、侍医《おさじ》たちは皆、前のことがあるのでお診立てが慎重になり、誰もお芽出たやもしれませぬと申上げない。そこへ滝山からの使いが来て、宮様お手がわりに前よりいい者を用意したと言って来る。嗣子が押し返す。大奥のこうした揉め事に閉口した大樹様は、表で御相談になったのだろう、御三卿の田安家から継嗣として亀之助君を迎えることにお定めになったと老中から大奥へ知らせてきた。それが五月十五日である。同じ日、到頭、宮様お手がわりとして蝶という女を御錠口にお進めすることになった。この日は大樹様は表から大奥へ何度出たり入ったりなすったことだったろう。長州征伐のため、三度目の上洛を目の前にひかえているのに、宮様にお会いになったり、蝶という女をお召しになったり、宮様と一緒にお庭に出られたり、御錠口で俄かにお夜食を召上ることになったり。表へ還御になったと思うとまた御錠口が慌しくなり大奥で御寝になった。

御病弱の大樹様が、文久三年に二回、そして一年おいて慶応元年に三度目の御上洛というのは、少進が拝見していても痛々しかった。宮様と御同年で二十歳にお成りになってはいたが、とてもそのお齢には見えなくて、滝山の計らいで蝶が上洛のお伴についたが、そんなにいつも側妾に御用があるとは思えなかった。

大樹様がおいでにならない大奥は、釘が一本抜けたようになり、実成院と滝山の不仲が京方の女中たちにまで聞こえてくる。その中で、宮様は黙々として大樹様の御武運を祈願して摩利支天《まりしてん》にお百度をお踏みになり、それが終ると増上寺の黒本尊の写しを作らせて、それをお広間に安置し、またお百度を踏まれた。

少進が宮様の思い詰めた御様子を見守っていると、嗣子が傍に来て、

「観行院さんの御容態を書いて勝光院さんへ届けたのやけど、とんと御所存はないというのやそうな」

と、言った。

勝光院は、御入城以来四年も宮様のお召しがないままに、すっかり機嫌を損じていたのだろう。実の姪が病気と聞いても、見舞状も寄越さないのだ。少進は、勝光院が、実麗より一つ年下だと聞いていたのを思い出した。あの勝光院には、決して宮様を見せることは出来ない。嗣子が、まだ桂の御所に来ていない頃、勝光院は前の宮様をじろじろと見ている。しかし、そんなことを嗣子ともあろうものが知らない筈がな

い。こんなことを少進に漏らすのは訳が分らなかった。嗣子自身も観行院の病気に対して至極冷淡だった。

夏が過ぎると観行院の容態は刻一刻悪くなっていた。八月五日、観行院の部屋から使いが来て、嗣子と少進に話があるという。嗣子は眉をひそめ、

「私と少進に。はて、私と能登どんやないのえな」

と念を押した。命婦の能登は傍にいたが、そ知らぬ顔をしている。嗣子と能登なら御所からの御附女官二人に改って話があるということになるのだが、嗣子と少進が名指されているとなれば、明らかに観行院が能登を嫌いぬいている意志が見える。

日当りの悪い隠居部屋のような観行院の居間は、一年越し敷きのべたままの夜具から、古い香《こう》と病臭がもやもやとかげろうのようにたちのぼっていた。観行院はもう半身を起す気力もなく、枕許に置いた京塗のあの手筥に片手を添えると、

「願い参らせ、願い参らせ」

と、虫の息で言った。

「なんのことでございますやろ」

嗣子が訊き返しても、

「よろしゅう、願い、参らせ。お頼み申すゆえ、お頼み」

と、声は途切れてしまう。

嗣子の差図で、少進が手筥の組紐を解き、蓋を開けると、中には一束の黒髪が入っていた。艶やかな髪の色に、少進は見覚えがあったが、嗣子は驚いて息を呑んでいた。束ねた紙には小さな文字で南無阿弥陀仏と書かれていた。少進は、姉の藤乳人と満徳寺へ入った宮様が亡くなられたのだろうと察したが、嗣子は驚いて、

「観行院さん、これは」

「お頼み、申します、ゆえ、よろしゅう、願い、参らせ」

しばらく黙っていた嗣子が、やがてかすれた声で言った。

「嗣子、よう承りました。少進にお預り致させます。それでよろしゅうございますな」

「あり、がとう。御きげん、よう」

「御機嫌よう」

少進は黒髪を丁寧に元の筥におさめ、紐をかけた。嗣子が一礼して立上り、少進も後に続いて出た。二人は黙って宮様御座所の方へ歩いていたが、御座所間近かにきて、少進が尋ねた。

「もうし宰相典侍さん、これはいかが致しましたらよろしゅうございますやろ」

「あんた、お預りしとおき」

嗣子は立止ったが、振返らずにそう言い、それきり黙って歩き出した。

御座所に戻ると嗣子は滝山にあてて書取りを書き、観行院様御所労につき大人蔘を処方させて頂けるよう、表に宮様よりのお願いとして取計らってほしいと頼んだ。滝山は、かねて噂に聞いていたので、ただちに表に取次いだところ、老中たちまで聞こえたらしい、滝山さえ驚くほど早く、大量の朝鮮人蔘が届けられ、熊胆まで添えられてあった。

宮様は、観行院の病気見舞に両三度お出ましになったが、宮様は四年たっても観行院と自分との関係がよくお分りにならない御様子だった。無理もなかった。徳川家の人となられた宮様は、内親王御宣下もお受けになっておられるので御身分は大奥で一番高い扱いを受けておいでになるのだが、観行院は、宮様御生母というだけで、大奥で毎日のように行われる行事にも、先代公方様御生母の本寿院や、当代様の御生母実成院たちと違って、招かれることがなかった。実成院は紀州では士分の娘で無教養な側室にすぎなかったけれども、今は大樹様の御生母である。公家方の出であっても観行院は御城内では無視されていた。嗣子も、宮様のお扱いについては自分の地位もかかわって来るから大いに主張したが、観行院のことは始めからなおざりにしていた。

橋本家から催促されて、ようやくついこの間、観行院の位階昇級の内願を御所に奉ったところである。

そして八月九日夜、嗣子と少進、それに三人の医師《おさじ》に見守られて、観行院は四十二歳で息を引取った。京都にいたころは濡れたように見事な黒髪であったのが、御入城から急に容色が落ち、髪は驚くほど白髪が多く、艶を失っていた。

激しく揺れる馬車の中で、少進は閉じた眼を薄く瞠《みひら》いて辺りを見た。もう昼の日中になっていた。東京《とうけい》はとうに走り抜け、川崎に出ていた。つい先月八月初旬宮様が塔の沢へ御出発の第一夜が、ここであったのを思い出す。横浜にお泊りになる筈が、お具合が悪いので川崎の万年屋に御一泊遊ばされた。しかし少進は、休憩もとらずに一刻も早くとそればかり考えていた。

自分の病気も、齢も忘れていた。この日のために養生していたのだったから。

観行院の死から一年後、大坂城内で大樹様が亡くなられた。嗣子の指図で、少進は観行院から預った手筥を取出し、嗣子はそれを和宮様御髪として表の役人に渡すよう計らっていた。御城内の宮様が薙髪《ちはつ》遊ばされたのは、それから半年後のことであった。以来、静寛院宮様と皆々でお呼び申上げている。この院号は、もちろん御所より頂かれたものであった。

十四代徳川家茂《いえもち》の死後、嗣子は日ごと夜ごと机に向って御所あてに文を書き、お役御免を願い出たり、宮様も御帰洛になりたいとの御意志と伝え、一緒に呼び戻してほしい、せめて自分だけでもお許し頂きたいと必死で嘆願していたようだが、御所の内外は多忙多端で、女官の金切り声など聞く者は誰もなかった。

公儀の方も大変事であった。世嗣は御三卿から田安亀之助君に内定していたのに、急いで一橋家から慶喜を迎え、亀之助君は慶喜の継嗣にするというややこしいことになった。これらの事は、老中から滝山に申入れがあり、そして天璋院から宮様に御相談があって、しかる後に「宮様お声がかり」で幕閣が決裁し、御所に奏上している。十二月五日、水戸生れの慶喜が将軍宣下を受けた。そして同じ年の暮も押詰って二十五日、突然主上《おかみ》がお崩れになった。嗣子も、能登も、少進も、この報らせを受けたときは茫然となった。いや、大奥の京方の女たちは、宮様お一方を除いて、みんな色蒼ざめてしまったのだった。これからどういう御代が始まるのか、江戸の大奥にいたのでは想像がつかなかった。

「岩倉侍従の思うままになるのと違うやろか。明治帝《しんのう》さんを前から抱きこんではるようなよって」

嗣子が面白くなさそうに、ぶつぶつ言いながら、今度は方針を変えて、橋本実麗当てに宮様の御意志として宮様もろとも御附女官の帰洛を日文矢文のように送り続けた。実麗からは、新帝の御下命があれば、もちろん自分の方に否やはないと当りさわりのない返事が届く。やがて、静寛院宮様から直書が実麗に送られた。実麗は、どういう思いでそれを読んだのだろうと少進は考えた。

ようやく嗣子の運動が効を奏して、内裏で宮様御帰京の御意志について江戸役人との折衝が始まる頃、今度は肝腎の庭田嗣子が疲れ果てて寝こんでしまった。命婦の能登が、事務を引継いで宮様内旨を橋本家に伝える役割になった。慶応三年十一月九日、御所から堂上《とうしょう》公家衆に宮の還京が御布令になると同じ日、皮肉なことに庭田嗣子は江戸城内で息を引取っていた。

嗣子の死に、誰も泣く者がなかった。いや、泣く真似をする余裕さえなかったと言うべきだろう。長州ばかりか薩摩まで討幕などと穏やかならないことを言っていると、大奥まで聞こえていて、「静寛院宮と申しても賊の一味」という強硬論を薩摩の領袖たちが大声で論じているという。慶喜が、あっさり大政奉還してしまってから薩摩の島津家出身である天璋院まで顔色が変っていた。徳川家お取潰しということになれば、大奥四百名の女たちはどうなるというのだ。天璋院と滝山は、宰相典侍嗣子が、なくなっているのを唯一の幸運と思ったようだ。大奥にとって頼みの綱は、静寛院宮あるのみになった。

正月が明けて早々、鳥羽伏見で戦争《いくさ》が始ったというので、大奥はまたまた騒然となった。どこでどことどこが戦っているのか、表へ使いが往復したが詳しいことがよく分らない。いずれにせよ慶喜が悪いのだと、大奥で意見がまとまれば必ずそうなった。いつの間に、あの男が、と天璋院は公言して憚らなかった。嗣子亡き後は、上臈の土御門藤子が宮様御附女官になっていたが、彼女はずっと前から滝山に手なずけられていたから、宮様の御使いとして官軍に会いに行く大役も、嫌がらずに引受けた。大奥の女たちが、このときほど一体になったことは江戸開府以来なかったのではないだろうか。徳川家のお取潰しだけは、どんなことがあっても免じて頂かねばならない。京方の女たちも、宮様にお伴して千代田城にいるからには、徳川家の浮沈はすぐ自分の身にかかわっていたのだ。そして静寛院宮様以外には、もう誰も力ある者は関東にいない。上臈藤子の次には宮様の侍女玉島が、板橋本陣へ出かけた。官軍の江戸進撃の御猶予を歎願するためであった。この年（明治元年）は、明けてから暮れるまで、毎日が手に汗を握るようだったのを少進は思い出す。それは維新政府の最初の年であると同時に、徳川家が音たてて瓦解した年なのであった。慶喜は蟄居《ちっきょ》謹慎、田安亀之助が正式に宗家相続したのは、官軍が江戸城を接収し、大奥の女たちが、宮様は清水家に、天璋院は田安家にという具合にそれぞれ分れて移って十日もしてからのことである。華やかで慌しい瓦解であった。

宮様の身辺は、宮様の御意志と関係なく、騒然となった。もう死んでしまった庭田嗣子の切望が、ようやく具体化して、御帰京の勅許がいつでも降りるようになっていた。天璋院と滝山は、徳川宗家が駿河の国に移封し終るまで待ってほしいと言ってきたので、そういうことになった。亀之助君こと徳川家達《いえさと》と天璋院が無事東京《とうけい》に住居を構えてから、宮様内旨として勅書奉承のむねが御所へ伝えられた。官軍が江戸を攻撃するというとき、あれほど徳川家の人として手紙を書いたり、人を遣したり、精力的に活躍した宮様が、一転して一人で京都へ戻るというのを、止める者が徳川家からなかったのだ。少進は憮然として、明治二年の宮様御上洛のお供をした。中仙道を下るときとは、うって変ったひっそりと小人数の淋しい旅であった。

八年ぶりに見る京都は、少進には考えられないほど変貌していた。何しろ御所の中心に在しますべき主上《おかみ》が、宮様が参内すると間もなく東京に行っておしまいになり、それきりお帰りがない。秋には皇后さんが東へ行啓になり、これもお帰りがない。公家たちは、どんどん東京へ引越してしまい、橋本実麗も本拠は東京にするつもりだと能登や少進にまで言い出した。瓦解の前後、宮様を持ち上げてちやほやしていた大奥の女たちからは便りも来ない毎日で、少進は心細くてたまらなかった。宮様も同じ思いでおいでになるようだった。いつの間にか、当今さんは、あの千代田城を皇居と呼ばせ、京都の人々が気付かぬうちに遷都をしてしまっておいでになったのだ。少進には、訳が分らなかった。

宮様が三条西季知《さんじょうにしすえとも》について歌道の稽古をお始めになったのは明治五年である。宮様のお詠みになる歌は、淋しくて、力なかった。身命を捨てても徳川家を守るという切々たる文を御所に奉ったのと同じ人とは思えない。東下のとき最初の条件としてお願いになっていた仁孝《にんこう》天皇御陵参拝は、毎年正月二十六日の御命日には適えられていたが、その代りに夫であった徳川家茂《いえもち》の七回忌の法要には侍女を江戸に送って代参させ、宮様は京都においでになるという妙なことになってしまった。徳川家でも、これでは困ると思う者たちがいたのだろう。橋本実麗を通して、東京にお戻りになっては如何という意見が聞こえてきた。実麗は伝えるだけで、格別の考えはなかった。彼は別邸にひきこもって「静寛院宮御苦心一条」という冊子を書くことに専念していた。少観行院の死んだ後、宮様の存在を実証できるのは実麗だけになってしまっていた。

進のように身分の低い者には、そういう文字の世界での役割は与えられていない。

東海道をひた走る馬車の中で、少進は自分の役目の大きさと重さを自覚していた。命婦の能登は、御上洛と同時にお暇を頂いて、賀茂へ帰ってしまった。宮様御東下までというのが条件であったというのが理由だった。折り合いの悪い相手だったから少進は引止めなかったが、心の奥底では、不忠者と蔑んでいた。宮様のお傍に桂の御所以来ずっといるのは、今は少進だけになっている。だから少進は決して宮様より先に死ぬわけにはいかなかった。

宮様が東京の麻布にある御殿にお入りになったのは、明治七年である。同じ東京に、天璋院と徳川家達は一緒に住んでいて、いわば家達には義母に当る宮様と一歩距てて付きあうつもりでいるようだった。宮様の御日常は、京都の場合と較べれば変化がなかったが、江戸から東京に変った町は日を追って華やいでいた。先帝の孝明天皇の御遺志である攘夷は遂に行われず、東京はどんどん洋風に塗りかえられていた。そういう中で、歌を詠み、それを書くだけの明け暮れは、宮様のおみ心を一層沈ませていたのかもしれない。少進も、病気がちになり、性格が急に引込み思案に変った。躰中の骨の節々が、動くと軋《きし》むような気がする。前には少々の風邪でも寝こんだことはなかったのに、夏になっても朝夕は身震いするほど寒く思う。

東海道を横浜まで走り続けると、御者は替え馬を探すために眠る閑もなかった。少進は宿屋の中で疲れている自分の躰を、自分で抱きかかえて眠った。あくる日は、小田原まで、とにかく馬車で行き、そこからは山駕籠に乗り換えた。駕籠かきたちの荒い呼吸と揃えて、少進は心の中で叫び続けていた。宮さん、お待ちになって頂かされ。お待ちになって頂かされ。

箱根塔の沢は山深い所だったが、宮様御宿は街道筋にあった。少進は駕籠から転がるように降りた。宮様御危篤の報を持った使者が、ここを出てから四日目になるのだ。中から御附き女中の玉島が飛出してきて少進を見ると泣き崩れた。が、少進はしっかりした声で訊いた。

「どこやいな、宮さんが在らしゃるのは」

「恐れながら宮様には」

「どこやと訊いてるだけやえ」

少進は、宿の廊下に上ると、両手も使って歩きたいほど心急いた。奥から鬱陶しい誦経が聞こえ、香を焚いている気配がする。少進は、自分の躰が怒りで燃え上り、齢も病気も忘れているのに気付いた。跫音を響かせて少進は奥の座敷へ突き進んだ。

襖をあらあらしく少進が両手を使って開けると、部屋には数人の僧と、侍医の武田塾軒が侍していて、咎めるような眼で少進を振り返った。

「これは絵島どの」

武田塾軒が少進の姿を見て、声をかけた。

「恐れ多いことながら、静寛院宮様には」

みなまで言わせず、少進は這うようにして宮のお傍により、お顔を掩っていた白絹を外した。

「宮さん、さぞやお待遠さんであらしゃったことでございますやろ。恐れ入り奉ります。少進絵島ただいま参りましてございます」

大声で、枕頭に坐す男たちを睨みすえて言った。

「静寛院宮様の御遺言、少進絵島これより慎んで承ります」

少進が平伏すると、誦経がぴたりと熄み、僧たちは香炉を抱えて退出した。武田塾軒は、少進の気合にうたれて、同じように平伏していたが、内心で驚嘆していた。

長い長い間、少進は黙って平伏していた。あまり長いので、塾軒は少進まで息が止まったのではないかと疑ったくらいである。しかし、少進は、半刻ほどたつとようやく顔を上げた。

「少進絵島よう承りましてございます。万事は仰せのように計らいますゆえ、宮さんにはおみ心安らかにお寝《しずま》り遊ばされて頂かされ。長い長いこと御懇命を蒙って、少進も今日までお仕え申上げ、有りがとう、忝う、もったいのう存じおります。もはや決して御心配は遊ばされますな」

先刻までの顔ではなく、少進は声も穏やかに戻っていた。ゆっくりと、いつまでも宮様に語りかけていたが、やがて武田塾軒に向って、

「お匕《さじ》どの、お脈を」

と促した。

塾軒は白絹を宮様の右手にかぶせ、両手で御手首を暫く押さえてから、さっと身を曳いて平伏した。

「静寛院宮様には、御臨終と拝察仕ります」

お顔が丸く、色は頬までお白く、脚気衝心の御病名通り、むくみが全身にわたっていた。少進は、その童女のようなお顔を、黙って見詰めていた。十一年前、大坂城で亡くなられた大樹様と同じ御病気で亡くなられたのだと思うと、もはや言うべき言葉はなかった。

「宮さん、御機嫌よう」

と呟きながら、先刻おみお顔から外した白絹を自分の懐に片手で一生懸命捻じこんでいた。それはもう誰にも決して何も言うまいという決意と似ていた。二十一歳で寡婦となり、三十二歳で息を引取った宮様さえ何も仰せにならなかったのだから、と少進は自分に言いきかせた。明治十年九月二日の午後であった。

宮内省が宮様の死去を発表したのは、それから三日後である。宮内省では豊島ヶ岡に埋葬する考えがあったのだが、少進が承った宮様御遺言は、山岡鉄舟にひき継がれ、芝増上寺にある十四代将軍徳川家茂の隣に埋葬されることになった。歴代将軍の墓は、上野寛永寺か芝増上寺のいずれかに納められていたが、正室の墓はどちらの寺にもなく、まして夫と並んで埋葬されるのは宮様以前のどの女性の場合にもないことだった。

「維新に際しては、人に言えぬことが多々あった」と岩倉具視《ともみ》が漏らしたと伝えられているが、少進は九月十三日の盛大な御葬儀を見送って後、ただひっそりと生き、何も言い残さず、明治二十年に死んだ。心の片隅では、姉の便りを待ち続けていたかもしれない。しかし自分から探そうとはしなかった。御所から頂いた少進という名前に、ふさわしい役目はすでに果たしていたのだから、晩年は心も穏やかに過した。

あとがき

幕末、高田村の名主であったという豪農新倉家の一婦人が、私のところへ訪ねておいでになったのは、もう何年前のことになるだろうか。

「和宮様は私の家の蔵で縊死なすったのです。御身代りに立ったのは私の大伯母でした。増上寺のお墓に納っているのは和宮様ではありません。このことは、戦前は決して他家の人の耳に洩らしてはならないと戒められてきましたが、時代も変ったことですし、何より、私の家で亡くなったお方の御供養がしたいと思ってお話しました。板橋本陣で入れかわったのです。新倉家には、薩摩の藩士がよく出入りしていたようですが、宮様が死なれて以来、家運が傾いて、屋敷跡が現在は目白の学習院になっています」私は途中から慌ててメモを取り出したのだが、しかし内心では呆れ返っていた。とんでもない話が伝承されていたものだと茫然としていた。とても信じられなかった。

しかし日がたつにつれ、和宮に関する記録がよく目に止まるようになった。京都にある文書類から、和宮に持病の足痛があることを知り、どうも関節炎ではないかと思った。医者に質問してみると、子供の頃からの関節炎なら、治癒することもなく、骨に異常もあるから跛であったろうと言う。

勝海舟の「氷川清話」の中に、和宮が家茂と天璋院の三人で御浜御殿におなりになったとき、自分の履物が家茂より上に置かれているのを見て、ピョンと飛びおりて家茂の履物を上に置き直したという挿話が載せられている。それを読んだとき、これが本当なら宮様育ちの人間のすることではないし、跛の躰でピョンと飛降りることなど出来ようかと、初めて新倉家の伝承と結びつけて考えた。

決定的になったのは昭和四十二年に「増上寺　徳川将軍墓とその遺品・遺体」（東京大学出版会）が出版されたのを見たときである。和宮の両足に異常が認められず、そのかわり左手首がなかったのだ。藪内流の茶道のお稽古など、どうして手首がなくて出来ただろう。

増上寺の和宮の髪は赤毛であったが、家茂の内棺に納められていたのは緑の黒髪だった。庭田嗣子は日記に、和宮の髪を大坂城へすぐ送ったと書いているし、勝海舟も受取って納棺したと記録しているのに、である。赤毛の髪束は、家茂の柩が江戸へ到着してから作られた二重目の棺の中に納められてあった。

和宮生前の絵姿と、増上寺に没後納められた十二単衣姿の塑像を見ると、明らかに左手首がなかったことが分る。江戸城内で、いつも几帳を立て、誰にも姿を見せなかった理由の一つであったのだろう。

観行院の叔母である勝光院は、大奥に勤めていた姉小路時代に一条家の姫といって偽物を十三代家定の後妻に迎えた事実があるから、観行院が嫌がる和宮のために替玉を用意したことは容易に想像できた。

この小説の構成が出来上り、内容が発酵してくるにつれて、私は和宮東下という歴史的事実ほど大がかりな無駄はなかったと思うようになった。徳川家瓦解は歴史の波の赴くところであって、和宮の存在は無関係であった。和宮が嘆願しなくても、維新政府は諸大名を華族として遇したくらいであるから、徳川宗家を断絶させる筈はなかった。

しかし書き始めてから、私は三十余年前の太平洋戦争と和宮東下が重なって見え、二つが同じものに思えてきた。どちらに関りを持った者も、みな犠牲者だった。たとえばフキは、赤紙一枚で召集を受け、どこへ行くのか、なんのためにか知らされぬまま軍隊に叩き込まれ、その生活に適性を持たぬままに狂死した若者たちと少しも変らない。戦記ものは数々書かれているけれど、重営倉で人間性を失った不幸な人たちにはほとんど触れていないことに私は気がついた。私はフキを、敗戦に終った太平洋戦争の犠牲者の中でも、最も無力であった人々に対する鎮魂歌として書いた。

本物の和宮は、私の設定では群馬県にある縁切寺満徳寺に逃れたとしているが、その寺を訪れ、墓所を見たところ、有栖川宮家とかかわりのある第十代の鏡誉本清尼の墓だけがないことに気がついて、改めて驚かされた。他の墓は、初代から廃仏棄釈の年を迎えるまで代々の住職のものが一基も損われることなく並んでいるというのに、である。

消えた尼門跡について私見はあるが、きっと別に書く機会があると思うので、詳しくは述べない。水戸家から谷中に二百坪の地所を拝領しているので、そこに庵を結んで入寂したのであろう。満徳寺を出た理由について、和宮と結びつける以外に私は考えられない。九代の本栴尼は隠居して万延元年に死んでいるのだ。

この小説もまたいつものように、多くの人々に恵まれて書き上げることが出来た。京都大学の林屋辰三郎先生、飛鳥井雅道先生のお二方には並ならないお力入れを頂いた。お目にかからなかったが井之口有一先生の「御所ことば」「尼門跡の言語生活の調査研究」という御本が上梓されていたのは有りがたかった。「縁切寺満徳寺史料集」が高木侃先生によってまとめられてあったのも幸運だった。厚く御礼を申上げたい。

昭和五十三年二月京都にて

著　者

本作品中に、身体の障害や人権にかかわる差別的表現がありますが、著者に差別を助長する意図はなく、また著者がすでに故人であるため、表現の削除、変更をせず、原文のままにしました。

編集部

解説

加納幸和（花組芝居座長）

花組芝居で『和宮様御留』の劇化（二〇〇四年）が実現したのは、二〇〇二年十一月新橋演舞場で、飯島早苗さんの脚色「花たち女たち」を演出したのがきっかけでした。この作品は、有吉佐和子さんの『芝桜』と『木瓜《ぼけ》の花』を合体させた戯曲で、この二つの小説は異なる形式で書かれていて続編とは言い難いのですが、物語は連続したものになっています。

有吉佐和子さんといえば数多くの作品が映画やドラマになり、舞台でも印象的なものが多いのですが、私は特に『和宮様御留』に惹かれていました。

この作品の魅力は何より「和宮は偽者だった」というショッキングなテーマです。歴史好きでなくとも興味津々《しんしん》な政治の暗部！

構想のもとになったのは、高田村（豊島区辺り）の名主であった新倉家（明治期の記録に新倉姓の村長が見える）の女性が、佐和子さんに漏らした「和宮身代り話」なのでしょうが、左手首が欠損した遺骨、二種類の遺髪、関節炎を否定する記録など、和宮に関しての新事実に後押しされて壮大な物語が生まれました。さらには同じ和宮に取材した先行作品、川口松太郎氏の小説『皇女和の宮』も意識されていたのではないか、と個人的には感じますが考え過ぎでしょうか？

『皇女和の宮』は、相思相愛の和宮と帥《そち》の宮（有栖川宮熾仁《たるひと》親王）が、政治の為に引き裂かれる悲恋を描いたもので、新派用に劇化され「（水谷）八重子十種」の一つになっています。

『和宮様御留』で「和宮さんは皇女ではあらしゃりませぬ。お生れにならしゃった日から皇妹であらしゃりました」と母観行院《かんぎょういん》が言い放つ件《くだり》がありますが、「皇女」という表題に一言申すようにも見えます（この言葉自体は、「皇女」を差し出せとの要求に対しての返答なのですが）。同じ佐和子さん作の小説、バックステージ物『開幕ベルは華やかに』で、「八重垣《やえがき》光子」なる大女優を登場させ、モデルはあの人だろうかと読者をハラハラさせた事も含め、彼女のイタズラだったのかも知れません。

この作品は、新倉家から身代りを出す以前に、もう一人身代りが居たという設定が物語の大きな軸になっています。

その「フキ」という人物に関しては、有吉さん自身が「敗戦に終った太平洋戦争の犠牲者の中でも、最も無力であった人々に対する鎮魂歌」だと書いています。行儀作法が身に付き、高い教養を持ち、多くのかしずきに囲まれた名主の娘が身代りになるだけでは、この大行列は江戸へ到着出来ない、つまり物語として、中仙道を含む降嫁の道筋が、「地獄巡り」になる必要があったのかも知れません。

「フキ」には、ダンテや小栗判官《おぐりはんがん》のように、精神の成長や魂の浄化の為に、艱難辛苦《かんなんしんく》が課せられたのですが、この「地獄巡り」は、成し遂げられたとしても誰も救済されず、最重要の使命であった公武合体も成就しないまま、国がひっくり返ってしまい、結局、壮大な無駄騒ぎと終わってしまいます。言わば「敗戦」したのです。そこには、無名の「捨て子」の命が捧げられねばなりませんでした。

「フキ」が無理やり経験させられる皇族の日常は読者にもとても物珍しく、その一々の不便さと珍奇さは、描写が細かい程引き込まれます。「フキ」は、戦後解放された元「皇民」の代表でもあり、彼女の目を通し、窮屈極まりない皇族の生活を覗き見る事が出来るのが、この作品の魅力でもあり、読者は「フキ」と共に苦痛を味わうのです。

小説が、多くのスペースを割いて書き切っているこの「フキ」役を、俳優が演じる際は、敢えて何かを加える必要はないからこその難しさがあります。多少思い切りが良ければ、後は書かれたままに身を任せれば良いのですが、只この「身を任す」自由さは、大きく見れば、あらゆる演技者が生涯の課題としている命題で、簡単だからこそ困難と言えます。その点、本物の「和宮」の方は、俳優にとって演技テクニックだけではこなせない厄介な役と言えましょう。

京を立つ前に、観行院が「少しお考え直されてはいかが」と嫁入りを再度促しても、和宮は「嫌、嫌」と泣き崩れるばかり。彼女さえ我がままを通さなければ、犠牲者は出なかったのは確かですが、和宮本人がドラマの敵役《かたきやく》に見えてはいけません。「皇女御降嫁」という事業そのものが最大の悪で、これに搦《から》め取られた者すべて、勿論和宮自身も「犠牲者」とならなければならないのです。

陽の当たらない几帳《きちょう》の奥で育った「宮様」は、只々「お足《すそ》の悪さ」を他人に見られたくなかっただけで、それ以外は、糸のように細い目と甘い声を発する最高位の処女でなければなりません。歌舞伎役者の芸談風に言えば「為所《しどころ》もない上に、あれ程我《が》を通して誰からも憎まれず、無垢な品格が求められるという、こんな難しいお役はありません」となります。

「もう生きていとうないのえ」と観行院が漏らしたのは、おそらく本物の和宮が落飾した際切り落とした髪が、大奥へ届けられた為と思われます。日ごと夜ごとお役御免の文を御所へ書き続けた庭田嗣子《つぐこ》と共に、この二人は、和宮輿《こし》入れ後の犠牲者として、大奥の片隅で寂しく消えていきます。

その一方、まんまと生き残ったのが、少進と能登命婦《のとのみょうぶ》。少進は、次々現れる偽者に分け隔てなく愛情を注ぎ、十四代将軍の妻として全うした静寛院宮の最期を看取ります。能登はちゃっかり者で、夫の死後、一度里帰りした静寛院宮に供奉《ぐぶ》して上洛したその足で、実家へ帰ってしまいます。身代りの首謀者観行院と、不本意にも共犯者となった庭田嗣子、それぞれに仕えた女二人の対比は、最終章でも実に効果的に描かれています。男優ばかりの劇団で、複数組の女形対決が見せ場の一つとなりました。

事実を乗り越えた真実を描いて感動を与えるのが「表現」というものですが、一つの言い伝えを膨らまし、「フキ」を生み出して、小説に仕立てた作品を、更に舞台劇用に脚色するには、相応の工夫が必要です。

「脚色」の仕事は、時空を軽々飛ぶ小説を、舞台劇という、条件の限られた三次元にどう当てはめるかが為所で、出演者の顔触れや舞台機構に合わせる柔軟さが求められます。有吉佐和子さん自身も、大藪郁子さんが『香華《こうげ》』を脚色する際、「原作無視でいい。面白い芝居に仕上げてよ」と頼まれたそうです。

この作品は、一九八〇年に小幡欣治さんの脚色演出によって東京宝塚劇場で上演された後、フジテレビが豪華キャストでドラマ化して私も大いに影響を受けたのですが、私自身が舞台化するにあたって注目したのは、十六章のみに登場する人々でした。彼らは他の主要な人物たちに劣らぬドラマを背負っています。原作では情報量の少ない土井重五郎に、隠された枝葉をつけ、同様に、第二の身代り「宇多絵」を中心にした新倉家の人々の来し方にも想像を膨らませました。更に、黒幕の岩倉具視《ともみ》が重五郎をどう利用していたかも加えて、芝居らしくしたつもりですが、佐和子さんがご存命なら「中途半端な事して！」という御叱責も覚悟の上で感想をうかがいたかったと思います。

いずれにせよ、こんな偏狭な「小劇場（出身の演劇）人」も嬉しくなってしまう程の芝居っ気たっぷりな筆運びこそが、有吉佐和子文学の身上であり、個性的な文体ばかりが流行《はや》る昨今、平易で美しい表現を、是非再確認して頂きたいと切に願います。

本書は、一九八一年七月に講談社文庫より刊行された
『和宮様御留』を改訂し文字を大きくしたものです。

|著者|有吉佐和子　1931年和歌山県生まれ。'56年「文學界」に掲載された「地唄」が芥川賞の候補になりデビュー。'67年『華岡青洲の妻』で女流文学賞、'70年『出雲の阿国』で芸術選奨文部大臣賞および日本文学大賞、'79年、本作で毎日芸術賞をそれぞれ受賞。'84年に逝去、享年53。主な著書に、『処女連禱』『紀ノ川』『三婆』『香華』『有田川』『日高川』『芝桜』『恍惚の人』『木瓜《ぼけ》の花』『母子変容』『複合汚染』『悪女について』『開幕ベルは華やかに』など多数。

新装版《しんそうばん》　和宮様《かずのみやさま》御《お》留《とめ》

有吉《ありよし》佐《さ》和《わ》子《こ》

2014年4月15日第1刷発行
2017年11月1日第2刷発行

発行者——鈴木　哲
発行所——株式会社　講談社
東京都文京区音羽2-12-21　〒112-8001
電話　出版（03）5395-3510
　　　販売（03）5395-5817
　　　業務（03）5395-3615

Printed in Japan

講談社文庫
定価はカバーに表示してあります

デザイン——菊地信義
本文データ制作—講談社デジタル製作
カバー・表紙印刷—大日本印刷株式会社
本文印刷・製本—株式会社講談社

ISBN978-4-06-277811-4

講談社文庫刊行の辞

二十一世紀の到来を目睫に望みながら、われわれはいま、人類史上かつて例を見ない巨大な転換期をむかえようとしている。

世界も、日本も、激動の予兆に対する期待とおののきを内に蔵して、未知の時代に歩み入ろうとしている。このときにあたり、創業の人野間清治の「ナショナル・エデュケイター」への志を現代に甦らせようと意図して、われわれはここに古今の文芸作品はいうまでもなく、ひろく人文・社会・自然の諸科学から東西の名著を網羅する、新しい綜合文庫の発刊を決意した。

激動の転換期はまた断絶の時代である。われわれは戦後二十五年間の出版文化のありかたへの深い反省をこめて、この断絶の時代にあえて人間的な持続を求めようとする。いたずらに浮薄な商業主義のあだ花を追い求めることなく、長期にわたって良書に生命をあたえようとつとめるところにしか、今後の出版文化の真の繁栄はあり得ないと信じるからである。

同時にわれわれはこの綜合文庫の刊行を通じて、人文・社会・自然の諸科学が、結局人間の学にほかならないことを立証しようと願っている。かつて知識とは、「汝自身を知る」ことにつきていた。現代社会の瑣末な情報の氾濫のなかから、力強い知識の源泉を掘り起し、技術文明のただなかに、生きた人間の姿を復活させること。それこそわれわれの切なる希求である。

われわれは権威に盲従せず、俗流に媚びることなく、渾然一体となって日本の「草の根」をかたちづくる若く新しい世代の人々に、心をこめてこの新しい綜合文庫をおくり届けたい。それは知識の泉であるとともに感受性のふるさとであり、もっとも有機的に組織され、社会に開かれた万人のための大学をめざしている。大方の支援と協力を衷心より切望してやまない。

一九七一年七月

野間省一

講談社文庫　目録

芥川龍之介　藪の中
有吉佐和子　新装版 和宮様御留
阿川弘之　春風落月
阿川弘之　亡き母や
阿刀田高　ナポレオン狂
阿刀田高　新装版 ブラック・ジョーク大全
阿刀田高　新装版 食べられた男
阿刀田高　新装版 妖しいクレヨン箱
阿刀田高　新装版 奇妙な昼さがり
阿刀田高編　ショートショートの花束1
阿刀田高編　ショートショートの花束2
阿刀田高編　ショートショートの花束3
阿刀田高編　ショートショートの花束4
阿刀田高編　ショートショートの花束5
阿刀田高編　ショートショートの花束6
阿刀田高編　ショートショートの花束7
阿刀田高編　ショートショートの花束8
阿刀田高編　ショートショートの花束9
安房直子　南の島の魔法の話

相沢忠洋　「岩宿」の発見〈幻の旧石器を求めて〉
安西篤子　花あざ伝奇
赤川次郎　真夜中のための組曲
赤川次郎　東西南北殺人事件
赤川次郎　起承転結殺人事件
赤川次郎　冠婚葬祭殺人事件
赤川次郎　人畜無害殺人事件
赤川次郎　純情可憐殺人事件
赤川次郎　結婚記念殺人事件
赤川次郎　豪華絢爛殺人事件
赤川次郎　妖怪変化殺人事件
赤川次郎　流行作家殺人事件
赤川次郎　ABCD殺人事件
赤川次郎　狂気乱舞殺人事件
赤川次郎　女優志願殺人事件
赤川次郎　輪廻転生殺人事件
赤川次郎　百鬼夜行殺人事件
赤川次郎　四字熟語殺人事件〈ベスト・セレクション〉
赤川次郎　三姉妹探偵団

赤川次郎　三姉妹探偵団2〈キャンパス篇〉
赤川次郎　三姉妹探偵団3〈珠美・初恋篇〉
赤川次郎　三姉妹探偵団4〈怪奇篇〉
赤川次郎　三姉妹探偵団5〈復讐篇〉
赤川次郎　三姉妹探偵団6〈危機一髪篇〉
赤川次郎　三姉妹探偵団7〈駆け落ち篇〉
赤川次郎　三姉妹探偵団8〈人質篇〉
赤川次郎　三姉妹探偵団9〈青ひげ篇〉
赤川次郎　三姉妹探偵団10〈父恋し篇〉
赤川次郎　死が小径をやってくる〈三姉妹探偵団11〉
赤川次郎　死神のお気に入り〈三姉妹探偵団12〉
赤川次郎　次女と野獣〈三姉妹探偵団13〉
赤川次郎　心地よい悪夢〈三姉妹探偵団14〉
赤川次郎　ふるえて眠れ、三姉妹〈三姉妹探偵団15〉
赤川次郎　三姉妹、呪いの道行〈三姉妹探偵団16〉
赤川次郎　三姉妹、初めてのおつかい〈三姉妹探偵団17〉
赤川次郎　恋の花咲く三姉妹〈三姉妹探偵団18〉
赤川次郎　月もおぼろに三姉妹〈三姉妹探偵団19〉

講談社文庫　目録

2017年10月15日現在